KB021411

코미디언스

THE COMEDIANS

© Verdant SA, 1966 All rights reserved.
Korean translation copyright © 2022 by BITSOGUL
Korean translation rights arranged with David Higham Associates Limited, through
EYA Co.,Ltd

이 책의 한국어판 저작권은 EYA Co.,Ltd를 통해
David Higham Associates Limited사와 독점 계약한 빛소굴에 있습니다.
저작권법에 의하여 한국 내에서 보호를 받는 저작물이므로 무단전재 및 복제
를 금합니다.

코미디언스

그레이엄 그린 지음

이영아 옮김

일러두기

- 각주는 옮긴이가 작성하였습니다.
- 외국 지명 뒤의 가街, 강江, 산山 등은 혼란을 방지하고자 지명과 떼어 썼습니다.

차례

1부   9

2부   221

3부   299

그레이엄 그린의 서한   420

해설   423

" …… 양상은 우리 안에 있으며, 가장 왕다워 보이는 자가 바로 왕이다."

– 토머스 하디

1부

(

1

말 탄 장군들, 옛 식민지 전쟁의 영웅들, 혹은 사람들의 기억에서 완전히 잊힌 프록코트 차림의 정치인들을 추모한답시고 런던에 세워진 기념비들을 생각하면, 국제 도로의 저쪽 끝에서 존스를 기리고 있는 순박한 돌덩어리를 조롱할 이유는 전혀 없다. 그의 지리적인 고향이 어디인지는 지금까지도 확실히 모르지만, 그는 머나먼 타향에서 국제 도로를 건너는 데 실패하고 말았다. 자의는 아닐지언정 적어도 그는 자신의 목숨으로 기념비의 값을 치렀다. 장군들은 대개 무사히 고국으로 돌아와 부하들의 피로 값을 치렀으며, 정치인들로 말하자면 – 무슨 사건과 관련된 인물인지 기억할 만큼 죽은 정치인을 신경 쓰는 사람이 어디 있는가? 자유 무역보다는 아샨티 전쟁[1]이 더 흥미롭지만, 런던의 비둘기들은 그 둘을 구분하지 못한다.

---

1   1821년부터 1900년까지 가나 지방을 차지하기 위해 영국과 아샨티 제국 사이에 벌어진 전쟁.

Exegi monumentum(나는 기념비를 완성했노라)[2]. 나의 기이한 사업을 위해 북쪽의 몬테크리스티[3]로 올라가서 그 기념비를 지날 때마다, 그것을 세우는 데 내가 일조했다는 약간의 자부심이 느껴진다.

대부분의 사람들은 인생의 어느 순간 자기도 모르게 귀환 불능 지점을 지난다. 존스도 나도 그 지점이 왔을 때 알아채지 못했다. 우리 직업의 특성상, 제트기 이전의 구식 여객기를 모는 조종사처럼 남다른 관찰력을 발휘했어야 하는데 말이다. 8월의 어느 우중충한 아침, 메데이아호가 대서양의 수면에 남긴 자취를 따라 서서히 멀어져 간 그 순간을 나는 전혀 눈치채지 못했다. 메데이아호는 필라델피아와 뉴욕에서 출발하여 아이티와 포르토프랭스로 향하는 네덜란드 왕립 증기선 회사의 화물선이었다. 그때만 해도 나는 여전히 내 미래—텅 빈 내 호텔과 그에 못지않게 공허한 연애의 미래조차—를 진지하게 고민하고 있었다. 존스나 스미스와는 철저한 타인이었다. 그들은 그저 동승자였을 뿐, 그들 때문에 페르난데스 씨 밑에서 장의사로 일하게 될 줄은 꿈에도 몰랐다. 그때 귀띔을 받았다면 난 웃었을 것이다. 지금 내가 좋았던 시절을 생각하며 웃듯이.

내 술잔에 든 핑크 진 칵테일이 배의 움직임에 따라 오르락내리락했다. 마치 술잔이 파도의 충격을 기록하기 위해 만들어진 기구라도 되는 것 같았다. 그때 스미스 씨가 존스에게 단호히 답하고 있었다. "나는 뱃멀미를 해본 적이 없다오, 단 한 번도. 뱃멀미는 산성화의 여파거든. 고

---

2 호라티우스의 『송시』의 한 구절 '나는 청동보다 더 오래갈 기념비를 완성했노라(*Exegi monumentum aere perennius*)'에서 따온 말이다.
3 도미니카공화국의 북서부에 위치한 도시.

기를 먹으면 몸이 산성으로 변한다오, 술을 마셔도 그렇고." 그는 위스콘신에서 온 스미스 부부 중 한 명이었지만, 처음부터 내 머릿속에는 대통령 후보라는 명칭으로 박혀 있었다. 배가 출발하고 나서 첫 한 시간 동안 난간에 기대어 바다를 바라보고 있을 때, 내가 그의 성을 알기도 전에 스미스 부인이 그를 대통령 후보라고 불렀기 때문이다. 그녀는 자기가 말하는 대통령 후보는 남편밖에 없다는 듯 강인한 턱을 그쪽으로 끄덕였다. "저기 있는 내 남편 스미스 씨가 1948년 대통령 후보였거든요. 저이는 이상주의자예요. 그러니 승산이 없을 수밖에요." 우리가 무슨 얘기를 나누고 있었길래 그녀가 이런 말을 했을까? 우리는 잔잔한 잿빛 바다를 한가로이 바라보고 있었다. 뭍에서 그리 멀지 않은 바다는 우리 안에 갇힌 채 드러누워 밖에서 활약을 펼칠 기회만 호시탐탐 노리는 수동적이고 불길한 짐승처럼 보였다. 내가 피아노를 연주하는 어느 지인에 대해 얘기했고, 그래서 그녀의 생각이 트루먼의 딸[1]에 이어 정치로 비약했을지도 모른다—그녀는 남편보다 훨씬 더 정치의식이 높았다. 남편 대신 자신이 후보로 나섰다면 승산이 더 높았으리라 믿는 듯했는데, 그녀의 주걱턱 끝을 따라가 보니 정말 그랬을지도 모른다는 생각이 들었다. 스미스 씨는 순진해 보이는 큼직한 털북숭이 귀를 지키기 위해 꾀죄죄한 레인코트의 깃을 치켜세운 채 우리 뒤의 갑판에서 서성이고 있었다. 백발 한 타래가 바람에 날려 텔레비전 안테나처럼 곤두섰고, 작은 담요가 그의 팔에 걸쳐져 있었다. 순박한 시인이나 어느 이름 모를 대학의 학과장이라면 모를까, 도무지

---

1 미국 제33대 대통령 해리 트루먼의 외동딸 마거릿 트루먼은 클래식 소프라노로 활동했다.

정치인으로는 보이지 않았다. 대통령 선거가 있었던 그해 트루먼의 상대 후보가 누구였는지 기억해 내려 애쓰고 있는데―분명 스미스가 아니라 듀이였다―대서양의 바람이 그녀의 다음 말을 실어가 버렸다. 채소에 관한 얘기인 것 같았지만, 그땐 설마 그럴까 싶었다.

잠시 후 민망한 상황에서 존스를 만났다. 그가 침실 담당 승무원에게 뇌물을 먹여 우리 객실을 맞바꾸려 하고 있었기 때문이다. 그는 한 손에는 여행 가방을, 다른 손에는 5달러짜리 지폐 두 장을 들고 내 방 문간에 서서 이렇게 말하고 있었다. "그 사람이 아직 안 내려왔잖습니까. 그냥 조용히 넘어갈 겁니다. 소란 피울 사람이 아니라니까. 설사 차이를 눈치챈다 해도." 그는 나를 아는 것처럼 말했다.

"하지만 존스 씨……." 승무원은 반박하기 시작했다.

존스는 더블브레스트 조끼에 연회색 정장을 아주 말쑥하게 차려입은 작은 남자로, 승강기, 사무원들, 탁탁 타자기 치는 소리가 없는 그곳에서는 왠지 겉도는 느낌이었다―음침한 바다를 돌아다니며 밥벌이를 하는 이 왜소한 화물선에서 그런 인물은 존스밖에 없었다. 나중에 알아챈 사실이지만, 그는 옷을 전혀 갈아입지 않았고 선상 연주회가 열린 밤까지 똑같은 옷차림이었다. 나는 그의 여행 가방에 다른 옷은 전혀 없는 건가 궁금해지기 시작했다. 남의 눈을 끌려는 의도는 확실히 없는 것 같으니, 급하게 짐을 꾸리다 엉뚱한 제복을 챙겨온 듯했다. 숱 적은 검정 콧수염과 페키니즈처럼 새까만 눈 때문에 프랑스인―아마도 파리 증권거래소 직원―일 줄 알았더니, 뜻밖에도 그의 이름은 존스였다.

"존스 소령님이라니까." 그는 책망하는 어조로 승무원에게 답했다.

나도 그 못지않게 난처했다. 화물선 겸 증기선에는 승객들이 거의 없는 터라 서로 열을 내봐야 불편하기만 할 따름이었다. 승무원은 손을 깍지 끼고서 옳은 말을 했다. "제가 해드릴 수 있는 일이 정말 아무것도 없습니다, 손님. 이분, 브라운 씨 앞으로 예약된 객실이라서요." 스미스, 존스, 그리고 브라운 — 참으로 희한한 조합이었다. 나는 이 칙칙한 이름에 어느 정도 어울리는 사람인데, 그는 어떨까? 나는 곤경에 처한 그에게 미소를 지어 보였지만, 알고 보니 존스의 유머 감각은 더 단순한 수준이었다. 그는 진지한 표정으로 나를 유심히 쳐다보며 물었다.

"여기가 정말 당신 객실입니까?"

"그런 것 같군요."

"비어 있다고 들었는데." 그는 몸을 살짝 움직여, 바로 안쪽에 버젓이 놓여 있는 내 스티머 트렁크[1]를 등졌다. 지폐들은 어느새 사라지고 없었다. 그의 손이 주머니 쪽으로 움직이는 건 눈에 띄지 않았으니, 아마도 소매 속에 감추었으리라.

"객실이 마음에 안 들어서 그러십니까?" 내가 물었다.

"아, 그저 우현 쪽 객실이 더 좋아서 그렇습니다."

"네, 그건 저도 그래요. 이 배에서는 특히 더 그렇죠. 현창을 열어둘 수 있으니까요." 내 말의 진실성을 강조하기라도 하듯, 배가 더 넓은 바다로 나아가며 천천히 흔들리기 시작했다.

"핑크 진을 마실 시간이군." 존스는 황급히 말했고, 우리는 함께 위층으로 올라가 작은 라운지 바를 찾았다. 제

1　배의 침대 밑에 들어가도록 만든, 판판하고 납작한 트렁크.

일 먼저 우리를 응대한 흑인 승무원이 내 진에 물을 타면서 귓가에 속삭였다. "저는 영국 국민이랍니다." 존스에게는 그런 주장을 하지 않았다.

라운지 바의 문이 확 열리더니, 천진난만하게 생긴 귀를 가졌음에도 멋진 외모를 자랑하는 대통령 후보가 나타났다. 그는 고개를 숙여 문간을 넘어와서는 라운지 바를 둘러보다가, 옆으로 비켜서며 팔을 구부렸다. 그러자 스미스 부인이 검 아래로 행진하는 신부처럼 남편의 팔 밑으로 들어왔다. 대통령 후보는 행여 부적절한 손님이 없는지 먼저 확인하고 싶었던 모양이었다. 그의 눈동자는 씻은 듯 맑은 푸른색이었고, 그의 코와 귀에는 희끗희끗한 털들이 소박하니 싹처럼 돋아 있었다. 그는 틀림없는 진국이었고, 존스 씨와는 정반대였다. 내가 그들에 대해 굳이 생각했다면, 두 사람이 물과 기름처럼 섞이기 어렵겠다는 결론을 내렸을 것이다.

"어서 오세요." 존스 씨(나는 왠지 그를 존스 소령으로 생각할 수가 없었다)가 말했다. "와서 한잔 걸치십시오."

나중에 알게 된 사실이지만, 그가 쓰는 말은 항상 조금씩 시대에 뒤처져 있었다. 철 지난 통용어 사전으로 공부한 것처럼.

"미안하지만." 스미스 씨는 정중하게 답했다. "술에는 손도 대지 않는 터라."

"나도 손은 안 댑니다." 존스가 말했다. "마시죠." 그러고는 그 말을 행동으로 옮기더니 덧붙여 말했다. "제 이름은 존스라고 합니다. 존스 소령이요."

"반갑소, 소령. 내 이름은 스미스라오. 윌리엄 에이블 스미스. 이쪽은 내 아내요, 존스 소령." 그가 묻는 듯한 눈빛으로 나를 쳐다보자, 나는 소개가 늦었다는 걸 깨달았다.

"브라운입니다." 나는 수줍게 말했다. 재미없는 농담이라도 던지는 기분이었지만, 두 사람은 눈치채지 못했다.

"다시 벨을 눌러요." 존스가 말했다. "그렇게 해줘요, 친구." 어느새 옛 친구의 위치를 차지하게 된 나는 라운지 바를 가로질러 가서 벨을 눌렀다. 스미스 씨가 벨에 더 가까웠지만, 아내의 무릎을 담요로 덮어주느라 바빴다. 라운지 바는 그런대로 따뜻했는데, 아마도 부부의 습관인 모양이었다. 바로 그때, 멀미를 예방하는 데 핑크 진만 한 게 없다는 존스의 말에 대한 답으로 스미스 씨가 자신의 신조를 밝혔다. "나는 뱃멀미를 해본 적이 없다오, 단 한 번도……. 난 평생 채식주의자였소." 그리고 그의 아내가 마무리를 지었다. "우리는 채식주의 운동을 펼쳐왔죠."

"운동이요?" 존스는 그 단어가 그 안의 소령을 깨우기라도 한 듯 날카롭게 물었다.

"1948년 대선에서요."

"후보셨습니까?"

"유감스럽게도." 스미스 씨는 점잖은 미소를 띠며 말했다. "승산은 거의 없었지만 말입니다. 두 거대 정당이……."

"제스처였어요." 그의 아내가 거칠게 끼어들었다. "우리의 뜻을 널리 알린 거죠."

존스는 입을 다물고 있었다. 깊은 인상을 받았거나, 아니면 나처럼 주요 후보가 누구였는지 기억해 내려 애쓰고 있는지도 몰랐다. 그러고는 그 구절이 맛있는 음식이라도 되는 양 혀로 굴렸다. "1948년 대선의 후보시라." 그는 덧붙여 말했다. "이렇게 뵙다니 영광입니다."

"우린 선거 운동 조직도 없었어요." 스미스 부인이 말했다. "그럴 형편이 못 됐거든요. 그런데도 만 표 넘게 얻었죠."

"그렇게 큰 지지를 받을 거라고는 기대도 안 했는데 말이오." 대통령 후보가 말했다.

"우린 꼴등이 아니었어요. 어떤 후보가 있었는데 ─ 농업이랑 관련됐었지 아마, 여보?"

"그랬지. 당명은 정확히 기억이 안 나지만. 헨리 조지[1]의 신봉자였을걸."

"솔직히 말하자면," 내가 말했다. "공화당과 민주당 후보들만 나온 줄 알았습니다. 참, 사회당 후보도 있었던가요?"

"전당 대회로 관심을 끌어모으니까 그렇죠." 스미스 부인이 말했다. "그거 전부 다 천박한 쇼에 불과한데 말이에요. 스미스 씨가 여자 군악대장들이랑 같이 있는 걸 어떻게 보겠어요?"

"누구나 대선에 출마할 수 있소." 후보는 점잖고 겸손하게 말했다. "그게 바로 우리 민주주의의 자부심이지. 정말이지 대단한 경험이었다오. 대단한 경험. 평생 잊지 못할 경험."

2

우리가 탄 배는 아주 작았다. 승선 정원이 기껏해야 열네 명 정도였을 텐데, 메데이아호는 결코 만원이 되는 법이 없었다. 휴가철도 아닌 데다, 어차피 우리의 행선지인 섬은 더 이상 인기 있는 관광지가 아니었다.

높다란 흰 옷깃에 빳빳한 소맷부리, 금테 안경으로 말쑥한 차림을 한 흑인이 한 명 있었다. 산토도밍고로 간다

---

1 미국의 경제학자이자 정치가로 단일토지세를 주장한 『진보와 빈곤』을 저술하였고, 19세기 말 영국 사회주의 운동에 큰 영향을 미쳤다.

는 그는 남들과 거의 어울리지 않고, 무슨 질문에든 "네", "아니요"로 정중하면서도 애매하게 답했다. 이를테면, 선장이 트루히요 – "죄송합니다. 그러니까. 산토도밍고요"라고 바로잡았다[1] – 에서 무슨 화물을 주로 실을까 하고 물었더니, 그는 진지하게 고개를 끄덕이며 "네"라고 답했다. 그 자신은 절대 질문을 하지 않았고, 그의 신중한 태도는 마치 나의 무의미한 호기심을 꾸짖는 것 같았다. 제약회사의 외판원도 있었다 – 비행기로 출장을 다니지 않는 이유를 그에게서 들었는데 잊어버렸다. 내 느낌에는 그 이유 때문이 아니라, 남들에게는 비밀로 하고 있는 심장병 때문인 것 같았다. 덩치에 비해 너무 작은 얼굴은 쭈글쭈글하니 메말라 보였고, 그는 오랜 시간 침대에 누워 있었다.

내가 배를 타는 이유는 – 그리고 존스의 이유도 같지 않을까 싶은 생각이 가끔 들었는데 – 신중함이었다. 공항에서는 활주로에서 순식간에 승무원들과 떨어진다. 항구에서는 발밑으로 외국산 널빤지의 안전함을 느낄 수 있다 – 메데이아호에 타고 있는 한 나는 네덜란드 시민으로 간주되었다. 나는 산토도밍고행 표를 예약했고, 영국 대리 대사 혹은 마르타로부터 안심할 만한 소식을 듣기 전까지는 배에서 내리지 않으리라 자신 없이 다짐했다. 수도가 내려다보이는 언덕에 있는 내 호텔은 석 달 동안 나 없이 돌아갔으니 분명 손님이 없을 테고, 텅 빈 바와 텅 빈 침실들, 그리고 가망 없는 미래보다는 내 목숨이 더 중요했다. 스미스 부부가 배를 탄 이유는 그저 바다가 좋아서였던 것 같지만, 그들이 아이티를 방문하기로 결정한

---

1 도미니카공화국의 수도는 1936년부터 1961년까지 시우다드 트루히요로 불리다가 1961년 이후 원래 이름인 산토도밍고로 복귀되었다.

이유는 시간이 꽤 지나서야 알았다.

선장은 배의 놋쇠 난간처럼 박박 문질러 닦은 듯 깔끔해 보이는 빼빼 마르고 쌀쌀맞은 네덜란드인이었고, 이에 반해 사무장은 볼스 진과 아이티산 럼주를 무척 좋아하는 지저분하고 대책 없이 쾌활한 남자였다. 항해 이틀째 그는 같이 한잔하자며 자신의 방으로 우리를 초대했다. 9시 전까지는 꼭 잠자리에 들어야 한다는 제약회사 외판원을 제외하고 우리 모두 북적북적 그의 방으로 모였다. 산토도밍고의 신사도 합류했는데, 사무장이 날씨가 어떠냐고 묻자 그는 "아니요"라고 대답했다.

사무장은 모든 걸 과장되게 이야기하는 유쾌한 버릇이 있었는데, 스미스 부부가 비터 레몬[2]을 요구했다가 그것이 없다는 말에 코카콜라를 부탁하자 그의 선천적인 유쾌함이 살짝 꺾였다. "그걸 마시는 건 자살 행위나 다름없어요." 그는 이렇게 말하고는, 그 비밀스러운 재료들이 생산되는 방식에 대한 자신만의 가설을 늘어놓기 시작했다. 스미스 부부는 개의치 않고 아주 즐겁게 코카콜라를 마셨다. "두 분이 도착하실 곳에서는 그것보다 더 독한 음료가 필요할 겁니다." 사무장이 말했다.

"남편이랑 나는 더 독한 걸 마셔본 적이 없어요." 스미스 부인이 답했다.

"물은 믿을 수가 없고, 미국인들이 죄다 나가버려서 코카콜라도 찾기 힘들거든요. 밤에 길거리에서 총소리가 들리면 아무래도 독한 럼주가……."

"럼주는 안 마셔요." 스미스 부인이 말했다.

"총소리?" 스미스 씨가 물었다. "총격이 있소?" 그는 몸

---

2 약간 쓴맛이 나는 탄산 레몬주스.

을 웅크린 채 작은 담요를 두르고 있는 아내(그녀는 비좁은 방에서조차 추위를 느꼈다)를 불안한 표정으로 쳐다보았다. "이유가 뭐요?"

"브라운 씨한테 물어봐요. 거기 사시니까."

내가 말했다. "총소리가 자주 들리는 건 아닙니다. 놈들은 보통 조용히 움직이거든요."

"**놈들**이라니요?" 스미스 씨가 물었다.

"통통 마쿠트[1]." 사무장이 심술궂게 씩 웃으며 끼어들었다. "대통령이 부리는 악귀들이죠. 검은 안경을 쓰고, 날이 어두워지면 먹잇감을 찾아간답니다."

스미스 씨는 아내의 무릎에 손을 얹으며 말했다. "이분이 우릴 겁주려고 하는 말이야, 여보. 여행사에서 그런 얘기는 전혀 없었잖아."

"우리가 그리 쉽게 겁먹는 사람들이 아니라는 걸 모르시나 봐." 스미스 부인이 이렇게 말했고, 웬일인지 나는 그녀의 말에 믿음이 갔다.

"당신은 잘 아시겠죠, 페르난데스 씨?" 사무장은 외계 종족에게 말하는 것처럼 목소리를 높여 방 저쪽으로 소리쳤다.

페르난데스 씨는 곧 잠들 사람처럼 멍한 표정이었다. "네"라고 그는 말했지만, "아니요"라고 답했을 확률도 똑같았을 것이다. 럼주 잔을 조심스레 들고 사무장의 침대 끄트머리에 걸터앉아 있던 존스가 처음으로 입을 열었다. "나한테 특공대원 쉰 명만 주면 그 나라를 단번에 쓸어버릴 텐데."

---

1 공식 명칭은 국가보안자원민병대(Milice de Volontaires de la Sécurité Nationale) 였지만, 아이티 사람들은 통통 마쿠트라고 불렀다. 아이티의 신화에서 통통 마쿠트는 버릇없는 아이들을 삼베자루로 잡아가는 아저씨로 등장한다.

"특공대에 있었어요?" 나는 조금 놀라며 물었다.

그는 아리송하게 답했다. "같은 팀의 다른 분이였죠."

대통령 후보가 말했다. "우리는 사회복지부 장관 앞으로 소개장을 받아 왔다오."

"무슨 장관이요?" 사무장이 말했다. "복지? 복지 같은 건 눈 씻고 찾아봐도 없을걸요. 덩치가 테리어만 한 쥐들이라면 또 모를까……."

"여행사에서 말하기를, 아주 괜찮은 호텔이 몇 개 있다고 하던데."

"내가 호텔을 하나 가지고 있습니다만." 나는 수첩을 꺼내어 엽서 세 장을 보여주었다. 천박한 밝은색으로 인쇄되긴 했지만, 기나긴 한 시대의 유물인 만큼 역사적 품위를 지니고 있었다. 한 엽서에는 파란 타일을 붙인 수영장에 우글거리는 비키니 차림의 여자들이, 두 번째 엽서에는 크리올식[2] 바의 초가지붕 아래에서 북을 치고 있는 카리브해의 유명한 북 연주자가, 호텔의 전체적인 모습을 찍은 세 번째 엽서에는 19세기 포르토프랭스의 환상적인 건축물인 박공과 발코니와 탑 들이 담겨 있었다. 적어도 그것들은 변하지 않았다.

"우린 좀 더 조용한 곳을 생각하고 있었소만." 스미스 씨가 말했다.

"우리 호텔도 이젠 충분히 조용하답니다."

"친구와 함께하는 편이 확실히 즐겁겠지, 여보? 비어 있는 방이 있을지 모르겠소, 욕조나 샤워실이 딸린 방으로."

"욕조는 방마다 있습니다. 소음은 걱정 마십시오. 북 연주자는 뉴욕으로 달아났고, 비키니 입은 여자들은 지금

---

2 크리올은 서인도 제도나 중남미에 이주한 프랑스인이나 스페인인의 자손을 뜻한다.

죄다 마이애미에 있으니까요. 아마 투숙객은 두 분밖에 없을 겁니다."

이 부부는 그들이 지불하는 돈보다 훨씬 더 가치가 큰 손님일 거라는 생각이 들었다. 대통령 후보는 분명 지위가 있는 사람이니 대사관의 보호를 받을 터였다. 대사관에 몇 명이나 남아 있을지는 모르겠지만(내가 포르토프랭스를 떠날 당시에도 이미 대사관 직원은 대리 대사, 서기관, 그리고 군사 사절단에서 유일하게 남은 두 명의 해병 경비대원으로 줄어들어 있었다.) 아마 존스에게도 같은 생각이 떠오른 모양이었다. "나도 함께하겠습니다. 내 숙소가 따로 마련되어 있지 않다면요. 같이 붙어 있으면 계속 배에 타고 있는 느낌이 들 겁니다."

"뭉칠수록 안전하죠." 사무장이 동감했다.

"투숙객이 세 명이라니, 나는 포르토프랭스에서 가장 부러움을 사는 호텔 주인이 되겠군요."

"부러움을 사는 건 그리 안전하지 않아요." 사무장이 말했다. "세 분 모두 우리와 끝까지 같이 가는 편이 훨씬 나을 겁니다. 나라면 뭍 안으로 50미터 넘게 들어가지 않겠습니다. 산토도밍고에 괜찮은 호텔이 하나 있어요. 호화 호텔이죠. 브라운 씨가 보여드린 것만큼이나 괜찮은 그림엽서를 보여드릴게요." 그가 서랍을 열자 작은 정사각형 곽이 십여 개 보였다ㅡ뭍에 오르면 메르 카트린의 매음굴이나 더 값싼 숙소에서 승무원들에게 이문을 남기고 팔 콘돔이었다. (그는 분명 사람들을 꼬드기면서 오싹한 통계를 들먹이리라.) "내가 그걸 어떻게 했더라?" 그는 괜히 페르난데스 씨에게 물었다. 페르난데스 씨가 미소 지으며 "네"라고 답하자, 사무장은 출력한 서식들과 빨간색, 초록색, 파란색 잉크병들, 그리고 예스러운 목제 펜대들과 펜

촉들이 어질러진 책상을 이리저리 뒤지다, 흐물흐물한 엽서 몇 장을 발견했다. 북 연주자가 다를 뿐 내 크리올 바와 똑같은 크리올 바, 그리고 내 수영장과 똑같이 생긴 수영장이 엽서에 담겨 있었다.

"내 남편은 놀러 가는 게 아니에요." 스미스 부인이 매몰차게 말했다.

"괜찮으면 나는 한 장 챙겨 가도록 하죠." 존스는 수영장과 비키니 엽서를 집으며 말했다. "앞으로 무슨 일이 있을지는 아무도 모르니까……." 그가 삶의 의미를 얼마나 깊이 있게 연구하는 사람인지 대변해 주는 한마디가 아니었을까 싶다.

3

다음 날 나는 바람막이가 설치되어 있는 우현 쪽에서 접의자에 앉아, 연보라색이 감도는 초록빛 바닷물의 너울을 타고 나른하게 햇볕과 그늘 사이를 오가고 있었다. 소설을 읽어보려 했지만, 등장인물들이 따분하기만 한 권력 중심부에서 서서히 밀려나는 전개가 불 보듯 뻔해 졸리기만 했고, 책이 갑판으로 떨어졌을 땐 귀찮아서 책을 다시 줍지도 않았다. 딱 한 번 눈을 떴는데, 마침 제약회사 외판원이 옆을 지나가고 있었다. 그는 두 손으로 난간을 꼭 붙잡은 채, 마치 사다리를 기어오르는 것처럼 난간을 따라 천천히 움직였다. 숨을 거칠게 헐떡이는 그의 얼굴에서 필사적인 의지가 느껴졌다. 그 끝에 뭐가 있을지 아는 듯, 이렇게 고생할 가치가 있다는 걸 아는 듯, 하지만 끝까지 해낼 힘이 그에게 없다는 사실 역시 아는 듯했다. 나는 다시 꾸벅꾸벅 졸다가 어느덧 깜깜한 공간에 혼자 남겨졌는데, 누군가가 차가운 손으로 나를 건드렸다.

깨어나 보니 페르난데스 씨였다. 배가 가파르게 기우는 바람에 깜짝 놀라 자세를 바로잡다가 나를 건드린 모양이었다. 그의 안경에 햇빛이 아른거리자, 시커먼 하늘에서 황금빛 소낙비가 쏟아지는 것처럼 보였다. 그는 앞으로 휘청거리며 사과의 미소를 지으면서 "네, 네"라고 말했다.

바다로 나온 지 이틀째 되는 날, 나를 제외한 모든 이들에게 갑자기 운동 욕구가 불끈 솟기라도 한 모양이었다. 이번에는 존스 씨 – 나는 여전히 그를 소령이라 부를 수 없었다 – 가 배의 움직임에 걸음걸이를 맞추어가며 갑판 중앙을 꾸역꾸역 지나갔다. 그는 지나가면서 "질풍이군요"라고 내게 큰 소리로 말했다. 역시나 영어를 책으로 배운 걸까 – 아마도 이 경우에는 디킨스의 작품에서. 그때 뜻밖에도 페르난데스 씨가 이리저리 미끄러지며 돌아왔고, 그 뒤로 제약회사 직원이 힘겹게 따라왔다. 그는 추월당했지만, 고집스럽게 경주를 이어 나갔다. 나는 조건이 아주 불리한 대통령 후보가 언제 나타날까 궁금해지기 시작했다. 바로 그 순간 그가 내 옆의 라운지 바에서 나왔다. 혼자인 그는 웨더 하우스[1]에 홀로 남은 인형처럼 억지로 짝꿍과 헤어진 사람처럼 보였다. "산들바람이 부는군." 그는 존스 씨의 영어를 바로잡으려는 듯 이렇게 말하고는 옆 의자에 앉았다.

"스미스 부인이 어디 불편하신 건 아니겠죠."

"괜찮아요, 괜찮아. 지금 객실에서 프랑스어 문법을 공부하고 있다오. 내가 옆에 있으면 집중이 안 된다지 뭐요."

---

1 집 모양의 날씨 표시 상자로, 습도의 변화에 따라 여자 인형과 남자 인형이 나왔다 들어갔다 한다.

"프랑스어 문법이요?"

"우리가 가는 곳에서 그 언어를 쓴다고 하니 말이오. 스미스 부인은 언어에 아주 능통하다오. 문법을 몇 시간만 익히고 나면 발음 빼고 모르는 게 없지."

"전에는 프랑스어를 배운 적이 없으십니까?"

"스미스 부인한테는 아무 문제도 안 돼요. 예전에 독일 여자 한 명이 우리 집에서 지냈는데, 반나절도 안 지나서 스미스 부인은 그 여자한테 방을 깨끗하게 쓰라고 독일어로 말했다오. 또 한 번은 핀란드 사람이 있었소. 스미스 부인은 일주일 정도 걸려서 핀란드어 문법을 익혔고, 그 후로는 아무런 거침도 없었지." 그는 잠깐 말을 끊었다가, 이 황당한 이야기에 기묘한 위엄을 더해주는 미소를 띠며 말했다. "35년 동안 부부로 살면서 그 여자에게 매일같이 탄복하고 있다오."

나는 못 들은 척하고 물었다. "이 부근에서 휴가를 자주 보내십니까?"

"우리는 휴가와 임무를 병행하려고 노력하고 있소. 스미스 부인도 나도 그저 놀기만 하는 건 좋아하지 않으니."

"그렇군요, 그럼 이번 임무는 어디로⋯⋯?"

"한번은 테네시주에서 휴가를 보냈다오. 잊을 수 없는 경험이었지. 우리는 자유의 기수[2]로서 그곳에 갔소. 내슈빌에서는 스미스 부인에게 무서운 사건도 일어났었고."

"휴가를 그렇게 보내다니 용감하시군요."

"우리는 흑인을 아주 좋아하거든." 이 말 하나로 모든 게 설명된다고 생각하는 모양이었다.

"지금 가시는 곳에서는 그 사람들에게 실망하실 텐데

2 Freedom Riders. 흑인 차별에 반대한 단체로, 특히 백인 전용의 버스나 대합실에 들어감으로써 차별 반대를 행동으로 옮겼다.

걱정이군요."

"뭐든지 더 깊이 들여다보기 전까지는 실망스러운 법이잖소."

"흑인들이 내슈빌의 백인들만큼 폭력적일 때도 있습니다."

"미국에도 나름대로 문제들이 있다오. 그래도 사무장이 나를 놀리려고 하는 소리인 줄 알았는데."

"그런 의도였을 겁니다. 자기 딴에는 농담이라고 한 소리였겠죠. 하지만 해변에서 보는 것보다 현실은 더 심각합니다. 사무장이 시내로 들어가 보기나 했을지 의문이군요."

"당신도 사무장과 똑같은 충고를 하겠소? 산토도밍고로 가라고 말이오."

"네."

그의 두 눈이 지루하도록 단조로운 바다 풍경을 슬프게 바라보았다. 마음이 움직인 듯했다. 내가 말했다. "그곳 사람들이 어떻게 살고 있는지 한 가지 사례를 들려드리죠."

스미스 씨에게 학교에서 집으로 돌아가던 대통령의 자녀들을 유괴하려 했다는 혐의를 받은 남자의 이야기를 들려주었다. 그에게 불리한 증거는 하나도 없는 것 같았지만, 그는 파나마에서 열린 어느 국제 행사에 참여한 아이티의 명사수였다. 정부 당국은 명사수 정도는 되어야 대통령의 경호원들을 상대할 수 있다고 판단한 모양이었다. 그래서 통통 마쿠트는 그의 집을 포위하고 – 그는 집에 없었다 – 휘발유로 집에 불을 지른 다음, 탈출하려는 모든 사람들에게 기관총을 발사했다. 소방대가 불길이 번지지 않도록 막았고, 이제 그 거리에는 치아 하나가 뽑혀나간 것처럼 빈 자리가 뻥 뚫려 있었다.

스미스 씨는 귀 기울여 듣더니 이렇게 말했다. "히틀러가 더 나쁜 놈 아니오? 그는 백인이었잖소. 피부색으로 사람을 비난하면 안 되지."

"그런 게 아닙니다. 피해자 역시 흑인이었으니까요."

"제대로 들여다보면 상황이 나쁘지 않은 곳이 없다오. 그런 이유 하나 때문에 돌아가자고 하면 스미스 부인이 언짢아할 거요."

"내 말을 들으실 필요는 없습니다. 물어보셔서 답한 것뿐이니까요."

"또 물어봐서 미안하지만, 그런 당신은 왜 그곳으로 돌아가는 거요?"

"내 전 재산이 거기 있으니까요. 내 호텔 말입니다."

"우리―스미스 부인과 나―의 전 재산은 우리의 사명이라오." 그는 바다를 물끄러미 바라보았고, 그 순간 존스가 지나갔다. 그는 어깨 너머로 우리에게 "네 바퀴 돌았습니다"라고 큰 소리로 말하고는 계속 발걸음을 옮겼다.

"저 분도 두려움이 없으시군." 스미스 씨는 용기를 과시한 것을 사과하기라도 하듯 말했다. 남들과 다른 넥타이를 매라며 아내가 내어준 다소 현란한 넥타이에 대해 사과하는 사람처럼.

"저 사람의 경우엔 용기라고 할 수 있을지 모르겠군요. 나처럼 달리 갈 곳이 없어서 저러는 것 같은데요."

"우리 둘에게 아주 친절했잖소." 스미스 씨는 단호하게 말했다. 화제를 바꾸고 싶은 것이 분명했다.

스미스 씨를 더 잘 알고 나서는 그 특정한 어조를 알아듣게 되었다. 내가 누군가―낯선 사람이나 적이라도―를 욕하기만 하면 그는 극도로 불편해했다. 물을 피하는 말처럼 대화에서 물러나 버렸다. 가끔은 아무런 의심도 없는 그를 도랑 가장자리까지 끌고 가서는 채찍과 박차로 갑자기 그를 몰아붙이는 것이 재미있기도 했다. 하지만 도랑을 뛰어넘는 법을 그에게 가르치지는 못했다. 그는 금방 내 속셈을 알아챘던 것 같지만, 불쾌함을 겉으로 드러낸 적은 한 번도 없었다. 그것 역시 친구를 비판하는 꼴이 될 테니 말이다. 그는 그저 슬그머니 발을 빼는 쪽을 택했다. 이 점만은 그의 아내와 달랐다. 후에 나는 그녀의 불같고 직설적인 성격을 알게 되었다. 그녀는 대통령 후보를 빼고는 누구나 서슴없이 공격할 수 있는 사람이었다. 시간이 흐르면서 나는 그녀와 여러 번 다투었다. 그녀는 내가 자기 남편을 조금 비웃는다고 생각했지만, 내가 얼마나 그들을 부러워하는지 알지 못했다. 그토록 서로에게 충실한 부부를 유럽에서 본 적이 없었다. 나는 "방금 사명에 대해 말씀하고 계셨죠"라고 말했다.

"그랬던가? 내 얘기를 그런 식으로 해서 미안하오. 사명은 너무 거창한 단어지."

"듣고 싶은데요."

"희망이라고 합시다. 호텔업을 하는 사람이라면 공감하기가 어려울지도 모르겠군."

"혹시 채식주의와 연관돼 있습니까?"

"그렇소."

"공감 안 되는 바는 아닙니다. 내가 하는 일이 손님들을 만족시키는 거니까요. 내 손님이 채식주의자라면……."

"채식주의는 그저 음식의 문제가 아니라오, 브라운 씨. 여러 지점에서 우리의 삶과 닿아 있소. 우리 몸에서 산성을 없애면, 격한 감정도 없앨 수 있을 거요."

"그럼 세상이 멈추겠죠."

"난 그 감정이 사랑이라고는 말하지 않았소"라며 그가

나를 점잖게 책망하자, 나는 기묘한 수치심을 느꼈다. 냉소주의는 어느 모노프리[1] 매장에서든 살 수 있는 싸구려다. 모든 조악한 상품에 내장되어 있으니까.

"어쨌거나 채식주의 국가로 가시는 중이군요." 내가 말했다.

"무슨 뜻이오, 브라운 씨?"

"인구의 95퍼센트가 고기나 생선이나 달걀을 사 먹을 형편이 못 되거든요."

"하지만 브라운 씨, 세상에 말썽을 일으키는 자들은 빈민이 아니잖소? 전쟁은 정치인들, 자본가들, 지식인들, 관료들, 월스트리트나 공산당의 우두머리들이 일으키지. 빈민들이 일으키는 전쟁은 하나도 없소."

"그리고 부자들과 권력자들은 채식주의자가 아니고요?"

"그렇소. 보통은 아니라오." 나는 내 냉소주의가 또 부끄러워졌다. 단호하고도 확신에 찬 연푸른 눈동자를 보고 있자니, 그의 말이 옳을지도 모른다는 믿음이 잠시나마 생겼다. 승무원 한 명이 내 바로 곁에 서 있었다. 내가 말했다. "수프 필요 없어요."

"아직 수프 먹을 시간이 아닙니다, 선생님. 선장님께서 잠깐 얘기를 나누고 싶으시답니다."

선장은 그의 선실에 있었다. 그 자신만큼이나 간소하고 빡빡 문질러 닦은 듯 깨끗한 방이었다. 그 방에서 유일하게 개인적인 물건인 캐비닛 크기의 사진에는 머리 건조용 헬멧으로 개성마저 눌러버린 채 미용실에서 막 튀어나온 듯한 중년 여자가 담겨 있었다. "앉으세요, 브라운 씨. 시가 한 대 피우시겠습니까?"

1 프랑스의 대형 마트.

"아니요, 됐습니다."

선장이 말했다. "바로 본론으로 들어가죠. 손님의 협조가 필요합니다. 아주 난처한 상황이라서요."

"네?"

그는 침울한 목소리로 말했다. "항해에서 내가 싫어하는 한 가지가 있다면 예상치 못했던 일이 터지는 겁니다."

"바다에서는…… 항상…… 폭풍우도……."

"당연히 바다에 관한 얘기가 아닙니다. 바다는 아무 문제도 없어요." 그는 재떨이와 담뱃갑을 다른 쪽으로 옮기더니, 머리칼을 회색 시멘트에 박은 듯한 멍한 얼굴의 여자 사진을 자기 쪽으로 1센티미터 가까이 끌어당겼다. 어쩌면 그는 그 여자에게서 자신감을 얻고 있을지도 몰랐다. 나라면 오히려 의지가 마비될 것 같았지만. 그가 말했다. "존스 소령이라는 승객을 만나 보셨죠. 본인을 존스 소령이라고 부르더군요."

"대화도 나눠봤어요."

"인상이 어떻던가요?"

"글쎄요…… 딱히 무슨 생각을 하지는……."

"방금 필라델피아의 내 사무실에서 전보가 날아왔습니다. 그 사람이 언제 어디서 내리는지 보고해 달라고 말입니다."

"승선표에 나와 있을 텐데……."

"혹시 일정이 바뀌지 않는지 확인해 달라는 겁니다. 우리는 산토도밍고까지 갑니다……. 손님은 산토도밍고행으로 예약했다고 하셨죠. 혹시라도 포르토프랭스의 상황이 안 좋을 경우를 대비해서……. 그 사람도 똑같은 생각을 하고 있을지 몰라요."

"경찰 쪽에서 궁금해하는 겁니까?"

"순전히 내 추측이지만, 경찰이 관련된 것 같습니다. 존스 소령에게 개인적으로 무슨 악감정이 있는 건 아닙니다. 어떤 서류 담당관 때문에 시작된 의례적인 조사일 확률이 아주 높아요. 하지만…… 손님은 같은 영국인이시고 포르토프랭스에 사시니까, 제가 미리 경고를 해드리면 손님이……."

나는 그의 철저한 신중함과 철저한 정확함, 철저한 강직함이 신경에 거슬렸다. 선장은 젊은 시절이나 취중에, 혹은 머리 손질을 잘한 저 아내가 없을 때 한 번도 실수한 적이 없을까? 내가 말했다. "그 사람이 도박 사기꾼이라도 되는 것처럼 말씀하시는군요. 게임을 제안한 적도 없는 사람인데."

"난 그렇게 말하지는……."

"나더러 잘 보고, 잘 들으라는 소리 아닙니까?"

"그겁니다. 그거면 충분해요. 심각한 일이라면 그를 구금하라는 요청이 날아왔겠죠. 어쩌면 채무자들을 피해 달아났을지도 몰라요. 또 누가 알겠습니까? 여자 문제일지." 그는 돌 같은 머리칼에 딱딱한 표정을 짓고 있는 여자의 눈을 바라보며 혐오스럽다는 듯 말했다.

"선장님, 죄송하지만 나는 정보원 훈련을 받은 적이 없어요."

"그런 걸 부탁하는 게 아닙니다, 브라운 씨. 스미스 씨처럼 나이 든 분한테 부탁을 할 수도 없는 노릇이고…… 존스 소령의 경우에는……." 역시나 익살극의 우스꽝스러운 가면들처럼 얼마든지 서로 바꿔 써도 상관없는 세 이름이었다. 내가 말했다. "보고할 만한 것이 보이면 그렇게 하죠. 하지만 일부러 찾지는 않을 테니 그렇게 알아두십시오." 선장은 자기 연민의 한숨을 작게 내쉬었다. "나 혼자 책임질 일이 이렇게나 많아서야……."

그는 우리가 향하고 있는 항구에서 2년 전 벌어졌던 사건에 대해 기나긴 이야기를 들려주기 시작했다. 오전 1시에 총성이 울리고 30분 뒤 한 장교와 두 경찰관이 현문에 나타나더니 배를 수색하고 싶다고 했다. 물론 선장은 허락하지 않았다. 선박은 네덜란드 왕립 증기선 회사의 영토였다. 많은 언쟁이 오갔다. 선장은 야간 경비원을 전적으로 믿고 있었다ㅡ이 믿음은 잘못된 것으로 판명되었다. 경비원은 자기 위치에서 잠들고 말았다. 선장은 당직 선원과 이야기하러 가던 도중에 핏자국을 발견했다. 핏자국을 따라가 보니 어떤 배에 도망자가 숨어 있었다.

"그래서 어떻게 하셨습니까?" 내가 물었다.

"선의船醫한테 치료받게 한 다음, 물론 당국에 넘겼지요."

"아마 정치적 망명을 노리고 있었을 겁니다."

"그 사람이 뭘 노리고 있었는지는 나도 모릅니다. 내가 어찌 알겠습니까? 그자는 까막눈에다 어차피 배표 살 돈도 없었어요."

4

선장과의 면담을 마친 후 존스를 다시 봤을 때 까닭 없이 그를 두둔하고 싶어졌다. 그 순간 그가 내게 포커를 치자고 말했다면 망설임 없이 응해서 기꺼이 돈을 잃어주었을 것이다. 그에 대한 신뢰를 보여줌으로써 내 찝찝한 기분을 씻어낼 수 있도록 말이다. 나는 스미스 씨를 피하기 위해 좌현 쪽으로 돌아가다가 물보라에 철썩 맞았고, 객실로 들어가기도 전에 존스 씨와 딱 마주치고 말았다. 그가 걸음을 멈추고 내게 한잔하자며 권하자, 나는 이미 그의 비밀을 밀고하기라도 한 것처럼 죄책감이 들었다.

"좀 이른데요." 내가 말했다.

"런던에서는 술집이 문을 열 시간입니다." 나는 시계를 보면서 — 10시 55분이었다 — 그의 신뢰성을 확인하는 듯한 느낌이 들었다. 그가 승무원을 찾으러 간 사이 나는 그가 라운지 바에 남겨두고 간 책을 집어 들었다. 호화로운 침대에 팔다리를 아무렇게나 벌린 채 엎드려 있는 알몸의 여자가 종이 표지에 그려진 미국 책으로, 제목은 『지금을 놓치지 마』였다. 표지 안쪽에는 연필로 그의 서명이 휘갈겨져 있었다. H. J. 존스. 그는 자신의 신원을 확실히 남기고 싶었던 걸까, 아니면 이 책을 개인 서재에 둘 생각일까? 나는 아무 페이지나 펼쳐 보았다. "'신뢰?' 제프의 목소리가 채찍처럼 그녀를 때렸다……." 그때 존스가 라거 두 잔을 들고 돌아왔다. 나는 책을 내려놓고 괜스레 겸연쩍게 말했다. "소르테스 베르길리아나이*Sortes Vergilianae*[1]."

"소르테스 뭐요?" 존스는 술잔을 들어 올리고 머릿속에 저장된 단어 사전을 넘기다가, '눈 속의 진흙'[2]은 구식이라 꺼려졌는지 좀 더 현대적인 '건배'를 택했다. 그는 맥주를 한 모금 삼킨 뒤 덧붙였다. "방금 선장이랑 얘기하시는 것 같던데."

"네?"

"말 붙이기 힘든 노인네. 윗양반들하고만 말을 섞겠죠." 예스러운 표현이었다. 이번에는 그의 머릿속 사전이 제 역할을 하지 못했다.

"내가 윗양반은 아닐 텐데요."

---

1 로마 시인 베르길리우스의 책을 아무 곳이나 펼쳐 점을 치는 것.
2 'mud in your eye'는 건배를 의미하는 구식 표현이다.

"기분 나쁘게 듣지 말아요. 윗양반은 나한테 특별한 의미가 있는 말이니까요. 나는 세상을 두 부분으로 나눕니다. 윗양반와 잡것. 윗양반들은 잡것들 없이도 살 수 있지만, 잡것들은 윗양반들 없이 못 살죠. 난 잡것이랍니다."

"당신이 생각하는 잡것의 정확한 의미가 뭡니까? 그것도 좀 특별해 보이는데요."

"윗양반들은 안정적인 직업을 갖고 있거나 벌이가 좋죠. 당신이 호텔에 지분을 갖고 있듯, 그들 역시 어딘가에 지분을 갖고 있습니다. 잡것들은 여기저기서, 이를테면 라운지 바에서 연명하죠. 우리는 귀를 쫑긋 세우고 눈을 똑바로 뜨고 있답니다."

"잔꾀로 살아간다는 뜻입니까?"

"아니면 잔꾀 때문에 죽는 경우도 많죠."

"그럼 윗양반들은 꾀가 전혀 없습니까?"

"그자들은 잔꾀가 필요 없습니다. 이성과 지성, 기개가 있으니까. 우리 잡것들은 가끔 꾀가 지나쳐서 탈이죠."

"다른 승객들은 어떻습니까? 잡것입니까, 윗양반입니까?"

"페르난데스 씨는 분간이 안 되는군요. 어느 쪽도 될 수 있어요. 그리고 그 약장수는 판가름할 기회를 전혀 주지 않더군요. 하지만 스미스 씨, 그 사람은 틀림없는 진짜 윗양반입니다."

"윗양반을 동경하는 것처럼 들리는데요?"

"누구나 윗양반이 되고 싶어 하죠. 그런데 잡것이 부러울 때도 있지 않습니까? 솔직해져요, 친구. 회계사와 함께 앉아서 멀리까지 내다보는 게 싫을 때 말입니다."

"그래요, 그런 순간이 있긴 하죠."

"그럴 때 당신은 속으로 이런 생각을 할 겁니다. '우리는 할 일이 태산인데, 저 인간들은 재미만 보는군.'"

"가시는 곳에서 재미를 찾으셨으면 좋겠군요. 확실히 잡것들의 나라니까요. 대통령부터 시작해서."

"그건 상당히 위험한 일인데요. 잡것은 잡것을 알아보거든요. 놈들의 주의를 끌지 않도록 아무래도 윗양반인 척 연기를 해야겠습니다. 스미스 씨를 연구해야겠어요."

"윗양반인 척 연기해야 했던 적이 많았습니까?"

"다행히도 그리 많지는 않았죠. 나한테는 너무도 힘든 일이랍니다. 엉뚱한 때 웃음이 터져버리지 뭡니까. 나, 존스가, **이런** 인간들 속에서, 이런 말을 하다니? 가끔은 겁도 난다니까요. 길을 잃어버립니다. 낯선 도시에서 길을 잃으면 무섭지 않습니까. 하지만 자기 안에서 길을 잃으면…… 라거 한 잔 더 합시다."

"이번엔 내가 내겠습니다."

"내가 당신을 제대로 봤는지 모르겠군요. 당신이…… 선장과 함께 있는 걸 봤는데…… 지나가다가 창문으로…… 그리 편해 보이지는 않던데…… 설마 윗양반인 척하는 잡것은 아니겠죠?"

"자기 자신을 모를 때도 있지 않겠습니까?" 승무원이 와서 재떨이를 나누어 주기 시작하자 내가 그에게 말했다. "라거 두 잔 더요."

"이번에는," 존스가 말했다. "볼스로 해도 될까요? 라거를 많이 마시면 수다스러워져서 말입니다."

"볼스 두 잔이요." 내가 말했다.

"카드 좀 합니까?" 그가 이렇게 묻자, 나는 죄책감을 없앨 수 있는 절호의 기회가 왔다는 생각이 들었다. 그래도 조심스레 답했다. "포커 말입니까?"

그는 믿기지 않을 만큼 솔직했다. 왜 내게 윗양반과 잡것에 대한 생각을 그리도 허심탄회하게 털어놨을까? 선장이 내게 한 말을 짐작하고, 내 반응을 떠보려는 것 같았다. 내 생각의 흐름에 자신의 솔직함을 떨어뜨려, 리트머스지의 색깔이 변하듯 내 생각에도 변화가 있는지 지켜보는 것이다. 내가 윗양반들에게만 충성을 다할 인간으로는 보이지 않았을지도 모른다. 아니면, 브라운이라는 내 이름이 자기 이름만큼이나 가짜로 느껴졌든가.

"나는 포커를 안 칩니다." 그는 이렇게 쏘아붙이고는, '걸려들었군'이라고 말하는 듯 나를 쳐다보며 검은 눈동자를 반짝였다. "나는 속내를 잘 못 감추거든요, 친한 사람들과 함께 있을 때는. 감정을 숨기는 요령이 없답니다. 그래서 진 러미만 치죠." 그는 게임 이름을 순수한 아이용 놀이인 양 말했다. "진 러미는 치십니까?"

"한두 번 쳐봤습니다."

"강요하는 건 아닙니다. 점심 전까지 시간 보내기 좋을 것 같아서요."

"그러죠, 뭐."

"승무원 양반, 여기 카드 좀 줘요." 그는 '거봐요, 내 전용 카드도 안 들고 다닌다니까'라고 말하듯이 내게 작은 미소를 지어 보였다.

과연 나름대로 순수한 게임이었다. 속임수를 쓰기가 결코 쉽지 않았다. 그가 "어떻게 할까요? 100점에 10센트?"라고 물었다.

존스는 게임에서 자신만의 특별한 자질을 발휘했다. 그가 나중에 이르기를, 미숙한 상대가 버리는 패를 손의 어디에 두는지 먼저 눈여겨본 다음 그 방법으로 자신의 승률을 가늠한다고 했다. 카드를 배열하는 방식, 어떤 카드를 버릴지 결정할 때까지 걸리는 시간으로 상대의 패가 좋은지 나쁜지 어중간한지 알 수 있고, 자신의 패가 확실히 좋으면 게임을 포기한 것처럼 처음부터 다시 시작하자고 제안하는 경우가 많다고 했다. 그러면 상대는 우월감과 안도감을 느끼며 모험을 하고, 큰 점수를 기대하며 오래도록 게임에 매달린다. 상대가 카드를 가져가고 한 장을 버리는 속도만으로도 많은 걸 알아낼 수 있다고 했다. "심리학은 단순한 수학을 늘 이기죠." 존스는 내게 이렇게 말했고, 거의 항상 나를 이겼다. 확실히 이길 패를 손에 쥐지 않는 이상 내게는 승산이 없었다.

점심시간을 알리는 종이 울렸을 때 그는 6달러를 딴 상태였다. 이만큼의 소박한 승리에도 그는 만족했고, 그래서 상대가 누구든 또 그와 카드를 칠 기회가 있으면 거절하지 않았다. 일주일에 60달러는 큰 수입이 아니지만, 그는 그 정도의 돈도 의지가 된다며 담배와 술을 계속 즐길 수 있다고 했다. 물론 가끔은 **큰판**이 벌어지기도 했다. 상대가 너무 유치한 게임은 싫다며 1점에 50센트를 고집할 때도 있었기 때문이다. 나는 나중에 포르토프랭스에서 그런 경우를 목격하게 되었다. 존스가 졌다면 과연 그 돈을 감당할 수 있었을까 의심스럽지만, 20세기에도 행운의 여신은 가끔 용감한 자의 편을 들어준다. 존스는 두 판에서 **완승**을 거두고 2,000달러를 딴 후 테이블에서 일어났다. 그런 승리의 순간조차 그는 절도를 지켰다. 상대에게 복수를 제안하고, 500달러 남짓 잃었다. "한 가지 더 있습니다." 한번은 그가 내게 비밀을 밝혔다. "여자들은 보통 포커를 같이 쳐주지 않습니다. 남편들이 싫어하니까요. 자유분방하고 위험한 분위기 때문에요. 하지만 100점에 10센트짜리 진 러미는 푼돈이죠. 그래서 당연히 참가자의 범위가 확 넓어지고요." 포커라면 못마땅한 얼굴로 외면

해 버렸을 스미스 부인마저 가끔 와서 우리의 대결을 지켜보았다.

그날 점심시간에 화제에 오른 것은 전쟁이었다. 어쩌다 그런 대화가 시작됐는지 모르겠다. 먼저 입에 올린 사람은 제약회사 외판원이었던 것 같다. 민방위대의 경비원이었다면서, 남자들의 꿈처럼 강박적이고 따분하면서도 흔해 빠진 공습 이야기를 들려주려고 했다. 그가 스토어 가의 유대인 여자들 숙소가 폭격당한 이야기를 들려주는 동안("그날 밤엔 너무 바빠서 그 숙소가 사라져 버렸다는 걸 아무도 눈치 못 챘지 뭡니까.") 스미스 씨는 정중하게 귀 기울여 듣는 표정을 한결같이 유지하며 앉아 있었고, 스미스 부인은 포크를 만지작거렸다. 그런데 존스가 무턱대고 끼어들었다. "나는 소대 한 개를 통째로 잃어버린 적도 있습니다."

"어쩌다가요?" 나는 기꺼이 존스를 부추겼다.

"나야 알 길이 없었죠. 살아 돌아와서 얘기를 해준 사람이 한 명도 없었으니까."

가여운 제약회사 외판원은 입을 조금 벌린 채 앉아 있었다. 이야기는 이제 겨우 절반을 넘겼는데 들어주는 사람이 아무도 없었다. 물고기를 떨어뜨린 바다사자 같은 꼴이었다. 페르난데스 씨는 훈제 청어를 하나 더 먹었다. 그는 존스의 이야기에 관심을 보이지 않는 유일한 사람이었다. 스미스 씨마저 흥미로워하며 "조금 더 이야기를 들려주시오, 존스 씨"라고 말했다. 누구 하나 그를 군 직함으로 선뜻 부르는 사람이 없었다.

"버마에서였죠." 존스가 말했다. "우리는 일본군 전선 뒤로 처져서 양동 작전을 펼치고 있었습니다. 그런데 그 소대가 내 사령부와 연락이 끊기고 말았습니다. 젊은이가 지휘관이었는데, 밀림전 훈련을 제대로 받지 못한 자였어요. 물론 그런 상황에서는 sauve qui peut(패주)를 피할 수 없죠. 신기하게도 다른 사상자는 단 한 명도 없었답니다. 그 소대 하나만 완전히 날아가 버렸어요. 그렇게 우리 병력이 싹둑 잘려나갔죠." 그는 빵을 조금 뜯어내어 꿀꺽 삼켰다. "포로 중에 돌아온 자는 한 명도 없었습니다."

"혹시 윈게이트[1]의 부하였습니까?" 내가 물었다.

"그런 셈이죠." 그는 이번에도 알쏭달쏭한 대답을 했다.

"밀림에 오래 있었어요?" 사무장이 물었다.

"뭐, 내가 요령이 좀 있었답니다." 존스는 이렇게 말하고는 겸손하게 덧붙였다. "사막이었다면 나도 아무 쓸모가 없었을 겁니다. 나는 현지인처럼 물 냄새를 잘 맡는 재주가 있었거든요."

"그런 재주라면 사막에서도 유용했을 겁니다." 내가 이렇게 말하자 그는 나를 비난하듯 테이블 건너편에서 어두운 눈길을 던졌다.

"끔찍한 일이오." 스미스 씨는 남은 커틀릿 - 물론 특별한 방식으로 조리된 너트 커틀릿[2] - 을 옆으로 치우며 말했다. "같은 인간을 죽이는 데 그토록 큰 용기와 기술을 쓰다니."

"대통령 선거에 출마했을 때," 스미스 부인이 말했다. "내 남편은 전국의 양심적 병역 거부자들에게 지지를 받았죠."

"그 사람들 중에 육식가는 한 명도 없었습니까?" 내가 이렇게 묻자, 이번에는 스미스 부인이 실망스러운 표정으

---

1 오드 찰스 윈게이트(1903~1944). 제2차 세계대전 때 버마 전선의 총사령관으로 밀림에서 게릴라전을 벌였던 영국 군인.
2 견과류, 빵, 허브를 섞어 고깃덩어리처럼 만들어 요리한 음식.

로 나를 물끄러미 쳐다보았다.

"웃어넘길 일이 아니에요." 그녀가 말했다.

"묻지 못할 일도 아니잖아, 여보." 스미스 씨는 점잖게 그녀를 나무랐다. "하지만 생각해 보면 그리 이상한 일도 아니라오, 브라운 씨. 채식주의와 양심적 병역 거부는 공존할 수밖에 없다오. 요전에 말씀드렸다시피, 몸의 산성화는 사람들의 격정에 불을 지피거든. 산성을 제거하면 양심을 돌아볼 여유가 생기지요. 그리고 양심은 점점 더 커지려 하는 성질이 있다오. 그래서 어느 날 우리는 쾌락을 위해 무고한 동물을 도살하는 것을 거부하게 되고, 그 다음엔 어느 날 갑자기, 같은 인간을 죽이는 것도 소름끼쳐 외면하게 되지. 그러고 나서는 피부색 문제와 쿠바로 넘어가고……. 신지론자들도 나를 많이 지지해 줬소."

"유혈 스포츠 반대 연맹도요." 스미스 부인이 말했다. "물론 연맹의 공식 입장은 아니었죠. 하지만 많은 회원들이 스미스 씨에게 투표했어요."

"그렇게 많은 지지를 얻으셨다니……." 내가 말했다. "놀랍군요……."

"우리가 살아 있는 동안은 진보주의자들이 항상 소수파일 거예요." 스미스 부인이 말했다. "하지만 적어도 우리는 항변의 목소리를 냈죠."

그러고 나서는 아니나 다를까 따분한 언쟁이 시작되었다. 발단은 제약회사 외판원의 발언이었다─나는 그를 대통령 후보만큼이나 거창한 이름으로 불러주고 싶다. 그는 진정한 대표자, 단 좀 더 저속한 세상의 대표자처럼 보였기 때문이다. 전직 공습 경비원인 그는 스스로를 전투원으로 여겼다. 거기다 불만을 품고 있었다. 공습 추억담이 방해를 받아 끊기고 말았기 때문이다. "나는 평화주의자들을 이해할 수 없어요. 우리 같은 사람들한테 보호는 받으면서…….”

“우리는 빼주시오.” 스미스 씨가 점잖게 그의 말을 바로잡았다.

“양심적 병역 기피자와 단순 기피자를 구분하기는 어려워요.”

“적어도 양심적 병역 기피자들은 감옥을 피하지는 않소.” 스미스 씨가 말했다.

뜻밖에도 존스가 그의 편을 들고 나섰다. “그 사람들 중에 다수가 적십자에서 용감하게 봉사했죠. 그들 덕에 목숨을 구한 우리 군인들도 있답니다.”

“여러분이 지금 가고 있는 곳에는 평화주의자가 그리 많지 않을 겁니다.” 사무장이 말했다.

외판원은 불만스러운 듯 잔뜩 목소리를 높여 고집스럽게 말했다. “그럼 누군가가 아내분을 공격하면 어떡하시겠습니까?”

대통령 후보는 병든 것처럼 창백한 얼굴의 통통한 외판원을 어느 정치 모임의 방해꾼 보듯 무겁고 심각한 눈빛으로 빤히 쳐다보았다. “산성을 없애면 모든 격정이 사라진다고 주장한 적은 없소. 스미스 부인이 공격받았을 때 내 손에 무기가 있다면, 그걸 사용하지 않을 거라는 장담은 못 하겠군요. 우리가 세워놓은 기준에 항상 부응할 수는 없는 노릇이니까.”

“브라보, 스미스 씨.” 존스가 외쳤다.

“하지만 내 격정을 개탄하게 될 거요, 존스 씨. 반드시 그럴 거요.”

5

그날 저녁, 무슨 용건이었는지는 기억나지 않지만 나는 식사 전 사무장의 방에 찾아갔다. 그는 책상에 앉아 있었다. 콘돔을 경찰봉만 한 크기로 불고 끝부분을 리본으로 묶은 다음 입에서 떼어냈다. 그의 책상에는 거대한 음경 풍선들이 흐트러져 있었다. 흡사 돼지 대학살의 현장 같았다.

"내일 선상 음악회가 열리는데." 그가 내게 해명했다. "풍선이 하나도 없거든요. 존스 씨가 이걸 써보라고 하더군요." 몇몇 콘돔에는 색색의 잉크로 익살스러운 얼굴이 그려져 있었다. "우리 배에 숙녀가 딱 한 분 타고 계신데, 설마 이 풍선의 정체를 알아채지는 않으실……."

"얼마나 진보적인 분인지 잊으신 모양이군요."

"그렇다면 별문제 없을 겁니다. 이것들이야말로 진보의 상징이니까요."

"우리는 산성화로 고통받을지언정 그걸 우리 자식들한테 물려줄 필요는 없죠."

그는 킬킬거리며, 무시무시하게 큰 얼굴들 중 하나를 크레용으로 칠하기 시작했다. 그의 손가락 아래에서 콘돔 껍질이 찍찍거렸다.

"수요일 몇 시쯤 도착할까요?"

"선장님은 초저녁 즈음으로 예상하더군요."

"소등 전에 도착해야 할 텐데. 소등도 여전하겠죠?"

"그래요. 나아진 건 아무것도 없을 겁니다. 더 나빠졌으면 모를까. 이제는 경찰 허가 없이 도시를 떠날 수 없답니다. 포르토프랭스에서 나가는 도로마다 바리케이드가 쳐져 있어요. 손님도 몸수색을 받은 후에야 호텔에 갈 수 있을 겁니다. 승무원들한테 항구를 떠나면 안전을 보장해

줄 수 없다고 경고했죠. 그래도 물론 다들 나갈 겁니다. 메르 카트린네는 항상 열려 있을 테니까."

"바롱 소식은 뭐 없어요?" 바롱은 일부 사람들이 대통령을 파파 독 대신 부르는 이름이었다―우리는 볼품없이 휘청휘청 걸어 다니는 그에게 바롱 사메디[1]라는 그럴듯한 호칭을 붙여주었다. 바롱 사메디는 부두교 신화에서 중산모를 쓰고 연미복을 입은 차림으로 큼직한 시가를 피우며 묘지에 출몰한다.

"석 달 동안 사람들 눈에 띄지 않았다더군요. 군악대를 구경하려고 대통령궁 창으로 나오지도 않는답니다. 어쩌면 죽었을지도 모르죠. 은 총알 없이도 그 인간을 죽일 수 있을지는 모르겠지만. 지난 두 번은 카프아이시앵[2] 정박을 취소해야 했어요. 거긴 계엄령이 내려졌거든요. 도미니카공화국 국경과 너무 가까워서 정박 허가가 안 떨어졌어요." 그는 숨을 크게 한 번 들이마신 뒤 콘돔을 하나 더 부풀리기 시작했다. 젖꼭지 같은 끝부분이 머리에 난 종양처럼 툭 튀어나오고, 고무에서 풍기는 병원 냄새가 방 안에 진동했다. "손님은 왜 돌아가려는 겁니까?"

"호텔 주인이 호텔을 그냥 떠날 수는 없는 노릇이라……."

"떠났잖습니까."

그 이유를 사무장에게 털어놓을 생각은 없었다. 너무도 사적인 데다 너무도 심각한 이유였다. 우리 삶의 복잡한 희극을 심각하다 묘사할 수 있다면 말이지만. 사무장은 영국식 외투[3]를 또 하나 불었고, 나는 속으로 생각했다.

---

1 아이티 부두교에서 죽음을 관장하는 로아(정령).
2 아이티 북부의 항구 도시.
3 Capote Anglaise. 프랑스어로 콘돔을 뜻하는 속어이다.

'세상사를 가장 치욕적인 상황으로 안배하는 어떤 힘이 있는 게 분명해.' 어렸을 적 나는 기독교 신을 믿었다. 그분의 그늘 아래 사는 건 보통 만만한 일이 아니었다. 모든 비극적 사건에서 인간의 형상을 한 그분이 보였다. 그분은 스코틀랜드의 안개 사이로 어렴풋이 보이는 거대한 형체처럼 '만물의 눈물'[1]에 속해 있었다. 생의 마지막에 가까워진 지금, 가끔은 신을 믿을 수 있는 건 오로지 내 유머 감각 덕분이었다. 인생은 내가 각오하고 있던 비극이 아니라 희극이었으며, 그리스식 이름(네덜란드 운수 회사가 왜 배의 이름을 그리스어로 지었을까?)의 이 배에 탄 우리 모두 어느 권위 있는 짓궂은 익살꾼에게 놀아나 희극의 극단으로 내몰리는 느낌이었다. 섀프츠베리 가나 브로드웨이의 극장들이 문을 닫은 후 인파 속에서 "얼마나 웃었는지 눈물이 다 나지 뭐야"라는 말이 얼마나 흔히 들리는가.

"존스 씨는 어떤 것 같아요?" 사무장이 물었다.

"존스 소령이요? 그런 문제는 당신과 선장님에게 맡기겠습니다."

사무장도 나처럼 선장과 면담을 한 것이 분명했다. 어쩌면 나는 내 이름이 브라운이라는 사실 때문에 존스의 희극에 더 민감하게 반응했는지도 모른다. 거대한 소시지가 된 콘돔을 하나 집어 들며 내가 말했다. "이걸 제 용도로 쓰기는 합니까?"

사무장은 한숨을 내쉬었다. "하, 아니요. 나이가 이렇게 됐으니…… 간 경련이 일어난답니다. 감정이 격해질 때마다."

---

1 베르길리우스의 서사시 『아이네이스』의 한 구절 "만물에는 눈물이 있으니, 인간의 일은 마음에 닿는다(Sunt lacrimae rerum et mentem mortalia tangunt)"에 등장하는 용어.

은밀한 사실을 내게 털어놓은 사무장은 이제 나의 사적인 이야기를 요구했다. 아니면, 선장이 그에게 나에 대한 정보도 요구했고, 사무장은 이 틈을 타 그것을 얻어낼 생각인지도 몰랐다. 그가 내게 물었다. "손님 같은 분이 어쩌다 포르토프랭스에 주저앉게 됐습니까? 어쩌다 호텔 주인이 됐어요? 호텔 주인처럼 안 보이는데. 호텔 주인이 아니라, 그⋯⋯." 하지만 그의 상상력은 여기서 막히고 말았다.

나는 웃었다. 그의 질문은 분명 적절했지만, 그 답은 내 마음속에 묻어두기로 했다.

6

다음 날 밤 선장은 저녁 식사를 함께할 수 있는 영광을 우리에게 베풀어주었고, 기관장도 그 자리에 나타났다. 선장과 기관장은 책임이 동등한 만큼 아무래도 항상 경쟁 관계에 있을 것이다. 선장이 혼자 식사를 하면 기관장도 그렇게 했다. 이제 두 사람은 수상쩍은 풍선들 아래 테이블 상석과 말석에 동등하게 앉아 있었다. 바다에서의 마지막 밤을 기념하는 뜻에서 코스가 하나 추가되었고, 스미스 부부를 제외한 승객들은 샴페인을 마셨다.

사무장은 상관들 앞이라 평소와 달리 차분했고(아마도 그는 바람 부는 어둠 속에서 자유를 누리며 일등 항해사와 함께 브리지를 치고 싶었을 것이다), 선장과 기관장은 자리의 중요성을 의식한 듯, 큰 연회의 시중을 드는 사제들처럼 약간 다소곳한 자세로 있었다. 선장의 오른편에는 스미스 부인이, 왼편에는 내가 앉아 있었는데, 존스의 존재만으로도 편안한 대화가 불가능했다. 식사 메뉴마저 힘에 겨웠다. 네덜란드식으로 고기 요리가 너무 푸짐하게 나왔고, 스미스 부인의 접시는 우리를 책망하듯 거의 텅 비어 있었다. 하지만 스미스 부부는 미국에서 상자와 병 들을 여럿 가져와 그들의 위치를 표시하는 부표처럼 늘 주위에 두었고, 그간 코카콜라처럼 재료가 의심스러운 음료를 마셔 자신들의 신념을 어겼다고 느꼈는지 오늘 밤에는 뜨거운 물로 그들만의 음료를 만들었다.

"식사가 끝나면," 선장이 어두운 얼굴로 말했다. "파티를 열 거라던데."

"우리는 작은 회사에 불과하죠." 사무장이 말했다. "그래도 존스 소령님과 제 생각에는 마지막 밤인데 다 함께 뭐라도 해야 하지 않을까 싶어서요. 당연히 주방 오케스트라가 출연하고, 백스터 씨가 우리에게 아주 특별한 선물을 해줄 겁니다……." 나는 어리둥절한 시선을 스미스 부인과 주고받았다. 백스터 씨가 대체 누구인지 우리는 몰랐다. 이 배에 밀항자라도 탔단 말인가?

"페르난데스 씨한테도 도와달라고 부탁했더니 기꺼이 그러마 하더군요." 사무장은 유쾌하게 말을 이었다. "마무리로 우리 앵글로색슨족 승객들을 위해 〈올드 랭 사인 _Auld Lang Syne_〉[1]을 부를 겁니다." 오리고기가 두 번째로 나왔고, 스미스 부부는 우리와 함께하기 위해 그들만의 먹을거리로 배를 채웠다.

"실례지만, 스미스 부인." 선장이 말했다. "지금 마시고 계신 게 뭡니까?"

"바민[2]에 뜨거운 물을 탄 거예요." 스미스 부인이 답했

---

1 스코틀랜드의 시인 로버트 번스가 만든 우정을 기리는 노래로, 새해 전날 밤 자정에 부른다.
2 Barmene. 효모 추출물의 상표명.

다. "남편은 저녁에 주로 이스트럴[3]을 마시죠. 가끔 베컨[4]도 먹고요. 남편은 바민이 신경을 자극한다고 생각해요."

선장은 질겁한 표정으로 스미스 부인의 접시를 한 번 보고는 오리고기를 한 조각 잘랐다. 내가 말했다. "지금 드시는 게 뭐죠, 스미스 부인?" 나는 선장이 이 터무니없는 상황을 제대로 만끽하기를 원했다.

"당신이 그걸 왜 묻는지 모르겠군요, 브라운 씨. 매일 저녁 똑같은 시간에 내가 뭘 먹는지 보셨잖아요. 슬리퍼리 엘름 푸드[5]예요." 그녀는 선장에게 그 음식의 정체를 설명했다. 선장은 나이프와 포크를 내려놓고 접시를 옆으로 치운 뒤 고개를 숙인 채 앉아 있었다. 처음에는 감사 기도라도 올리는 건가 싶었지만, 실은 욕지기가 일었을 것이다.

"나는 너톨린[6]으로 식사를 마쳐야겠어요." 스미스 부인이 말했다. "요구르트가 안 나온다면요."

선장은 헛기침을 심하게 하고 그녀로부터 눈을 돌렸다가, 접시에 담긴 갈색의 메마른 곡물 알갱이들을 긁어모으고 있는 스미스 씨를 보고는 움찔하더니, 무해한 페르난데스라면 믿을 만하다는 듯 그에게 시선을 고정했다. 그리고 사무적인 목소리로 발표했다. "별 탈 없으면 내일 오후 4시경 도착할 겁니다. 6시 반쯤 되면 시내에 불이 거의 다 꺼지니까 세관에서 지체하는 일이 없도록 하십시오."

---

3 Yeastrel. 효모 추출물의 상표명.
4 Vecon. 조미료로 쓰이는 농축 채소 국물의 상표명.
5 Slippery Elm Food. 미국산 느릅나무 껍질 가루의 상표명.
6 Nuttoline. 견과류를 주원료로 하여 실제 고기와 비슷한 맛과 질감을 갖게 만든 식품의 상표명.

"왜죠?" 스미스 부인이 따지고 들었다. "그럼 다들 불편할 텐데요."

"절약을 위해서지요." 선장이 이렇게 말하고는 덧붙였다. "오늘 밤 라디오 뉴스가 심상치 않습니다. 반군이 도미니카공화국 국경을 넘어 공격했다는군요. 정부는 포르토프랭스가 무탈하다고 주장하지만, 여기서 머무실 분들은 영사관과 연락이 끊기지 않도록 주의하시는 게 좋습니다. 저는 승객들을 즉시 내려주고 곧장 산토도밍고로 가라는 명령을 받았어요. 화물 때문에 시간을 지체하지는 않을 겁니다."

"우리가 골치 아픈 곳으로 가고 있는 모양이야, 여보." 스미스 씨는 식탁 끄트머리에서 이리 말하고는 프로망[1] – 점심 식사 때 그가 설명해 줬던 요리 – 처럼 보이는 것을 한 스푼 또 먹었다.

"어디 한두 번인가." 스미스 부인은 짜증 섞인 만족감을 내비치며 답했다.

한 선원이 선장에게 전할 메시지를 갖고 들어오면서 문을 열자 미풍에 콘돔들이 살랑살랑 흔들리다가 서로 부대끼며 찍찍거리는 소리를 냈다. 선장이 말했다. "저는 먼저 실례하겠습니다. 할 일이 있어서요. 이만 가봐야겠습니다. 모두들 즐거운 저녁 보내시길 빕니다." 하지만 나는 선장이 선원과 미리 입을 맞춰놓은 건 아닌가 하는 생각이 들었다. 그는 사교적인 사람이 아닌 데다 스미스 부인을 잘 받아들이지 못했다. 배를 선장 손에 오롯이 맡기기가 염려스러웠는지 기관장도 자리에서 일어났다. 상관들이 사라지자 본래 모습으로 되돌아간 사무장은 우리에

---

1 프랑스어로 '밀'을 뜻한다.

게 더 먹고 더 마시라고 부추겼다. (스미스 부부마저 한참이나 주저하다가-스미스 부인은 "난 사실 대식가가 아니에요"라고 말했다-너톨린을 한 그릇 더 먹었다.) 사무장이 '공짜'라고 설명한 리큐어가 나왔고, 우리 모두-물론 스미스 부부를 제외하고-공짜 리큐어라는 말에 홀려 최면에라도 걸린 듯 더 마셨다. 제약회사 외판원조차 그랬지만, 녹색이 위험을 알리는 색깔이라도 되는 양 술잔을 불안스럽게 쳐다보았다. 마침내 우리가 라운지 바에 도착했을 때 의자마다 진행표가 놓여 있었다.

사무장이 "기운 내십시다"라고 말하고는, 오케스트라가 들어오자 통통한 무릎을 손으로 살살 두드리기 시작했다. 오케스트라를 이끌고 나온 요리사는 송장처럼 핼쑥한 청년으로 두 뺨은 스토브 열기로 붉게 물들고 머리에는 주방장 모자를 쓰고 있었다. 그의 동료들은 냄비, 프라이팬, 나이프, 스푼을 들고 있었다. 삐걱거리는 소리를 더해줄 고기 분쇄기도 있었고, 주방장은 토스트용 포크를 지휘봉으로 들고 있었다. 진행표에 따르면 그들이 연주한 곡은 〈녹턴〉이었고, 그 뒤를 이어 주방장이 어떤 사랑 노래를 달콤하면서도 자신 없게 불렀다. 스푼이 냄비를 두드리는 공허한 울림 사이로 automne(가을), tendresse(애정), feuilles(잎사귀들) 같은 구슬픈 단어들이 간간이 들려왔다. 스미스 부인은 소파에 앉아서 무릎을 작은 담요로 덮은 채 스미스 씨와 손을 잡고 있었고, 제약회사 외판원은 열성적으로 몸을 앞으로 쭉 빼고서 빼빼 마른 가수를 지켜보고 있었다. 그의 약 중에 쓸 만한 게 있을까 전문가의 눈으로 가늠하고 있었으리라. 페르난데스 씨는 따로 앉아서, 이따금 수첩에다 무언가를 적었다. 존스는 사무장의 의자 뒤에서 계속 서성이다가 간혹 몸을 숙여 사무장에게 귓속말을 했다. 사무장은 이 음악회가 자신의 발명품이라도 되는 양 은밀한 환희에 젖어 있는 듯했고, 그의 박수에는 자축의 기쁨이 깃들어 있었다. 그가 나를 쳐다보더니 한쪽 눈을 찡긋해 보였다. '기다려보십시오. 내 상상력은 여기서 끝이 아니랍니다. 더 재미있는 일들이 벌어질 겁니다'라고 말하는 것처럼.

나는 노래가 끝나면 내 방으로 돌아갈 작정이었지만, 존스의 태도를 보니 호기심이 일었다. 제약회사 외판원은 이미 사라지고 없었다. 그러고 보니 그의 평소 취침 시간이 지나 있었다. 이제 존스가 오케스트라 대표를 불러 무언가를 상의했고, 수석 드러머도 큼직한 구리 냄비를 겨드랑이에 끼고서 합류했다. 진행표를 보니 다음 순서는 J. 백스터 씨의 극적 독백이었다. "아주 흥미로운 공연이었어." 스미스 씨가 말했다. "안 그래, 여보?"

"냄비들이 불쌍한 오리를 요리하는 것보다 더 나은 용도로 쓰이긴 했지." 스미스 부인이 답했다. 몸에서 산성이 제거되고도 그녀의 열정은 크게 줄어들지 않았다.

"정말 멋진 노래 아니었소, 페르난데스 씨?"

"네." 페르난데스 씨는 이렇게 말하고는 연필 끝을 빨았다.

제약회사 외판원이 철모를 쓰고 들어왔다. 그는 잠자리에 든 것이 아니라, 청바지로 갈아입고 호루라기를 입에 물고 있었다.

"그러니까 저 분 이름이 백스터 씨구나." 스미스 부인은 속이 시원하다는 투로 말했다. 생각해 보면, 그녀는 미스터리를 싫어하는 사람이었던 것 같다. 인간 희극의 모든 구성 요소들이 백스터 씨가 파는 약의 성분이나 바민 병에 붙은 라벨만큼이나 정확하게 표시되기를 원하는 사람

말이다. 외판원이 입은 청바지야 승무원에게서 쉽게 빌릴 수 있다 쳐도, 철모는 어디서 났는지 의아스러웠다.

스미스 부인만이 입을 다물지 않고 있었지만 그는 모두 조용히 하라는 듯 호루라기를 분 다음 이렇게 발표했다. "〈공습 경비원의 순찰〉이라는 제목의 극적 독백." 그때 오케스트라의 한 단원이 공습 사이렌을 재현하자 외판원은 눈에 띄게 당황스러워했다.

"브라보." 존스가 말했다.

"미리 알려줬어야죠." 백스터 씨가 말했다. "흐름을 놓쳤잖아요."

그는 프라이팬 바닥을 둥둥 두드려 재현하는 총성에 또 한 번 방해를 받았다.

"이건 또 무슨 소리예요?" 백스터 씨는 발끈하며 따졌다.

"강어귀에서 울리는 총소리랍니다."

"내 대본에 간섭하고 있잖아요, 존스 씨."

"계속 진행하십시오." 존스가 말했다. "서곡은 끝났습니다. 분위기가 잡혔잖아요. 1940년의 런던." 백스터 씨는 상처받은 듯 우울한 얼굴로 존스를 쳐다보고는 다시 발표했다. "기지 경비원 X가 지은 극적 독백 〈공습 경비원의 순찰〉입니다." 마치 떨어지는 유리를 피하듯 손바닥으로 눈을 가린 채 그는 낭독하기 시작했다.

"유스턴, 세인트 팽크라스, 그리고 토트넘 가에
떨어져 내리는 불꽃.
쓸쓸한 순찰 구역을 걷는 경비원은
구름 같은 자신의 그림자를 보았네.

첫 폭탄이 터질 때
하이드 파크에서 총성이 울려대고,
경비원은 히틀러의 명성을 조롱하며
움켜쥔 주먹을 하늘에 흔들어댔다.

런던은 건재하리라, 세인트 폴 대성당은 건재하리라,
그리고 이곳에서 사람이 죽을 때마다
독일인의 마음속에서 사악한 독재자에 대한 저주가
솟아나리라.

메이플스가 폭탄에 맞고, 가워 가는 유령이 되고,
피커딜리는 불붙었지만, 모두 괜찮다.
팰맬 가에서 기습 공격으로 죽은 이들을 위해
배급 빵으로 토스트를 만들리라."

백스터 씨는 호루라기를 힘껏 불더니 갑자기 차렷 자세
를 취하며 말했다. "공습경보 해제 사이렌이 울렸습니다."
"빨리 잘 끝냈어요." 스미스 부인이 답했다.
페르난데스 씨는 흥분해서 외쳤다. "아니요, 아니요. 오,
아닙니다, 선생." 스미스 부인을 제외하고는, 그 후로 무슨
공연이 이어지든 김빠지는 시간이 되리라는 데 다들 동
감하는 분위기였다.
"샴페인이 더 필요하겠군." 존스가 말했다. "승무원!"
오케스트라 단원들은 주방으로 돌아가고, 존스의 요청
에 지휘자만 남았다. "내가 샴페인 한 잔 사겠습니다." 존
스가 말했다. "당신이야말로 한 잔 받을 자격이 있죠."
백스터 씨는 갑자기 내 옆에 앉아 온몸을 부르르 떨기
시작하더니 초조하게 테이블을 두드렸다. "신경 쓰지 말

아요. 항상 이런 식이니까요. 무대 공포증이 뒤늦게 찾아
온답니다. 반응이 괜찮았던 것 같아요?"

"아주 괜찮았습니다." 내가 말했다. "철모는 어디서 구했
어요?"

"트렁크 바닥에 넣어 다니는 물건들 중 하나예요. 왠지
몰라도 떼어놓을 수가 없어요. 당신도 그럴 겁니다. 계속
가지고 다니게 되는 물건들이 있잖아요……."

사실이었다. 철모보다는 휴대하기 편하지만, 역시 쓸모
없는 것들. 사진들, 오래된 엽서, 리전트 가 근처 나이트
클럽에서 받은 기한이 한참 지난 회원증, 몬테카를로의
카지노 하루 입장권. 내 지갑을 열면 그런 물건들이 대여
섯 개는 나올 터였다. "청바지는 이등 항해사한테 빌렸는
데, 재단이 우리와 다르네요."

"한 잔 받아요. 손을 아직도 떠시네요."

"시가 정말 괜찮았어요?"

"아주 강렬하던데요."

"아무한테도 한 적 없는 얘기를 해드리죠. 내가 바로 기
지 경비원 X랍니다. 내가 직접 쓴 시예요. 1941년 5월 공
습 후에."

"다른 시도 많이 썼어요?" 내가 물었다.

"아니요, 선생. 아, 딱 한 번 아이의 장례식에 관한 시를
쓴 적이 있어요."

"자, 여러분." 사무장이 큰 소리로 알렸다. "공연 진행표
를 보시면 아시겠지만, 페르난데스 씨가 약속하셨던 아주
특별한 시간이 돌아왔습니다."

과연 아주 특별한 시간이었다. 백스터 씨가 온몸을 바
르르 떨었듯이 페르난데스 씨가 돌연 눈물을 터뜨린 것
이다. 샴페인을 너무 많이 마셨을까? 아니면 백스터 씨의

낭송에 진심으로 감동받아서였을까? 영어라고는 '네', '아니요'밖에 모르는 것 같으니, 그건 아닌 듯싶었다. 하지만 그는 의자에 꼿꼿이 허리를 세우고 앉은 채 눈물을 흘렸다. 그 품위 넘치는 모습을 보며 나는 이런 생각을 했다. '흑인이 우는 건 난생처음 보는군.' 웃고, 분노하고, 겁에 질린 흑인을 본 적은 있어도, 이 남자처럼 이유를 알 수 없는 슬픔에 북받쳐 우는 흑인은 한 번도 본 적이 없었다. 우리는 아무 말 없이 앉아 그를 지켜보았다. 그와 말이 통하지 않으니 우리가 해줄 수 있는 일은 아무것도 없었다. 배 엔진의 진동에 맞추어 떨리는 라운지 바처럼 그의 몸도 약간 떨렸다. 암흑의 공화국에 점점 다가가고 있는 지금, 음악과 노래보다는 눈물이 더 어울리긴 했다. 우리가 향하고 있는 그곳에는 눈물을 흘릴 일이 아주 많으니까.

그때 처음으로 나는 스미스 부부의 멋진 면모를 목격했다. 스미스 부인이 가여운 백스터에게 대뜸 쓴소리를 했을 때는 반감이 들었었다ㅡ아마 그녀에게는 모든 전쟁시가 불쾌하게 들렸을 것이다. 하지만 페르난데스를 돕기 위해 움직인 사람은 그녀뿐이었다. 그녀는 그의 옆에 앉아 말 한마디 없이 그의 손을 잡아주고, 다른 손으로는 그의 분홍빛 손바닥을 쓰다듬었다. 낯선 이들 속에서 자신의 아이를 달래는 어머니의 모습이었다. 아내를 따라간 스미스 씨도 페르난데스 씨 옆에 앉아 그들만의 작은 무리를 만들었다. 스미스 부인이 자기 아이에게 하듯이 혀 차는 소리를 작게 내자, 페르난데스 씨는 울기 시작했을 때만큼이나 갑작스레 눈물을 뚝 그쳤다. 그는 일어나더니 스미스 부인의 늙고 굳은살 박인 손을 들어 올려 자기 입술에 대고는 성큼성큼 라운지 바에서 나가버렸다.

"이거 참." 백스터가 탄성을 질렀다. "이게 대체 무슨……?"

"참 별일이네." 사무장이 말했다. "참 별일이야."

"흥이 좀 깨졌군." 존스는 이렇게 말하며 샴페인 병을 들어 올렸지만, 비어 있어서 다시 내려놓았다. 지휘자는 토스트용 포크를 집어 들고 주방으로 돌아갔다.

"가엽게도 고민이 많은 거예요." 스미스 부인이 말했다. 이 말로 모든 것이 설명되었고, 그녀는 페르난데스 씨의 두툼한 입술이 자국이라도 남겨놓았을 것 같은지 자신의 손을 바라보았다.

"흥이 완전히 깨져버렸군." 존스가 다시 말했다.

스미스 씨가 말했다. "내가 한 가지 제안을 하자면, 〈올드 랭 사인〉으로 이 시간을 마무리하는 게 어떻겠소. 곧 자정이오. 페르난데스 씨가 밑에 혼자 있으면서, 우리가 계속 시끌벅적하게 놀고 있다고 생각하면 좀 그렇잖소." 나라면 우리의 파티를 그런 식으로 표현하진 않을 것 같았지만, 그의 생각에는 동감했다. 이제 반주를 해줄 오케스트라가 없으니, 존스 씨가 피아노 앞에 앉아 끔찍한 곡조를 나무랄 데 없이 연주했다. 우리는 약간 멋쩍어하며 손에 손을 잡고 노래를 불렀다. 요리사와 존스, 페르난데스 씨 없이 우리끼리 아주 작은 원을 만들었다. 우린 아직 '오랜 인연'이 아니었지만, 술잔은 이미 비어 있었다.[1]

7

자정이 한참 지나서 존스가 내 객실 문을 톡톡 두드렸다. 나는 당국에 밀보일 수 있는 내용은 모조리 없앨 생

---

1 〈올드 랭 사인〉의 가사는 오랜 인연을 잊지 말고 축배를 들자는 내용이다.

각으로 서류를 훑고 있었다. 이를테면, 내 호텔의 매각 가능성에 관해 오고 간 편지들 가운데 현재의 정치적 상황을 언급한 위험한 내용이 포함되어 있었다. 생각에 빠져 있던 나는 그의 노크에 예민하게 반응했다. 이미 공화국에 돌아왔고, 통통 마쿠트가 문 앞에 와 있기라도 한 것처럼.

"나 때문에 깬 건 아닙니까?" 그가 물었다.

"아직 옷을 벗지도 않았어요."

"오늘 밤은 미안했습니다. 생각대로 잘 풀리지 않아서요. 재료가 한정적이긴 했죠. 내가 선상에서의 마지막 밤에 좀 애틋한 마음이 있어서 말입니다. 서로 다시는 못 볼지도 모르잖습니까. 괴팍한 영감탱이가 잘 떠나기를 바라게 되는 새해 전야와 비슷하죠. 호상이라는 게 있지 않습니까? 그 흑인 친구가 그렇게 울어대니 영 찝찝하더군요. 뭘 보기라도 한 것 같다라니까요. 미래의 일을. 물론 난 종교인은 아니지만." 그는 약삭빠르게 나를 쳐다보았다. "당신도 그런 것 같습니다만."

그는 어떤 목적이 있어서 내 방에 찾아온 듯했다. 그저 연회에서의 실망감을 전하기 위해서가 아니라, 어떤 부탁을 하거나 무언가를 묻기 위해. 그가 나를 위협할 수 있는 위치에 있는 사람이었다면, 그런 목적으로 찾아왔다고 의심했을 것이다. 그는 모호성을 화려한 정장처럼 입고 있었으며, 이를 자랑으로 여기는 것 같았다. '나를 보이는 그대로 받아들여야 할 거야'라고 말하는 사람처럼. 존스가 말을 이었다. "사무장 말로는, 당신이 정말 그 호텔 주인이라던데……."

"의심하셨습니까?"

"그런 건 아니고. 호텔 주인처럼 보이지 않아서 말입니다. 여권에 거짓을 적는 사람도 있으니까요." 그는 아주 논리적인 어조로 크게 말했다.

"당신 여권에는 뭐라고 적었습니까?"

"기업 이사. 틀린 말이 아닙니다, 어느 정도는." 그는 사실대로 털어놓았다.

"어쨌든 애매하긴 하군요."

"그럼 당신은?"

"사업가요."

"그건 훨씬 더 애매하군요." 그는 의기양양하게 소리쳤다.

짧은 시간 이어진 우리 관계의 근간에는 은근한 취조가 있었다. 사소한 실마리라도 나오면 와락 잡아챘지만, 중대한 문제에 있어서는 보통 서로의 이야기를 받아들이는 척했다. 여자에게도 동업자에게도 심지어는 자기 자신에게도 가식적으로 살아온 시간이 많은 두 사람이라 서로를 알아보기 시작한 것이다. 존스와 나는 대화가 끝나기 전 서로에 관해 많은 것을 알게 되었다. 사람은 할 수 있을 때마다 작은 진실을 이용해 먹기 마련이니까. 경제의 한 형태라 할 수 있다.

존스가 말했다. "포르토프랭스에서 사셨다고. 그럼 거기 거물들도 좀 알겠군요?"

"다들 잠깐 있다가 가버리는 식이라."

"이를테면, 군대 쪽은 어떻습니까?"

"그쪽은 전부 다 떠났습니다. 파파 독이 군대를 믿지 않거든요. 아마 참모총장은 베네수엘라 대사관에 숨어 있을 겁니다. 장군은 산토도밍고에 안전하게 있고요. 대령 몇 명은 도미니카공화국 대사관에 남아 있고, 대령 세 명과 소령 두 명은 감옥에 갇혀 있습니다. 아직 살아 있는지는 모르겠지만 말이죠. 그 장교들 앞으로 소개장이라도 받아 놨습니까?"

"딱히 그런 건 아닙니다만." 그는 이렇게 말했지만, 불안해 보였다.

"그 사람이 아직 살아 있는지 확인하기 전까지는 소개장을 내밀지 않는 게 좋습니다."

"뉴욕의 아이티 총영사한테서 간단한 추천장을 하나 받아 오긴 했는데……."

"우리가 사흘 동안 바다에 있었다는 사실을 잊지 마십시오. 그사이에 많은 일이 일어날 수 있죠. 그 총영사가 망명을 시도했을지도 모르고……."

존스는 사무장이 했던 말을 했다. "거기 상황이 그런데 **당신은** 왜 돌아가려는 겁니까?"

말을 지어내기보다는 진실을 말하는 편이 덜 피로했고, 늦은 시간이었다. "그곳이 그립더군요. 안전하기만 하면 위험할 때만큼이나 짜증스럽거든요."

"그건 그래요. 나도 위험이라면 전쟁 때 맛볼 만큼 맛본 줄 알았는데 말입니다."

"어느 부대에 있었어요?"

그는 히죽 웃었다. 내가 너무 빤한 카드를 내민 것이다. "그 시절에 난 떠돌이였답니다. 여기저기 돌아다녔죠. 저, 우리 대사는 어떤 사람입니까?"

"우리 대사는 없습니다. 일 년도 더 전에 추방당했거든요."

"그럼 대리 대사는."

"할 수 있는 일을 하고 있죠. 할 수 있을 때는요."

"우리가 이상한 나라로 가고 있는 것 같군요."

그는 300킬로미터 남은 바다 너머의 땅이 보이기라도

할 것처럼 현창으로 다가갔지만, 시커먼 수면에 노란 기름처럼 떠 있는 객실 불빛 말고는 아무것도 보이지 않았다. "이제는 딱히 관광 천국도 아닌 모양이죠?"

"아니죠. 사실 그랬던 적도 없지만."

"그래도 창의적인 사람한테는 기회가 좀 있지 않겠습니까?"

"사람 나름이겠죠."

"사람 나름이라니요?"

"양심의 가책을 느끼는 사람인가 하는 겁니다."

"양심의 가책?" 그는 일렁이는 밤바다를 내다보았다. 그 질문을 신중하게 고민하는 듯했다. "음, 글쎄요……. 양심의 가책 때문에 주저하다가는 손해를 많이 보죠……. 그 깜둥이는 왜 울었을까요?"

"전혀 감도 안 잡히는데요."

"참으로 이상한 밤이었습니다. 다음번엔 더 나아야 할 텐데."

"다음번이요?"

"올해의 마지막 날 말입니다. 우리가 어디에 있든." 그는 현창에서 떨어지며 말했다. "오, 이제 잠자리에 들 시간이군요. 그리고 스미스, **그 양반**은 무슨 꿍꿍이인 것 같습니까?"

"왜 그 사람에게 꿍꿍이가 있다고 생각하시죠?"

"아닐지도 모르죠. 그냥 넘어갑시다. 난 이제 그만 가보겠습니다. 여행도 끝나가는 판에 이제 와서 캐봐야 무슨 소용일까." 그는 문에 손을 얹은 채 덧붙여 말했다. "분위기를 좀 띄워보려 했는데, 신통찮았습니다. 무슨 문제든 잠이 해결책 아니겠어요? 내 생각엔 그래요."

2

1

나는 그리 큰 기대 없이 공포와 좌절의 나라로 돌아가고 있었지만, 메데이아호가 그곳에 점점 가까워지면서 친숙한 광경이 하나둘씩 눈에 들어오자 행복에 가까운 감정이 느껴졌다. 포르토프랭스를 내려다보는 거대한 켄스코프[1]가 언제나처럼 짙은 어둠에 절반쯤 잠겨 있었다. 이전의 어떤 국제 박람회를 위해 항구 근처에 이른바 현대식으로 지어진 새 건물들에 석양이 비쳐 반들반들한 광채가 번득였다. 콜럼버스 동상이 우리의 도착을 지켜보고 있었다. 바로 그곳에서 마르타와 나는 밤의 밀회를 즐겼었다. 그러다 통금 시간이 되면, 서로 연락할 전화도 없는 각자의 감옥, 나는 호텔에, 그녀는 대사관에 갇혔다. 그녀는 어둠 속에서 남편 차에 앉아 있다가 내 험버[2] 소리가 들리면 전조등을 켰다. 지난달 통금이 해제됐으니 그녀는

---

1 포르토프랭스에서 남동쪽으로 약 10킬로미터 떨어진 센 드 라 셀 산맥 기슭에 위치한 코뮌(도시 자치 단체).
2 자동차, 오토바이 등을 만들던 영국 제조업체.

밀회 장소를 바꾸었을까? 누구와 만나고 있을까? 나를 대신할 남자를 분명 찾았으리라. 요즘 시대에 신의를 기대하는 사람은 아무도 없다.

나는 이런저런 힘겨운 생각들에 매몰되어 동승자들을 떠올릴 여력이 없었다. 영국 대사관에서 내게 보낸 메시지가 없는 걸 보면, 당장은 만사가 순조로운 모양이었다. 출입국 관리소와 세관은 평소처럼 혼란스러웠다. 들어온 배는 우리 여객선 한 척뿐이었지만, 터미널은 발 디딜 틈이 없었다. 짐꾼들, 몇 주 동안 손님 하나 태우지 못한 택시 운전사들, 경찰관들, 검은 안경을 끼고 중절모를 쓴 채 임시 근무를 서고 있는 통통 마쿠트 대원, 그리고 거지들, 온 사방의 거지들. 그들은 마치 장마철의 빗물처럼 모든 갈라진 틈에서 새어 나왔다. 다리 없는 남자가 우리 속의 토끼처럼 세관 신고대 밑에 앉아 조용히 무언극을 하고 있었다.

낯익은 사람 한 명이 인파를 뚫고 내 쪽으로 다가왔다. 보통은 비행기 이착륙장에 출몰하는 그를 여기서 보게 될 줄은 몰랐다. 그는 모두에게 프티 피에르[3]라 불리는 저널리스트였다―그는 메티스[4]였는데, 이 나라에서 혼혈인은 프랑스 혁명 때 단두대로 끌려가기를 기다리던 귀족이나 마찬가지였다. 그가 통통 마쿠트에 연줄이 있다고 믿는 사람들도 있었다. 그렇지 않다면 어떻게 그가 구타나 더 심한 것을 피할 수 있었겠는가? 그래도 그의 가십 칼럼에는 묘하게 풍자적이고 대담한 구절들이 간혹 실리기도 했다―경찰이 행간을 못 읽을 거라 믿고 저지른 짓이리라.

---

3 Petit Pierre. '작은 피에르'라는 뜻이다.
4 métis. 유럽인과 원주민 사이에 태어난 혼혈인.

오랜 친구 사이라도 되는 양 그가 내 두 손을 와락 붙잡더니 영어로 말을 건넸다. "아니, 브라운 씨, 브라운 씨 아닙니까."

"안녕하십니까, 프티 피에르?"

몸집이 왜소한 그는 발뒤꿈치를 들어 뾰족한 구두코로 버티고 서서 나를 올려다보며 피식 웃었다. 내가 기억하는 모습대로 그는 여전히 유쾌했다. 인사마저도 그에게는 재밋거리가 되었다. 그는 원숭이처럼 잽싸게 움직였으며, 마치 웃음의 밧줄을 타고 이 벽에서 저 벽으로 옮겨 다니는 것 같았다. 그를 처음 만난 날부터 든 생각이지만, 언젠가 때가 되어 그의 위태위태한 반항적 인생에도 끝이 오면, 중국놈처럼 자신의 사형 집행인을 보며 웃을 사람이었다.

"이렇게 보니 좋군요, 브라운 씨. 브로드웨이의 화려한 불빛들은 잘 있던가요? 매릴린 먼로, 끝내주는 버번위스키, 무허가 술집……." 그는 30년 동안 자메이카의 킹스턴보다 더 멀리 나간 적이 없는 탓에 약간 뒤처져 있었다. "여권 주세요, 브라운 씨. 수하물 표는 어디 있어요?" 프티 피에르는 그것들을 머리 위로 흔들며 인파를 뚫고 지나가 모든 절차를 처리해 주었다. 공항의 모든 직원을 알았기 때문이다. 세관원조차 내 짐을 열어보지도 않고 통과시켜 주었다. 프티 피에르는 문간에서 통통 마쿠트 대원과 몇 마디를 나누었고, 내가 나갔을 땐 택시를 한 대 잡아두고 있었다. "앉아요, 앉아, 브라운 씨. 짐은 곧 나올 겁니다."

"여기 상황은 좀 어때요?" 내가 물었다.

"늘 똑같죠, 뭐. 아주 조용해요."

"통금은 없습니까?"

"왜 통금이 있겠어요, 브라운 씨?"

"북쪽에서 반군이 공격해 들어왔다고 신문 기사가 났던 데요."

"신문이요? 미국 신문? 미국 신문이 떠들어대는 소리를 믿는 건 아니죠?" 그는 택시 문 옆에서 고개를 안으로 기울이며 그답게 기묘한 유쾌함을 풍기며 말했다. "당신이 돌아와서 얼마나 기쁜지 모릅니다, 브라운 씨." 나는 이 말에 속아 넘어갈 뻔했다.

"내가 왜 안 돌아오겠습니까? 여기 사람인데."

"물론 브라운 씨는 여기 사람이죠. 아이티의 진정한 친구." 그가 또 피식 웃었다. "그런데 요즘 진정한 친구들이 많이도 우리를 떠나고 있어서 말입니다." 그는 목소리를 약간 낮추었다. "비어 있는 호텔 몇 개를 정부가 어쩔 수 없이 인수했어요."

"경고해 줘서 고맙군요."

"건물을 그냥 썩히는 것보다는 낫잖아요."

"친절하기도 해라. 지금은 거기 누가 삽니까?"

그는 키득거렸다. "정부 내빈들이요."

"이제 내빈을 받아요?"

"폴란드 사절단이 있었는데, 곧 떠났죠. 짐이 오는군요, 브라운 씨."

"소등 전까지 트리아농에 도착할 수 있을까요?"

"네, 곧장 간다면요."

"내가 또 어딜 가겠습니까?"

프티 피에르는 킬킬거리더니 말했다. "나랑 같이 갑시다, 브라운 씨. 지금 포르토프랭스와 페티옹빌 사이에 검문소들이 있어요."

"좋아요, 타십시오. 말썽은 피하는 게 좋죠."

"뉴욕에서는 뭘 했어요, 브라운 씨?"

나는 솔직하게 답했다. "내 호텔을 사줄 사람을 찾아다녔죠."

"잘 안 됐습니까?"

"허탕만 쳤어요."

"그 대단한 나라에 호텔 하나 사줄 기업이 없다고요?"

"댁의 나라에서 영국군 사절단을 쫓아냈잖아요. 대사도 돌려보내고. 그런데 뭘 믿고 거래를 하겠습니까? 참, 깜박했네. 배에 대통령 후보가 탔더군요."

"대통령 후보요? 내가 그걸 놓치다니."

"결과가 그리 좋지는 않았던 모양이에요."

"그래도요. 어쨌든 대통령 후보잖습니까. 그 사람은 무슨 용건으로 여기 온답니까?"

"사회복지부 장관 앞으로 소개장을 가지고 왔더군요."

"닥터 필리포요? 하지만 닥터 필리포는……."

"무슨 문제라도 있어요?"

"정치란 게 그렇잖습니까. 어느 나라든 똑같죠."

"닥터 필리포가 쫓겨났나요?"

"일주일 전부터 행방이 묘연해요. 휴가 중이라고는 하는데." 프티 피에르는 택시 운전사의 어깨를 건드렸다. "여기 세워줘요, mon ami(친구)." 아직 콜럼버스 동상까지 가지도 못했는데 날이 빠르게 어두워지고 있었다. 프티 피에르가 말했다. "브라운 씨, 나는 돌아가서 스미스 씨를 찾아봐야겠습니다. 당신네 나라에서도 마찬가지 아닙니까. 오해받을 일은 피해야죠. 나라면 맥밀런 씨[1] 앞으로 된 소개장을 들고 영국에 가지는 않을 겁니다." 그는 내

---

1 영국의 보수당 소속 정치인 해럴드 맥밀런. 1957년부터 1963년까지 총리를 지냈다.

게 손을 흔들며 차에서 내렸다. "위스키 한잔하러 곧 찾아가겠습니다. 이렇게 돌아와 주셔서 정말 기쁩니다, 정말 기뻐요, 브라운 씨." 그는 아무 근거 없는 희열에 달뜬 채 떠났다.

택시는 계속 달렸다. 나는 통통 마쿠트의 끄나풀일지도 모를 운전사에게 물었다. "소등 전에 트리아농까지 갈 수 있을까요?"

그는 어깨를 으쓱했다. 정보를 흘리는 건 그의 일이 아니었다. 국무 장관이 사용하는 박람회 건물에는 아직 불이 켜져 있고, 콜럼버스 동상 옆에 푸조 한 대가 세워져 있었다. 물론 포르토프랭스에 푸조가 한두 대밖에 없는 것도 아니고, 설마하니 그녀가 똑같은 곳을 밀회 장소로 선택할 만큼 잔인하거나 경박할까 싶었다. 그래도 나는 택시 운전사에게 말했다. "여기서 내리겠습니다. 짐은 트리아농까지 옮겨 주십시오. 조제프가 계산해 줄 겁니다." 경솔하기 그지없는 행동이었다. 다음 날 아침이면, 내가 택시에서 정확히 어디에 내렸는지 통통 마쿠트 대장의 귀에 들어갈 것이 뻔했다. 내가 취한 예방책이라곤 택시가 실제로 떠나는지 확인한 것뿐이었다. 꼬리등이 시야에서 사라질 때까지 지켜보았다. 그런 다음 콜럼버스 동상과 그 옆에 주차된 차로 향했다. 차 뒤쪽으로 다가가니 외교관 차량 번호판이 보였다. 마르타의 차였고, 그녀 혼자였다.

나는 얼마 동안 들키지 않고 마르타를 지켜보았다. 몇 미터 떨어져 기다리다 보면 어떤 남자가 그녀를 만나러 오겠거니 싶었다. 그런데 그녀가 고개를 돌리더니 내 쪽을 빤히 쳐다보았다. 누군가 자기를 지켜보고 있음을 눈치챈 것이다. 그녀는 차창을 살짝 내리고, 내가 항구의 수

많은 거지들 중 한 명인 줄 알았는지 프랑스어로 앙칼지게 말했다. "누구야? 뭘 원해?" 그런 다음 전조등을 켰다. "어머, 돌아왔네." 열병이 재발하기라도 한 듯한 말투였다.

그녀가 문을 열어주자 나는 옆자리에 올라탔다. 그녀의 키스에서 망설임과 두려움이 느껴졌다. "왜 돌아온 거야?"

"당신이 그리워서랄까."

"기껏 그걸 알아내려고 달아났던 거야?"

"내가 떠나면 상황이 바뀔 줄 알았지."

"바뀐 건 아무것도 없어."

"당신은 여기서 뭐 하고 있는 거야?"

"당신을 그리워하기에 여기만큼 좋은 곳도 없거든."

"누구 기다리고 있었던 건 아니고?"

"아니야." 그녀는 내 손가락 하나를 붙잡더니 아프도록 비틀었다. "나도 몇 달 **요조숙녀**처럼 살 수 있어. 하지만 꿈속에서는 달라. 꿈속에서는 딴 남자 만났어."

"나도 한눈 안 팔았어 - 그런 셈이야."

"지금은 말할 필요 없어, 그런 셈이라는 게 무슨 뜻인지. 그냥 입 다물고, 여기 있어."

나는 그녀가 시키는 대로 했다. 한 가지는 변하지 않았음이 너무도 확실하기에, 행복하면서도 비참한 심정이었다. 다만, 지금은 내 차가 없으니 그녀가 나를 트리아농까지 데려다주고 다른 사람에게 목격될 위험을 감수해야 했다. 우리는 콜럼버스 옆에서 작별 인사를 할 생각은 없었다. 그녀와 섹스를 하는 동안에도 나는 그녀를 시험해보았다. 밀회 장소에서 다른 남자를 기다리고 있었다면, 설마 배짱 좋게 나를 받아들이지는 않겠지. 하지만 이 정도 시험으로는 어림도 없다고 나는 속으로 중얼거렸다. 그녀는 무슨 짓이든 할 배짱이 있는 사람이었다. 그녀가 남편을 떠나지 못하는 건 배짱이 부족해서가 아니었다. 그녀는 내게 익숙한 비명을 내지르며 손으로 입을 막았다. 힘이 쫙 풀린 그녀는 지친 아이처럼 내 무릎에 앉아 있었다. 그녀가 말했다. "깜박하고 창을 안 닫았네."

"소등 전에 트리아농으로 가는 게 좋겠어."

"거기 사줄 사람 찾았어?"

"아니."

"다행이네."

공원에 시커멓게 서 있는 음악 분수대는 메말라 있었고 연주도 하지 않았다. 전구들이 야간 메시지를 깜박였다. 'Je suis le drapeau Haïtien, Uni et Indivisible. François Duvalier(나는 하나이자 나뉠 수 없는 아이티의 깃발이다. 프랑수아 뒤발리에).'

우리는 통통 마쿠트 대원들이 망가뜨린 집의 시꺼메진 대들보들을 지나 페티옹빌로 향하는 언덕을 올랐다. 절반쯤 올라갔을 때 검문소가 나왔다. 찢어진 셔츠에 회색 바지를 입고 쓰레기통에서 주운 듯한 낡은 중절모를 쓴 남자가 라이플총 총구를 바닥에 질질 끌며 차 문으로 다가왔다. 그가 내게 차에서 내려 몸수색을 받으라고 했다.

"내릴게요." 내가 말했다. "하지만 이 숙녀분은 외교관 가족입니다."

"자기, 괜히 소란 피우지 마." 마르타가 말했다. "이제 특혜 같은 건 없어." 그녀는 앞장서서 도로변으로 나가 두 손을 머리 위로 올리더니, 내 마음에 들지 않는 미소를 민병대원에게 지어 보였다.

내가 그에게 말했다. "차에 붙어 있는 C.D.[1] 안 보여요?"

---

1 Corps Diplomatique(외교단).

"그런 당신은 이 남자가 글을 못 읽는다는 거 모르겠어?" 마르타가 말했다. 남자가 내 허리께를 더듬다가 다리 사이를 쭉 훑어 올라왔다. 그런 다음 차 트렁크를 열었다. 그리 능숙한 수색은 아니었고 금방 끝났다. 그는 우리가 바리케이드를 지나갈 수 있도록 통로를 터주었다. "당신 혼자 돌아가면 안 되겠어." 내가 말했다. "우리 애 한 명 붙여줄게. 남아 있는 애가 있다면." 그러고 나서 1킬로미터 정도 달렸을 때 또다시 의심이 고개를 쳐들기 시작했다. 남편이 아내의 외도를 지독히도 눈치 못 챈다면, 정부情夫는 그와 정반대되는 결함을 갖고 있다. 어디서든 애인의 부정이 보이는 것이다. "정말 뭘 하고 있었던 거지? 동상 옆에서 뭘 기다리고 있었던 거야?"

"오늘 밤엔 바보같이 굴지 마. 지금 기분 좋으니까."

"돌아온다고 편지를 쓰지도 않았는데."

"당신을 기억하려고 거기 갔던 거야, 그것뿐이야."

"어떻게 우연히도 딱 오늘 밤……."

"내가 오늘 밤만 당신 생각을 한 것 같아?" 그녀가 말을 이었다. "한번은 루이스가 묻더라, 통금도 해제됐는데 왜 저녁에 진 러미를 치러 안 나가느냐고. 그래서 다음 날 밤에 평소처럼 차를 끌고 나갔지. 볼 사람도, 할 일도 없어서 그 동상으로 갔어."

"루이스는 아무 불만도 없고?"

"그이야 항상 그렇지."

갑자기, 우리 주위에서, 우리의 위와 아래에서 불이 꺼져버렸다. 항구와 정부 청사들 주변에만 은은한 불빛이 남아 있었다.

"내가 돌아올 때를 대비해서 조제프가 기름을 조금 챙겨놨어야 할 텐데." 내가 말했다. "동정은 동정이고, 머리도 잘 돌아가는 사람이면 참 좋을 텐데 말이야."

"조제프가 동정이야?"

"뭐, 조신하게 지내고 있지. 통통 마쿠트한테 된통 당한 후로."

우리는 야자수와 부겐빌레아가 양가에 늘어서 있는 가파른 호텔 진입로로 들어갔다. 왜 첫 주인은 호텔 이름을 트리아농이라 지었을까, 항상 궁금했다. 그보다 더 어울리지 않는 이름도 없었다. 호텔 건물은 18세기의 고전적인 아름다움도, 20세기의 호화로움도 지니지 못했다. 탑들과 발코니들과 목조 뇌문 세공 장식 때문에 밤에는 『뉴요커』지에 실린 찰스 애덤스[1]의 만화 같은 분위기가 풍겼다. 마녀가 문을 열어줄 것만 같은 집. 혹은 미치광이 같은 집사가 문을 열어주고 나면, 그 뒤의 샹들리에에 박쥐가 매달려 있는 집. 하지만 햇볕이 들거나, 야자수 사이로 불이 켜져 있을 땐 동화책의 삽화처럼 섬세하고 고풍스럽고 예쁘장하고 비현실적으로 보였다. 나는 그곳을 사랑하게 되었고, 매수자를 찾지 못했을 땐 다행이다 싶은 마음도 일면 있었다. 그 호텔을 몇 년 더 갖고 있으면 집을 가진 것 같은 느낌이 들리라 믿었다. 정부를 아내로 삼으려면 시간이 필요하듯, 어떤 공간에 정을 붙이려면 시간이 필요했다. 동업자의 끔찍한 죽음에도 호텔에 대한 내 소유욕은 크게 흔들리지 않았다. 〈로미오와 줄리엣〉의 프랑스어판에 등장하는 로랑 신부의 대사—모종의 이유로 내 기억에 남아 있던 문장—를 속으로 읊조렸을 뿐이다.

---

1 찰스 새뮤얼 애덤스(1912~1988). 미국의 만화가로, 음침하면서도 유머러스한 캐릭터들로 유명했다. 대표작으로는 〈애덤스 패밀리*The Addams Family*〉가 있다.

"Le remède au chaos
N'est pas dans ce chaos.
(혼돈의 치료제
그것은 혼돈 속에 있지 않다.)"

치료제는 파트너의 도움 없이 나 혼자 이루어낸 성공 속에 있었다. 치료제는 수영장에서 울리는 시끌벅적한 목소리들, 조제프가 그의 명성 높은 럼 펀치를 만드는 칵테일 라운지에서 얼음을 달그락거리는 소리, 시내에서 달려온 택시들, 베란다에서의 와자지껄한 점심 식사, 그리고 밤에 북을 치고 춤을 추는 공연자들, 불 켜진 야자수 아래에서 실크해트를 쓰고 섬세한 발재간으로 발레를 추는 기괴한 인물 바롱 사메디 속에 있었다. 나는 짧은 시간 동안 이 모두를 경험했었다.

어둠 속에 차가 멈춰 섰고, 나는 마르타에게 또 키스했다. 여전히 취조의 의미였다. 혼자 남겨진 석 달 동안의 정절 따위 나는 믿을 수 없었다. 아마도 – 그나마 덜 불쾌한 짐작이었는데 – 다시 남편에게 돌아갔으리라. 나는 그녀를 안고서 물었다. "루이스는 어때?"

"여전하지, 한결같아." 그래도 한때는 그를 사랑했을 테지, 하고 나는 생각했다. 부정한 사랑의 고통 중 하나다. 정부가 아무리 진하게 포옹해 준다 한들 사랑은 영원하지 않다는 증거밖에 되지 못하는 것이다. 루이스를 두 번째로 만났을 때 나는 대사관 칵테일 파티에 초대된 서른 명의 손님 중 하나였다. 대사 – 박박 닦은 구두처럼 머리칼이 반짝이는 40대 후반의 통통한 남자 – 는 혼잡한 연회장에서 셀 수 없이 마주치는 마르타와 나의 시선도, 우리가 서로 지나칠 때 나를 스치고 지나가는 그녀의 은밀한 손길도 기가 막힐 정도로 눈치채지 못했다. 하지만 겉으로 보기에 루이스는 여전히 우월한 인간이었다. 그의 대사관, 그의 아내, 그의 손님들이었다. 성냥갑에도, 심지어는 시가를 두른 띠에도 그의 이름의 머리글자가 찍혀 있었다. 그가 칵테일 잔을 불빛으로 들어 올려, 섬세하게 새겨진 황소 가면을 내게 보여주던 일이 기억난다. 그는 "파리에서 특별 주문으로 디자인했죠"라고 말했다. 소유욕이 대단한 사람이지만, 자기 것을 남에게 빌려주기는 싫지 않은 모양이었다.

"내가 없는 동안 루이스가 위안이 돼줬나?"

"아니." 마르타가 답했다. 나는 소심한 질문으로 그녀가 모호한 대답을 할 수 있게 해준 나 자신을 저주했다. 그녀가 덧붙여 말했다. "아무도 위안이 안 됐어." 이 말을 듣자마자 나는 위안의 모든 의미를 생각하기 시작했다. 마르타는 자신이 생각하는 진실한 위안의 의미를 골랐을 것이다. 그녀는 진실에 대한 감각이 있는 사람이니까.

"향이 달라졌는데."

"생일 선물로 루이스한테 받은 거야. 당신이 준 건 다 썼어."

"생일. 깜박했군……"

"괜찮아."

"조제프는 늦게까지 일하니까 차 소리를 들었을 거야."

"루이스는 나한테 잘해줘. 날 함부로 대하는 사람은 당신뿐이야. 조제프를 막 굴리는 통통 마쿠트처럼."

"그게 무슨 소리야?"

모든 것이 예전 그대로였다. 우리는 만난 지 10분 만에 사랑을 나누고, 30분 후 다투기 시작했다. 나는 차에서 내려 어둠에 잠긴 계단을 올라갔다. 꼭대기까지 올라갔을 때, 택시 운전사가 놓고 간 내 여행 가방에 발이 걸릴 뻔했다. "조제프, 조제프." 하고 큰 소리로 불러봤지만, 아무도 답하지 않았다. 양편으로 쭉 뻗은 베란다에 저녁 식사가 차려진 테이블은 하나도 없었다. 열린 호텔 문 사이로, 아이 침대나 병상 옆에나 둘 만한 작은 석유 램프가 칵테일 라운지를 비추고 있었다. 여기가 바로 나의 호화 호텔이었다. 절반은 빈 럼주 병과 걸상 두 개, 긴 부리가 달린 새처럼 그늘 속에 웅크리고 있는 탄산수 병이 동그란 불빛 속에 간신히 보였다. 나는 다시 "조제프, 조제프." 하고 크게 불렀고, 역시나 아무런 답이 없었다. 나는 계단을 내려가 차로 가서 마르타에게 말했다. "잠깐만 기다려."

"뭐가 잘못됐어?"

"조제프가 안 보여."

"난 지금 가야 해."

"혼자 가면 안 돼. 서두를 필요 없어. 루이스는 좀 기다리라 그래."

나는 계단을 올라 호텔 트리아농으로 돌아갔다. '아이티 지식인들의 사교장. 별미와 현지의 풍습을 제대로 만끽하고 싶으신 분들을 모두 만족시켜드리는 호화 호텔. 최고급 아이티 럼주로 만든 특별 음료를 맛보고, 호화로운 수영장에 몸을 담그고, 아이티의 북 연주를 듣고, 아이티의 춤꾼들을 구경하십시오. 호텔 트리아농에서 사교 생활을 즐기는 아이티의 엘리트 지식인들, 음악가들, 시인들, 화가들과 교류하십시오……' 관광 안내 책자에 적힌 내용은 예전엔 거의 사실이었다.

나는 바의 카운터 밑을 더듬어 손전등을 찾은 다음, 라운지를 거쳐 내 사무실로 갔다. 책상은 오래된 고지서와 영수증 들로 뒤덮여 있었다. 손님은 그리 기대하지 않았지만, 조제프마저 없었다. 참 대단한 환영이군, 참 대단한 환영이야, 하고 나는 생각했다. 사무실 밑에 수영장이 있었다. 이맘때면 칵테일 손님들이 시내의 다른 호텔에서 여기로 자리를 옮기고 있어야 했다. 좋았던 시절엔, 아이티 일주 여행을 예약해서 여행사를 통해 만사를 해결하는 사람들 빼고는 거의 모두가 트리아농에서 술을 마셨다. 미국인들은 항상 드라이 마티니를 마셨고, 자정 무렵이면 그들 중 일부는 수영장에서 알몸으로 헤엄을 쳤다. 한번은 새벽 2시에 창밖을 내다봤더니, 노란빛의 큼직한 달 아래 어떤 여자가 수영장에서 섹스를 하고 있었다. 그녀의 가슴이 수영장 가장자리에 짓눌려 있고, 그녀 뒤의 남자는 보이지 않았다. 그녀는 내가 자기를 지켜보고 있다는 걸 눈치채지 못했다. 아무것도 눈치채지 못했다. 그날 밤 나는 잠들기 전에 생각했다. '드디어 성공했어.'

수영장 쪽에서 뜰을 지나오는 발소리가 들렸다. 다리를 절뚝거리며 걷느라 발소리가 간간이 끊어졌다. 조제프는 통통 마쿠트와 맞닥뜨린 후로 늘 다리를 절었다. 나는 그를 만나러 베란다로 나가려던 참에 내 책상을 다시 바라보았다. 뭔가가 빠져 있었다. 내가 없는 사이 쌓인 고지서들은 모두 있었지만, 크리스마스에 마이애미에서 샀던 작은 놋쇠 문진은 어디로 갔을까? R.I.P.라는 글자가 찍힌, 관처럼 생긴 문진. 2달러 75센트밖에 안 하는 별것 아닌 물건이지만, 내 것이었고 날 즐겁게 해주던 문진이 없어졌다. 왜 내가 없는 사이 세상은 변하는 걸까? 마르타마저 향수를 바꾸었다. 삶이 불안정할수록 소소한 변화들이 싫어진다.

나는 조제프를 만나러 베란다로 나갔다. 수영장에서 이어지는 구불구불한 길을 따라 나선형으로 움직이는 그의 손전등 불빛이 보였다.

"므슈[1] 브라운?" 그는 긴장된 목소리로 불렀다.

"그럼 누구겠어. 내가 도착했을 때 자넨 어디 있었나? 내 가방은 왜 안 들여놓고……?"

그는 검은 얼굴에 괴로운 표정을 띤 채 밑에 서서 나를 올려다보았다.

"피네다 부인 차를 얻어타고 왔으니까, 자네가 부인을 시내까지 모셔다드리게. 돌아올 때는 버스를 타고. 정원사는 있나?"

"떠납니다."

"요리사는?"

"떠납니다."

"내 문진은? 내 문진은 어떻게 됐어?"

조제프는 못 알아들은 듯한 표정으로 나를 쳐다보았다.

"내가 떠난 후로 손님이 한 명도 없었나?"

"없습니다, 므슈. 그런데……."

"그런데 뭐?"

"나흘 전 밤에 닥터 필리포가 여기 옵니다. 아무한테도 얘기하지 말라고 합니다."

"뭘 원하던가?"

"나는 그 사람한테 여기 있지 말라고 말합니다. 통통 마쿠트가 그 사람 찾으러 온다고요."

"그 사람이 무슨 짓을 저질렀는데?"

"그래도 그 사람 안 나갑니다. 그래서 요리사 떠나고 정원사 떠납니다. 그 사람 가면 오겠다고요. 그 사람 아주 아파요. 그래서 안 나갑니다. 산으로 가라고 하니까 못 걷

---

1 Monsieur. 프랑스어로 '-씨', '-님'을 의미하는 경칭이다.

는다, 못 걷는다고 합니다. 발이 엄청 붓습니다. 내가 그 사람한테 사장님 오기 전에 가라고 합니다."

"난장판이군. 내가 얘기해 보지. 그 사람은 몇 호실에 있나?"

"내가 차 소리 듣고 그 사람한테 소리칩니다. 통통이 왔다, 빨리 나가라. 그 사람 아주 피곤합니다. 가기 싫대요. '난 노인이야'라면서요. 통통이 여기서 당신 발견하면 므슈 브라운 큰일 난다고 내가 말합니다. 길에서 잡히면 당신한테는 똑같지만, 여기서 잡히면 므슈 브라운은 큰일 난다고요. 내가 가서 통통하고 얘기하겠다고 합니다. 그때 빨리 빨리 나가라. 그런데 그냥 짐 가져온 멍청한 택시 운전삽니다……. 그래서 내가 달려가서 그 사람한테 말합니다."

"그 사람을 어떡해야 할까, 조제프?" 닥터 필리포는 여느 정부 관리처럼 나쁜 인간은 아니었다. 취임 첫해에는 해안 빈민가의 환경을 개선하려는 시도까지 했었다. 드제가의 막다른 곳에 양수기를 짓고 그의 이름을 찍은 주철판까지 붙여 놨지만, 시공사에 떡고물을 제대로 챙겨주지 않은 탓에 파이프는 연결되지 않았다.

"방에 가는데 거기 없어요."

"산으로 갔을까?"

"아니요, 므슈 브라운, 산 아니에요." 조제프는 고개를 푹 숙인 채 내 밑에 서 있었다. "아주 나쁜 일을 한 것 같아요." 이렇게 말하고는 내 문진에 새겨진 글귀를 낮은 목소리로 덧붙였다. "Requiescat In Pace(고이 잠드소서)." 조제프는 독실한 부두교 신자인 동시에 독실한 가톨릭교도였다. "므슈 브라운, 나하고 같이 가요."

나는 그를 따라 수영장으로 향했다. 지금과는 달랐던

시대, 더 좋았던 시절에 예쁜 여자가 섹스를 하고 있었던 바로 그 수영장. 지금은 물이 빠져 있었다. 얕게 고인 물과 흐트러진 이파리들이 손전등 불빛에 비쳤다.

"저쪽 끝이요." 조제프는 더 가까이 가지 않고 가만히 서서 내게 말했다. 닥터 필리포는 다이빙대의 그림자가 좁은 굴처럼 드리워진 곳까지 걸어간 모양이었다. 지금은 다이빙대 밑에서 무릎을 턱까지 끌어당긴 채 몸을 말고 누워 있었다. 깔끔한 회색 정장을 수의로 차려입은 중년의 태아처럼 보였다. 그는 손목을 먼저 그은 다음 확실히 하기 위해 목을 그었다. 그의 머리 위에 시커멓고 동그란 파이프가 있었다. 우리는 그저 물을 틀어 피를 씻어내기만 하면 그만이었다. 그가 우리에게 베푼 최대한의 배려였다. 그는 고작 몇 분 전에 죽었을 터였다. 이기적인 생각부터 번뜩 들었다. 내 수영장에서 어떤 남자가 자살한 것이 내 탓은 아니지 않은가. 호텔 건물을 지나가지 않고 도로에서 곧장 이곳으로 쉽게 들어올 수 있는 길이 있었다. 그 길로 거지들이 수영장에서 놀고 있는 손님들에게 시시한 나무 조각품을 팔러 오곤 했었다.

"닥터 마지오는 아직 마을에 있나?" 조제프에게 묻자 그는 고개를 끄덕였다.

"밖에 피네다 부인 차가 있을 거야. 대사관으로 가는 길에 닥터 마지오 댁까지만 태워 달라고 부인에게 부탁하게. 이유는 말해주지 말고. 선생을 데려와. 오겠다고 하면." 이 마을에서 바롱의 죽은 적이라도 마다하지 않을 만큼 용감한 의사는 그자밖에 없을 것 같았다. 하지만 조제프가 출발하기도 전에 발소리가 시끄럽게 울리더니 틀림없는 스미스 부인의 목소리가 들렸다. "뉴욕 세관도 여기 사람들한테 좀 배워야 할 텐데 말이에요. 우리한테 아주 깍듯하더라고요. 백인들은 흑인들만큼 예의 바르지가 않아요."

"조심하세요, 길에 파인 데가 있어요."

"나 시력 좋아요. 시력에 생당근만큼 좋은 것도 없답니다……. 성함이……?"

"피네다예요."

"피네다 부인."

마르타가 맨 뒤에서 손전등을 들고 따라왔다. 스미스 씨가 말했다. "밖에서 차에 타고 계신 이 친절한 숙녀분을 만났소. 호텔에 아무도 없는 것 같더군요."

"죄송합니다. 여기서 묵으실 거라는 걸 깜박했습니다."

"존스 씨도 여기로 올 생각이었던 것 같은데, 경찰한테 붙들렸지 뭐요. 무슨 문제가 생긴 건 아니어야 할 텐데."

"조제프, 존 배리모어[1] 스위트룸을 정리하게. 스미스 씨 부부께 램프도 많이 챙겨드리고. 불이 꺼져 있어서 죄송합니다. 금방 켜질 겁니다."

"마음에 드니 괜찮소." 스미스 씨가 말했다. "꼭 모험이라도 하는 것 같고."

몇몇 사람이 믿는 것처럼, 시체를 떠난 혼이 그 위를 한두 시간 맴돈다면, 이런 시시한 얘기나 듣고 있을 수밖에 없다. 방금 떠난 삶에 품위를 더해줄 말 한마디, 진지한 생각을 절박한 심정으로 기다리고 있을 텐데 말이다. 나는 스미스 부인에게 말했다. "오늘 저녁은 달걀로 때워야 할 것 같은데 괜찮으시겠습니까? 내일은 편하게 지내실 수 있도록 만반의 준비를 하겠습니다. 유감스럽게도 요리사가 어제 떠났지 뭡니까."

1 미국의 유명 배우 가문 출신의 영화 스타로, 드류 배리모어의 할아버지이기도 하다.

"달걀 때문에 걱정할 필요 없소." 스미스 씨가 말했다. "사실 우리가 달걀에 대해서는 타협을 볼 수가 없지. 하지만 우리한테는 이스트럴이 있으니까."

"그리고 내 바민도 있고." 스미스 부인이 말했다.

"뜨거운 물만 조금 있으면 아무 문제 없소." 스미스 씨가 말했다. "스미스 부인과 나는 어디서든 적응을 잘한다오. 우리 걱정은 하지 마시오. 여기 좋은 수영장이 있군." 마르타는 그들에게 수영장의 크기를 보여주기 위해 손전등 불빛을 다이빙대와 수심이 깊은 쪽으로 움직였다. 나는 마르타에게서 손전등을 잽싸게 빼앗아, 야자수가 내려다보이는 발코니와 뇌문 무늬가 새겨진 탑 쪽으로 불빛의 방향을 틀었다. 조제프가 정리하고 있는 방에 불빛 하나가 이미 반짝이고 있었다. "저기가 두 분이 묵으실 방입니다. 존 배리모어 스위트룸. 저 방에서는 포르토프랭스 전체를 한눈에 볼 수 있죠. 항구, 대통령궁, 성당 전부 다요."

"존 배리모어가 정말로 저기 묵었소?" 스미스 씨가 물었다. "저 방에?"

"내가 여기 오기 전의 일이었지만, 존 배리모어의 술 계산서를 보여드릴 수 있습니다."

"대단한 인재가 술 때문에 망가졌지." 그가 슬프게 말했다.

곧 전깃불 배급이 끝나고 포르토프랭스 전역에 램프가 켜지리라는 사실을 나는 잊지 않고 있었다. 가끔은 거의 세 시간 동안 불이 나가기도 했고, 어떤 때는 한 시간도 안 지나 불이 돌아오기도 했다. 확실한 건 아무것도 없었다. 나는 조제프에게 내가 없는 동안에도 '정상 영업'을 하라고 일렀었다. 몇몇 저널리스트가 며칠 묵으면서 그들이 노골적으로 '악몽 공화국'이라 부르는 곳에 관한 기사를 쓸지 누가 또 알겠는가. 그런데 조제프가 생각하는 '정상 영업'이란 수영장 주변과 야자수에 평소처럼 불을 켜 놓는 것이 전부인 모양이었다. 다이빙대 밑에 웅크려 있는 사체가 대통령 후보의 눈에 들어가기라도 하면 곤란했다. 그것도 첫날 밤에 말이다. 손님에게 실례였다. 게다가 스미스 씨는 사회복지부 장관 앞으로 된 소개장을 가지고 있다고 하지 않았던가?

길이 시작되는 곳에 조제프가 나타났다. 나는 그에게 스미스 부부를 방으로 안내한 다음 피네다 부인과 함께 시내로 가라고 일렀다.

"우리 짐이 베란다에 있어요." 스미스 부인이 말했다.

"지금은 두 분 방으로 옮겨져 있을 겁니다. 곧 불이 켜질 테니 걱정 마십시오. 양해를 부탁드립니다. 워낙 가난한 나라라 말이죠."

"브로드웨이에 널려 있는 그 쓰레기들을 생각하면 정말이지." 스미스 부인이 말했다. 그리고 다행히도 그들은 조제프가 비춰주는 길을 따라 걸어가기 시작했다. 나는 수영장의 수심이 얕은 쪽에 있었지만, 이젠 눈이 어둠에 익숙해져 흙덩어리 같은 시체를 알아볼 수 있을 것 같았다.

마르타가 "무슨 문제라도 있어?"라고 말하며 손전등으로 내 얼굴을 비추었다.

"제대로 볼 시간이 없었어. 잠깐 손전등 좀 빌려줘."

"여긴 왜 왔어?"

나는 조명을 점검하는 척하며, 수영장에서 멀찍이 떨어진 야자수들을 손전등 불빛으로 훑었다.

"조제프하고 얘기 좀 하느라. 이제 올라갈까?"

"그러다 스미스 부부랑 마주치라고? 난 그냥 여기 있을래. 생각해 보니 여긴 와본 적이 한 번도 없네, 이상하게. 당신 집인데 말이야."

"그랬지, 우린 항상 아주 조심했으니까."

"앙헬 안부도 안 물었어, 당신."

"미안."

그녀의 아들인 앙헬은 우리 사이를 갈라놓고 있는 지독한 아이였다. 나이에 비해 지나치게 뚱뚱하고, 제 아버지처럼 눈동자가 갈색 단추처럼 생겼고, 봉봉[1]을 빨아 먹고, 눈치가 빠르고, 이런저런 요구로 늘 제 어머니의 관심을 독차지하려 들었다. 그 녀석이 길게 숨을 들이쉬며 사탕 안의 잼을 쪽쪽 빨아들일 때마다 우리 사이의 다정함도 쏙쏙 빨려 나가는 듯했다. 그는 우리 대화의 절반을 차지하는 주제였다. "지금 가야겠어. 앙헬한테 책 읽어주기로 했거든.", "오늘 밤엔 못 만나. 앙헬이 영화 보러 가재.", "자기, 오늘 밤엔 너무 피곤해. 앙헬이 친구 여섯 명을 티타임에 데려왔거든."

"앙헬은 잘 지내고 있어?"

"당신이 없는 동안 아팠어. 독감에 걸려서."

"지금은 괜찮고?"

"응, 좋아졌어."

"이제 가지."

"이렇게 이른 시간에 루이스가 날 기다리진 않을 거야. 앙헬도 그렇고. 내가 여기 왔잖아. 이왕 이렇게 된 거 사고 한번 치지, 뭐."

나는 내 손목시계를 보았다. 8시 반이 다 되어가고 있었다. "스미스 부부가……."

---

1 과일 잼이 들어 있는 사탕.

"짐 정리하느라 바쁠 텐데 뭐. 무슨 걱정이라도 있어, 자기?"

나는 맥없이 말했다. "문진을 잃어버렸어."

"귀한 문진이야?"

"아니. 하지만 문진이 없어졌다면 다른 것도 없어졌을지 누가 알겠어."

갑자기 우리 주위로 온통 불빛이 번쩍였다. 나는 그녀의 팔을 붙잡아 그녀를 휙 돌려세운 다음 호텔 건물 쪽으로 끌고 갔다. 스미스 씨가 발코니로 나와 우리에게 소리쳤다. "스미스 부인한테 담요 한 장 더 보내주시겠소? 혹시 추워질지도 모르니까."

"하나 올려 보내드리죠. 하지만 추워지진 않을 겁니다."

"여기 전망이 정말 좋긴 하군요."

"정원에 불을 꺼드리겠습니다. 그러면 더 잘 보이실 겁니다."

제어 스위치는 내 사무실에 있었고, 거의 다 도착했을 즈음 또 스미스 씨의 목소리가 들렸다. "브라운 씨, 수영장에서 누가 자고 있소."

"아마 거지일 겁니다."

스미스 부인이 남편 곁으로 왔는지 이제 그녀의 목소리가 들렸다. "어디, 여보?"

"저 밑에."

"가여워라. 저 사람한테 돈을 좀 줄까 봐."

나는 '소개장이나 가져오십시오. 저 인간이 바로 사회복지부 장관이니까'라고 소리치고 싶었다.

"그러지 마, 여보. 괜히 저 불쌍한 친구를 깨우기만 할 거야."

"왜 하필 저런 데를 골랐을까 몰라."

"시원하니까 그랬겠지."

나는 사무실 문에 이르러 정원의 불을 켰다. 스미스 씨의 목소리가 들렸다. "저기 좀 봐, 여보. 돔으로 덮인 흰 건물. 틀림없이 대통령궁일 거야."

마르타가 말했다. "수영장에서 거지가 자고 있다고?"

"가끔 그래."

"난 못 봤는데. 당신은 뭘 찾고 있는 거야?"

"문진. 문진을 왜 가져갔을까?"

"어떻게 생겼는데?"

"작은 관처럼 생겼고, R.I.P.라는 글자가 찍혀 있어. 별로 안 급한 우편물에 그걸 썼지."

그녀는 웃더니 나를 가만히 붙들고서 내게 키스했다. 나는 최대한 정성껏 응했지만, 수영장에 시체가 있는 상황이라 그런지 키스에 열중하는 우리가 희극적으로 느껴졌다. 닥터 필리포의 시체는 좀 더 비극적인 주제에 속해 있었고, 우리는 가벼운 기분 전환을 위한 부차적인 줄거리에 불과했다. 조제프가 칵테일 라운지로 들어가는 소리가 들리기에 나는 "뭐 해?"라고 소리쳤다. 스미스 부인이 그에게 몇 가지 물건을 부탁한 모양이었다. 컵 두 개, 스푼 두 개, 뜨거운 물 한 병. "담요도 한 장 가져가. 그런 다음 시내로 가도록 해."

"언제 또 만날 수 있어?" 마르타가 물었다.

"같은 곳에서, 같은 시간에."

"변한 건 하나도 없어, 그렇지?" 그녀는 걱정스레 물었다.

"그럼, 아무것도 안 변했지." 하지만 내 말투에는 날이 서 있었고, 그녀는 그 사실을 눈치챘다.

"미안하지만, 어쨌든 당신은 돌아왔잖아."

마침내 마르타가 조제프와 함께 떠나자 나는 수영장으로 돌아가 어둠 속에서 그 가장자리에 앉았다. 스미스 부부가 내려와 말이라도 걸까 봐 불안했지만, 수영장 옆에서 고작 몇 분 기다렸는데 존 배리모어 스위트룸에 불이 꺼졌다. 이스트럴과 바민을 먹은 후 태평하게 잠자리에 들었으리라. 지난밤 파티 때문에 늦게까지 깨어 있었던 데다 힘겨운 하루를 보냈다. 존스는 어떻게 됐을까? 트리아농에 묵고 싶다고 했었는데. 페르난데스 씨와 영문을 알 수 없는 그의 눈물에 대해서도 생각했다. 다이빙대 밑에 웅크려 있는 사회복지부 장관을 잊고 뭐든 다른 생각을 하고 싶었다.

켄스코프 너머 저 높은 산, 부두교 토넬[1]이 있는 곳에서 북소리가 울렸다. 파파 독의 치하인 지금은 자주 들을 수 있는 소리가 아니었다. 어둠 속에서 무언가가 터벅터벅 걸어오길래 손전등을 비추어보니, 굶어서 비쩍 마른 개 한 마리가 다이빙대 옆에 엉거주춤 서 있었다. 개는 물이 뚝뚝 떨어지는 눈으로 나를 쳐다보며 맥없는 꼬리를 흔들어댔다. 시신에 달려들어서 피를 핥게 해달라고 내 허락을 구하는 것처럼. 나는 휘이 하고 개를 쫓았다. 몇 년 전 정원사 셋, 요리사 둘, 조제프, 임시 바텐더 한 명, 청년 넷, 아가씨 셋, 기사 한 명을 고용했었고, 아직 시즌이 끝나지 않았으니 지금쯤은 일손을 더 구해야 할 시기였다. 오늘 밤 수영장 옆에서는 카바레 공연이 열리고, 음악소리 사이사이에 정신없이 돌아가는 벌집 같은 저 먼 거리의 잡음이 끊임없이 밀려들어 와야 정상이었다. 하지만 통금이 해제된 지금도 소리 하나 들리지 않았고, 달이 뜨

---

1 tonnelle. 지붕이 푸른 잎으로 뒤덮인 정자.

지 않은 밤에 개 한 마리 짖지 않았다. 내 성공 역시 소리가 들리지 않는 저 멀리까지 날아가 버린 듯했다. 짧게 누린 성공이었지만, 불평할 수만은 없었다. 지금 호텔 트리아농에 두 명의 손님이 있었고, 정부를 되찾았으며, 장관과 달리 난 아직 살아 있었다. 나는 수영장 가장자리에 최대한 편안히 앉아, 언제 올지 모를 닥터 마지오를 기다리기 시작했다.

3

지금껏 살면서 이력서를 준비해야 할 때가 몇 번 있었다. 그 이력서는 대개 이런 식으로 시작되었다. 1906년 몬테카를로에서 영국인 부부의 아들로 태어남. 예수회 성모 방문 칼리지에서 공부함. 라틴어 운문 및 산문 작품으로 다수의 상 수상. 일찍 사업을 시작함……. 물론 구체적인 사항은 이력서를 받는 대상에 따라 바뀌었다.

이 첫 부분부터 누락되거나 진위가 의심스러운 내용이 아주 많았다. 내 어머니는 분명 영국인이 아니었고, 프랑스인인지 아닌지는 지금까지도 잘 모르겠다 – 어쩌면 흔치 않은 모나코인이었을지도 모른다. 어머니가 내 아버지로 택한 남자는 내가 태어나기 전 몬테카를로를 떠났다. 아마도 그의 이름이 브라운이었으리라. 브라운이라는 이름에는 진실성이 담겨 있다 – 어머니는 어머니 자신의 이름에 대해서는 그렇게 수수한 선택을 할 사람이 아니었다. 포르토프랭스에서 죽어가고 있는 어머니를 마지막으로 봤을 때 어머니의 이름은 라스코 빌리에 백작부인이었다. 1918년 휴전협정 후 얼마 지나지 않아 어머니는 내 학비를 해결하지도 않은 채 몬테카를로를 (그리고 덧붙여 아들까지) 서둘러 떠났다. 하지만 부도 수표가 간통만큼이나 흔한 귀족 사회의 변두리에서 끈질기게 운영되는 예수회는 등록금 미납에 이골이 나 있었고, 그래서 학교는 계속 나를 지원해 주었다. 나는 모범생이었으며, 때가 되면 소명을 받들리라는 기대를 어느 정도 받고 있었다. 나 자신도 그렇게 믿었다. 아침에는 비정상적으로 기온이 뚝 떨어져 쌀쌀하니 정신이 번쩍 들지만 밤에는 병적으로 체온이 높아지는 비현실적인 공기 속에서 소명의식은 마치 독감처럼 내 주위를 감싸고 있었다. 다른 사내아이들이 수음이라는 악마와 싸울 때 나는 신앙과 싸웠다. 내가 배우고 썼던 라틴어 시들과 문장들을 생각하면 기분이 이상해진다. 그 모든 지식이 아버지처럼 감쪽같이 사라져버리다니. 오직 한 줄만이 지난날 꿈과 포부의 한 조각 추억으로 내 머릿속에 고집스럽게 들러붙어 있었다. '*Exegi monumentum aere perennius*(나는 청동보다 더 오래갈 기념비를 완성했노라)······.' 그로부터 거의 40년이 흘러 어머니가 세상을 떠난 날, 나는 페티옹빌의 트리아농 호텔 수영장 옆에 서서 이 구절을 혼자 중얼거리며, 야자수들을 배경으로 환상적인 무늬를 수놓고 있는 목조 세공과 바람에 떠밀려 켄스코프 위를 흘러가는 먹구름을 올려다보았다. 호텔의 절반 이상이 내 손안에 들어와 있었고, 머지않아 그곳 전체가 내 것이 되리라는 걸 알았다. 난 이미 재산을 가진 자산가였다. '여기를 카리브해에서 가장 인기 많은 관광호텔로 만들겠어'라고 생각했던 기억이 난다. 어떤 미치광이 의사[1]가 집권하여 우리의 밤을 재즈가 아닌 폭력의 불협화음으로 가득 채우지만 않았어

---

1   프랑수아 뒤발리에는 1934년에 아이티대학 의학부를 졸업한 후 지방에서 의사로 활동한 바 있다.

도 성공했을지 모른다. 짐작했겠지만, 호텔리어는 예수회가 내게 기대한 길이 아니었다. 아주 고리타분한 프랑스어 번역으로 〈로미오와 줄리엣〉을 공연했을 때 그 길은 마침내 끝장나고 말았다. 나는 늙은 로랑 신부 역을 맡았고, 무슨 까닭인지 몇몇 대사는 지금까지 내 기억에 남아 있다. 시적인 구석이라곤 없다. 'Accorde-moi de discuter sur ton état(너의 상황을 논의해 보자).' 로랑 신부는 불운한 연인들의 비극조차 따분하게 만들어버리는 힘이 있었다. 'J'apprends que tu dois, et rien ne peut le reculer, Etre mariée à ce comte jeudi prochain(다음 주 목요일에 그 백작과 결혼해야 한다고 들었네).'

선한 신부들의 눈에는 그 역할이 너무 자극적이지도 너무 까탈스럽지도 않아 내게 어울려 보였을 것이다. 하지만 독감 같던 나의 소명 의식은 이미 시들해지고 있었고, 끊임없이 이어지는 리허설, 언제나 등장하는 연인들, 프랑스어 번역으로 무뎌지긴 했어도 여전히 관능적인 그들의 욕정은 나를 이탈로 이끌었다. 나는 내 나이보다 훨씬 성숙해 보였고, 연극 연출가는 나를 배우로 만들어주진 못했어도 분장의 비결을 충분히 가르쳐주었다. 나는 평신도인 젊은 영문학 교수의 여권을 '빌려' 어느 날 오후 얼렁뚱땅 카지노에 들어갔다. 그곳에서 기적처럼 19와 0이 연달아 나온 덕에 그 놀라운 45분 동안 300파운드에 상당하는 돈을 땄고, 예상치 못한 일이지만 겨우 한 시간 후에는 오텔 드 파리의 어느 방에서 서툴게 동정을 뗐다.

그 방법을 가르쳐준 여자는 나보다 적어도 열다섯 살 연상이었지만, 내 마음속에서 그녀는 언제나 같은 나이로 남아 있고, 나이가 드는 건 나뿐이었다. 우리는 카지노에서 만났는데, 내게 운이 따르는 걸 본-나는 그녀의 어깨 너머로 베팅을 하고 있었다 – 그녀는 자신의 칩을 내 칩 옆에 놓기 시작했다. 내가 그날 오후 300파운드 이상 벌었다면, 아마도 그녀는 100파운드 가까이 벌었을 텐데, 그 시점에 그녀는 나를 말리며 신중을 기하라고 충고했다. 그녀에게 나를 유혹할 마음 따윈 추호도 없었다. 호텔에서 같이 차를 마시자고 내게 권한 건 맞지만, 카지노 직원들이 눈치채지 못한 내 변장을 간파한 그녀는 계단에서 공모자처럼 나를 돌아보더니 "어떻게 들어왔어?"라고 속삭였다. 장담컨대, 그 순간 그녀에게 나는 대담하고 재미있는 아이에 불과했다. 나는 아닌 척 연기하지도 않았다. 내 가짜 여권을 보여주었고, 그녀는 겨울 오후의 램프 불빛 아래에서 진짜 주름으로 통했었던 분장을 그녀의 스위트룸에서 지워주었다. 로션, 눈썹연필, 포마드 병이 놓인 선반 위의 거울 속에서 주름이 하나씩 지워지며 로랑 신부가 사라져갔다. 우리는 분장실을 함께 쓰는 두 배우 같았다.

칼리지에서 차는 기다란 테이블에 차려졌고 양쪽 끝에 주전자가 있었다. 테이블마다 기다란 바게트 세 개에 빈약한 양의 버터와 잼이 곁들여졌고, 도자기 찻잔은 남학생들의 아귀힘을 버텨야 했으므로 투박했고, 차는 너무 진했다. 오텔 드 파리의 찻잔과 은제 찻주전자, 조그만 삼각형의 맛좋은 샌드위치, 크림으로 속을 채운 에클레어[1]는 감탄스러울 만큼 섬세했다. 소심함을 벗어던진 나는 내 어머니, 라틴어로 쓴 글들, 〈로미오와 줄리엣〉에 대해 얘기했다. 별다른 나쁜 의도 없이 내 지식을 뽐내기 위해 카툴루스[2]를 인용했다. 그 후 소파에서 난생처음 기나긴

---

1 크림을 넣고 위에는 보통 초콜릿을 씌운 길쭉한 케이크.
2 고대 로마의 서정 시인으로, 로마 사교계의 한 귀부인에 대한 뜨거운 연모

어른 키스를 하게 되기까지의 과정은 생각나지 않는다. 그녀의 남편이 앵도신 은행[3] 임원이라는 말을 듣고, 놋쇠 국자로 동전들을 듬뿍 떠서 서랍에 담는 남자를 떠올렸던 일이 기억난다. 그때 그 남편은 사이공에 가 있었는데, 그녀는 그가 코친차이나[4] 여자와 딴살림을 차렸을 거라 의심하고 있었다. 대화는 그리 오래가지 않았다. 곧 수업이 재개되었다. 작은 흰 방에서 기둥이 파인애플 모양으로 조각된 커다란 흰 침대에 누워 나는 인생 최초의 사랑 수업을 받았다. 40년이 지난 지금까지도 그 순간이 이리도 세세히 기억나다니. 작가는 인생의 첫 20년에 모든 걸 경험하고 그 후로는 그저 관찰할 뿐이라는데, 모든 사람에게 해당하는 말 같다.

우리가 침대에 누워 있을 때 기묘한 일이 벌어졌다. 그녀는 수줍어하고 겁먹은 나를 상대하느라 진땀을 빼고 있었다. 그녀의 손가락도 소용없었고, 그녀의 입술마저 별다른 효과를 보지 못했다. 그때 갑자기 언덕 아래의 항구에서 갈매기 한 마리가 방 안으로 날아 들어왔다. 순간 흰 날개가 방 안 가득 뻗치는 것만 같았다. 그녀는 깜짝 놀라 짧은 비명을 지르며 물러났다. 이젠 그녀가 겁을 집어먹었다. 나는 그녀를 안심시키기 위해 손을 내밀었다. 새는 금 테두리가 둘린 거울 밑의 서랍장으로 날아가 자리를 잡더니, 죽마처럼 기다란 두 다리로 서서 우리를 물끄러미 바라보았다. 어찌나 고양이처럼 편안해 보이는지 당장이라도 제 깃털을 혀로 깨끗이 핥을 것만 같았다. 나

의 정을 토로한 사랑 노래로 유명하다.
3 Banque de l'Indochine. 프랑스의 아시아 식민지 개발을 위한 자금을 융통하기 위해 1875년에 설립된 은행.
4 베트남 남부 지방의 옛 이름.

의 새 친구는 두려움에 살짝 몸을 떨었고, 어느새 내 성기는 성인 남자처럼 단단해져 있었다. 나는 아주 오랜 연인 사이인 양 그녀를 수월하고 자신 있게 가졌다. 그 몇 분 사이 갈매기가 떠나는 걸 우리 둘 다 보지 못했지만, 그 새가 다시 항구와 바다로 날아갈 때 내 등으로 날갯짓이 느껴졌던 것 같기도 했다. 앞으로도 쭉 그렇게 믿고 싶다.

그게 전부였다. 카지노에서의 승리, 흰색과 금색의 방에서 몇 분 더 만끽한 의기양양한 순간―내 인생에서 고통이나 후회 없이 끝난 유일한 정사였다. 그것도 그런 것이, 내가 칼리지를 떠난 것은 그녀 때문이 아니었다. 미처 현금으로 바꾸지 못한 5프랑짜리 룰렛 칩을 헌금 자루에 떨어뜨린 내 경솔함 탓이었다. 평소의 헌금액이 100상팀[1]이었던 걸 생각하면 나름대로 아량을 베푼 거라 생각했지만, 누군가가 알아채고는 학과장에게 고자질했다. 그 후의 면담에서 그나마 조금 남아 있던 나의 소명 의식은 완전히 날아가 버렸다. 나와 신부들은 양쪽 모두 예의를 지켜 점잖게 헤어졌다. 신부들은 실망하는 한편으로 내가 대단하다는 생각도 떨떠름하게 했을 것이다―나의 모험은 칼리지 학생으로서 마냥 부끄러운 일만은 아니었다. 나는 매트리스 밑에 꽤 많은 돈을 숨겨두었고, 친가 쪽 삼촌이 향후 부양과 삼촌네 회사의 일자리를 약속하는 동시에 내가 영국으로 가는 데 필요한 교통비를 보내주었다는 사실을 확인하자 신부들은 미련 없이 나를 포기했다. 나는 웬만큼 돈을 버는 대로 어머니의 빚을 갚겠다고 말했다(신부들은 설마 그런 날이 올까 의심스러워하며 내

---

1 프랑스의 화폐 단위로, 1상팀은 1/100프랑이다.

약속을 조금 멋쩍게 받아들였다). 팜 거리에 있는 교장의 오랜 친구이자 예수회 신부인 토마 카프리올에게 꼭 연락하겠다는 약속도 했다(내가 이 약속은 지키리라 신부들도 믿어주었다). 가상의 삼촌이 보낸 편지에 대해 말하자면, 아주 수월하게 날조할 수 있었다. 카지노의 높은 양반들까지 속여 먹은 내가 성모 방문 칼리지의 신부들을 속이지 못할까 봐 두려워할 이유는 없었고, 편지봉투를 보여달라고 요구한 신부는 한 명도 없었다. 나는 당시 카지노 아래의 작은 역을 거쳐 갔던 국제 급행열차를 타고 영국으로 향했다. 내 어린 시절을 지배했던 바로크식 탑들 – 내가 생각한 어른스러운 삶의 상징이자, 내가 충분히 증명해 보였듯 무슨 일이든 일어날 수 있는 기회의 궁전 – 을 그때 마지막으로 보았다.

2

몬테카를로의 카지노에서 포르토프랭스의 또 다른 카지노로 옮겨 가 또다시 돈을 따고 한 여자와 사랑에 빠지기까지 있었던 일들을 낱낱이 고하려면 이야기의 적절한 분배에 문제가 생길 것이다. 대서양에서 스미스, 브라운, 존스라는 이름의 세 사람이 만난 것이 우연이 아니듯, 그 또한 우연이 아니었다.

그사이의 기나긴 세월 동안, 전쟁이 터졌을 때 평화롭고 버젓하게 생활했던 시기 말고는 입에 풀칠을 하며 근근이 살았다. 이력서에 적어 넣기 뭣한 직업들도 거쳤다. 프랑스어를 잘 아는 덕에(라틴어는 이상할 정도로 쓸모가 없었다) 얻은 첫 일자리는 소호의 작은 식당으로, 그곳에서 여섯 달 동안 웨이터로 일했다. 그때 일이나, 파리의 푸케 레스토랑에서 받은 것으로 위조한 추천서 덕에 런던 트로카데로 식당으로 옮겨간 일은 그 후로 한 번도 입에 올린 적이 없다. 런던 트로카데로에서 몇 년 일한 후에는, 꺼림칙한 부분에 주석을 달아 내용을 완벽하게 순화한 프랑스 고전 시리즈를 출간하려는 어느 작은 교육 출판 업체의 고문으로 승격했다. 이 일은 내 **이력서**에 한 자리를 차지했다. 이후의 직업들은 그렇지 못했다. 사실 전쟁 중에 안정된 일자리를 얻으면서 조금 나쁜 버릇이 들었다. 외무부 첩보국에서 비시[1] 지역에 뿌릴 선전문의 문체를 감독하는 업무를 맡았는데, 심지어 여성 소설가를 비서로 두기까지 했다. 전쟁이 끝나자 예전처럼 근근이 풀칠만 하며 살고 싶지는 않았지만, 몇 년 동안은 그 생활로 돌아갈 수밖에 없었다. 그러던 어느 날 피커딜리의 남쪽에서 마침내 한 가지 아이디어가 떠올랐다. 17세기 네덜란드의 무명 화가가 그린 변변찮은 작품이 걸려 있을 법한 어느 미술관 밖에서였다. 아니, 성 금요일[2]에 연어 요리를 즐기는 유쾌한 추기경들을 즐겁게 감상할 줄 아는 사람들의 취향을 묘하게 충족시켜 주는 더 수준 낮은 미술관이었을지도 모른다. 더블브레스트 정장 조끼에 회중시계 줄을 늘어뜨린 한 중년 남자, 예술에는 영 관심이 없어 보이는 그 남자가 물끄러미 그림들을 보며 서 있었고, 문득 나는 그의 머릿속에 무슨 생각이 스쳐 지나가고 있는지 정확히 알 것 같았다. '지난달 소더비 경매에서 어떤 그림이 10만 파운드에 팔렸지. 그림도 돈이 된단 말씀이야. 제대로 알든가, 아니면 하다못해 모험이라도 해야지.' 그리고 그는 초원의 젖소들을 뚫어져라 바라보았다. 마치 룰렛판 홈들을 따라 굴러가는 작은 상아색 볼을 지

---

1 제2차 세계대전 당시 프랑스의 임시 정부 소재지였던 프랑스 중부 도시.
2 부활절 전의 금요일. 예수가 십자가에 못 박힌 날을 기억하기 위한 날이다.

켜보듯이. 분명 그가 보고 있는 건 추기경들이 아니라 초원의 젖소들이었다. 소더비 경매에 나온 추기경들이라니, 상상하기 어려웠다.

피커딜리 남쪽에서 그런 광경을 목격한 날로부터 일주일 후 나는 30년 넘게 모은 돈의 대부분을 투자해 트레일러 한 대와 20여 점의 값싼 복제화―앙리 루소부터 잭슨 폴록까지―를 사들였다. 이 복제화들을 밴의 한쪽에 걸어 놓고, 경매에서 팔린 액수와 판매 날짜를 같이 기록해 두었다. 그런 다음 조잡한 모방작을 손 빠르게 여러 점 그려줄 젊은 미술학도를 구했다. 그는 매번 다른 이름으로 서명을 했다. 그가 작업을 하는 동안 나는 옆에 앉아서 종이에 서명을 연습하곤 했다. 앵글로색슨계 이름도 돈이 될 수 있음을 폴록과 무어가 증명해 보였지만, 대부분은 외국 이름이었다. 'Msloz'라는 이름만 기억에 남아 있는데, 작품이 지독히도 안 팔렸기 때문이다. 결국엔 그 이름을 물감으로 지우고 '웨일'로 바꾸어야 했다. 최소한 구매자가 발음할 수 있는 이름이어야 한다는 사실을 깨달은 것이다―"요전에 웨일 신작을 구했어." 나조차 'Msloz'를 어렵사리 '슬러지'[3]로 발음했는데, 이 이름은 구매자에게 무의식적인 반감을 불러일으켰을 것이다.

나는 트레일러를 끌고 지방 도시들을 전전하다가 어느 공업 도시의 교외 부촌에 차를 멈추었다. 과학자와 여자는 내게 큰 도움이 되지 않는다는 사실을 금세 깨달았다. 과학자들은 아는 것이 너무 많고, 주부들은 빙고처럼 바로 눈앞에 현금이 보이는 게임이 아닌 이상 도박을 그리 즐기지 않는다. 내게 필요한 건 도박꾼들이었다. 내 전시

---

3 sludge. '진창, 쓰레기'라는 뜻이다.

회의 요점은 이러했기 때문이다. '미술관의 한쪽에는 지난 10년간 최고가에 팔린 그림들이 걸려 있습니다. 페르낭 레제의 〈자전거 타는 사람들〉, 루소의 이 〈역장〉이 돈이 될 거라고 누가 생각이나 했겠습니까? 여기 반대편에 걸린 그림들 가운데 그들의 후계자를 찾아 여러분도 한몫 잡으십시오. 그러지 못한다 한들, 적어도 벽에 걸어놓고 이웃 사람들에게 자랑할 거리는 생기지 않겠습니까. 그럼 여러분은 남들보다 앞서 나간 예술 후원자라는 명성을 얻게 될 겁니다. 거기에 드는 돈은 고작……' 그림의 가격은 동네와 고객에 따라 20파운드에서 50파운드까지 다양하게 매겨졌다. 한번은 피카소를 심하게 흉내 낸, 머리 둘 달린 여자 그림을 100파운드에 판 적도 있었다.

작업에 더 능숙해진 미술학도는 아침나절에 갖가지 그림 여섯 점을 뚝딱 완성해 냈고, 나는 한 점에 2파운드 10실링씩 지불했다. 착취가 아니었다. 아침나절 일한 값으로 받는 15파운드는 그에게 만족스러운 보수였다. 나는 오히려 전도유망한 젊은이를 돕고 있었고, 고상한 취향에 과감히 도전한 그림들 덕분에 내가 다닌 동네들에서 디너 파티가 더 성행했다고 믿고 있다. 정원의 해시계 주변과 널돌 포장길 양편으로 월트 디즈니의 난쟁이 인형들을 세워놓은 남자에게 폴록 모작을 판 적도 있었다. 내가 그에게 피해를 주었나? 그는 그 그림을 살 형편이 되는 사람이었다. 어떤 꼬드김에도 넘어가지 않을 철벽처럼 보였지만, 누가 또 알겠는가, 성생활이나 직장 생활에서 꿈꾸는 일탈을 도피[1]와 나머지 난쟁이들이 도와주었을지. 도피 주인에게 그림을 파는 데 성공한 후 얼마 지나지 않

1 Dopey. 〈백설공주와 일곱 난쟁이〉에 등장하는 난쟁이들 중 한 명으로, '멍청이'라는 뜻이다.

아 어머니의 간청-그걸 간청이라 할 수 있을지 모르겠지만-을 받았다. 카프아이시앵에 있는 크리스토프 황제의 무너진 성채를 담은 그림엽서였다. 엽서 뒤에는 낯선 이름과 주소, 그리고 다음의 두 문장이 적혀 있었다. '기분이 엉망이야. 네가 여기로 와주면 좋겠구나. 엄마Maman가'-어머니의 글씨를 알아보지 못해 처음엔 마농Manon[2]이라 읽었다. 아주 틀린 말은 아니었다-뒤의 괄호 안에 '라스코 빌리에 백작부인'이라고 덧붙여져 있었다.

1934년 파리에서 한 번 만난 후로는 어머니를 보지 못했었고, 전쟁 중에는 아무 소식도 듣지 못했다. 두 가지 이유만 없었다면 아마도 나는 어머니의 초대에 응하지 않았을 것이다. 어머니로부터 그나마 어머니다운 간청이라 할 만한 것을 처음으로 받은 데다, 어느 일요판 신문이 내 그림의 출처를 밝혀내려 애쓰고 있었기 때문에 이동 미술관을 접을 수밖에 없었다. 내 은행 계좌에는 1,000파운드 넘는 돈이 들어 있었다. 나는 『피플』지를 전혀 읽지 않는 어떤 남자에게 트레일러와 재고품, 복제화들을 500파운드에 팔아 치운 다음 킹스턴으로 날아가 돈벌이 기회를 찾아 두리번거리다 실패한 후 포르토프랭스행 비행기에 몸을 실었다.

3

몇 년 전의 포르토프랭스는 사뭇 달랐다. 부패하기는 그때도 마찬가지였던 것 같고, 훨씬 더 지저분했으며, 그때도 거지가 많았지만 관광객들이 있었기에 거지에게도 조금의 희망은 있었다. 이제 "배고파 죽겠다"라는 말은 그

---

2 프랑스 소설가 앙투안 프랑수아 프레보의 작품 『마농 레스코』의 주인공인 음탕하고 허영심 있는 여자.

저 빈말이 아니다. 나는 어머니가 호텔 트리아농에서 뭘 하고 있는지 궁금했다. 백작(백작이라는 사람이 정말 존재한다면 말이지만)에게 생활비를 받아 지내고 있을까? 아니면 객실 청소부로 일하고 있을까? 1934년에 마지막으로 만났을 때 어머니는 어느 작은 고급 양장점에서 점원으로 일하고 있었다. 전쟁 전이었던 그때는 영국 여자를 고용하는 것이 유행이었던 터라 어머니는 매기 브라운(아마도 결혼 후 성이 실제로 브라운이었을 것이다)이라는 이름을 사용했다.

나는 만일의 사태에 대비해 미국풍의 호화 호텔인 엘란초로 짐을 가져갔다. 돈이 떨어지기 전까지는 편안히 지내고 싶었고, 공항에서 트리아농에 대해 물어봐도 제대로 대답해 주는 사람이 아무도 없었기 때문이다. 야자수 사이로 차를 몰 때부터 이미 호텔 트리아농은 남루해 보였다. 부겐빌레아는 가지치기가 필요했고, 진입로에는 자갈보다 풀이 더 많았다. 몇몇 사람이 발코니에서 술을 마시고 있었는데, 그들 중에 프티 피에르도 끼어 있었다. 곧 알게 된 사실이지만, 그는 오로지 자신의 펜으로만 술값을 지불했다. 잘 차려입은 젊은 흑인이 계단에서 나를 맞으며, 방이 필요하냐고 물었다. 나는 '백작부인'─두 단어가 합쳐진 성을 외우지 못했고, 엽서는 내 호텔 방에 두고 온 터였다─을 보러 왔다고 말했다.

"그분은 몸이 안 좋으신 것 같던데. 약속하고 오셨나요?"

목욕 가운 차림의 아주 젊은 미국인 남녀가 수영장에서 나왔다. 남자가 여자의 어깨에 팔을 두르며 말했다. "안녕, 마르셀. 스페셜 음료 두 잔 부탁해."

"조제프." 흑인이 큰 소리로 말했다. "넬슨 씨한테 럼 편치 두 잔." 그러고는 내 대답을 듣기 위해 다시 내 쪽으로 고개를 돌렸다. 나는 말했다.

"그분한테 전해. 브라운 씨가 왔다고."

"브라운 씨요?"

"그래."

"깨어나셨는지 볼게요." 그는 망설이다가 말했다. "영국에서 오셨나요?"

"맞아."

조제프가 칵테일 라운지에서 럼 펀치를 들고 나왔다. 그때만 해도 다리를 절지 않았다.

"영국에서 오신 브라운 씨요?" 마르셀이 다시 내게 물었다.

"그래, 영국에서 온 브라운 씨." 그는 머뭇머뭇 계단을 올라갔다. 발코니의 낯선 자들은 호기심 어린 표정으로 나를 지켜보고 있었다. 입술로 체리를 열심히 주고받고 있던 젊은 연인은 예외였다. 켄스코프의 거대한 언덕 뒤로 해가 뉘엿뉘엿 넘어가고 있었다.

프티 피에르가 물었다. "영국에서 오셨다고요?"

"그래요."

"런던?"

"네."

"런던은 아주 춥죠?"

마치 비밀경찰의 취조 같았지만, 그 시절에 비밀경찰 따위는 없었다.

"내가 떠날 때 비가 내리고 있었죠."

"여긴 어때요, 브라운 씨?"

"여기 온 지 두 시간밖에 안 됐습니다." 그가 내게 관심을 보이는 이유를 그다음 날 알게 되었다. 지역 신문의 사회란에 나에 관한 기사가 한 단락 실렸다.

"네 배영 실력이 점점 좋아지고 있어." 젊은 남자가 여자에게 말했다.

"오, 칙, 정말이야?"

"정말이지 그럼, 자기."

한 흑인이 계단을 절반쯤 올라오더니 흉측하게 생긴 나무 조각품 두 개를 내밀었다. 아무도 그에게 관심을 보이지 않았지만, 그는 말없이 조각품을 내민 채 가만히 서 있었다. 그러다가 기척도 없이 어느새 사라져버렸다.

"조제프, 저녁엔 뭐가 나와?" 여자가 큰 소리로 물었다.

한 남자가 기타를 들고 발코니를 빙 둘러 나와 연인 근처의 테이블에 앉아서 연주를 시작했다. 그 역시 아무런 관심을 받지 못했다. 나는 조금 거북해지기 시작했다. 어머니의 집에 오면 좀 더 따뜻한 환영을 받을 줄 알았었다.

키가 훌쩍한 초로의 흑인이 마르셀을 뒤에 달고 계단을 내려왔다. 도시의 검댕을 시커멓게 묻힌 로마인 같은 얼굴에, 머리칼은 마치 두피에 뿌려진 돌멩이들 같았다. 그가 물었다. "브라운 씨?"

"맞아요."

"나는 닥터 마지오라고 합니다. 잠깐 바에 들어가시겠습니까?"

우리는 칵테일 라운지로 들어갔다. 조제프가 프티 피에르 일행에게 줄 럼 펀치를 몇 잔 더 만들고 있었다. 높다란 흰 모자를 쓴 요리사가 문밖으로 고개를 내밀었다가 닥터 마지오를 보더니 다시 물러났다. 아주 예쁘장한 혼혈 아가씨는 조제프와의 대화를 멈추고, 테이블에 깔 리넨 식탁보를 들고서 발코니로 나갔다.

닥터 마지오가 말했다. "백작부인의 아드님이십니까?"

"네." 여기 온 후로 계속 질문에 답만 하고 있는 것 같았다.

"당연히 부인은 아드님을 보고 싶어 하시지만, 먼저 몇 가지 말씀드릴 게 있습니다. 흥분 상태는 그분에게 위험합니다. 어머님을 뵈면 조심하십시오. 애정 표현도 자제하시고요."

나는 피식 웃었다. "우리는 애정 표현 같은 거 안 합니다. 어디가 안 좋은 겁니까?"

"이번이 두 번째 심장마비예요. 살아 계신 게 놀라울 지경입니다. 정말 대단한 여성이에요."

"아무래도…… 전문의를 불러야 하는 건 아닌지?"

"걱정하실 필요 없습니다, 브라운 씨. 심장은 내 전문 분야니까요. 뉴욕이 아닌 이상 나보다 더 실력 있는 의사는 못 찾을 겁니다. 뉴욕에서도 힘들지 않을까 싶군요." 허풍을 떠는 것이 아니라, 백인들의 불신에 이력이 난 터라 사실을 설명하는 것뿐이었다. "파리에서 샤르댕 밑에서 배웠죠."

"가망이 없습니까?"

"한 번 더 마비가 오면 가망이 없을 겁니다. 안녕히 계십시오, 브라운 씨. 부인 곁에 너무 오래 있지 말아요. 아드님이 오셔서 다행입니다. 부인이 부를 사람이 없을까 봐 걱정했거든요."

"어머니가 날 부른 건 아닙니다."

"언제 한번 저녁 식사라도 같이 하시죠. 어머님을 수년 전부터 알고 지냈어요. 그분을 대단히 존경한답니다……." 그는 알현을 끝내는 로마 황제처럼 고개를 살짝 숙였다. 거드름이 아니었다. 그는 자신의 가치를 정확히 알고 있었다. "잘 있게, 마르셀." 마르셀에게는 고개를 뻣뻣이 들고 있었다. 프티 피에르마저도 인사나 질문 없이 그를 보내주었다. 이렇게 능력 있는 자에게 다른 의견을 제시한 나 자신이 부끄러웠다.

마르셀이 말했다. "올라가실까요, 브라운 씨?"

나는 그를 따라갔다. 벽에는 아이티 화가들의 작품이 걸려 있었다. 선명하고 짙은 색채들 사이에 뻣뻣하게 굳어 있는 형체들 – 닭싸움, 부두교 의식, 퀸스코프를 뒤덮은 먹구름, 검푸른 바나나 나무, 푸른 사탕수수 줄기, 황금빛 옥수수. 마르셀이 안내한 방으로 들어간 나는 베개를 뒤덮은 어머니의 머리칼에 충격을 받았다. 자연에 존재한 적 없었던 아이티의 적색이었다. 그 머리칼은 어머니의 양옆으로 풍성하게 흘러나가 거대한 더블베드를 가로지르고 있었다.

"애야." 어머니는 내가 마을 반대편에서 어머니를 보러 온 것처럼 말했다. "와줘서 고맙구나." 흰색으로 칠한 벽 같은 널찍한 이마에 입을 맞추자, 내 입술에 흰색이 조금 묻어났다. 우리를 지켜보는 마르셀의 시선이 느껴졌다. "영국은 좀 어떠니?" 별로 관심도 없는 서먹서먹한 사이인 며느리의 안부를 묻는 듯한 질문이었다.

"내가 떠날 때 비가 내리고 있었어요."

"네 아버지는 자기 나라 날씨를 못 견뎌 했지."

어머니는 어디서든 40대 후반의 여자로 통할 만했고, 병약한 기색이라곤 보이지 않았는데 다만 입가의 피부가 굳어 있었다. 그로부터 몇 년 후 만난 제약회사 외판원도 그랬다.

"마르셀, 내 아들한테 의자 좀 내줘." 마르셀이 주뼛주뼛 벽에서 의자를 하나 끌어다 줬지만, 의자에 앉으니 널

따란 침대 때문에 어머니와 훨씬 더 멀어져 버렸다. 오로지 한 가지 목적을 위해 만들어진 뻔뻔스러운 침대였다. 소용돌이무늬가 조각된 금빛 발판은 죽어가는 늙은 여자보다는 역사 로맨스의 창녀에게 더 어울렸다.

내가 어머니에게 물었다. "정말로 백작이 있기는 한 거예요, 어머니?"

어머니는 교활한 미소를 지었다. "그이는 머나먼 과거의 사람이지." 그의 묘비명으로 쓸 작정인 건가? "마르셀." 어머니가 덧붙여 말했다. "바보 같긴, 우리 둘만 놔두고 나가도 괜찮아. 말했잖아. 내 아들이라고." 문이 닫히자 어머니는 흡족한 표정으로 말했다. "유치하게 질투하는 거야."

"누구예요?"

"호텔 경영을 도와주고 있어."

"설마 백작은 아니죠?"

"Méchant(못됐어)." 어머니는 기계적으로 답했다. 침대 때문인지 – 아니, 백작 때문인가? – 18세기 계몽주의 시대의 여유로운 여인처럼 보였다.

"그럼 왜 질투를 해요?"

"네가 내 아들로 안 보이나 봐."

"그 남자가 어머니 애인이란 말씀이세요?" 브라운이라는 미지의 아버지는 흑인 후임자를 어떻게 생각할까, 궁금해졌다.

"왜 웃니?"

"어머닌 정말 대단한 여자예요."

"마지막에 작은 행운이 찾아왔어."

"마르셀이요?"

"오, 아니. 마르셀은 착한 녀석이지, 그뿐이야. 내 말은,

이 호텔이 행운이라고. 난생처음으로 갖게 된 부동산이거든. 온전히 내 거야. 대출도 안 받았어. 가구 값까지 전부다 해결했지.”

“그림들은요?”

“당연히 판매용이야. 난 수수료를 받고.”

“백작한테 받은 이혼 수당으로 이렇게 한 거예요?”

“오, 아니, 그런 게 아니야. 백작한테 얻은 건 작위밖에 없어. 그런 작위가 정말 있는지 고타 연감[1]을 찾아보지도 않았지만. 이 호텔을 얻은 건 순전히 운이었어. 포르토프랭스에 살던 므슈 드쇼라는 사람이 세금 때문에 걱정하고 있었는데, 그때 내가 그 사람 비서로 일하고 있었거든. 그래서 이 호텔을 내 명의로 해도 좋다고 했지. 물론 내 유언장에 호텔을 그에게 남기겠다는 내용을 넣었고. 나는 예순이 넘고 그는 서른다섯 살이었으니까 그 사람 입장에서는 아주 안전한 계약처럼 느껴졌을 거야.”

“그 사람이 어머니를 믿었어요?”

“나를 믿길 잘했지. 하지만 여기 도로에서 메르세데스 스포츠카를 타고 달린 건 실수였어. 자기 혼자만 죽은 게 그나마 다행이지 뭐니.”

“그래서 어머니가 호텔을 넘겨받았어요?”

“그 사람도 아주 기뻤을 거야. 자기 아내를 얼마나 질색으로 싫어했는지, 말도 못 해. 못 배운 데다 덩치 크고 뚱뚱한 흑인이었지. 호텔을 제대로 운영할 사람이 못 됐어. 물론 그가 죽은 후에 내 유언장을 고쳤지. 네 아버지가 아직 살아 있다면 근친자가 됐을 텐데. 그나저나, 내 묵주랑 미사 전서는 성모 방문 칼리지의 신부님들한테 남겼

---

1 유럽의 왕실 및 귀족 인명록.

어. 내가 그분들한테 차마 못 할 짓을 한 게 늘 찜찜했거든. 하지만 그땐 정말 돈이 궁했으니까. 네 아버지는 조금 골치 아픈 인간이었어. 그의 혼이 평안하기를."

"그럼 아버지는 돌아가셨어요?"

"아무래도 그랬을 것 같은데 증거는 없어. 요즘은 수명이 아주 길잖니. 불쌍한 사람."

"어머니 주치의를 만났어요."

"마지오 선생? 그이가 더 젊었을 때 만났으면 좋았을걸. 정말 괜찮은 사람 아니니?"

"선생님 말씀으로는, 계속 안정을 취해야……."

"이렇게 침대에 납작 누워 있잖니." 어머니는 영악하면서도 애원하는 듯한 미소를 지으며 큰 소리로 말했다. "이 이상 뭘 어떻게 하라는 거야? 그이가 나한테 신부를 만나겠느냐고 물었던 거 아니? 그래서 내가 이렇게 말해줬단다. '하지만 선생님, 긴 고해성사는 나한테 너무 자극적이지 않을까요? 이런저런 기억을 떠올려야 하는데.' 얘, 가서 문을 조금만 열어줄래?"

나는 어머니가 시키는 대로 했다. 통로는 텅 비어 있었다. 밑에서 날붙이들이 쩽그랑거리는 소리와 "오, 칙, 정말 내가 **할 수 있을까?**"라고 말하는 목소리가 들려왔다.

"고맙다. 그냥 좀 확실히 하고 싶어서…… 일어선 김에 빗도 가져다주렴? 고맙구나. 정말로. 늙은 여자가 아들을 곁에 두면 이렇게 좋구나……." 어머니는 멈칫했다. 어머니는 늙지 않았다고, 내가 제비족처럼 정중하게 말해주기를 기대했던 모양이다. "너랑 유언장 얘기를 하고 싶었단다." 어머니는 약간 실망한 투로 말을 이어 나가며, 기묘하고 풍성한 머리칼을 빗고 또 빗었다.

"이제 쉬셔야 하는 거 아니에요? 의사 선생님이 나더러 너무 오래 있지 말라고 하더군요."

"너한테 좋은 방 줬지? 조금 휑한 방도 있거든. 현금이 부족해서."

"내 짐은 엘 란초에 있어요."

"오, 그래도 여기에서 묵어야지. 엘 란초, 그런 난잡한 데[1]를 홍보해 봐야 좋을 게 없어." 어머니는 미국식 속어를 사용했다. "언젠가는 네가 이 호텔의 주인이 될 테니까 이런 말을 하는 거야. 너한테 설명해야 할 일이 있는데 – 법이 너무 복잡해서 조심해야 하거든 – 호텔은 주식 형태로 있고, 지분의 3분의 1을 마르셀에게 남겼어. 그 아이를 잘만 다루면 아주 쓸 만할 거야. 그리고 나도 그 아이한테 뭔가 해줘야 되지 않겠니? 관리인 이상의 역할을 해줬으니까 말이다. 이해하지? 넌 내 아들이니까 당연히 이해할 거야."

"이해해요."

"네가 와줘서 정말 다행이야. 작은 착오라도 생기면 안되거든……. 유언장에 관한 한 아이티의 변호사를 절대 과소평가하면 안 돼……. 네가 곧바로 경영권을 넘겨받을 거라고 마르셀한테 알리마. 요령 있게 잘해봐, 착한 아이니까. 아주 섬세하기도 하고."

"그리고 어머니는 조용히 쉬세요. 되도록 사업 생각은 하지 마시고요. 주무세요."

"죽고 나면 싫어도 조용히 쉴 수밖에 없지. 이렇게 죽기만 기다리고 있어 봐야 무슨 소용이야. 너무 긴 시간이잖아."

나는 희게 칠한 벽에 다시 입술을 댔다. 어머니는 눈을

---

1 joint. 풍기 문란한 장소나 저속한 무허가 음식점(술집)을 의미하는 속어이다.

감으며 부자연스럽게 애정을 표했고, 나는 살금살금 문으로 걸어갔다. 어머니에게 방해가 되지 않도록 아주 조심스레 문을 열었더니 침대에서 킥킥거리는 소리가 들렸다. "누가 내 아들 아니랄까 봐. 지금은 무슨 역을 연기하고 있는 거니?" 어머니에게 들은 마지막 말이었는데, 지금까지도 그 의미를 정확히 모르겠다.

나는 택시를 타고 엘 란초로 가서 저녁을 먹었다. 그곳은 북적거렸다. 미국인의 입맛에 세심하게 맞춘 아이티 음식들이 수영장 옆에 뷔페로 차려져 있고, 고깔모자를 쓴 비쩍 마른 남자가 아이티 전통 북을 번개처럼 빠르게 두드렸다. 바로 그 첫날 저녁, 트리아농을 성공시키고자 하는 야망이 내 안에 싹텄던 것 같다. 그 당시 트리아농은 누가 봐도 이류 호텔이었다. 작은 여행사의 관광 일정에 들어갈 만한 호텔. 그 수익으로 마르셀과 나 모두 만족할 수 있을지 의심스러웠다. 나는 최대한 크게 성공하리라 마음먹었다. 언젠가 남아도는 손님들을 내 추천장과 함께 언덕 위의 엘 란초로 보내는 즐거움을 만끽하리라. 그리고 기묘하게도 내 꿈은 단기간에 이루어졌다. 세 시즌 만에 그 남루한 곳을 포르토프랭스의 독특한 명소로 탈바꿈시켰고, 또 세 시즌이 지나는 동안 그곳이 다시 시들시들 죽어가는 모습을 지켜보았다. 급기야 지금 이 호텔의 손님이라곤 존 배리모어 스위트룸의 스미스 부부와 수영장의 장관 시체뿐이었다.

그날 나는 식사비를 계산한 다음 택시를 타고 언덕을 다시 내려가, 이미 내 유일한 재산으로 느껴지기 시작한 곳에 들어갔다. 다음 날 마르셀과 함께 회계 장부를 훑어보고, 직원들을 면담하고, 주도권을 잡을 작정이었다. 마르셀의 지분까지 모조리 차지할 최선의 계략을 이미 구상 중이었지만, 어머니가 운명의 여정을 더 멀리 떠날 때까지 기다려야 했다. 나는 어머니의 방과 같은 층에 있는 큰 방을 배정받았다. 어머니의 말로는 가구 값을 모두 치렀다고 했지만, 밟으면 삐걱거리면서 꺼지는 마루판을 교체할 필요가 있었고, 방에서 유일하게 값나가는 물건은 손잡이 모양의 큼직한 놋쇠 장식이 달린 빅토리아 여왕 시대풍의 고급스러운 대형 침대였다 – 어머니는 침대를 보는 안목이 있었다. 내 기억에, 공짜로 침대에 누워 잔 건 그때가 처음이었다. 그전에는 항상 조식을 포함한 비용을 내거나, 아니면 성모 방문 칼리지에서처럼 빚을 졌었다. 호사를 누리는 묘한 기분으로 단잠을 자다가 땡땡거리며 울리는 구식 종의 신경질적인 소리에 깨어났다. 무슨 이유에선지 의화단 사건에 관한 꿈을 꾸던 중이었다.

종이 울리고 또 울리자, 혹시 화재 경보가 아닐까 하는 생각까지 들었다. 나는 가운을 걸치고 문을 열었다. 같은 층의 다른 문이 동시에 열리더니, 마르셀이 잠이 덜 깬 넙데데한 흑인 얼굴로 나왔다. 밝은 진홍색 파자마 차림의 그가 꾸물거리는 틈에 나는 파자마 주머니에 수놓인 모노그램을 보았다. 서로 뒤얽힌 M과 Y였다. Y는 무엇의 약자일까 궁금하던 차에 어머니의 세례명이 이베트(Yvette)라는 사실이 떠올랐다. 파자마는 감상적인 선물이었을까? 그럴 리가 없었다. 아마도 어머니에게 모노그램은 일종의 반항 행위였으리라. 취향이 고급스러운 어머니의 눈에 마르셀은 진홍색 실크를 입히기에 좋은 몸매를 갖고 있었으며, 어머니는 이류 관광객들의 눈치를 볼 만큼 옹졸한 사람이 아니었다.

마르셀은 내 시선을 알아채고는 사과하는 투로 말했다.

"마님이 저를 부르시는 거예요." 그런 다음 망설이는 듯한 걸음으로 느릿느릿 어머니 방으로 갔다. 나는 그가 문을 두드리지도 않고 방으로 들어가는 것을 보았다. 다시 잠든 나는 묘한 – 의화단 사건보다 더 묘한 – 꿈을 꾸었다. 달빛 속에서 어느 호숫가를 걷고 있던 나는 복사[1] 같은 옷차림을 하고 있었다. 잔잔하고 고요한 물이 자석처럼 나를 끌어당기는 느낌이었고, 그래서 한 걸음 내디딜 때마다 호숫가에 점점 더 가까워지더니 내 검은 부츠의 윗부분까지 물에 잠겼다. 그때 바람이 일어 호숫물이 작은 해일처럼 높이 솟구쳤지만 내 쪽으로 오지 않고 저 멀리 물러나 버렸다. 어느새 나는 메마른 조약돌 위를 걷고 있었고, 호수는 작은 돌멩이들이 쌓인 사막의 머나먼 지평선에 어슴푸레 반짝이는 빛으로만 존재했다. 구두에 뚫린 구멍으로 비집고 들어온 돌멩이들이 내 발에 상처를 입혔다. 그때 계단과 바닥이 뒤흔들릴 정도로 호텔 전체가 소란스러워진 통에 나는 잠에서 깨어났다. 나의 어머니, 백작부인이 세상을 떠난 것이다.

나는 적은 짐으로 가볍게 여행 중이었고, 내 유럽풍 정장은 너무 더워서 입을 수가 없었다. 그래서 요란한 스포츠 셔츠를 입고 죽음의 방에 갈 수밖에 없었다. 그것은 자메이카에서 산 진홍색 셔츠로, 섬들의 경제에 관한 18세기 책을 찍은 사진으로 뒤덮여 있었다. 내가 갔을 즈음 어머니의 시신은 깔끔하게 정돈되어 있었다. 속이 비치도록 얇은 분홍색 잠옷을 입고 반듯이 누운 채 아리송한 미소를 띤 모습이 마치 남모르는 비밀을 품고 있는 듯도 했고 심지어는 관능적인 희열에 젖은 것처럼 보이기까

---

1 사제의 미사 집전을 돕는 소년.

지 했다. 하지만 화장 분이 열기에 말라 조금 굳어 있었고, 나는 차마 그 딱딱한 박편들에 입을 맞출 수가 없었다. 마르셀은 검은 옷을 제대로 차려입고서 침대 옆에 서 있었는데, 눈물이 뚝뚝 떨어지는 그의 얼굴은 흡사 폭풍우 속의 검은 지붕 같았다. 나는 그를 그저 어머니가 생의 마지막에 부린 사치쯤으로만 생각했지만, 괴로운 목소리로 이렇게 말하는 그는 전혀 제비족처럼 보이지 않았다. "내 잘못이 아닙니다, 선생님. 나는 몇 번이나 마님한테 말했어요. '안 돼요, 아직은 무리예요. 조금만 기다리세요. 기다리면 좋아질 거예요'라고."

"어머니는 뭐라시던가?"

"아무 말도 안 했어요. 그냥 이불을 걷었어요. 그리고 마님은 평소와 똑같아 보였어요." 그는 눈에서 빗물을 털어내듯 고개를 흔들며 방에서 나가다가 허둥지둥 다시 돌아오더니 침대 옆에 무릎을 꿇고 앉아, 어머니의 배 위로 동그랗게 덮인 이불에다 입술을 밀어붙였다. 검은 정장을 입고 무릎을 꿇은 그는 어느 음란한 의식을 거행하는 흑인 사제처럼 보였다. 방을 나간 것은 그가 아니라 나였다. 주방으로 가서 하인들에게 다시 손님들의 조식을 준비시킨 것도 나였고(요리사마저 눈물을 흘리느라 일을 제대로 못 하고 있었다), 닥터 마지오에게 전화한 사람도 나였다. (그땐 전화가 곧잘 작동되었다.)

"대단한 분이셨죠." 후에 내게 이렇게 말하는 닥터 마지오에게 "나는 어머니를 잘 모릅니다"라고 멍하니 답할 수밖에 없었다.

그다음 날 나는 유언장을 찾기 위해 어머니의 서류를 뒤졌다. 그리 깔끔하게 정돈되어 있지는 않았다. 책상 서랍에 고지서들과 영수증들이 이렇다 할 순서 없이 닥치는 대로 쑤셔 넣어져 있었다. 심지어 연도도 마구 뒤섞여 있었다. 세탁 영수증 더미 속에서 'billet-doux(연서)'라 할 만한 것이 나오기도 했다. 호텔 메뉴 뒷면에 연필로 쓴 영어 편지였다. '이베트, 오늘 밤 내게 와주시오. 난 천천히 죽어가고 있소. coup de grâce(온정의 일격)'가 절실하다오.' 호텔 손님에게 받은 것일까? 어머니가 이걸 계속 간직한 건 메뉴 때문이었는지, 아니면 편지 때문이었는지 궁금했다. 그도 그럴 것이, 7월 14일[2]의 어느 기념행사를 위한 특별 메뉴였으니 말이다.

또 다른 서랍에는 접착제, 압정, 머리핀, 만년필용 잉크, 종이 클립 들이 가득한 와중에 도자기 돼지 저금통이 하나 있었다. 가벼웠지만, 딸랑거리는 소리가 들렸다. 깨서 열어보고 싶지는 않았지만, 점점 더 높아져 가는 잡동사니 더미로 무턱대고 던져버리는 건 어리석은 짓 같았다. 저금통을 부쉈더니, 수십 년 전 내가 헌금 자루에 넣었던 것과 같은 5프랑짜리 몬테카를로 룰렛 칩 하나와 리본에 달린 빛바랜 메달이 나왔다. 그게 뭔지 몰랐지만, 닥터 마지오에게 보여주자 그는 알아보고 이렇게 말했다. "레지스탕스 훈장입니다." 그러고는 덧붙였다. "그분은 대단한 여성이셨죠."

레지스탕스 훈장이라……. 점령 기간에 어머니와 연락을 취한 적이 한 번도 없었다. 어머니는 이 훈장을 수여받았을까, 훔쳤을까, 그것도 아니면 사랑의 징표로 받았을까? 닥터 마지오는 추호의 의심도 하지 않았지만, 나는 내 어머니를 영웅으로 생각하기가 어려웠다. 물론 어머니는 영국인 관광객들을 상대로 'grande amoureuse(열정적인

---

1 죽어가는 사람이나 동물의 고통을 끝내주기 위한 최후의 일격을 의미한다.
2 프랑스의 최대 국경일이자 혁명 기념일이다.

여자)'를 연기하듯이, 저항 운동의 영웅이라는 역할도 거뜬히 연기해 낼 만한 사람이었다. 어머니는 몬테카를로라는 미덥지 않은 곳에서도 성모 방문 칼리지의 신부들에게 자신의 도덕적 청렴함을 납득시켰었다. 나는 어머니에 대해 아는 바가 거의 없었지만, 그녀가 대단한 코미디언이라는 사실은 인정할 수밖에 없었다.

뒤죽박죽인 고지서들과 반대로 유언장은 깔끔하기 그지없었다. 라스코 빌리에 백작부인이 서명하고 닥터 마지오가 증인으로 참여한, 명확하고 정밀한 유언장이었다. 어머니는 호텔을 유한 책임 회사로 전환하고 마르셀과 닥터 마지오, 그리고 알렉상드르 뒤부아라는 변호사를 명목상 주주로 내세웠다. 어머니는 나머지 97퍼센트의 지분을 갖고, 서류에 석 장의 양도 증서를 깔끔하게 꽂아두었다. 스푼과 포크까지 전부 다 회사의 소유였으며, 나는 65퍼센트, 마르셀은 33퍼센트의 지분을 배당받았다. 내가 사실상 트리아농의 주인이었다. 지난밤의 꿈이 당장에라도 실현될 수 있었다 - 날씨 때문에 신속히 끝날 장례식 때문에 잠깐 지체되긴 하겠지만.

닥터 마지오 덕분에 장례식은 순조롭게 진행되었다. 바로 그날 오후 어머니는 켄스코프의 산촌으로 옮겨져 작은 무덤들 사이에서 가톨릭 의식에 따라 매장되었고, 마르셀은 무덤 옆에 서서 부끄러운 줄도 모르고 펑펑 울었다. 주위에 온통 아이티 사람들이 망자를 위한 작은 집들을 지어놓아, 어머니 무덤은 마치 시내 거리에 파놓은 배수구처럼 보였다. 만령절이 되면 사람들은 그 집에 빵과 와인을 가져다 두었다.

장례식용 삽으로 뜬 흙이 관 위로 떨어지는 동안 나는 어떻게 하면 마르셀을 깔끔하게 내쫓을 수 있을까 고민했다. 우리는 시커먼 구름 아래 어둑한 그늘 속에 서 있었다. 이맘때면 항상 산 위로 뭉게뭉게 피어오르는 먹구름이 갑자기 사나운 장대비를 쏟아내자 우리는 택시를 향해 달려갔다. 신부가 앞장서고 무덤 파는 사람들이 맨 뒤에서 따라왔다. 그땐 몰랐지만, 무덤 파는 사람들은 다음 날 아침이 돼서야 돌아가서 어머니의 관을 덮어주었을 것이다. 어두운 밤에 일하라는 웅간[1]의 명령을 받고 무덤에서 나온 좀비가 아닌 이상, 밤에 묘지에서 일할 사람은 아무도 없었다.

그날 밤 닥터 마지오는 나를 자기 집에 데려가 저녁 식사를 대접하며 좋은 조언을 많이 해주었지만, 나는 어리석게도 귓등으로 흘려버렸다. 그가 다른 고객의 손에 호텔을 쥐여줄 궁리를 하고 있을지도 모른다고 생각했기 때문이다. 내게 양도 증서가 있긴 했지만, 그가 어머니의 회사에 갖고 있는 1퍼센트의 지분이 마음에 걸렸다.

닥터 마지오는 페티옹빌의 낮은 비탈에서 3층짜리 집에 살았다. 탑과 레이스 세공 발코니까지 있어서 내 호텔의 축소 모형 같은 집이었다. 정원에는 빅토리아 여왕 시대의 소설에 삽화로 나올 법한 물기 없고 뾰족뾰족한 노퍽 소나무가 자라고 있었고, 저녁을 먹은 후 우리가 앉은 방에서 현대적인 물건이라곤 전화기밖에 없었다. 마치 박물관에 실수로 가져다 놓은 것 같았다. 묵직하게 드리워진 진홍색 커튼, 모서리마다 털실 방울을 달고서 보조 테이블에 깔려 있는 모직 보, 벽난로 선반에 얹어진 도자기 인형들(그중에는 닥터 마지오처럼 순한 눈빛을 하고 있는 개 두 마리도 있었다), 의사 선생 부모의 얼굴 사진(연보라

---

1 houngan. 부두교의 남자 사제 겸 주술사.

색 실크에 붙여 타원형 액자에 끼워놓았다), 쓰지 않는 벽난로에 쳐놓은 주름진 가리개 등은 다른 시대의 분위기를 자아냈다. 유리문이 달린 책장에 꽂혀 있는 문학 작품들(전문 서적은 닥터 마지오의 진료실에 있었다)은 구식 송아지 가죽으로 장정되어 있었다. 그가 정중한 영어로 말했듯이 '손을 씻으러' 자리를 비운 사이 나는 책들을 살펴보았다. 세 권짜리 『레미제라블』, 마지막 한 권이 빠진 『파리의 비밀』시리즈, 가브리오의 추리 소설 여러 권, 르낭의 『예수의 생애』. 그리고 다소 생뚱맞아 보이는 마르크스의 『자본론』도 있었는데, 다른 책들과 똑같은 송아지 가죽 장정이라 멀리서 보면 『레미제라블』과 구별되지 않았다. 닥터 마지오 곁에 있는 램프는 분홍색 유리 갓이 씌워져 있었고, 전기가 갑자기 나가버리는 경우가 빈번했던 당시 상황에 적합한 석유 램프였다.

"정말로 호텔을 인수할 생각입니까?" 닥터 마지오가 물었다.

"못 할 것도 없죠. 내가 식당 일에 경험이 좀 있습니다. 지금보다 더 좋아질 여지가 많이 보여요. 어머니는 제대로 된 호화 호텔을 만들지 못했어요."

"호화 호텔이요?" 닥터 마지오가 물었다. "여기서는 잘 안 통할 텐데요."

"통하는 호텔도 있죠."

"호황은 계속되지 않을 겁니다. 조만간 선거가 있을 텐데……."

"누가 이기든 큰 차이는 없지 않습니까?"

"가난한 사람들한테야 그렇죠. 하지만 관광객한테는 영향이 갈 겁니다." 그는 꽃무늬 받침 접시를 내 옆의 테이블에 내려놓았다 ─ 이전에 아무도 담배를 피우지 않았던

이 방에 재떨이는 어울리지 않았을 것이다. 닥터 마지오는 귀한 도자기라도 되는 양 받침 접시를 조심스럽게 만졌다. 우람한 덩치에 피부색은 아주 까맣지만, 대단히 온화했다—장담컨대, 뻣뻣하니 말을 안 듣는 의자 같은 무생물도 함부로 다루지 않을 사람이었다. 닥터 마지오 같은 의사들에게 전화기만큼 야속한 물건도 없었다. 하지만 우리가 대화를 나누던 중에 전화가 한 번 울렸을 때 그는 환자의 손목을 들어 올리듯이 조심스레 수화기를 집어들었다.

"크리스토프 황제라고 들어본 적 있습니까?" 닥터 마지오가 물었다.

"당연히 들어봤죠."

"까딱하면 그 시절로 되돌아갈 수 있어요. 어쩌면 더 잔혹할지도 모르고, 확실히 더 야비할 겁니다. 부디 제2의 크리스토프를 피할 수 있어야 할 텐데."

"감히 미국인 관광객을 겁줘서 쫓아낼 사람은 없습니다. 어쨌든 달러가 필요하니까요."

"우리를 몰라서 하시는 말씀입니다. 우리는 돈이 아니라 빚으로 살아가는 사람들이거든요. 채권자는 죽여도 채무자는 절대 죽이지 않죠."

"선생은 누가 두려운 겁니까?"

"작은 시골의 한 의사랍니다. 지금은 그 이름을 들어도 모르실 겁니다. 그 이름이 도시 전체에 전구로 밝혀질 날이 오지 않기만을 바랄 뿐이죠. 그날이 오면 나는 숨을 곳을 찾아 달아날 겁니다." 처음으로 빗나간 닥터 마지오의 예언이었다. 그는 자신의 완강함이나 용기를 과소평가했다. 그런 그가 아니었다면, 훗날 나는 전직 장관이 정육점의 고깃덩어리처럼 조용히 누워 있는 메마른 수영장 옆에서 그를 기다리고 있지는 않았을 것이다.

"그럼 마르셀은요?" 그가 물었다. "마르셀은 어떻게 할 생각이십니까?"

"아직 결정 안 했습니다. 내일 얘기를 나눠봐야겠어요. 마르셀이 호텔의 3분의 1을 갖고 있다는 거 아십니까?"

"잊으셨나 보군요. 나는 유언장의 증인으로 참여했습니다."

"마르셀이 자기 지분을 흔쾌히 팔지도 모른다는 생각이 들더군요. 나는 지금 현금이 없지만, 은행에서 빌릴 수 있을 겁니다."

닥터 마지오는 큼직한 분홍빛 손바닥을 검은색 정장 무릎에 얹더니 비밀이라도 알려주려는 듯 내 쪽으로 상체를 구부렸다. "그 반대로 하십시오. 마르셀한테 당신 지분을 팔아요. 그 아이를 좀 봐줘서 싸게 팔아요. 마르셀은 아이티 사람입니다. 아주 적은 돈으로도 살 수 있어요. 살아남을 수 있단 말입니다." 하지만 이번에도 닥터 마지오의 예언은 빗나갔다. 그는 자기 조국의 미래는 명확히 내다봤지만, 조국을 이루는 개개인들의 운명에 대해서는 그렇지 못했다.

나는 피식 웃으며 말했다. "오, 안 될 말이죠. 내가 트리아농을 좋아하게 됐거든요. 두고 보십시오. 여기 남아서 끝까지 살아남을 테니까."

나는 이틀을 더 기다렸다가 마르셀과 얘기를 나누었지만, 그 사이에 은행 지점장을 만났다. 지난 두 시즌에 포르토프랭스는 호황을 누렸다. 호텔에 대한 내 구상을 개략적으로 설명하자 유럽인인 지점장은 내게 필요한 돈을 선뜻 내주었다. 다만 상환 기간에 관해서는 까다롭게 굴었다. "3년 안에 갚으라는 소립니까?"

"그렇습니다."

"왜요?"

"그야, 그전에 선거가 있으니까요."

장례식 후로는 마르셀을 좀처럼 보지 못했다. 바텐더인 조제프는 내게 와서 지시를 받았고, 요리사와 정원사도 내게 왔다. 마르셀은 싸움 없이 물러났지만, 계단에서 그를 지나칠 때 그에게서 럼주 냄새가 심하게 풍겼다. 그래서 마침내 그와 마주 보고 얘기하게 됐을 때 럼주 한 잔을 준비해 두었다. 그는 아무 말 없이 듣고만 있더니 내 뜻을 순순히 받아들였다. 나는 아이티에서 거액으로 통할 만한 액수를 제안하면서, 구르드[1]가 아닌 달러로 주겠다고 했다. 실상은 그가 가진 지분의 액면가에서 절반이 줄어든 액수였다. 심리적 효과를 높이기 위해 100달러짜리 지폐로 돈을 준비해 두었다. "세어봐." 그에게 이렇게 말했지만, 그는 확인하지 않고 돈을 주머니에 넣었다. "자, 이제." 내가 말했다. "여기 서명해 줄 수 있을까?" 그는 내용을 읽어보지도 않고 서명했다. 이렇게 쉽게 끝나버렸다. 시끄러운 소동 같은 건 전혀 일어나지 않았다.

"내일부터 자네 방을 비워줘야겠어." 그에게 가혹한 처사였을까? 나는 어머니의 연인을 상대하기가 조금 민망했고, 그 역시도 애인의 아들, 그것도 자기보다 나이가 한참 많은 남자를 대면하기가 어색했을 것이다. 그는 방을 나가기 직전 어머니에 대해 이야기했다. "나는 종소리가 안 들리는 척했는데, 마님은 계속 종을 울렸어요. 필요한 거라도 있으신 줄 알았죠."

"하지만 어머니에게 필요한 건 자네뿐이었다?"

---

1 아이티의 화폐 단위.

"부끄럽습니다."

어머니의 성욕이 가진 위력을 그와 논할 수는 없는 노릇이었다. "럼주가 남았군." 내 말에 그는 잔을 비우고 나서 이렇게 말했다. "마님은 내게 화가 나거나 내가 마음에 들 때 나를 '덩치 큰 검은 짐승'이라고 부르셨죠. 지금 딱 그런 기분이에요, 덩치 큰 검은 짐승이 된 것 같은." 그가 방에서 나갔다. 한쪽 엉덩이가 100달러짜리 지폐들로 불룩해져 있었다. 한 시간 후 낡은 판지 가방을 들고 호텔 진입로를 따라 떠나가는 마르셀이 보였다. YM이 모노그램으로 수놓아진 진홍색 실크 잠옷은 그의 방에 버려져 있었다.

그 후 일주일 동안은 마르셀로부터 아무런 소식도 없었다. 나는 호텔 일로 무척 바빴다. 일을 제대로 할 줄 아는 직원은 조제프뿐이었고(후에 나는 그가 럼 펀치로 이름을 날리게 만들어주었다), 호텔 손님들은 집에서의 형편없는 식사에 익숙해진 나머지 호텔 요리사의 요리를 어쩔 수 없는 운명쯤으로 받아들이는 것 같았다. 요리사는 지나치게 익힌 스테이크와 아이스크림을 내놓았다. 그러다 보니 나는 요리사의 손을 거쳐도 웬만해서는 맛이 망가지지 않는 자몽만 먹고 살다시피 했다. 시즌이 끝나가고 있었고, 나는 요리사를 정리할 수 있도록 마지막 손님이 어서 떠나기를 고대했다. 후임자를 어디서 찾을지는 알 수 없었다―포르토프랭스에서 좋은 요리사를 찾기란 쉬운 일이 아니었다.

어느 날 밤, 어떻게든 호텔 일을 잊고 싶은 마음에 카지노로 갔다. 닥터 뒤발리에가 정권을 잡기 전인 그 시절엔 룰렛판 세 개가 바쁘게 돌아갈 만큼 관광객들이 제법 많았다. 아래층의 나이트클럽에서 음악이 들려오고, 가끔은 춤에 싫증 난 이브닝드레스 차림의 여자가 파트너를 데리고 룰렛판에 오기도 했다. 내 생각에 아이티 여자들은 세계 최고의 미인들이다. 서양에서 큰 돈벌이가 될 만한 얼굴과 몸매의 소유자들도 있었다. 그리고 언제나 내게 카지노란 무슨 일이든 일어날 수 있는 곳이었다. '남자가 잃어버릴 순결은 단 하나'이고, 나는 몬테카를로에서의 그 겨울 오후에 순결을 잃었다.

몇 분 동안 게임을 하다가, 같은 룰렛 테이블에 앉아 있는 마르셀을 보았다. 자리를 옮길 수도 있었지만, 나는 이미 한 숫자에 모든 칩을 걸어 한판 딴 터였다. 하룻밤에 행운의 테이블은 단 하나라는 나만의 미신이 있는데, 20분 만에 벌써 150달러를 벌게 해준 행운의 룰렛판을 찾은 것이다. 룰렛판 맞은편의 어느 젊은 유럽 여성과 눈이 마주쳤다. 그녀는 빙긋 웃더니 나를 따라 베팅하기 시작했다. 큼직한 시가를 들고 있는 뚱뚱한 남자 파트너는 그녀가 요구하는 칩을 대주고 자기 자신은 게임에 끼지 않았다. 하지만 내게 큰 행운이었던 그 테이블은 마르셀에게는 그렇지 못했다. 가끔 그와 같은 숫자에 걸었다가 허탕을 치고 말았다. 그래서 마르셀이 칩을 놓을 때까지 기다렸다가 베팅하기 시작했고, 여자는 지켜보고 있다가 나를 따라 했다. 마치 우리 셋이서 서로를 건드리지 않은 채 발을 맞추어 춤을 추는 것 같았다─말레이의 람웡[1]처럼. 그녀가 예뻤기 때문에, 그리고 몬테카를로가 떠올랐기 때문에 나는 불만이 없었다. 골칫거리인 뚱뚱한 남자는 나중에 처리할 수 있으리라. 어쩌면 그 역시 앵도

---

[1] 원문에는 'ron-ron'으로 나와 있으나, 동남아시아의 민속춤인 람웡(ramwong)을 지칭하는 듯하다. 람웡은 쌍을 이룬 남녀들이 서로의 몸을 스치지 않은 채 우아한 팔 동작과 단순한 스텝으로 천천히 둥글게 돌며 추는 춤이다.

신 은행의 직원일지도 몰랐다.

마르셀은 말도 안 되는 베팅을 하고 있었다. 게임에 싫증이라도 났는지, 얼른 돈을 잃고 자리를 뜨고 싶어 하는 것처럼 보였다. 그러다 나를 보더니, 남은 칩을 싹싹 긁어모아 서른 판이 넘도록 단 한 번도 나오지 않은 0에 모조리 걸었다. 될 대로 되라는 심정으로 마구 덤벼드는 사람이 늘 그렇듯 빈털터리가 된 그는 의자를 뒤로 밀쳤다. 나는 그에게로 몸을 구부리며 10달러짜리 칩을 내밀었다. "내 운을 조금 가져가."

나는 그가 내 어머니의 노리갯감이었음을 상기시켜 그를 모욕할 심산이었을까? 지금은 기억나지 않지만, 만약 그것이 내 의도였다면 난 확실히 실패했다. 마르셀은 칩을 받아들고 세심한 프랑스어로 아주 정중하게 답했다. "Tout ce que j'ai eu de chance dans ma vie m'est venu de votre famille(내 인생의 모든 행운을 사장님 가족에게서 받는군요)." 그는 또 0에 걸었고, 이번에는 공이 0에 떨어졌다─나는 그를 따라 베팅하지 않았다. 그는 내 칩을 돌려주며 말했다. "실례합니다. 난 이제 가봐야겠어요. 너무 졸려서요." 나는 홀을 떠나는 마르셀을 지켜보았다. 이제 그가 현금으로 바꾸어야 할 칩은 300달러어치가 넘었다. 그에게 느끼고 있던 양심의 가책이 사라졌다. 그리고 그가 아주 까맣고 우람한 건 사실이지만, 어머니처럼 그를 짐승이라 부르는 건 부당하다는 생각이 들었다.

어쨌든 그가 자리를 뜨고 나자 홀에서 모든 긴장감이 눈 녹듯 사라졌다. 어떤 모험도 하지 않고 그저 술값이나 벌 생각으로 재미 삼아 도박을 하는 잔챙이들만 남았다. 나는 350달러까지 땄다가, 시가를 물고 있는 남자가 조금 잃는 꼴을 보며 즐기기 위해 일부러 50달러를 잃었다. 그런 다음 멈추었다. 칩을 돈으로 바꿀 때 직원에게 그 여자가 누구냐고 물었다.

"피네다 부인이에요. 독일인이랍니다."

"독일인은 별론데." 나는 실망하여 말했다.

"저도 그래요."

"뚱뚱한 남자는 누구요?"

"남편입니다. 대사예요." 직원이 남아메리카에 있는 어떤 작은 나라의 이름을 댔지만, 금세 내 머릿속에서 지워졌다. 남아메리카의 공화국들을 우표로 구분했었는데, 수집한 우표들은 성모 방문 칼리지에 남겨져 있었다. 가장 친한 친구로 생각했던 아이(이름은 오래전에 잊어버렸다)에게 선물로 주고 온 것이다.

"대사도 별론데." 내가 직원에게 말했다.

"그 인간들은 필요악이죠." 직원은 달러 지폐를 세며 답했다.

"악이 꼭 필요하다고 믿소? 그럼 당신도 나 같은 이원론자겠군." 그는 성모 방문 칼리지에서 공부하지 않았으니 어차피 우리의 신학적 토론은 더 이상 이어지지 못했겠지만, 그 순간 여자 목소리가 끼어들었다.

"남편들도 마찬가지죠."

"뭐가 마찬가지라는 겁니까?"

"필요악이라고요." 그녀는 계산대에 칩을 내려놓으며 말했다.

우리는 우리 손에 닿지 않는 자질들을 동경한다. 그래서 나는 신의를 동경했으며, 그 순간 그녀를 두고 떠날 뻔했다. 나를 막아선 것이 무엇이었는지 모르겠다. 어쩌면 그녀의 목소리에서 내가 동경하는 또 다른 무언가를 감지했는지도 모른다. 절박함. 절박함과 진실은 아주 가깝다. 절박한 고백은 대개 믿을 수 있고, 임종의 고백을 할 기회가 모두에게 주어지지 않듯이 절박함도 극소수에게만 허락되는 능력이다. 그리고 난 그 극소수에 속하지 않았다. 하지만 그녀는 절박함을 갖고 있었고, 그래서 무슨 짓을 하든 용서받을 수 있는 것 같았다. 제일 처음 든 생각대로 그녀 곁을 떠났다면 더 좋았을 것이다. 그랬다면 수많은 불행을 피할 수 있었을 테니까. 하지만 나는 그녀가 칩을 돈으로 바꾸는 동안 홀의 출입구에서 그녀를 기다렸다.

그녀는 내가 몬테카를로에서 알았던 그 여자와 같은 나이였지만, 세월이 우리 나이를 뒤집어버렸다. 첫 여인은 내 어머니뻘이었지만, 이제는 내가 이 낯선 여인의 아버지뻘이었다. 그녀는 까무잡잡한 피부색에 몸집이 작고, 예민했다. 독일인이라고는 생각하기 어려울 정도였다. 그녀는 소심함을 감추기 위해 달러를 세면서 내 쪽으로 왔다. 필사적으로 낚싯줄을 던져놓고는 막상 물고기가 미끼를 물자 어떻게 해야 할지 고민이 되는 것이다.

내가 물었다. "남편은 어디 있소?"

"차에 있어요." 그녀의 대답에 밖을 내다보니, 외교관 차량 번호판이 붙은 푸조가 처음으로 눈에 띄었다. 앞의 조수석에 덩치 큰 남자가 기다란 시가를 피우며 앉아 있었다. 그의 어깨는 평평하게 떡 벌어져 있었다. 저 어깨에 포스터를 걸어놔도 괜찮으리라. 마치 막다른 골목에 쳐진 벽 같았다.

"언제 또 볼 수 있겠소?"

"여기서요. 바깥 주차장에서. 당신 호텔에는 못 가요."

"내가 누군지 알고 있소?"

"나도 여기저기 묻고 다니거든요."

"내일 밤은 어떻소?"

"10시. 1시에는 돌아가야 해요."

"당신이 무슨 일로 외출했는지 남편이 알고 싶어 하지 않겠소?"

"그이는 인내심이 무한한 사람이에요. 외교관다운 자질이죠. 정치적 상황이 무르익기 전까지는 입도 함부로 놀리지 않아요."

"그런데 왜 1시에 돌아가야 한다는 거요?"

"아들이 하나 있거든요. 항상 1시쯤 깨서 나를 찾아요. 버릇이죠, 나쁜 버릇. 아이가 악몽을 꿔요. 집에 강도가 들어오는."

"외동아들?"

"그래요."

그녀가 내 팔을 만졌고, 그 순간 차 안에 있던 대사가 오른손을 뻗어 경적을 울렸다. 두 번이었지만, 조급한 기색은 없었다. 그는 고개를 돌리지도 않았다. 돌렸다면 우리를 봤을 것이다.

"당신을 부르는군." 처음으로 그녀의 곁을 차지하나 싶었더니, 다른 자가 그녀를 요구하며 끼어들었다.

"1시가 다 됐나 봐요." 그녀는 얼른 덧붙여 말했다. "당신 어머니를 알아요. 그분을 좋아했어요. 정말 좋은 분이셨죠." 그녀는 차로 향했다. 남편이 돌아보지도 않고 문을 열어주자, 그녀는 운전석에 앉았다. 보수 중인 도로의 가장자리에 켜진 경고등처럼 시가의 끝부분이 그녀의 뺨 옆에서 벌겋게 빛났다.

호텔로 돌아가니 조제프가 계단으로 마중을 나왔다. 그는 마르셀이 30분 전에 돌아와서 그날 밤 묵을 방을 부탁했다고 말했다.

"오늘 밤만?"

"내일 간답니다."

마르셀은 자신이 알고 있는 정확한 액수를 미리 지불하고, 럼주를 두 병 올려 보내달라고 주문했으며, 백작부인의 방을 쓸 수 있느냐고 물었다.

"자기가 쓰던 방도 있는데 왜." 그러고 보니 그 방에 새손님 – 미국인 교수 – 이 묵고 있었다.

그리 신경이 쓰이지는 않았다. 어떤 면에서는 감동적이기까지 했다. 어머니가 자신의 연인에게, 그리고 카지노의 여인(깜박하고 그녀의 이름을 묻지 않았다)에게 그토록 사랑받았다니 다행이다 싶었다. 내게 조금만 기회를 줬다면 나도 어머니를 좋아했을 텐데. 어쩌면 어머니가 호텔 지분의 3분의 2와 더불어 사람의 마음을 *끄는* 힘 – 사업을 하는 데 아주 유리하게 작용한다 – 까지 내게 물려주지 않았을까 하는 기대가 내 마음속에 있었을지도 모른다.

4

내가 카지노 밖에 서 있는 외교용 차량을 발견했을 때는 거의 30분 늦은 시간이었다. 그전에 처리할 문제가 너무 많았고, 약속 장소에 나갈 기분이 전혀 아니었다. 피네다 부인을 사랑하는 척 나 자신을 속일 수는 없었다. 약간의 정욕과 약간의 호기심이 전부였고, 시내로 차를 몰고 가는 동안 이것저것 그녀에게 못마땅한 점들이 떠올랐다. 그녀는 독일인이었고, 먼저 내게 다가왔으며, 대사의 아내였다. (그녀와 대화를 나누다 보면 상들리에와 칵테일 잔들이 짤랑짤랑 울려대는 소리가 분명 들리리라.)

그녀가 차 문을 열어주었다. "포기하고 갈 뻔했어요."

"미안하게 됐소. 이런저런 일들이 터지는 바람에."

"이제 당신도 왔으니 다른 곳으로 옮겨야겠어요. 11시에 공식 만찬이 끝나면 우리 동료들이 오기 시작할 테니까요."

그녀는 차를 후진시켰다. "어디로 가는 거요?" 내가 물었다.

"글쎄요."

"어젯밤에 왜 나한테 말을 걸었소?"

"글쎄요."

"내가 운이 좋아 보여서 나를 따라 돈을 걸었소?"

"그래요. 당신 어머니의 아들은 어떤 사람일까 궁금하기도 했고요. 여긴 새로운 일이라곤 전혀 안 일어나거든요."

우리 앞에 펼쳐진 항구는 임시로 설치된 투광 조명등 불빛을 한가득 받고 있었다. 화물선 두 척에서 짐을 내리는 중이었다. 구부정하니 자루를 짊어진 형체들이 기다란 행렬로 이어졌다. 그녀가 차를 반 바퀴 휙 돌려, 흰 콜럼버스 동상 근처의 어둑한 그늘 속으로 들어갔다. "우리 같은 사람들은 밤에 여기 안 오죠." 그녀가 말했다. "거지들도 마찬가지고."

"경찰은?"

"외교관 차량 번호판이 괜히 붙어 있는 게 아니랍니다."

나는 우리 중에 누가 상대를 이용하고 있는 걸까 궁금해졌다. 나는 몇 달 동안 섹스를 하지 못했고, 그녀ㅡ그녀는 대부분의 유부녀들처럼 결혼 생활의 막다른 골목에 이른 것이 분명했다. 하지만 나는 그날 일어난 사건들 때문에 제정신이 아니었다. 괜히 왔다는 후회와 함께, 그녀가 독일인이라는 사실이 어쩔 수 없이 떠올랐다. 일말의 죄책감이라도 품기에는 너무 젊은 나이이긴 하지만 말이다. 우리 두 사람이 만난 이유는 단 하나였지만 우리는 아무것도 하지 않았다. 그저 앉아서, 미국을 빤히 바라보는 동상을 빤히 바라보고 있었다.

이 우스꽝스러운 분위기에서 벗어나기 위해 나는 그녀의 무릎에 손을 얹었다. 피부가 차가웠다. 그녀는 스타킹을 신지 않았다. 내가 물었다. "이름이?"

"마르타." 그녀가 이렇게 대답하며 고개를 돌리자 나는 어설프게 키스하다 그녀의 입술을 빗맞히고 말았다.

그녀가 말했다. "저기, 꼭 이럴 필요 없어요. 우린 다 큰 성인이잖아요." 어느새 나는 오텔 드 파리의 그 나약한 아이로 돌아갔고, 흰 날개를 펄럭이며 나를 구하러 오는 새는 없었다.

"난 그냥 얘기를 하고 싶어요." 그녀는 다정하게 거짓말을 했다.

"대사관에 있는 당신이야말로 얘기할 거리가 넘쳐날 것 같소만."

"어젯밤에 내가 당신 호텔로 찾아갔다면 괜찮았을까요?"

"안 오길 잘했소. 안 그래도 골치가 아팠으니까."

"왜요?"

"지금은 얘기하고 싶지 않소." 이번에도 나는 내 무감정한 상태를 감추기 위해 잔인한 행동을 했다. 그녀를 운전석에서 홱 잡아당겨 내 허벅지 위로 끌어 올렸다. 라디오에 다리를 긁힌 그녀는 아파서 소리를 내질렀다.

"미안하오."

"아니에요."

그녀는 좀 더 편안하게 자세를 잡은 뒤 내 목에 입술을 댔지만, 나는 아무것도 느껴지지 않았다. 내 안에 어떤 파동도 일지 않았다. 만약 그녀가 실망한다면, 그 실망감을 얼마나 오래 참고 버틸 수 있을까? 그러고 나서 한참이나 그녀는 내 머릿속에서 완전히 잊히고 말았다. 나는 무더 웠던 한낮으로 돌아가 있었다. 어머니가 생전에 썼던 방의 문을 두드렸지만 아무런 답이 없었다. 마르셀이 만취해 잠들었나 보다 생각하며 문을 두드리고 또 두드렸다.

"골치 아픈 일이 뭔지 얘기해 봐요." 그녀의 말에 갑자기 나는 시시콜콜히 털어놓기 시작했다. 객실 청소 담당 직원이 불안해져서 조제프에게 알렸고, 급기야 나까지 가서 문을 두드려 봤지만 답이 없어서 마스터키를 써봤더니 문에 걸쇠가 걸려 있었다. 결국 두 발코니 사이의 칸막이를 허물고 그 방으로 힘겹게 넘어가야 했다. 다행히도 다른 방의 손님들은 암초 위에서의 수영을 즐기기 위해 나가고 없었다. 마르셀은 중앙 등에 걸어놓은 자신의 허리띠에 매달려 있었다. 얼마나 비장한 결심을 했는지, 몇 센티미터만 몸을 흔들면 거대한 침대의 소용돌이무늬 발판에 발가락이 닿았을 텐데도 그는 끝까지 버텼다. 럼주는 한 병에만 조금 남았을 뿐 깨끗이 비워져 있고, 내 이름이 적힌 봉투에는 300달러 중에 남은 돈이 들어 있었다. "그 후로 내가 얼마나 정신이 없었을지 짐작이 갈 거요. 경찰에 손님들까지 상대하느라. 미국인 교수는 말이 잘 통하는 사람이었지만, 영국인 부부가 여행사에 신고하겠다지 뭐요. 자살이 일어난 호텔이니 값이 떨어질 수밖에. 시작이 영 좋지 않아."

"끔찍하게 충격적인 사건이네요."

"잘 아는 사람도, 딱히 신경 쓴 사람도 아니었지만, 충격적이었소, 그래, 정말 충격적이었지. 사제나 웅간을 불러서 그 방을 정화해야겠어. 어느 쪽을 불러야 할지 모르겠지만. 그리고 그 램프도 없애버려야지. 하인들이 그러자고 고집을 부리니."

떠들고 나니 속이 후련해지고, 말과 함께 욕정이 살아났다. 그녀의 뒷덜미는 내 입술에 짓눌리고, 한쪽 다리는 라디오를 가로지르며 벌어졌다. 그녀는 몸을 바르르 떨며 한 손을 불쑥 뻗었다가 운 나쁘게도 운전대 테두리를 건드려 경적을 울렸다. 다친 짐승이나 안개 속에 길을 잃은 선박처럼 울부짖는 경적 소리는 그녀 몸의 떨림이 멈출 때까지 계속 이어졌다.

우리는 엔지니어가 끝내 맞추지 못한 두 점의 기계 부품들처럼 똑같이 뒤틀린 자세로 말없이 앉아 있었다. 이제 작별 인사를 하고 떠날 시간이었다. 더 오래 머물수록 우리의 미래에 더 큰 부담이 지워지리라. 침묵 속에서 신뢰는 시작되고 만족감은 커진다. 깜박 잠이 들었는지 깨어나 보니 그녀도 잠들어 있었다. 잠을 같이 자면 지나친 유대감이 쌓인다. 나는 손목시계를 보았다. 자정이 되려면 아직 멀었다. 기중기들이 화물선 위에서 삐걱거리고, 기다란 행렬의 인부들은 고깔 모양의 두건을 쓴 카푸친회 수도승들처럼 자루를 머리에 인 채 구부정하니 배에서 창고로 향했다. 나는 그녀의 한쪽 다리 때문에 아파서 그 다리를 옮기고 그녀를 깨웠다. 그녀는 힘겹게 몸을 떼어내더니 앙칼진 목소리로 물었다. "몇 시예요?"

"11시 40분."

"꿈속에서 차가 고장 났는데 벌써 새벽 1시였어요."

10시부터 1시 사이의 시간에 내 자리가 갇힌 듯한 느낌이었다. 이토록 빨리 질투심이 생겨나다니 겁이 날 정도였다. 그녀를 안 지 스물네 시간이 채 되지 않았건만 벌써부터 남들의 간섭에 분한 마음이 들었다.

"왜 그래요?" 그녀가 물었다.

"언제 또 볼 수 있겠소?"

"내일 같은 시간에 봐요. 여기서요. 여기 정말 괜찮지 않아요? 다른 택시 운전사를 써요, 그거면 돼요."

"그리 이상적인 침대는 아니었는데."

"뒷좌석에서 하면 되죠. 거긴 괜찮을 거예요." 그녀의 빈틈없는 지적에 나는 우울해졌다.

이렇게 시작된 우리의 불륜은 사소한 변화들과 함께 계속 이어졌다. 이를테면, 일 년 후 그녀는 푸조를 신형으로 바꾸었다. 차를 벗어난 적도 있었다. 한 번은 그녀의 남편이 회의차 소환되었을 때였고, 또 한 번은 어느 여성 친구의 도움으로 카프아이시앵에서 이틀을 함께 보냈다. 그 친구는 집으로 돌아갔다. 가끔은 우리가 연인이 아니라, 어떤 범죄로 한데 묶인 공모자들처럼 느껴졌다. 그리고 공모자들답게, 우리를 추적하는 형사들을 의식하고 있었다. 그들 중 한 명은 아이였다.

한번은 대사관에서 열린 칵테일 파티에 참석했다. 내가 초대받지 못할 이유는 없었다. 그녀와 만난 여섯 달 사이에 나는 아이티 거주 외국인 사회의 일원으로 인정받게 되었다. 내 호텔은 그런대로 성공을 거두었지만 나는 만족하지 못했고, 여전히 일류 요리사를 찾고 있었다. 대사를 처음 만난 건 대사관 파티 후에 그가 내 손님―동향인―을 호텔까지 데려다주었을 때였다. 그는 조제프가 만든 음료를 받아 마시더니 칭찬을 해주었고, 내 베란다에는 그가 피운 기다란 시가의 잔향이 한동안 맴돌았다. '내'라는 단어를 그렇게 빈번히 사용하는 사람은 처음이었다. "내 시가 한 대 드리리다.", "내 기사한테도 음료 한 잔 부탁하오." 우리는 다가오는 선거에 관해 얘기를 나누었다. "내 생각에는 의사가 당선될 것 같소. 그자는 미국 여권을 갖고 있다오. 내가 입수한 정보에 따르면 그렇소." 그는 '내 다음 칵테일 파티'에 나를 초대했다.

왜 나는 그가 마음에 들지 않았을까? 그의 아내를 사랑한 것도 아닌데 말이다. 나는 그녀와 '섹스'를 할 뿐, 그게 다였다. 아니, 그땐 그렇게 믿었다. 대화를 나누던 중에 내가 성모 방문 칼리지에 다녔다는 사실을 알고, "나는 성 이냐시오 칼리지에 다녔다오"(파라과이였나, 우루과이였나? 알 게 뭐람)라면서 친근한 척 군 그가 아니꼬워서였을까?

나중에 알게 된 사실이지만, 내가 초대된 칵테일 파티는 2급 행사였다. 캐비어를 대접하는 1급 파티에는 전적으로 외교 관련 인사들 - 대사들, 장관들, 당수들 - 이 초대되었으며, 3급 파티는 그저 '의무'에 지나지 않았다. '눈 요깃거리'가 쏠쏠한 2급 파티에 초대된 것만도 영광이었다. 아이티의 수많은 부호들이 절세미인인 아내들을 데려왔다. 다른 나라로 달아나거나, 통금 시간의 어둑한 거리에서 무슨 일을 당할지 몰라 집 안에 처박혀 있어야 하는 시절은 아직 오지 않았다.

대사는 나를 '내 아내' - 또 '내' - 에게 소개해 주었고, 그녀는 나를 바에 데려가 술을 건넸다.

"내일 밤 어때?" 내가 묻자, 그녀는 얼굴을 찡그리며 입술을 오므렸다. 지켜보는 눈이 있으니 그런 말은 하지 말라는 뜻이었다. 하지만 그녀가 염려한 것은 남편이 아니었다. 그녀의 남편은 한 손님에게 '내' 소장품인 이폴리트'의 그림들을 차례로 보여주며, 그 소재도 자기 것인 양 하나씩 설명하느라 바빴다.

---

1 아이티의 화가 엑토르 이폴리트(1894~1948).

"이 시끄러운 데서 당신 남편한테 들릴 리 없잖아."

"말 한마디 한마디 다 듣고 있는 거 모르겠어?"

'듣고 있는' 사람은 그녀의 남편이 아니었다. 키가 1미터도 채 되지 않는 자그마한 생명체가 검은 눈을 부릅뜨고서, 마치 자기 숲의 덤불을 헤쳐나가듯 손님들의 무릎을 옆으로 밀치며 오만한 난쟁이처럼 우리 쪽으로 거침없이 다가오고 있었다. 아이는 독순술이라도 쓰는 양 제어머니의 입을 뚫어져라 보고 있었다.

"내 아들 앙헬이야." 마르타에게 소개받은 후로 나는 그아이를 생각할 때마다 영어식으로 발음한 이름이 떠올랐다. 일종의 신성모독 같은 것이었다.[2]

아이는 마르타의 옆자리를 다시 꿰차고 나서는 좀처럼 떠나지 않았지만, 절대 입을 열지 않았다. 강철 같은 고사리손으로 수갑의 반쪽처럼 마르타의 손을 꽉 죄고서는 우리 둘의 대화를 듣느라 여념 없었다. 나는 내 진정한 적수를 만난 것이다. 다음번에 만났을 때 마르타는 아이가 나에 대해 엄청 많은 질문을 하더라고 말했다.

"수상쩍은 냄새라도 맡은 거 아닌가?"

"설마 그 나이에? 이제 겨우 다섯 살이야."

일 년이 지났고, 우리는 나름의 방법으로 아이를 잘 속여 넘겼지만, 아이는 여전히 마르타의 심중에 큰 자리를 차지하고 있었다. 그녀가 내게 꼭 필요한 존재임을 깨달은 나는 그녀에게 남편을 떠나도록 종용했지만, 그녀의 탈출을 막은 걸림돌은 바로 아들이었다. 아들의 행복을 위태롭게 할 짓은 차마 할 수 없었던 것이다. 내일이라도 당장 남편을 떠나겠지만, 남편에게 앙헬을 빼앗긴다면

---

2 앙헬(Angel)은 영어로 '천사'라는 뜻이다.

앞으로 어떻게 살아간단 말인가? 그리고 시간이 갈수록 아들은 점점 더 아버지를 닮아가는 것 같았다. 버릇처럼 '내' 어머니라고 말했고, 한번은 기다란 시가 모양의 초콜릿을 입에 물고 있기도 했다. 그리고 아주 빠른 속도로 살이 찌고 있었다. 마치 우리의 불륜이 도를 넘어 볼썽사나워지는 일을 막기 위해 대사가 자기 안의 악마를 인간으로 만들어 내놓은 것 같았다.

한때 우리는 어느 시리아인이 운영하는 가게 위에 있는 방에서 만나기도 했다. 하미트라는 이름의 가게 주인은 전적으로 믿을 수 있는 사람이었다 – 파파 독이 정권을 잡은 직후인지라, 먹구름처럼 켄스코프를 뒤덮은 어두운 미래가 누구에게나 보일 때였다. 외국 대사관과 어떤 식으로든 인연을 맺어두는 것이 무국적자에게는 이득이었다. 어느 날 갑자기 정치적 망명을 신청해야 할 때가 올지 누가 알겠는가? 우리는 가게를 꼼꼼히 살핀다고 살폈지만, 약품들 뒤의 구석 자리에 다른 가게에서는 볼 수 없는 좋은 품질의 장난감들이 진열되어 있다는 사실을 불행히도 눈치채지 못했다. 거기다 식품 코너에는 앙헬이 좋아하는 간식인 버번 비스킷[1]도 가끔 들어와 있었다. 사치품 시장이 아직은 완전히 죽지 않았던 것이다. 이 문제 때문에 우리는 처음으로 크게 다투었다.

우리가 시리아인의 방에서 이미 세 번을 만난 후였다. 그 방에는 연보라색 실크 침대보가 깔린 놋쇠 침대, 벽을 따라 줄 지어선 딱딱하고 꼿꼿한 의자 네 개, 여러 가족들의 손때 묻은 사진들 몇 개가 있었다. 한 번도 온 적 없고 앞으로도 오지 않을 어느 중요한 레바논 손님을 위해

---

1 초콜릿 버터 크림이 들어 있는 샌드위치 스타일의 비스킷.

깔끔하게 치워둔 손님방이었을 것이다. 네 번째로 만나는 날, 두 시간을 기다렸지만 마르타는 끝내 나타나지 않았다. 가게를 통해 밖으로 나가는 내게 시리아인이 조심스레 말했다. "피네다 부인을 놓치셨네요. 어린 아들이랑 같이 오셨더라고요."

"어린 아들?"

"장난감 차랑 버번 비스킷을 사 가셨어요."

그날 저녁 마르타에게서 전화가 왔다. 그녀는 불안한 듯 숨찬 목소리로 아주 빠르게 말했다. "여기 우체국이야. 앙헬은 차에 두고 왔어."

"버번 비스킷을 먹으면서?"

"버번 비스킷? 어떻게 알았어? 자기, 오늘은 당신한테 갈 수가 없었어. 가게에 갔더니 앙헬이 유모랑 같이 있잖아. 그래서 착한 어린이한테 선물을 사주러 왔다고 거짓말을 할 수밖에 없었어."

"정말로 그 녀석이 착하게 굴었나?"

"별로. 유모 말로는, 지난주에 내가 가게에서 나가는 걸 보고 ─ 우리가 같이 안 나간 게 천만다행이지 ─ 앙헬이 어떤 가게인지 보고 싶다고 했고, 그래서 갔다가 자기가 좋아하는 비스킷을 발견했대."

"버번 비스킷."

"맞아. 아, 앙헬이 나를 찾으러 우체국에 들어오네. 오늘 밤. 같은 곳에서." 전화가 끊겼다.

그래서 우리는 또 콜럼버스 동상 옆의 푸조 안에서 만났다. 이번에는 섹스를 하지 않았다. 말다툼을 벌였다. 내가 앙헬이 응석받이라고 말하자 그녀는 인정했지만, 아이가 몰래 그녀를 감시하고 있다는 내 말에 그녀는 화를 냈으며, 아이가 자기 아버지만큼 뚱뚱해지고 있다는 말에는 내 얼굴을 때리려 했다. 내가 그녀의 손목을 잡아채자 그녀는 내가 자기에게 손찌검을 한다며 비난했다. 그런 다음 우리는 주뼛주뼛 웃었지만, 다툼의 뒤끝은 내일 먹을 수프에 들어갈 국물처럼 계속 보글보글 끓고 있었다.

나는 아주 이성적으로 말했다. "어느 쪽으로든 결단을 내리는 게 좋아. 무한정 이런 식으로 살 순 없으니까."

"내가 당신을 떠났으면 좋겠어?"

"물론 아니지."

"하지만 난 앙헬 없이는 못 살아. 응석받이가 된 건 그 아이 잘못이 아니야. 앙헬한테는 내가 필요해. 아이의 행복을 망칠 순 없어."

"10년만 지나면 그 아이는 당신 없이도 잘만 살 거야. 메르 카트린네에 몰래 놀러 가거나 당신 하녀들 중 한 명이랑 자겠지. 그때쯤이면 여기가 아니라 브뤼셀이나 룩셈부르크에 있겠지만, 거기에도 앙헬을 위한 사창가가 있어."

"10년은 긴 세월이야."

"그리고 당신은 중년이 되고, 난 아무도 신경 안 쓰는 늙은이가 되겠지. 당신은 뚱보 둘과 계속 살 테고…… 양심에 꺼리는 거 없이 떳떳하게. 그때쯤이면 당신 양심도 돌아와 있겠지."

"그런 당신은? 이 여자 저 여자 안 가리고 다 만나면서 할 짓 못 할 짓 다 하겠지."

동상 아래의 어둠 속에서 우리 목소리는 점점 더 높아졌다. 모든 말다툼이 그렇듯, 그 끝에는 어렵지 않게 치유될 상처만 남았다. 우리는 별의별 상처를 입고 묵은 딱지를 떼어가며 살아간다. 나는 그녀의 차에서 내려 내 차로 향했다. 운전석에 앉아 차를 후진시키기 시작했다. 이제 끝이라고 나는 속으로 중얼거렸다. 이렇게 아옹다옹해 봐야 시간만 아깝지. 그 짐승 같은 아들이나 끼고 잘살라지. 메르 카트린네에 가면 더 매력적인 여자들이 넘쳐난다고. 어차피 독일 여자잖아. 그녀의 차와 나란히 서게 됐을 때 나는 차창 밖으로 매정하게 소리쳤다. "잘 가, 프라우[1] 피네다." 그때 운전대 위로 몸을 구부린 채 울고 있는 그녀가 보였다. 그녀에게 작별 인사를 던진 후에야 나는 그녀 없이 살 수 없다는 사실을 깨달았던 것 같다.

내가 다시 그녀 곁으로 돌아갔을 때 그녀는 이미 평정심을 되찾은 상태였다.

"안 되겠어, 오늘 밤은."

"그래."

"내일 만날까?"

"좋아."

"여기서. 평소처럼?"

"그래."

"당신한테 하려던 말이 있었어. 깜짝 선물이야. 당신이 간절히 원하는 거."

순간 나는 그녀가 내 뜻에 굴복해 남편과 아이를 떠나겠다고 약속해 줄 줄 알았다. 그녀의 대단한 결심을 응원하기 위해 그녀를 한 팔로 껴안아 주자 그녀가 말했다. "괜찮은 요리사가 필요하다고 했지?"

"아, 그래. 맞아. 그렇지."

"우리 요리사가 정말 실력이 좋은데 우리를 떠날 거야. 내가 일부러 싸움을 걸어서 해고했거든. 원하면 데려다 써." 내 침묵에 그녀는 또 상처를 받은 모양이었다. "이래

---

1 여주인, 마님, 기혼 여성을 일컫는 독일어 명사.

도 내가 당신을 사랑한다는 걸 못 믿겠어? 남편이 노발대발할 거야. 포르토프랭스에서 수플레를 제대로 만들 줄 아는 요리사는 앙드레뿐이라고 했던 사람이니까." 나는 '앙헬은? 앙헬도 그 요리사 요리를 좋아할 텐데'라고 튀어나가려는 말을 간신히 참았다.

"당신 덕분에 떼돈 벌겠는걸." 대신에 이렇게 말했다. 그리고 이 말은 거의 사실이었다. 트리아농 수플레 오 그랑 마르니에[1]는 한동안 이름을 날렸다. 공포가 시작되고, 미국 사절단이 떠나고, 영국 대사가 추방당하기 전까지는. 교황 대사는 로마에서 돌아오지 않았으며, 통금은 그 어떤 다툼보다 더 심각하게 우리 사이를 갈라놓는 장벽이 되었다. 결국엔 나 역시 마지막 델타 비행기를 타고 뉴올리언스로 날아가 버렸다. 통통 마쿠트에게 취조받다가 겨우 목숨만 부지하고 빠져나온 조제프를 보고는 겁에 질린 것이다. 놈들이 나를 노리고 있다는 확신이 들었다. 통통의 우두머리인 뚱보 그라시아가 내 호텔을 탐낸 것일지도 몰랐다. 공짜 술을 얻어 마시려 들르던 프티 피에르마저 발길을 끊었다. 몇 주 동안 호텔에는 나와 다친 조제프, 요리사, 하녀, 정원사밖에 없었다. 호텔에 페인트칠을 새로 하고 여기저기 손도 봐야 했지만, 손님이 들 가망이 없는데 수고를 들여봐야 무슨 소용인가 싶었다. 존 배리모어 스위트룸만은 무덤처럼 깨끗이 관리해 두고 있었다.

이제는 두려움과 권태로움을 연애로 달래기도 어려웠다. 전화기는 먹통이 되어, 더 좋았던 시절의 유물처럼 책상에 우두커니 앉아 있었다. 통금 때문에 더 이상 밤에

---

1 브랜디와 오렌지로 만드는 프랑스 술.

는 만날 수 없었고, 낮에는 항상 앙헬이 있었다. 경찰서에서 열 시간의 기다림 끝에 드디어 출국 비자를 받았을 때, 정치적 상황과 사랑 모두로부터 달아나는 것 같은 기분이 들었다. 경찰서는 지린내가 짙게 풍겼고, 유치장에서 돌아오는 경찰관들은 얼굴에 흡족한 미소를 띠고 있었다. 흰 수단[2]을 입고 하루 종일 앉아서 성무일도서를 읽으며 돌처럼 무표정하니 오래도록 차분히 인내하던 신부가 기억난다. 그의 이름은 끝내 불리지 않았다. 그의 머리 뒤 적갈색 벽에는 스냅 사진들이 핀으로 꽂혀 있었다. 한 달 전 수도 끝자락의 어느 오두막에서 기관총에 맞아 사망한 배신자 바르보[3]와 만신창이가 된 그의 동지들이었다. 드디어 경사가 거지에게 빵부스러기를 던져주듯 카운터로 내 비자를 툭 밀었을 때, 누군가가 신부에게 경찰서 업무 시간이 끝났다고 말했다. 신부는 다음 날 그곳으로 돌아갔을 것이다. 대주교가 망명 중이고 대통령이 가톨릭교에서 파문당한 지금, 그에게 감히 말을 걸 단기 체류자는 아무도 없었으므로, 성무일도서를 읽기에는 경찰서가 딱이었다.

포르토프랭스를 떠날 때는 정말이지 속이 후련했다. 자유롭고 맑은 공기 사이로 그곳을 내려다볼 때, 늘 그렇듯 켄스코프에 닥친 폭풍우 속에서 비행기가 위아래로 흔들렸다. 항구는 그 뒤로 쭈글쭈글하니 광대하게 펼쳐진 황무지에 비해 작아 보였고, 사람 한 명 살지 않는 메마른 산들은 점토에서 발굴된 고대 짐승의 부러진 등뼈처럼

---

2 성직자가 제의 밑에 받쳐 입거나 평상복으로 입는 긴 옷.

3 클레망 바르보(1914~1963). 프랑수아 뒤발리에의 수석 보좌관이었으나, 대통령직 찬탈 혐의로 수감되었다가 풀려난 후 반란을 시도했다가 사살되었다.

카프아이시앵과 도미니카공화국 국경을 향해 연무 속으로 쭉 뻗어 있었다. 나는 속으로 되뇌었다. 내 호텔을 사줄 도박꾼을 찾으리라, 그러면 차를 몰고 페티옹빌로 올라가 매춘부의 것 같은 거대한 침대에 뻗어 있는 어머니를 발견했던 그날처럼 홀가분해지리라. 그곳을 떠나 행복했다. 저 아래 구불구불 뻗은 검은 산에 그렇게 속삭이고, 버번 하이볼을 가져다주는 늘씬한 미국인 스튜어디스와 중간보고를 하러 나온 조종사에게 미소 지으며 내 행복한 기분을 전했다. 4주 후 나는 뉴욕 웨스트 44번가의 에어컨 틀어진 내 방에서 비참한 기분으로 깨어났다. 바다를 노려보는 동상과 푸조 안에 뒤엉킨 팔다리들이 꿈에 나왔다. 나는 머지않아 결국 그곳으로 돌아가게 되리라는 걸 깨달았다. 내 고집이 꺾이고, 계약에 실패하고, 두려움에 떨며 반 조각 빵이라도 먹는 것이 굶는 것보다는 낫다는 생각이 들 때.

4

1

닥터 마지오는 전직 장관의 시체 옆에 한참이나 구부정히 앉아 있었다. 내 손전등이 드리운 그림자 속의 그는 죽음을 몰아내는 주술사처럼 보였다. 나는 그의 의식을 방해하기가 망설여졌지만, 높은 층의 스위트룸에서 묵고 있는 스미스 부부가 혹시라도 깨어날까 봐 두려워 결국 그의 생각을 끊어 놓으며 말했다. "놈들도 자살이 아니라는 말은 못 하겠죠."

"놈들이야 뭐든 자기들 입맛대로 바꾸니까요." 그가 답했다. "방심하면 안 됩니다." 그는 시신의 자세 때문에 밖으로 드러나 있던 장관의 왼쪽 주머니를 비우기 시작했다. "이 양반은 그래도 괜찮은 축에 들었는데." 책을 읽을 때만 사용하는 큼직한 구면형 안경을 낀 그는 위조지폐를 확인하는 은행 직원처럼 종이 쪼가리들을 하나씩 눈에 바싹 대고 꼼꼼히 살폈다. "우리는 파리에서 해부학 수업을 같이 들었답니다. 하지만 그 시절엔 파파 독도 꽤 괜찮은 사람이었죠. 1920년대에 장티푸스가 창궐했을 때

활약했던 뒤발리에가 기억나는군요……."

"뭘 찾고 있는 겁니까?"

"이 양반이랑 당신을 연결 지을 만한 물건이요. 이 섬에는 가톨릭 기도가 잘 어울리죠. '마귀가 우는 사자같이 두루 다니며 삼킬 자를 찾나니.'"

"선생은 안 먹혔잖습니까."

"아직은 그렇죠." 그는 수첩 하나를 주머니에 집어넣었다. "지금은 하나하나 살펴볼 여유가 없어요." 그런 다음 그는 시신을 뒤집었다. 닥터 마지오에게도 버거울 만큼 시신은 무거웠다. "당신 어머니가 그때 돌아가신 게 다행입니다. 고생이라면 할 만큼 하신 분이니까. 히틀러 같은 인간은 일생에 한 명 겪었으면 충분하죠." 우리는 스미스 부부가 깨지 않도록 소곤소곤 말했다. "행운의 부적인 토끼발." 그 물건은 제자리로 돌아갔다. "그리고 여기 묵직한 게 하나 있는데." 그가 꺼낸 것은 R.I.P.가 새겨진 관 모양의 내 놋쇠 문진이었다. "유머 감각이 있는 양반인 줄 몰랐네."

"그건 내 겁니다. 내 사무실에서 가져온 모양이에요."

"있던 자리에 돌려놓으십시오."

"조제프를 보내서 경찰을 불러야 할까요?"

"아니, 안 됩니다. 여기 시체를 남겨두면 안 돼요."

"자살을 내 잘못으로 몰지는 않을 거 아닙니까."

"이 양반이 여기를 은신처로 선택했다는 이유만으로도 당신한테 죄를 뒤집어씌울 수 있어요."

"왜 여기로 왔을까요? 아는 사이도 아닌데. 어떤 연회에서 한 번 만났을 뿐이에요."

"대사관은 경계가 삼엄해서 쉽게 들어갈 수가 없죠. 닥터 필리포는 '영국인의 집은 그의 성이다'라는 당신네 속담을 믿었나 봅니다. 얼마나 절망적이었으면 그런 속담에 매달렸을까."

"돌아온 첫날 밤부터 시체를 보다니 지옥이 따로 없군요."

"그러게 말입니다. 체호프도 쓰지 않았습니까. '자살은 바람직하지 않은 현상이다'라고."

닥터 마지오는 일어나서 시신을 내려다보았다. 흑인은 상황 판단력이 아주 뛰어나다. 그 능력은 서양식 교육으로도 망가지지 않는다. 교육은 그 표현 방식을 바꾸어놓을 뿐이다. 닥터 마지오의 증조부라면 노예 수용소에서 대답 없는 별들을 향해 구슬프게 울부짖었을지도 모른다. 하지만 닥터 마지오는 짧고 정성스러운 문장들로 망자를 기렸다. "삶을 두려워하는 인간의 자살은 용기 있는 행위, 수학자의 냉철한 행위입니다. 죽음보다 삶이 더 불행할 확률을 따져서 확률의 법칙에 따라 자살한 거니까요. 수학 감각이 생존 감각을 이긴 겁니다. 하지만 마지막 순간에는 생존 본능이 시끄럽게 아우성칠 테죠. 완전히 비과학적인 평계를 대면서 말입니다."

"선생은 가톨릭교도라서 비난을 쏟아부을 줄 알았습니다만……."

"나는 가톨릭 교리를 실천하는 신도는 아닙니다. 당신은 내가 신학적 절망에 빠졌을 거라 생각하겠죠. 이 절망에서 신학적인 면은 전혀 없었습니다. 이 불쌍한 양반은 규칙을 어기고 있었어요. 금요일에 고기를 먹었죠. 그러니까 신의 계명을 평계로 생존을 포기한 건 아니라는 소립니

---

1 개인의 프라이버시는 아무도 침해할 수 없다는 뜻이다.

다." 그가 말했다. "내려와서 다리를 잡아요. 이 양반을 여기서 치워야죠." 강연은 끝이 나고, 추도사는 전해졌다.

닥터 마지오의 큼직하고 네모진 손이 내 몸에 닿으니 마음이 편안해졌다. 나는 치료를 위해 엄격한 식이 요법을 군말 없이 받아들이는 환자 같았다. 우리는 사회복지부 장관을 수영장 밖으로 끌어내, 닥터 마지오의 차가 전조등을 끈 채로 서 있는 호텔 진입로 쪽으로 날랐다. 닥터 마지오가 말했다. "돌아가거든 물을 틀어서 피를 씻어 내도록 해요."

"물을 트는 거야 할 수 있지만, 과연 물이 나올지······."

우리는 시신을 뒷좌석에 기대어 놓았다. 추리 소설에서는 시신이 아주 손쉽게 고주망태로 탈바꿈되지만, 이 송장은 누가 봐도 죽어 있었다. 피는 멈추었다 해도, 차 안을 힐끗 들여다보기만 하면 어마어마한 상처가 눈에 띌 터였다. 다행히도, 겁 없이 밤에 도로 위를 달릴 사람은 없었다. 좀비 아니면 통통 마쿠트만 활동할 시간이었다. 통통 마쿠트 대원들은 확실히 밖에서 돌아다니고 있었다. 호텔 진입로를 벗어나기도 전에 그들의 차―이렇게 늦은 시간에 다른 차가 밖에 나와 있을 리 없었다―가 다가오는 소리가 들렸다. 우리는 전조등을 끄고 기다렸다. 그 차는 수도에서 느릿느릿 언덕을 올라오고 있었다. 3단 기어가 삐걱거리는 소리 위로 대원들이 서로 다투는 목소리가 들렸다. 페티옹빌의 기다란 비탈을 절대 올라오지 못할 고물차가 머릿속에 그려졌다. 차가 진입로 입구에 멈춰 버리면 어떡하지? 그 인간들은 몇 시든 상관없이 도움을 구하러, 그리고 공짜 술을 얻어 마시러 호텔로 올 것이 분명했다. 한참을 기다리자 엔진 소리가 진입로를 지나더니 점점 희미해졌다.

나는 닥터 마지오에게 물었다. "시신을 어디로 옮길까요?"

"여기서 올라가든 내려가든 검문소를 지나야 합니다. 민병대는 시찰이 무서워서 잠도 못 자요. 아까 그 통통 마쿠트 녀석들도 시찰하러 나왔을 겁니다. 차가 고장 나지 않으면 켄스코프의 경찰 초소까지 가겠죠."

"선생도 여기 올 때 검문소를 지나왔겠네요. 무슨 핑계를 댔습니까?"

"아픈 산모가 있다고 했어요. 너무 흔한 일이라, 잘하면 보고도 안 될 테니까요."

"보고되면요?"

"집을 못 찾았다고 하면 됩니다."

우리는 대로로 들어갔다. 닥터 마지오가 전조등을 다시 켜더니 말했다. "누가 밖에서 우리를 보기라도 하면 통통 마쿠트한테 데려갈 겁니다."

도로 위아래에 검문소가 있어, 우리가 택할 수 있는 곳의 범위가 극히 제한되어 있었다. 우리는 오르막길을 200미터 정도 달리다가—"이렇게 하면 그 양반이 트리아농으로 간 게 아니라 그냥 지나간 것처럼 보일 겁니다."—왼편의 2차선으로 들어갔다. 작은 집들과 버려진 정원들이 있는 구역이었다. 옛 시절에 허영심 많고 덜 성공한 자들이 이곳에 살았었다. 그들은 페티옹빌로 향하는 길에 있었지만, 그곳에 닿지는 못했다. 변변찮은 소송을 고르는 변호사, 실패한 점성술사, 환자보다 럼주를 더 좋아하는 의사. 닥터 마지오는 그들 중 아직도 자신의 집을 지키고 있는 자는 누구인지, 통통 마쿠트가 새 도시 뒤발리에빌[1]을 짓

1　프랑수아 뒤발리에는 자신을 기리기 위해 카바레(Cabaret)라는 작은 마을을 '뒤발리에빌(Duvalierville)'이라는 도시로 만들고, 자신의 동상과 기념비로 채웠다.

기 위해 밤마다 강제로 거두는 세금을 피하기 위해 달아난 자는 누구인지 정확히 알고 있었다. 나도 100구르드를 냈었다. 내게는 그곳의 집들과 정원들이 하나같이 방치된 채 비어 있는 것처럼 보였다.

"여깁니다." 닥터 마지오가 이렇게 알리고는 도로를 벗어나 몇 미터 더 달렸다. 우리는 손전등을 들 손이 없었기 때문에 전조등을 계속 켜두어야 했다. 전조등 불빛에 비친 어느 부서진 널빤지에 "……퐁. 여러분의 미래를……"이라는 글자만 남아 있었다.

"이 사람은 떠났군요." 내가 말했다.

"죽었습니다."

"자연사 말입니까?"

"여기서는 비명횡사가 곧 자연사죠. 이자는 주변 환경 때문에 죽은 겁니다."

우리는 닥터 필리포의 시신을 차에서 꺼내, 도로에서 보이지 않을 무성한 부겐빌레아 덤불 뒤편으로 끌고 갔다. 닥터 마지오가 오른손에 손수건을 감더니, 시신의 주머니에서 작은 스테이크용 나이프를 꺼냈다. 수영장에서 그가 나보다 더 예리하게 관찰했던 것이다. 그는 장관의 왼손에서 몇 센티미터 떨어진 곳에 나이프를 내려놓았다. "닥터 필리포는 왼손잡이였습니다."

"선생은 모르는 게 없는 것 같군요."

"우리가 해부학 수업을 같이 들었다는 사실을 잊으셨군요. 잊지 말고 스테이크용 나이프를 새로 사십시오."

"이자에게 가족이 있습니까?"

"아내와 여섯 살짜리 아들이 있어요. 자기가 자살해야 가족이 더 안전하다고 생각했을 겁니다."

우리는 차로 돌아가 후진하여 도로로 들어갔다. 호텔

진입로 입구에 도착하자 나는 차에서 내렸다. "이제 하인들이 문제군요." 내가 말했다.

"하인들은 함부로 입을 못 열 겁니다. 여기서는 증인이 피의자만큼이나 고초를 겪으니까요."

2

스미스 부부가 베란다로 내려와 아침 식사를 했다. 별스럽게도 스미스 씨는 팔에 무릎 담요를 걸치지 않고 있었다. 그들은 잘 잤다며, 자몽, 토스트, 마멀레이드를 맛있게 먹었다. 홍보회사가 정한 이름의 이상한 음료를 요구하기라도 할까 봐 걱정이었지만, 그들은 커피를 군말 없이 받아들였고 고급이라며 칭찬하기까지 했다.

"자다가 딱 한 번 깼다오." 스미스 씨가 말했다. "목소리가 들리는 것 같던데. 존스 씨가 왔소?"

"아닙니다."

"이상하군. 세관에서 그 양반이 나한테 마지막으로 한 말이 '오늘 밤 브라운 씨네 호텔에서 봅시다'였는데."

"다른 호텔로 억지로 끌려가셨나 봅니다."

"아침 식사 전에 잠깐 수영하려고 했더니," 스미스 부인이 말했다. "조제프가 수영장을 청소하고 있더군요. 자질구레한 일은 그 사람이 도맡아 하나 봐요."

"맞습니다. 아주 귀중한 직원이죠. 점심시간 전까지는 수영장이 준비될 겁니다."

"참, 거지는?" 스미스 씨가 물었다.

"아, 새벽에 떠났습니다."

"설마 빈속으로 간 건 아니겠지요?" 그는 이렇게 말하며 내게 미소를 지어 보였다. '그냥 농담이라오. 당신이 좋은 사람이라는 건 나도 아니까'라고 말하는 듯한 미소였다.

"조제프가 알아서 잘했을 겁니다."

스미스 씨는 토스트를 한 조각 더 먹으며 말했다. "오늘 아침에 우리 둘이 대사관에 가서 면담 예약 명부에 이름을 적고 올까 하는데."

"그래 두면 좋죠."

"그게 예의가 아닌가 싶어서 말이오. 나중에 사회복지부 장관한테 소개장을 가져갈 수도 있으니."

"나라면, 어떤 변화는 없었는지 대사관에 먼저 문의해 보겠습니다. 그러니까, 누군가한테 개인적으로 건넬 소개장이라면요."

"닥터 필리포였지, 아마."

"그럼 꼭 물어보십시오. 여기 상황은 하루가 다르게 확확 바뀌니까요."

"하지만 후임자도 나를 받아주지 않겠소? 건강 문제에 관심 있는 장관이라면 내가 여기 온 목적을 환영할 텐데."

"선생이 뭘 계획 중이신지 못 들어서……."

"난 여기 대표로 온 거요." 스미스 씨가 말했다.

"미국 채식주의자들의 대표죠." 스미스 부인이 덧붙였다. "진짜 채식주의자들이요."

"가짜 채식주의자도 있습니까?"

"당연하죠. 수정란을 먹는 사람들도 있어요."

"이단자들과 종파 분리론자들이 인간 역사의 모든 위대한 운동을 망쳐놨지." 스미스 씨가 슬프게 말했다.

"채식주의자들이 여기서 뭘 하려는 겁니까?"

"무료 인쇄물 - 물론 프랑스어로 번역된 거라오 - 도 배포하고, 수도 중심부에 채식주의 요리 센터도 열 계획이오."

"수도 중심부는 판자촌인데요"

"그럼 적당한 곳을 찾아봐야겠군. 대통령과 장관들을 개관식에 초대해서 첫 채식주의 식사를 대접하고 싶소. 그럼 국민들에게도 귀감이 되겠지."

"하지만 대통령은 궁에서 좀처럼 나오질 않아요."

스미스 씨는 내 말을 귀여운 과장쯤으로 여겼는지 정중하게 웃었다. 스미스 부인이 말했다. "브라운 씨한테 응원 받을 생각은 하지 마. 채식주의자도 아니시니까."

"이런, 여보, 브라운 씨는 그냥 농담한 거야. 아침 식사 후에 대사관에 전화해 봐야겠어."

"전화는 불통입니다. 조제프 편으로 편지를 보내시죠."

"아니, 그럼 택시를 타고 가겠소. 택시를 불러주신다면 말이오."

"조제프를 보내서 찾아보게 하겠습니다."

"정말 그 사람이 무슨 일이든 다 하는군요." 스미스 부인은 내가 미국 남부의 농장주라도 되는 양 매몰차게 말했다. 호텔 진입로를 따라 걸어오는 프티 피에르를 본 나는 자리를 떴다.

"아, 브라운 씨." 프티 피에르가 큰 소리로 말했다. "아주 아주 좋은 아침입니다." 그는 지역 신문 한 부를 흔들었다. "내가 브라운 씨에 관해 쓴 기사를 보십시오. 손님들은 어때요? 잘 주무셨어야 할 텐데." 그는 계단을 오르면서 테이블에 앉아 있는 스미스 부부에게 고개 숙여 인사하며, 포르토프랭스에 처음 온 사람처럼 달콤한 꽃향기를 들이마셨다. "경치 한번 끝내주는군요. 나무에, 꽃에, 바다에, 궁전에." 그는 피식 웃었다. "멀리 있으므로 아름다워 보인다. 윌리엄 워즈워스라는 양반이 한 말이죠."

프티 피에르가 경치 구경이나 하자고 온 게 아니라는

걸 나는 잘 알고 있었다. 이 시간에 공짜 럼주를 얻어 마시러 왔을 리도 없었다. 정보를 얻거나, 아니면 전해주러 온 것이리라. 항상 유쾌한 사람이니, 그의 유쾌한 태도가 곧 좋은 소식을 의미하는 건 아니었다. 그는 포르토프랭스에서 가능한 단 두 가지 태도 – 합리적이거나 비합리적이거나, 뚱하거나 유쾌하거나 – 중에 하나를 동전 던지기로 선택한 것 같았다. 파파 독의 머리가 새겨진 면이 밑으로 향했고, 그래서 그는 절망 어린 유쾌함을 택했다.

"뭐라고 썼는지 봅시다." 내가 말했다.

나는 그가 들고 있는 신문의 가십난 – 항상 네 번째 페이지에 있었다 – 을 펼쳐 읽어 보았다. 어제 메데이아호를 타고 도착한 유명 방문객들 중에는 1948년 미국 대선에서 트루먼 씨에게 아슬아슬하게 패한 스미스 님도 있다는 내용이었다. 일이 잘 풀렸다면 미국의 퍼스트레이디, 백악관의 장식품이 되었을 우아하고 상냥한 부인이 그와 동행했다. 그 외의 수많은 승객들 가운데, 지적 중심지인 호텔 트리아농의 사랑받는 경영자도 있었다. 그는 사업차 뉴욕에 다녀왔다……. 나는 이어서 주요 기사 페이지를 보았다. 교육부 장관이 북부 – 왜 하필 북부일까? – 의 문맹을 퇴치하기 위한 6개년 계획을 발표했다. 세부 내용은 전혀 실려 있지 않았다. 어쩌면 장관은 모든 문제를 해결해 줄 허리케인을 기대하고 있는지도 몰랐다. 1954년의 허리케인 헤이즐은 내륙의 문명을 상당 부분 퇴치해 주었다 – 사망자 수는 공개되지 않았다. 도미니카공화국 국경을 넘은 반군 일당에 관한 토막 기사도 있었다. 그들은 격퇴당했으며, 그중 두 명은 미국제 무기로 무장한 채 붙잡혔다. 대통령이 미국 사절단과 다투지 않았다면, 무기는 체코제나 쿠바제로 묘사되었을 것이다.

내가 말했다. "사회복지부 장관이 바뀐다는 소문이 있던데."

"소문은 믿을 게 못 돼요." 프티 피에르가 말했다.

"스미스 씨가 닥터 필리포 앞으로 소개장을 가져왔어요. 실수할까 봐 걱정돼서."

"며칠 기다려야 할걸요. 내가 듣기로는 닥터 필리포가 카프아이시앵이나 북부 어딘가에 있다더군요."

"전투지에?"

"전투는 사실상 별로 없는 것 같은데요."

"닥터 필리포는 어떤 사람입니까?" 내 수영장에서 죽는 바람에 먼 친척 같은 사이가 되어버린 그에 대해 더 알고 싶은 호기심이 생겼다.

"불안증에 시달리고 있는 양반이죠."

나는 신문을 접어 프티 피에르에게 돌려주었다. "그러고 보니 우리 친구 존스는 언급이 안 되어 있군요."

"아, 존스. 존스 소령이 정확히 누구예요?" 그는 정보를 주기 위해서가 아니라 얻으려고 온 것이 분명했다.

"같은 배에 탄 사람이죠. 내가 아는 건 그것뿐입니다."

"자기가 스미스 씨의 친구라던데요."

"그럼 친구인가 보죠."

프티 피에르는 나를 은근슬쩍 베란다 구석으로 데려가더니 스미스 부부의 시야에서 벗어나도록 모퉁이를 돌았다. 그의 흰 소맷부리가 소매에서 떨어져 검은 손까지 길게 내려와 있었다. "나한테 솔직히 말해주면 내가 도와드릴 수 있을지도 몰라요."

"뭘 솔직히 말해요?"

"존스 소령 말입니다."

"소령이라고 부르지 않았으면 좋겠군요. 왠지 그 사람

한테 안 어울려서."

"그럼 아닐 수도 있다는……?"

"나는 그 사람에 대해 몰라요. 아무것도."

"당신 호텔에 묵으려고 했잖아요."

"다른 숙소를 찾았나 보죠."

"그건 그래요. 경찰서에 있으니까."

"대체 왜……?"

"그 사람 짐에서 죄가 될 만한 걸 찾았나 봐요. 그게 뭔지는 모르겠지만."

"영국 대사관도 알아요?"

"아니요. 하지만 별 도움이 안 될 겁니다. 이런 일은 뻔하게 진행되니까요. 아직은 험한 꼴을 안 당하고 있긴 합니다만."

"어떻게 하면 좋을까요, 프티 피에르?"

"무슨 오해가 있었던 모양인데, 항상 자존심이 문제죠. 경찰서장이 워낙 자존심 강한 양반이라. 스미스 씨가 닥터 필리포한테 잘 얘기하면, 닥터 필리포가 내무부 장관한테 말을 전해줄지도 몰라요. 그럼 존스 소령은 형식적인 죄목으로 벌금만 내고 끝낼 수 있을 겁니다."

"무슨 죄목으로 말입니까?"

"그저 형식적인 절차죠."

"닥터 필리포는 북부에 있다면서요."

"맞아요. 어쩌면 스미스 씨가 외무부 장관을 만나는 편이 빠를 수도 있겠네요." 그는 신문을 자랑스레 흔들었다. "장관은 스미스 씨가 얼마나 중요한 인물인지 알 겁니다. 분명히 내 기사를 읽었을 테니까요."

"당장 가서 우리 대리 대사를 만나야겠습니다."

"그 방법은 틀렸어요. 국가적 자부심보다는 경찰서장의

자존심을 충족시켜 주기가 훨씬 쉽죠. 아이티 정부는 외국인들의 항의를 받아주지 않아요."

그날 오전 대리 대사가 내게 해준 조언도 비슷했다. 섬세한 이목구비에 가슴이 움푹 꺼진 그를 처음 만났을 때 로버트 루이스 스티븐슨[1]이 떠올랐다. 그는 여러 번 망설이며 패배자의 자조감 섞인 투로 말했다—그를 패배시킨 것은 결핵이 아니라 포르토프랭스에서의 생활 환경이었다. 그는 패배자의 용기와 유머 감각을 지니고 있었다. 한 예로 그는 주머니에 검은 안경을 넣고 다니면서, 통통 마쿠트 대원이 보일 때마다 안경을 꺼내 썼다. 통통 마쿠트는 사람들을 겁주기 위해 검은 안경을 제복의 일부처럼 쓰고 다녔다. 그리고 대리 대사는 카리브해의 식물군에 관한 책들을 수집했지만, 아주 흔한 책들을 빼고는 전부 고국으로 보냈고, 어느날 갑자기 가솔린 깡통이 날아와 화재가 일어날 위험이 있었기 때문에 아이들도 영국으로 보냈다.

내가 존스의 어려운 상황과 프티 피에르의 조언에 대해 얘기하는 동안 대리 대사는 끼어들지 않고 인내심 있게 들어주었다. 사회복지부 장관이 내 수영장에서 죽었고 내가 그 시신을 유기했다는 얘기를 들어도 그리 놀라지 않을 것 같았지만, 내가 그에게 연락하지 않았던 것을 알았다면 내심 고마워했을 것이다. 내 얘기가 끝나자 그가 말했다. "런던에서 존스에 관한 전보가 날아왔습니다."

"메데이아호 선장도 받았다더군요. 필라델피아의 선박 회사 사무실에서 날아왔답니다. 내용은 별로 구체적이지 않았고요."

---

1 로버트 루이스 스티븐슨(1850~1894). 영국의 소설가 겸 시인으로, 『보물섬』, 『지킬 박사와 하이드 씨』 등의 대표작을 남겼다.

"내가 받은 건 경고성이라 할 만했어요. 괜히 나서서 도와주지 말라더군요. 아무래도 어딘가의 영사관이 사기를 당했나 봅니다."

"아무리 그래도 영국 국민이 감옥에 갇혀 있는데……?"

"오, 좀 심한 처사라는 데는 나도 동감입니다. 하지만 이 개자식들한테도 그럴 만한 이유가 있을지 누가 알겠습니까. 공식적으로 나는 신중하게 움직일 겁니다, 전보 내용대로. 우선 공식적인 조사부터 해야겠죠." 그는 책상 위로 손을 뻗다가 웃었다. "전화기 드는 버릇은 영영 없어지지 않을 것 같군."

그는 완벽한 관객이었다. 모든 배우들이 가끔은 꿈꿀 법한, 지적이고 주의 깊으며 제대로 즐기고 비판할 줄 아는 관객. 여러 연극들의 좋고 나쁜 연기를 수없이 보면서 교훈을 얻었으리라. 무슨 까닭인지, 어머니를 마지막으로 봤을 때 들었던 말이 떠올랐다. "지금은 무슨 역을 연기하고 있는 거니?" 나는 정말로 어떤 역을 연기하고 있었던 것 같다. 동포의 운명을 걱정하는 영국인, 자신의 의무를 명확히 알고 고국의 대변자와 상담하기 위해 찾아온 책임감 있는 사업가. 푸조 안에서 뒤엉켰던 다리들은 잠시 내 머릿속에서 잊혔다. 내가 외교관의 아내와 바람을 피우고 있다는 사실을 알았다면 대리 대사는 분명 못마땅하게 여겼을 것이다.

대리 대사가 말했다. "내가 조사를 한다고 해서 딱히 도움이 될지는 모르겠군요. 내무부 장관이 경찰한테 맡기라고 할 게 뻔하니까. 사법과 행정은 분리되어 있다는 훈계나 늘어놓으면서 말입니다. 내가 우리 요리사에 대해 얘기했던가요? 당신이 떠나 있을 때 터진 일입니다. 내 동료들한테 저녁을 대접하려고 했는데 요리사가 홀연히 사라져버린 겁니다. 장도 안 봐놓고. 요리사는 시장으로 가던 도중에 길거리에서 붙잡혔어요. 내 아내는 비상용으로 준비해 둔 통조림을 열어야 했죠. 당신의 세뇨르 피네다는 연어 통조림으로 만든 수플레를 별로 안 좋아하더군요." 왜 그는 **나의** 세뇨르 피네다라고 말했을까? "요리사가 유치장에 갇혀 있다는 소식을 나중에야 들었어요. 요리사는 다음 날 뒤늦게 풀려났죠. 내가 초대한 손님들이 누구냐면서 취조당했다더군요. 물론 나는 내무부 장관에게 항의했습니다. 나한테 알려줬어야 할 거 아니냐, 그랬다면 편한 시간에 요리사를 경찰서로 보내줬을 거다, 라고. 그랬더니 장관이 하는 말이, 요리사는 아이티 사람이고, 모든 아이티 사람은 자기 소관이라는 겁니다."

"하지만 존스는 영국인이잖습니까."

"그건 그렇지만, 이런 시절에 우리 정부가 군함을 보내줄지 의문입니다. 물론 내 능력껏 도와주고 싶은 마음이야 굴뚝같지만, 프티 피에르의 조언이 아주 타당한 것 같군요. 먼저 다른 방법을 시도해 봐요. 아무것도 안 통하면 내가 나서서 항의할 테니, 내일 아침에. 모르긴 몰라도, 존스 소령이 유치장 신세를 지는 게 이번이 처음은 아닐 겁니다. 상황을 과장해서 걱정하진 맙시다." 나는 과장된 연기로 햄릿에게 혼나는 왕 역할의 배우가 된 듯한 기분이었다.[1]

호텔로 돌아가 보니 수영장에 물이 가득 채워져 있고, 정원사는 수면에 떠 있는 약간의 이파리들을 갈퀴로 긁어모으며 바쁜 척하고 있고, 주방에서는 요리사의 목소리가 들려왔다. 모든 것이 다시 정상에 가까워지고 있었다.

---

1 『햄릿』에서 햄릿은 숙부에 대한 의심을 확인하기 위하여 아버지의 죽음을 연상시키는 내용의 〈쥐덫〉이라는 연극을 숙부와 어머니 앞에 올린다.

심지어 손님까지 있었다. 수영장에서 스미스 씨가 정원사의 갈퀴를 피하며 수영하고 있었다. 뒤로 부풀어 오른 진회색 나일론 수영복 바지 때문에 그는 어떤 선사시대 짐승의 거대한 뒷몸처럼 보였다. 그는 이쪽저쪽으로 느릿느릿 개구리헤엄을 치면서 끙하고 앓는 소리를 리드미컬하게 냈다. 나를 본 그는 신화 속 인물처럼 물속에 섰다. 그의 가슴팍은 기다란 흰 털로 뒤덮여 있었다. 나는 수영장 옆에 앉아 조제프에게 럼 펀치와 코카콜라를 가져오라고 소리쳤다. 스미스 씨가 밖으로 나오기 전에 수심이 깊은 쪽으로 비틀비틀 걸어가자 나는 불안해졌다. 사회복지부 장관이 죽어 있던 곳을 너무 가까이 지나가고 있었다. 홀리루드와 그곳에 지워지지 않고 남은 리치오의 핏자국이 떠올랐다.[1] 스미스 씨는 몸을 흔들어 물을 털고 내 옆에 앉았다. 존 배리모어 스위트룸의 발코니에 스미스 부인이 나타나더니 남편에게 소리쳤다. "몸 닦아, 여보. 감기 걸리면 어떡해."

"햇볕 속에 있으면 금방 마를 거야, 여보." 스미스 씨가 소리쳐 답했다.

"어깨에 수건 둘러, 안 그럼 탈 거야."

스미스 씨는 아내가 시키는 대로 했다. 내가 말했다. "존스 씨가 경찰에 체포됐답니다."

"맙소사. 설마요. 무슨 짓을 한 거요?"

"딱히 뭘 한 건 아닙니다."

"변호사는 만났답니까?"

"여기서는 어림도 없는 소립니다. 경찰이 허락해 줄 리

---

1 홀리루드는 스코틀랜드 여왕 메리의 거처였으며, 여왕의 심복이었던 다비드 리치오는 둘의 관계를 의심한 여왕의 남편 단리 경에 의해 홀리루드에서 잔혹하게 살해당했다.

없어요."

스미스 씨는 완고한 표정을 지으며 말했다. "경찰은 어디든 다 똑같다니까. 우리나라도 남부에서는 그런 일이 다반사라오. 감옥에 갇힌 흑인들은 변호사 구경도 못 하지. 그렇다고 경찰한테 앙갚음해 봐야 좋을 것도 없고."

"대사관에 다녀왔습니다. 거기도 해줄 수 있는 일이 별로 없나 봐요."

"그거 참 충격이군." 존스가 체포된 상황보다는 대사관의 태도를 꼬집는 말이었다.

"프티 피에르가 하는 말로는, 지금 당장 취할 수 있는 최선책은 선생이 장관을 만나보는 거랍니다."

"존스 씨한테 도움이 된다면 뭐든 하겠소. 분명 무슨 착오가 있었겠지. 그런데 그자는 왜 내 입김이 통할 거라고 믿는 거요?"

"대통령 후보셨으니까요." 내가 이렇게 말할 때, 조제프가 유리잔들을 가져왔다.

"도움이 된다면야 뭐든 해야지." 스미스 씨는 코카콜라 잔에 대고 곱씹어 말했다. "존스 씨가 꽤 마음에 들었거든. (그 사람을 도저히 소령이라고는 못 부르겠군. 어쨌든 군대에도 좋은 사람들이 있는데.) 내가 보기엔 가장 좋은 타입의 영국인 같았소. 분명 말도 안 되는 착오가 있었을 거요."

"당국과 마찰이라도 생기면 선생에게 안 좋을 텐데요."

"어느 당국과 마찰이 생기든 두렵지 않소."

3

장관실은 항구와 콜럼버스 동상 근처의 어느 박람회 건물 안에 있었다. 우리는 이제 전혀 음악이 울리지 않는 음악 분수대를 지나고, 절대적인 선언('나는 하나이자 나뉠 수 없는 아이티의 깃발이다. 프랑수아 뒤발리에')이 내걸린 공원을 지나, 시멘트와 유리로 지어진 기다란 현대식 건물에 마침내 도착했다. 계단은 널찍하고, 아이티 화가들의 벽화가 그려진 큰 라운지에는 편안한 안락의자가 여러 개 놓여 있었다. 우체국 광장과 판자촌의 거지들에게는 크리스토프 황제의 상 수시 궁전만큼이나 딴 세상 같은 곳이었지만, 무너진다면 궁전의 폐허보다 훨씬 더 흉물스러운 꼴로 변할 터였다.

라운지에는 뚱뚱하고 부티 나는 중산층 사람들이 십여 명 있었다. 강청색과 황록색의 멋진 원피스를 차려입은 여자들이 모닝커피라도 마시고 있는 것처럼 신나게 수다를 떨어대다가, 새로운 사람이 들어올 때마다 힐끔 올려다보았다. 느릿느릿 톡톡거리는 타자기 소리로 가득한 이 라운지에서는 탄원자마저 잘난 척 거드름을 피우고 있었다. 우리가 도착한 후 10분이 지났을 때, 세뇨르 피네다가 특권을 가진 외교관답게 느긋하니 어슬렁어슬렁 걸어왔다. 그는 시가를 피우며 아무도 쳐다보지 않았고, 내부 발코니로 열려 있는 문을 허락도 구하지 않고 지나갔다.

"장관의 개인 사무실입니다." 내가 설명했다. "남아메리카 대사들은 여전히 아이티의 사랑을 받고 있죠. 피네다는 특히 더 그래요. 저쪽 대사관에는 정치적 망명자가 한 명도 없거든요. 아직까지는."

우리는 45분을 기다렸지만, 스미스 씨는 조바심을 내지 않았다. "체계적으로 잘 돌아가는 것 같군." 직원과의 간단한 면담으로 탄원자들이 두 명씩 줄어들자 스미스 씨가 말했다. "장관은 잘 지켜줘야지."

마침내 피네다가 나와서 여전히 시가ㅡ새 시가였다ㅡ를 피우며 라운지를 지나갔다. 시가에는 띠가 둘려 있었다. 그의 모노그램이 찍힌 그 띠는 절대 떼어지는 법이 없었다. 이번에는 그가 나를 알은척하며 고개를 살짝 숙였다. 순간 나는 그가 멈춰 서서 내게 말을 걸 줄 알았다. 그 인사가 신경 쓰였는지, 그를 계단까지 데려다준 청년이 돌아와서 우리에게 용건이 뭐냐고 물었다.

"장관님을 뵈러 왔어요." 내가 말했다.

"지금은 대사들을 만나시느라 아주 바쁘십니다. 논의할 일이 많아서요. 내일은 유엔으로 떠나십니다."

"그럼 지금 바로 스미스 씨를 만나보셔야 할 것 같은데."

"스미스 씨요?"

"오늘자 신문 안 읽어봤어요?"

"저희가 아주 바빠서요."

"스미스 씨는 어제 도착하셨어요. 대통령 후보시고."

"대통령 후보요?" 청년은 못 믿겠다는 표정으로 물었다. "아이티에서요?"

"아이티에는 사업차 오셨지만, 당신네 대통령한테도 중요한 일이죠. 뉴욕으로 떠나시기 전에 장관님을 만나고 싶으시다는데."

"잠깐만 기다려주십시오." 그는 안뜰에 있는 한 사무실로 들어가더니 잠시 후 신문을 들고 허둥지둥 나왔다. 그러고는 장관실 문을 똑똑 두드리고 안으로 들어갔다.

"브라운 씨, 난 이제 대통령 후보가 아니오. 마지막으로 한 번 우리의 뜻을 세상에 전했을 뿐이지."

"굳이 해명할 필요 없습니다, 스미스 씨. 어쨌거나 선생은 역사에 기록될 테니까요." 그의 순수한 담청색 눈동자를 보니, 내가 도를 넘었을지도 모른다는 생각이 들었다. "선생의 메시지는 모든 사람에게 잘 전달될 겁니다." 구체적으로 어디서인지는 말할 수 없었다. "과거에도 현재에도 통하는 얘기니까 말입니다."

청년이 우리 옆에 섰다. 신문은 두고 왔다. "같이 가시죠……."

장관은 우리에게 이를 드러내며 아주 상냥하게 미소 지었다. 그의 책상 구석에 신문이 놓여 있었다. 그가 우리에게 내민 손바닥은 큼직한 정사각형에 분홍빛이고 축축했다. 그는 스미스 씨의 도착 소식을 읽고 기뻤지만, 내일 뉴욕으로 떠나야 해서 영광스러운 만남을 거의 포기하고 있었노라고, 유창한 영어로 말했다. 미국 대사관으로부터 아무 얘기도 듣지 못했다며, 들었다면 당연히 시간을 조정했을 거라고도 했다. 나는 미국 대통령이 아이티 주재 대사를 소환하기로 결정한 터라 스미스 씨가 비공식 방문을 원한 거라고 말했다.

장관은 이해한다고 말하고는 스미스 씨에게 덧붙여 말했다. "대통령님을 만나실 거라고 들었습니다만……."

"스미스 씨는 아직 접견을 청하지 않으셨습니다. 먼저 장관님을 뵙고 싶어서요. 장관님이 뉴욕에 도착하시기 전에요."

"유엔에 항의할 건이 있어서 말입니다." 장관은 우쭐한 표정으로 설명했다. "시가 한 대 피우시겠습니까, 스미스 씨?" 그가 가죽 케이스를 내밀자 스미스 씨는 한 개비 빼냈다. 시가를 감싼 띠에 세뇨르 피네다의 모노그램이 찍혀 있었다.

"항의할 건이요?" 스미스 씨가 물었다.

"도미니카공화국으로부터의 습격과 관련해서요. 반군이 미국 무기를 공급받고 있거든요. 그 증거도 있습니다."

"어떤 증거 말씀이신지?"

"붙잡힌 두 명이 미국산 리볼버로 무장하고 있었습니다."

"그런 건 세상 어디서든 살 수 있을 텐데요."

"가나가 우리에게 힘을 실어주기로 약속했습니다. 그리고 다른 아시아·아프리카 국가들도 아마⋯⋯."

"스미스 씨가 찾아오신 건 다른 문제 때문입니다." 나는 그들의 대화에 끼어들었다. "같이 여행하시던 훌륭한 친구분께서 어제 경찰에 체포되셨답니다."

"미국인입니까?"

"존스라는 영국인입니다."

"영국 대사관 쪽에서는 조사를 안 했습니까? 이건 사실 내무부가 관여할 일입니다만."

"그래도 장관님께서 한 말씀 해주신다면⋯⋯."

"다른 부처 일에 간섭할 수 없습니다. 죄송합니다. 스미스 씨는 이해하시겠죠."

스미스 씨는 우리 대화에 거칠게 밀고 들어오며 의외의 면모를 보여주었다. "무슨 혐의인지 알아봐 주실 수는 있겠지요?"

"혐의?"

"혐의요."

"아, 혐의."

"그래요." 스미스 씨가 말했다. "혐의 말입니다."

"꼭 혐의가 있다고는 할 수 없죠. 최악의 상황을 걱정하시는군요."

"그럼 왜 붙잡아 두고 있는 겁니까?"

"저는 그 건에 대해 아는 바가 전혀 없습니다. 뭔가 조사할 문제가 있나 봅니다."

"그럼 판사 앞에 가서 심사를 받고 보석금을 내면 되겠군요. 금액이 합당하다면 내가 보석 보증인이 되겠습니다."

"보석금이요?" 장관이 말했다. "보석금?" 그는 시가에서 입을 떼고 나를 쳐다보며 간청하듯 물었다. "보석금이 뭡니까?"

"수감자가 재판을 받으러 돌아오지 않으면 국가 돈이 되는 겁니다. 상당한 액수가 될 수도 있어요." 내가 덧붙여 말했다.

"Habeas Corpus(인신 보호 영장)라는 말은 들어보셨겠지요." 스미스 씨가 말했다.

"네, 네. 그럼요. 하지만 라틴어를 많이 잊어버렸답니다. 베르길리우스. 호메로스. 이젠 공부할 시간이 없으니 아쉬울 따름이죠."

나는 스미스 씨에게 말했다. "아마도 여기 법체계는 나폴레옹 법전을 근간으로 하고 있을 겁니다."

"나폴레옹 법전?"

"앵글로색슨계 법과 몇몇 차이점이 있죠. 하베아스 코르푸스도 그중 하나랍니다."

"그럼 기소를 피할 수 없겠군."

"그렇죠. 결국에는." 나는 장관에게 프랑스어로 빠르게 말했다. 스미스 부인은 휴고 어학원에서 나온 교재로 4강까지 공부했지만, 스미스 씨는 프랑스어를 거의 알아듣지 못했다. 내가 말했다. "정치적 실수가 있었나 봅니다. 대통령 후보님께서는 존스라는 분과 개인적인 친분이 있어요. 뉴욕에 방문하시기 직전인데 후보님과 소원한 사이가 돼봐야 좋을 게 없죠. 민주 국가에서는 적과도 우호적으로 지내는 것이 중요하지 않습니까. 아주 중대한 사건이 아닌 한, 스미스 씨가 친구분을 만날 수 있게 해주셔야 합니다. 그렇지 않으면 스미스 씨는 친구분이-아마도-가혹 행위를 당했을 거라고 믿으실 겁니다."

"스미스 씨는 프랑스어를 하실 줄 아십니까?"

"아니요."

"저, 경찰이 수감자를 과도하게 지도할 가능성은 언제든 있습니다. 스미스 씨가 우리 경찰의 업무 방식을 나쁘게 보지 않으셨으면 좋겠군요."

"믿을 만한 의사를 먼저 보내주시면 안 되겠습니까? 그러면 깔끔하게 해결될 것 같은데."

"물론 숨길 건 아무것도 없습니다. 그저 행실 불량한 수감자가 가끔 있어서 말이죠. 그건 선생 나라에서도 마찬가지일 텐데요……."

"그럼 동료 장관님께 한 말씀만 해주시겠습니까? 존스 씨가 경찰에 끼친 피해에 대해서는 스미스 씨가 약간의 보상-물론 구르드가 아니라 달러로 말입니다-을 해드릴 겁니다."

"한번 알아보죠. 대통령님이 연루되신 일만 아니라면요. 그럴 경우엔 우리도 어쩔 수 없습니다."

"그럼요."

그의 머리 위에 파파 독의 초상화-바롱 사메디의 초상화-가 걸려 있었다. 묘지에 어울리는 묵직한 검은색 연미복을 입은 그가 두툼한 안경 렌즈 너머 무표정한 근시안으로 우리를 내다보고 있었다. 소문에 따르면, 가끔 그는 통통에게 당한 희생자가 천천히 죽어가는 모습을 직접 구경한다고 했다. 저 두 눈은 앞으로도 변하지 않으리라. 아무래도 죽음에 대한 그의 관심은 의학적인 의미인 것 같았다.

"200달러를 주십시오." 내가 스미스 씨에게 말하자, 그는 가방에서 200달러어치 지폐를 꺼냈다. 다른 주머니에는 담요를 몸에 두른 스미스 부인의 사진이 들어 있었다. 나는 지폐들을 장관의 책상에 올려놓았다. 돈을 바라보는 그의 눈에 경멸감이 어린 것 같기도 했지만, 존스 씨의 몸값이 그보다 더 비쌀 리 없었다. 문간에서 나는 돌아보며 물었다. "닥터 필리포는 지금 여기 계십니까? 호텔 문제로 그분과 의논하고 싶은데. 배수도 때문에 말입니다."

"새 병원 건립 사업 때문에 남부의 오카이에 가 있을 겁니다." 아이티는 대규모 사업을 벌이기에 아주 좋은 나라였다. 사업이 진행되지 않는 한 기획자는 큰돈을 벌 수 있다.

"그럼, 연락 주시겠습니까?"

"물론입니다. 그래야죠. 하지만 아무것도 약속 못 드립니다." 그의 말투가 이제 조금 퉁명스러워졌다. 뇌물(이 경우엔 엄밀히 말해 뇌물이 아니었지만)은 종종 이런 효과를 낳는다. 관계성이 바뀌어버리는 것이다. 뇌물을 제안하는 자는 체면을 잃고, 뇌물이 받아들여지는 순간 성매매를 한 남자처럼 열등한 인간이 된다. 어쩌면 나의 실수였을지도 모른다. 스미스 씨를 미지의 위협적 존재로 남겨두었어야 했다. 공갈범이 항상 우위를 차지하는 법이니까.

4

그래도 장관은 약속을 지키는 사람이었다. 머지않아 우리는 존스 씨를 만나도 좋다는 허가를 받았다.

다음 날 오후 우리가 찾아간 경찰서에서는 경사가 최고 권력자였다. 그는 그곳까지 우리와 동행했던 장관 비서보다 훨씬 더 영향력이 컸다. 비서는 그 거물의 눈길을 끌려 애썼으나 헛수고였고, 다른 탄원자들과 함께 접수대에서 차례를 기다려야 했다. 스미스 씨와 나는 몇 달 전부터 계속 벽에 붙은 채 너덜너덜해져 가고 있는, 죽은 반군의 스냅 사진들 밑에 앉아 있었다. 스미스 씨는 사진들을 보더니 황급히 고개를 돌렸다. 우리 맞은편의 작은 방에는 말쑥한 사복 정장 차림의 키 큰 흑인이 앉아 있었다. 그는 두 발을 책상에 올려놓고서 검은 안경 너머로 끊임없이 우리를 주시했다. 그의 표정이 역겹도록 잔인해 보인 건 그저 내 초조함 탓이었을지도 모른다.

"우리가 저 사람 기억에 확실히 각인되기는 할 거요." 스미스 씨가 피식 웃으며 말했다.

그 남자는 우리가 자기에 대해 얘기한 것을 알았는지 책상의 종을 울렸고, 그러자 경찰 한 명이 왔다. 남자는 발을 움직이거나 우리에게서 눈을 떼지 않고 질문을 던졌다. 경찰은 우리를 힐끔 보더니 뭐라고 답했고, 남자의 시선은 그 후로도 계속 우리에게 향해 있었다. 나는 고개를 돌렸지만, 잠시 후 나도 모르게 두 개의 동그랗고 검은 안경알 쪽으로 눈이 돌아갔다. 마치 쌍안경처럼 보였다. 하찮은 짐승 두 마리의 습성을 관찰하기 위해 쓴 쌍안경.

"참 기분 나쁜 인간이군." 나는 거북해져서 말했다. 그때 스미스 씨도 똑같이 그를 빤히 쳐다보고 있다는 걸 알았다. 검은 안경 때문에 그 남자가 얼마나 자주 눈을 깜박이는지 보이지 않았다. 어쩌면 그저 눈을 감고 쉬고 있는데 우리가 착각했을지도 몰랐다. 하지만 결국 승리를 거둔 건 스미스 씨의 끈질긴 파란 눈동자였다. 남자가 일어나더니 사무실 문을 닫았다.

"브라보." 내가 말했다.

"나도 저자를 못 잊을 것 같소." 스미스 씨가 말했다.

"저 인간 몸이 산성화됐나 봅니다."

"아주 그럴듯한 가설이오, 브라운 씨."

30분 넘게 기다렸을까, 마침내 외무부 장관의 비서가 경찰의 눈길을 끌었다. 독재 국가의 장관들은 빈번히 교체된다. 포르토프랭스에서 영속적인 자리는 경찰서장, 통통 마쿠트 수장, 대통령 친위대의 지휘관뿐이었다. 그들만이 부하들의 안전을 보장해 줄 수 있었다. 장관 비서는 심부름 온 꼬마처럼 경사에게 내쫓겼고, 우리는 한 순경의 안내를 받아 동물원 냄새가 나는 기다란 유치장 복도로 들어갔다.

존스는 짚 매트리스 옆에 뒤집어놓은 양동이에 앉아 있었다. 그의 얼굴 여기저기에 반창고가 십자 모양으로 붙어 있고, 오른팔은 붕대에 감겨 있었다. 최대한 깔끔하게 몸단장을 한 모양이었지만, 그의 왼쪽 눈은 생스테이크라 해도 믿을 판이었다. 더블브레스트 조끼에는 녹슨 듯한 작은 핏자국이 묻어 있어 그 어느 때보다 눈에 잘 띄었다. "오, 이런." 그가 행복한 미소로 우리를 맞았다. "여기까지 어떻게들 오셨습니까."

"체포에 불응했나 보군요." 내가 말했다.

"그거야 그자들이 하는 말이고." 그는 밝게 말했다. "담배 있어요?"

내가 그에게 한 개비 건넸다.

"필터담배는 없으신가요?"

"없습니다."

"뭐, 얻어 피우는 주제에 이것저것 따지면 안 되지……. 오늘 아침부터 왠지 일이 잘 풀리는 것 같더니. 점심으로 콩을 주지 않나, 의사까지 보내주질 않나."

"혐의가 뭐요?" 스미스 씨가 물었다.

"혐의요?" 존스는 그 단어를 듣더니, 외무부 장관만큼이나 어리둥절한 표정을 지었다.

"존스 씨, 그들이 당신더러 무슨 짓을 저질렀다고 합디까?"

"무슨 죄를 저지를 기회도 없었어요. 세관도 통과하지 못했으니까."

"이유가 있을 거 아니오? 신원 오인이라든가?"

"여태 명확한 설명을 못 들었습니다." 그는 조심스레 눈을 만졌다. "내 꼴이 말이 아니겠군요."

"침대로 쓸 게 저거밖에 없소?" 스미스 씨가 분해하며 말했다.

"더 나쁜 곳에서도 자봤답니다."

"어디서 말이오? 상상이 안 가는데⋯⋯."

존스는 설득력 없이 아리송하게 답했다. "뭐, 전장에서였죠." 그러고는 덧붙여 말했다. "내 생각에는 소개장에 문제가 있었던 것 같습니다. 브라운 씨가 경고를 해줬지만, 과장해서 하는 말인 줄 알았죠. 사무장처럼."

"소개장을 어디서 얻었어요?" 내가 물었다.

"레오폴드빌¹에서 만난 어떤 사람한테서요."

"레오폴드빌에는 무슨 일로?"

"일 년도 더 전의 일입니다. 워낙 여기저기 많이 다니거든요." 그에게 유치장은 장거리 여행의 수많은 공항들 중 하나처럼 특별할 것 없는 장소인 듯했다.

"우리가 여기서 꺼내드리리다." 스미스 씨가 말했다. "브라운 씨가 그쪽 대리 대사한테 알렸소. 우리 둘이 장관도 만났고, 우리가 보석 보증을 섰다오."

---

1 콩고민주공화국의 수도 킨샤사의 옛 이름.

"보석이요?" 존스의 현실 감각은 스미스 씨보다 나았다. "미안하지만, 여러분이 나를 도울 수 있는 방법을 알려드리죠. 물론 나중에 갚을 겁니다. 나갈 때 경사들한테 20달러를 쥐여주십시오."

"알겠소." 스미스 씨가 말했다. "그 방법이 통한다면 그렇게 해야지."

"분명히 통할 겁니다. 또 한 가지, 소개장 문제를 바로 잡아야겠어요. 혹시 종이랑 펜이 있습니까?"

스미스 씨가 건네자 존스가 쓰기 시작했다. "봉투는 없어요?"

"유감이지만 없소."

"그럼 조금 고쳐 써야겠군." 그는 잠시 망설이다가 내게 물었다. "공장이 프랑스어로 뭡니까?"

"Usine?"

"나는 언어에 영 소질이 없지만, 프랑스어는 약간 익혔답니다."

"레오폴드빌에서요?"

"이걸 경사 편에 맡겨주십시오."

"경사가 글을 읽을 수 있을까요?"

"그럴 겁니다." 그가 일어나더니 펜을 돌려주면서, 우리에게 볼일은 끝났다는 듯 정중한 투로 말했다. "이렇게 찾아와 줘서 고맙습니다, 친구들."

"다른 약속이라도 있으신가 보군요?" 나는 비꼬듯이 물었다.

"실은 콩들이 신호를 보내기 시작했거든요. 그래서 양동이와 약속이 있습니다. 두 분한테 종이를 조금만 더 얻었으면 싶은데……."

우리는 낡은 봉투 석 장, 영수증 하나, 스미스 씨의 업무용 수첩에서 뜯어낸 종이 한두 장, 그리고 내가 없애버린 줄 알았던 편지(지금 당장은 포르토프랭스의 호텔 매입에 관심 있는 고객이 한 명도 없다며 아쉬워하는 뉴욕 부동산 중개업자의 편지였다)를 모아서 존스에게 주었다.

"정신력이 대단하신 양반이군." 바깥 통로로 나와서 스미스 씨가 감탄하며 말했다. "그래서 당신네 영국인들이 그 맹공격을 무사히 이겨낸 거요. 대통령을 직접 찾아가서라도 저 양반을 꼭 꺼내드려야겠소."

나는 내 손안에 접혀 있는 종이를 보았다. 내가 아는 이름이 적혀 있었다. 콩콩 마쿠트 장교였다. 내가 말했다. "우리가 이 일에 계속 관여해도 될지 모르겠군요."

"우리는 이미 관련된 거요." 스미스 씨는 뿌듯하게 말했다. 인류애니 정의니 행복 추구니 하는, 내가 알 수 없는 대의명분을 생각하고 있는 것이 분명했다. 그가 괜히 대통령 후보였던 것은 아니었다.

5

1

그다음 날 이런저런 일이 생기는 바람에 나는 존스의 운명까지 신경 쓸 여력이 없었지만, 스미스 씨는 단 한 순간도 그를 잊지 않은 것 같았다. 아침 7시에 수영장에서 느릿느릿 헤엄치는 그가 보였지만, 수심이 깊은 곳과 얕은 곳을 천천히 왕복하는 것이 생각에 도움이 된 모양이었다. 아침 식사 후 그가 몇 통의 짧은 편지를 썼고, 스미스 부인은 휴대용 코로나 타자기를 두 손가락으로 쳐서 편지를 베꼈다. 스미스 씨는 조제프를 통해 택시로 그 편지들을 보냈다. 한 통은 대사관 앞으로, 다른 한 통은 그날 아침 프티 피에르의 신문에 임명 소식이 발표된 신임 사회복지부 장관에게 쓴 편지였다. 스미스 씨는 나이가 무색할 정도로 기력이 넘쳤으며, 언젠가 아이티 사람들의 몸에서 산성과 격정을 없애줄 채식주의 센터를 생각하는 와중에도 감방에서 양동이에 앉아 있던 존스를 절대 잊지 않았다. 그와 동시에, 고향의 한 잡지 - 당연히 인종 분리를 반대하고 채식주의에 동조하는 민주적인 잡지 - 에 써주기로 약속했던 여행기를 구상 중이었다. 그 전날 그는 원고에 사실과 다른 부분이 있는지 봐달라고 내게 부탁했었다. 그러면서 "물론 의견이야 어디까지나 주관적인 거니까요"라고 덧붙이며 선구자의 쓴웃음을 지어 보였다.

첫 번째 사건은 내가 일어나기도 전에 일찌감치 벌어졌다. 조제프가 내 문을 두드리더니, 황당하게도 닥터 필리포의 시신이 벌써 발견됐다는 소식을 알려주었다. 그 여파로 여러 명이 집을 떠나 베네수엘라 대사관으로 피신했는데, 그중에는 어느 지역의 경찰서장, 우체국 부국장, 교사(그들이 전직 장관과 무슨 관계였는지는 아무도 몰랐다)도 포함되어 있었다. 닥터 필리포가 자살했다는 말이 돌았지만, 당국이 그의 죽음을 어떻게 설명할지는 아무도 모르는 일이었다. 도미니카공화국이 획책한 정치적 암살이라고 발표될까? 대통령이 노발대발했다는 소문도 있었다. 최근의 어느 날 밤 럼주에 얼큰히 취해 파파 독의 의료 자격을 비웃었다는 닥터 필리포를 직접 손봐 주려 벼르고 있었던 것이다. 나는 조제프를 시장으로 보내 최대한 많은 정보를 긁어모아 오게 했다.

두 번째로 터진 사건은 앙헬이 유행성 이하선염에 걸렸다는 소식이었다. 마르타가 몹시 괴로워하며 쓴 편지가 날아왔다(나는 참지 못하고 그 녀석이 더 아프기를 빌었다). 마르타는 아들이 찾을지도 몰라 대사관을 떠나기가 두렵다며, 그날 밤 콜럼버스 동상 옆에서 만나기로 한 약속을 지킬 수 없다고 했다. 하지만 오랜만에 아이티로 돌아온 내가 대사관에 들르면 안 될 이유는 없다고도 썼다. 아주 자연스러운 일처럼 보일 터였다. 통금이 해제된 지금은 많은 사람들이 정문의 경찰 눈을 피해 대사관을 찾고 있었다. 그 경찰은 보통 9시가 되면 주방에 가서 럼주를 얻어 마셨다. 마르타에 따르면, 사람들이 급하게 정치적 망명을 신청해야 할 때를 대비하고 있는 것 같다고 했다. 마르타는 편지 끝에 이렇게 덧붙였다. "루이스가 기뻐할 거야. 그이는 당신 생각을 많이 하니까." 두 가지로 해석될 수 있는 말이었다.

아침 식사 후 내가 스미스 씨의 원고를 읽고 있을 때, 조제프가 사무실로 찾아와 닥터 필리포의 시신이 발견된 자초지종을 들려주었다. 아직 경찰은 몰라도 시장의 노점상들은 그 세세한 경위까지 알고 있었다. 닥터 마지오와 내가 전직 점성술사의 정원에 몇 주 동안 숨겨둘 작정이었던 시신이 경찰에게 발견될 확률은 아주 희박했다. 그 기이하도록 우연한 사연을 들으며 스미스 씨의 원고에 집중하기란 쉬운 일이 아니었다. 호텔 밑 검문소의 한 민병대원이 그날 아침 일찍 켄스코프의 큰 시장으로 올라가던 한 시골 여자에게 눈독을 들였다. 민병대원은 그녀가 겹겹이 입은 속치마 속에 뭔가가 숨겨져 있다며 그녀를 보내주지 않으려 했다. 그녀는 거기에 뭐가 있는지 보여주겠다고 제안했고, 두 사람은 샛길로 빠져 점성술사의 버려진 정원으로 들어갔다. 그녀는 켄스코프까지의 머나면 여정을 얼른 끝내고 싶은 마음에 냉큼 무릎을 꿇고 속치마를 훌러덩 뒤집은 채 머리를 땅에 박았다. 그러자 그녀의 눈앞에 전직 사회복지부 장관의 흐리멍덩하고 휘둥그런 두 눈이 있었다. 그녀는 장관으로 임명되기 며칠 전 그녀 딸의 힘겨운 분만을 집도했던 그를 알아보았다.

정원사가 창밖에 있었기 때문에 나는 조제프의 이야기에 지나친 흥미를 보이지 않으려 애썼다. 대신에 스미스 씨의 원고를 한 페이지 넘겼다. '스미스 부인과 나는 헨리 S. 오크스의 접대를 받은 후 크나큰 아쉬움을 뒤로하고 필라델피아를 떠났다. 많은 독자분들은 그 가족이 델런시 플레이스 2041블록에서 열었던 융숭한 신년 파티를 기억할 것이다. 하지만 좋은 친구들을 떠난 슬픔은 S. S. 메데이아호에서 새로운 벗을 사귀는 기쁨에 금세 사라졌다…….'

"경찰에 신고는 왜 했다던가?" 내가 물었다. 시체를 발견한 그 두 사람이 슬그머니 내뺀 후 입을 닫고 있는 것이 자연스러운 일이었기 때문이다.

"여자가 너무 크게 소리 질러서 다른 민병대원이 옵니다."

나는 스미스 부인이 타자한 원고를 한두 페이지 건너뛰어 메데이아호가 포르토프랭스에 도착한 부분으로 넘어갔다. '흑인 공화국―역사와 예술과 문학이 있는 흑인 공화국. 초창기의 작은 문제들을 극복한 신생 아프리카 공화국들의 미래를 보는 듯했다.' (비관적인 인상을 풍길 의도는 없었을 것이다.) '물론 아직 해결할 문제들이 많이 남아 있다. 아이티는 군주제, 민주주의, 독재 정부를 경험했지만, 우리는 흑인의 독재 국가를 백인의 독재 국가와 동일 선상에서 판단해서는 안 된다. 아이티의 역사는 몇백 년밖에 되지 않았으며, 2천 년 후에도 여전히 실수를 저지르고 있는 우리를 생각하면 이 국민에게도 비슷한 실수를 저지르고 그로부터 교훈을 얻을 권리는 얼마든지 있지 않은가? 이곳에는 빈곤이 있으며, 거리에는 거지들이 있고, 경찰 권위주의의 증거도 있다.' (그는 감방에 갇혀 있는 존스 씨를 잊지 않았다.) '그러나 뉴욕에 처음 발을 디딘 흑인도 스미스 부인과 내가 포르토프랭스의 출입국 관리소에서 누렸던 호의와 친절한 도움을 과연 받을 수 있을까?' 마치 다른 나라의 이야기를 읽는 듯한 기분이었다.

내가 조제프에게 물었다. "시신은 어떻게 한다던가?"

경찰은 시신을 안 내주려 하지만, 영안실의 냉동고가 고장 났다고 했다.

"필리포 부인도 알고 있나?"

"아, 네, 부인이 시신을 에르퀼 뒤퐁 씨의 장례식장에 둡니다. 아주 빨리 묻는 것 같습니다."

나는 닥터 필리포를 위한 마지막 의식에 어쩔 수 없이 책임감이 느껴졌다. 내 호텔에서 죽었으니 말이다. "진행 상황을 알려주게." 나는 조제프에게 이른 뒤 스미스 씨의 여행기로 돌아갔다.

'나 같은 무명의 이방인이 포르토프랭스에 도착한 첫날 장관과 면담할 기회를 얻은 것은 내가 이 나라의 여기저 기서 경험한 놀라운 호의의 또 다른 사례였다. 장관은 유 엔 회의에 참석하기 위해 뉴욕으로 떠날 참이었다. 그럼 에도 귀중한 시간을 30분이나 내어주고, 내무부 장관과의 직접적인 중재를 통해 내가 수감 중인 영국인을 면회할 수 있도록 해주었다. 그 영국인은 메데이아호에 함께 탔 던 사람인데, 안타깝게도 - 아이티보다 훨씬 더 오래된 나 라에서도 충분히 일어날 수 있는 어떤 행정적 착오로 - 당국과 마찰을 빚게 되었다. 계속 알아보고 있는 중이지 만, 결과가 어떻게 될지 조금 염려스럽다. 내가 흑인 친구 들 - 비교적 자유로운 뉴욕주에 살고 있든, 노골적으로 압 제적인 미시시피주에 살고 있든 - 에게서 늘 발견하게 되 는 두 가지 뚜렷한 자질은 정의에 대한 존중과 인간의 존 엄성에 대한 의식이다.' 처칠의 글을 읽고 역사적인 회의 장에서 연설하는 연설가가 떠오른다면, 스미스 씨의 글에 서는 어느 지방 도시의 강당에 서 있는 강연자가 느껴졌다. 좋은 일을 하겠다고 5달러를 지불하고 모자를 쓴 채 앉아 있는 중년 여자들에게 둘러싸인 기분이었다. 스미스 씨의 글은 계속 이어졌다. '신임 사회복지부 장관을 만나, 이 신문의 독자들이 오랫동안 나의 망상으로 여겨 왔을 문제, 즉 채식주의 센터 설립에 관해 논의하고 싶다. 유엔 소속의 아이티 외교관이 전직 장관인 닥터 필리포 앞으로 써준 소개장을 가져왔는데, 안타깝게도 그는 지금 포르토프랭스에 없다. 하지만 독자분들께 장담컨대, 내 열정으로 모든 장애를 뚫고, 필요하다면 대통령과의 만남도 추진할 것이다. 대통령은 공감하며 귀 기울여줄 것이다. 정계에 아직 입문하지 않았던 몇 년 전 장티푸스 전염병이 돌았을 때 의사로서 좋은 평판을 얻은 분이기 때문이다. 케냐의 국무총리 케냐타 씨처럼 그분 역시 인류학자로서 큰 족적을 남겼다.' (조제프의 다리를 불구로 만들어놓은 걸 생각하면 그냥 '족적'을 남긴 정도가 아니었다.)

그날 아침 늦게 스미스 씨가 내 의견을 듣기 위해 수줍게 찾아왔다. 나는 "정부 관계자들이 보면 좋아하겠는데요"라고 말했다.

"그 사람들은 못 읽을 거요. 위스콘신에서만 배포되는 신문이니까."

"못 읽을 일은 없을 겁니다. 요즘 여기서 밖으로 빠져나가는 편지들이 그리 많지 않아요. 마음만 먹으면 쉽게 검열할 수 있으니까요."

"편지를 열어본다는 말씀이오?" 그는 못 믿겠다는 듯 묻더니 얼른 덧붙여 말했다. "하긴, 미국에서도 그런 일이 있다고 하니."

"내가 선생이라면, 만일을 대비해서 닥터 필리포에 관한 언급은 모두 삭제하겠습니다."

"틀린 말은 하나도 없잖소."

"정부 입장에서 그자는 민감한 사안입니다. 자살했잖습니까."

"참 가엾기도 하지, 가여운 양반." 스미스 씨가 탄식했다. "대체 뭣 때문에 그런 지경으로까지 몰렸을까?"

"두려움 때문입니다."

"그자가 무슨 잘못이라도 저질렀소?"

"잘못이야 누구나 저지르죠. 대통령 흉을 봤다는군요."

그는 늙고 푸른 눈동자를 딴 곳으로 돌렸다. 타인 - 같은 백인이자, 노예 상인 종족의 한 명 - 에게 의심을 내비치지 않으려는 의지가 확고한 것이다. 그가 말했다. "그분의 부인을 뵀으면 하는데. 내가 도움이 될 일이 있을지도 모르잖소. 하다못해 꽃이라도 보내드려야지." 그가 아무리 흑인을 사랑한다 한들, 그건 어디까지나 그가 사는 백인의 세상에서였다. 그는 다른 흑인들을 전혀 몰랐다.

"나라면 안 그러겠습니다."

"왜요?"

어떻게 설명해야 할까 난감해하고 있는데, 그 순간 공교롭게도 조제프가 들어왔다. 시신이 이미 뒤퐁 씨의 장례식장을 떠났고, 매장을 위해 관을 페티옹빌로 옮기다가 지금 호텔 밑의 검문소에 멈춰 있다는 것이었다.

"서두르는 것 같군."

"그 사람들 걱정 많아요." 조제프가 설명했다.

"이젠 염려할 일도 없을 텐데." 스미스 씨가 말했다.

"무더운 날씨만 빼면 말이죠." 내가 그의 말에 덧붙였다.

"나도 장례 행렬에 참석해야겠소." 스미스 씨가 말했다.

"꿈도 꾸지 마십시오."

그 푸른 눈동자도 분노를 표할 수 있음을 나는 갑자기 알게 되었다. "브라운 씨, 당신은 내 보호자가 아니오. 스미스 부인을 불러서 우리 둘이……."

"적어도 부인은 내버려 두십시오. 정말 모르시겠어요? 얼마나 위험……." '위험한'의 '위험'까지 말했을 때 스미스 부인이 들어왔다.

"뭐가 위험하다는 거예요?" 그녀가 따지듯 물었다.

"여보, 우리가 소개장을 받아 온 그 가여운 닥터 필리포가 자살했다는군."

"왜?"

"명확한 이유는 모르는 것 같고. 페티옹빌로 시신을 옮기는 중이라는데 우리도 장례 행렬에 함께해야겠어. 조제프, 부탁인데, s'il vous plaît(미안하지만), 택시를……."

"뭐가 위험하다는 얘기를 하고 있었던 거죠?" 스미스 부인이 다그쳐 물었다.

"두 분, 이 나라가 어떤 곳인지 감이 안 오십니까? 무슨 일이든 벌어질 수 있어요."

"여보, 브라운 씨는 나 혼자 가야 한다고 말하는 중이었어."

"두 분 다 가시면 안 됩니다." 내가 말했다. "그건 어리석은 짓이라고요."

"하지만, 스미스 씨가 말했듯이, 우리는 닥터 필리포 앞으로 소개장까지 받아왔어요. 그분은 우리 친구예요."

"정치적 제스처로 보일 수도 있어요."

"스미스 씨와 나는 지금껏 정치적 제스처를 두려워해 본 적이 없어요. 여보, 나한테 검은 원피스가 있어……. 2분만 기다려."

"1분도 못 드립니다." 내가 말했다. "잘 들어보세요." 내 사무실에서도 언덕 위의 목소리가 들렸지만, 내 귀에는 평범한 장례식 같지 않았다. 시골 장례식의 거친 음악도, 부르주아식 매장의 근엄함도 없었다. 사람들은 통곡하지 않았다. 소리를 지르며 다투고 있었다. 소란을 뚫고 한 여자의 울음소리가 울려 퍼졌다. 내가 미처 말리기도 전에 스미스 부부는 호텔 진입로를 따라 달리고 있었다. 대통령 후보가 약간 앞섰다. 스미스 부인이 훨씬 더 잘 걷는 걸 생각하면, 그가 열심히 달려서라기보다는 두 사람이 정한 규칙 때문이리라. 나는 좀 더 느릿느릿, 마지못해 그들을 따라갔다.

닥터 필리포가 살았을 때나 죽었을 때나 그의 은신처였던 호텔 트리아농은 여전히 그에게서 벗어나지 못했다. 진입로 입구에 영구차가 보였다. 페티옹빌을 떠나 도시 쪽으로 물러나려고 후진해 들어온 모양이었다. 진입로 끝에 자주 나타나는 굶주린 길고양이들 중 한 마리가 침범해 들어오는 영구차에 깜짝 놀라 그 지붕으로 펄쩍 뛰어올라가더니, 몸을 웅송그린 채 번개에 맞은 것처럼 오들오들 떨고 있었다. 아무도 그 고양이를 내쫓으려 하지 않았다 ― 아이티인들은 고양이가 전직 장관의 혼을 담고 있다고 믿었을 것이다.

어느 대사관 연회에서 한 번 만난 적 있는 필리포 부인은 영구차 앞에 서서, 차를 돌리려는 운전사에게 반항하고 있었다. 올리브색 피부를 가진 아름다운 그녀 ― 아직 마흔이 되지 않았다 ― 는 잊힌 전쟁을 기리는 망가진 애국선열 기념비처럼 두 팔을 벌린 채 서 있었다. 스미스 씨는 "뭐가 문제요?"라는 말만 몇 번이고 되풀이했다. 죽음의 상징들로 뒤덮인 값비싼 검은색 영구차의 운전사가 경적을 울렸다 ― 나는 영구차에 경적이 달려 있다는 사실을 이때 처음 알았다. 검은 정장 차림의 두 남자가 차의 양편에서 운전사와 다투고 있었다. 그들이 내렸던 허름한 택시 역시 호텔 진입로에 세워져 있고, 도로에는 언덕 위의 페티옹빌 쪽으로 향한 택시가 또 한 대 서 있었다. 거기에 탄 자그마한 소년은 차창에 얼굴을 바싹 대고 있었다. 장례 행렬은 그들이 전부였다.

"대체 무슨 일이오?" 스미스 씨가 괴로워하며 또 소리를 지르자, 유리 지붕에 있던 고양이가 그에게 침을 뱉었다.

필리포 부인은 운전사에게 "Salaud(개자식), Cochon(돼지 같은 놈)"이라고 소리치더니 검은 꽃 같은 눈을 스미스 씨에게로 휙 돌렸다. 영어를 알아들은 것이다. "Vous êtes américain(미국인이세요)?"

스미스 씨는 프랑스어 실력을 최대한 발휘하여 답했다. "Oui(그렇소)."

"이 cochon이, 이 salaud가." 필리포 부인은 여전히 영구차 앞을 막고 서서 말했다. "도시로 돌아가려고 해요."

"왜요?"

"검문소에서 우리를 통과시켜 주지 않을 거라서요."

"왜요, 왜?" 스미스 씨가 어리둥절해하며 다시 묻자, 두 남자는 진입로에 택시를 내버려 둔 채 작정한 듯 도시 쪽으로 내려가기 시작했다. 그들은 어느새 실크해트를 쓰고 있었다.

"놈들이 그이를 죽였어요." 필리포 부인이 말했다. "그래 놓고 이제는 그이를 우리 땅에 묻지도 못하게 해요."

"무슨 착오가 있을 거요." 스미스 씨가 말했다. "분명히."

"저 salaud한테 검문소를 뚫고 지나가라고 했어요. 놈들이 총을 쏘든 말든. 고인의 아내와 아이를 죽이든 말든."

그녀는 비논리적인 경멸을 드러내며 덧붙였다. "놈들 소총에는 총알도 없을 테니까요."

"Maman, maman(엄마, 엄마)." 택시에서 아이가 소리쳤다.

"셰리?"

"Tu m'as promis une glace à la vanille(바닐라 아이스크림 사주기로 약속했잖아요)."

"Attends un petit peu, chéri(조금만 기다려, 셰리)."

내가 말했다. "그럼 첫 번째 검문소는 문제없이 통과했습니까?"

"네, 그래요. 물론 돈을 조금 쥐어줬죠."

"저기 위에서는 돈을 안 받아주던가요?"

"오, 그자는 명령을 받아서 겁에 질려 있었어요."

"뭔가 착오가 있을 겁니다." 나는 스미스 씨와 똑같이 말했지만, 그와 달리 내가 생각한 착오란 거절당한 뇌물이었다.

"당신은 여기 살잖아요. 정말 그렇게 믿어요?" 그녀는 운전사를 보며 말했다. "계속 운전해. 위로 올라가라고. Salaud." 고양이는 자기에게 하는 욕으로 알아들은 것처럼 가장 가까운 나무로 펄쩍 뛰었다. 그러고는 발톱으로 나무껍질을 긁어대다 거기에 꼭 들러붙었다. 허기져 증오심에 가득 찬 고양이는 어깨 너머로 우리 모두에게 한 번 더 침을 뱉더니 부겐빌레아 속으로 뛰어내렸다.

검은 정장 차림의 두 남자가 천천히 다시 올라왔다. 겁을 집어먹은 듯한 태도였다. 그 틈에 나는 관을 보았다. 영구차를 부를 만한 호화로운 관이었지만, 화환 하나와 카드 하나만 달랑 놓여 있었다. 전직 장관은 그의 죽음만큼이나 쓸쓸한 매장을 맞을 운명이었다. 다시 합류한 두 남자는 한 명의 키－아니, 어쩌면 모자였을지도 모른다－가 1센티미터 정도 더 큰 것 말고는 거의 구분이 되지 않았다. "아래쪽 검문소에 다녀왔습니다, 필리포 부인. 관을 가지고 돌아갈 수 없대요. 당국의 허가가 없으면요."

"무슨 당국 말입니까?" 내가 물었다.

"사회복지부 장관님이요."

우리는 반짝이는 놋쇠 손잡이가 달린 멋들어진 관을 일제히 바라보았다.

"**저기** 사회복지부 장관님이 계시잖습니까." 내가 말했다.

"오늘 아침부터는 아니에요."

"당신이 므슈 에르퀼 뒤퐁입니까?"

"나는 므슈 클레망 뒤퐁입니다. 이쪽이 므슈 에르퀼이고요." 므슈 에르퀼이 실크해트를 벗고 허리 굽혀 인사했다.

"무슨 일이랍니까?" 스미스 씨가 물었다. 내가 대답해주었다.

"말도 안 되는 소리." 스미스 부인이 내 말을 중간에 끊어버렸다. "어리석은 실수가 해결될 때까지 관을 이대로 둬야 한다는 거예요?"

"실수가 아닌 것 같아 슬슬 걱정됩니다."

"실수가 아니면 뭐란 말이에요?"

"복수죠. 생포에 실패했으니까요." 그러고 나서 나는 필리포 부인에게 말했다. "그들이 곧 찾아올 겁니다. 분명해요. 아이를 데리고 호텔로 갑시다."

"남편을 길가에 버려두고요? 싫어요."

"그럼 아이라도 보내세요. 조제프가 바닐라 아이스크림을 줄 겁니다."

이제 해는 우리 위에 거의 수직으로 떠 있었다. 관의

반짝이는 놋쇠 세공과 영구차 유리벽에서 빛의 파편들이 여기저기 튀어댔다. 운전사가 시동을 끄자, 갑작스레 적막이 흐르며 저 멀리 수도 변두리에서 개 한 마리가 낑낑거리는 소리밖에 들리지 않았다.

필리포 부인이 택시 문을 열어 사내아이를 밖으로 내려주었다. 아이의 피부색은 제 엄마보다 더 검었고, 눈의 흰자위는 달걀처럼 큼지막했다. 필리포 부인은 아이에게 조제프를 찾아 아이스크림을 먹으라고 말했지만, 아이는 가지 않으려 하면서 엄마의 원피스에 매달렸다.

"스미스 부인." 내가 말했다. "아이를 호텔로 데려가주십시오."

그녀는 망설이다가 말했다. "문제가 생길지도 모르니까, 난 필리-필리 부인과 함께 여기 있겠어요. 당신이 아이를 데려가, 여보."

"당신만 여기 두고, 여보?" 스미스 씨가 말했다. "그건 안 되지."

미처 눈치를 못 챘지만, 택시 운전사들이 나무 그늘에 가만히 앉아 있었다. 우리가 대화를 나누는 동안 자기들끼리 신호라도 주고받았는지, 동시에 움직이기 시작했다. 한 명이 자기 택시를 호텔 진입로 밖으로 휙 빼자, 다른 한 명은 차를 후진시켜 돌렸다. 삐걱거리는 기어 소리와 함께 그들은 늙어 빠진 자동차 경주 선수들처럼 포르토프랭스를 향해 언덕을 미끄러져 내려갔다. 택시들이 검문소에 멈춰 섰다가 다시 출발하여 침묵 속으로 사라져 가는 소리가 들렸다.

므슈 에르퀼 뒤퐁이 헛기침을 하더니 말했다. "여러분 말씀이 옳습니다. 저와 므슈 클레망이 아이를 데려갈게요……." 두 사람이 아이의 손을 하나씩 잡았지만, 꼬마는 꾸물거렸다.

"가, 셰리." 필리포 부인이 말했다. "가서 바닐라 아이스크림 먹어."

"Avec de la crème au chocolat(초콜릿 크림이랑 같이 먹어도 돼요)?"

"Oui, oui, bien sûr, avec de la crème au chocolat(그럼, 그럼, 초콜릿 크림이랑 같이 먹어도 돼)."

세 명은 야자수 아래, 부겐빌레아 덤불 사이의 진입로를 따라 걸어가며 기이한 행렬을 이루었다. 실크해트를 쓴 중년의 쌍둥이 형제와 그 사이에 낀 아이. 호텔 트리아농이 대사관은 아니었지만, 뒤퐁 형제는 외국인이 소유한 그곳이 차선책이라고 생각했을 것이다. 우리가 깜박 잊고 있던 영구차 운전사도 마찬가지였다. 그가 갑자기 차에서 내리더니 세 사람을 뒤쫓아 달려갔다. 영구차와 관과 함께 덜렁 남겨진 필리포 부인, 스미스 부부 그리고 나는 적막이 흐르는 도로에 말없이 귀 기울였다.

"이제 어떻게 되는 거요?" 잠시 후 스미스 씨가 물었다.

"우리가 어쩔 수 있는 일이 아닙니다. 기다려야죠. 그수밖에 없어요."

"뭘 기다린단 말이오?"

"그자들을요."

어린 시절 자주 꾸는 악몽과 비슷한 상황이었다. 벽장에서 뭔가가 막 튀어나오려고 하는 꿈. 우리는 서로의 얼굴에 비치는 은밀한 악몽을 보기가 두려워, 영구차의 유리벽만 들여다보고 있었다. 그 안에는 이 모든 소동의 원인, 놋쇠 손잡이가 달린 반짝이는 새 관이 있었다. 저 멀리 개가 짖어대고 있는 곳에서 차 한 대가 기나긴 언덕을 이제 막 오르기 시작했다. "그자들이 오고 있어요." 내가 말하자 필리포 부인이 영구차 유리벽에 이마를 기대었고, 차 한 대가 천천히 우리를 향해 올라왔다.

"들어갑시다." 내가 그녀에게 말했다. "우리 모두 들어가 있는 게 나아요."

"이해가 안 되는군." 스미스 씨가 손을 내밀어 아내의 손목을 꼭 쥐었다.

차가 도로 아래의 검문소에 멈추어 섰는지 엔진 돌아가는 소리가 들렸다. 그러다가 차는 느릿느릿 다시 올라오기 시작했고, 드디어 우리 시야에 들어왔다. 미국이 가난한 아이티를 돕던 시절의 커다란 캐딜락이었다. 우리 옆에 멈춰 선 차에서 네 남자가 내렸다. 그들은 중절모와 새까만 안경을 쓰고 있었다. 허리에 총을 차고 있지만 그중 한 명만 총을 뽑았고, 우리에게 겨누지는 않았다. 그는 영구차 옆으로 가더니 총으로 유리를 차근차근 깨부수기 시작했다. 필리포 부인은 움직이지도 말을 하지도 않았고, 내가 할 수 있는 일은 아무것도 없었다. 네 개의 총과 싸울 수 있는 사람은 아무도 없다. 우리는 증인들이었지만, 우리의 증언을 들어줄 법정 따윈 없었다. 이제 영구차의 유리벽이 부서졌는데도, 대장은 삐죽삐죽한 가장자리를 계속 총으로 쳐나갔다. 행여 손이 긁히기라도 할까 봐 서두르지 않고 차분히.

스미스 부인이 느닷없이 앞으로 달려나가 통통 마쿠트 대원의 어깨를 붙잡았다. 그가 고개를 돌렸다. 내가 아는 자였다. 경찰서에서 스미스 씨와 눈싸움을 벌이다가 졌던 바로 그자였다. 그는 몸을 흔들어 부인의 손을 떨쳐내고는 장갑 낀 손으로 그녀의 얼굴을 확고히 그리고 여유롭게 밀어버렸고, 부인은 부겐빌레아 덤불로 비틀비틀 밀려났다. 나는 스미스 씨를 두 팔로 껴안고서 꼭 붙들었다.

"내 아내에게 저럴 순 없어." 그는 내 어깨 너머로 소리쳤다.

"아니요, 할 수 있어요."

"이거 봐." 그는 내 품에서 벗어나려 몸부림치며 소리를 질렀다. 사람이 일순간에 그렇게 확 변할 수 있다니 놀라울 따름이었다. "돼지 새끼." 그가 고함을 버럭 질렀다. 스미스 씨 나름대로는 최악의 욕이었지만, 그 대원은 영어를 전혀 몰랐다. 스미스 씨는 몸을 비틀어 내게서 거의 벗어났다. 그는 정정한 노인이었다.

"선생이 총에 맞기라도 하면 아무 도움도 안 됩니다." 내가 말했다. 스미스 부인은 덤불 속에 앉아 있었다. 이번만은 그녀도 당황한 표정이었다.

통통 마쿠트 대원들이 영구차에서 관을 꺼내어 자기네 차로 옮겼다. 트렁크에 밀어 넣었다가 관이 밖으로 조금 튀어나오자, 밧줄로 단단히 묶으며 여유를 부렸다. 서두를 필요가 전혀 없었다. 그들은 안전했고, 그들이 곧 법이었다. 필리포 부인은 안타까우리만치 굴욕적인 모습으로 ─ 하지만 굴욕과 폭력 사이에 선택지는 없었고, 스미스 부인만이 폭력을 시도했다 ─ 캐딜락으로 가서 자기도 데려가 달라고 빌었다. 그녀의 몸짓이 그렇게 말하고 있었다. 그녀의 목소리가 너무 작아서 그녀가 무슨 말을 하는지 내게는 들리지 않았다. 어쩌면 죽은 남편을 위해 그들에게 돈을 제안하고 있을지도 몰랐다. 독재 국가에서는 아무것도 가질 수 없다, 죽은 남편조차. 그들은 그녀의 면전에 대고 문을 쾅 닫고 차를 돌릴 곳을 찾아 위로 달려갔다. 트렁크에서 삐죽 튀어나온 관은 시장으로 이동 중인 과일 상자처럼 보였다. 곧 그들은 차를 돌려 다시 내려갔다. 스미스 부인은 이제 서 있었다. 우리는 다 함께 모여 서서 죄책감 어린 표정을 짓고 있었다. 무고한 희생자는 인간의 모든 죄를 짊어지고 사막으로 쫓겨나는 희생양처럼 거의 항상 죄지은 표정을 하고 있다. 차가 멈추더니 그 장교 – 검은 안경과 중절모, 리볼버는 모든 장교들이 갖추고 다니는 것이니 그도 장교가 맞을 듯싶었다 – 가 손짓으로 나를 불렀다. 나는 영웅과는 거리가 먼 사람이다. 순순히 도로를 건너 그에게 갔다.

"이 호텔 주인이신가?"

"그렇습니다만."

"다음번에 날 보거든 빤히 쳐다보지 마시오. 마음에 안 드니까. 저 노인은 누구요?"

"대통령 후보님이시죠."

"무슨 소리요? 어디의 대통령 후보란 말이오?"

"미국이요."

"농담 마시오."

"농담이 아닙니다. 신문을 안 읽으셨나 보군요."

"여긴 왜 왔지?"

"내가 어떻게 알겠습니까? 어제 국무부 장관님을 뵀는데, 그때 이유를 말씀드렸겠죠. 대통령님을 뵙고 싶다고 하시더군요."

"미국은 지금 선거가 없소. 나도 그 정도는 안다고."

"거기는 여기와 달라서 종신 대통령이 없답니다. 4년마다 선거를 하죠."

"그런데 이 썩은 고기 상자에 저자가 무슨 볼일이 있었던 거요?"

"친구분인 닥터 필리포의 장례식에 참석하려고 하셨죠."

"나는 명령에 따르고 있을 뿐이오." 그는 조금 약한 모습을 보이며 말했다. 이자들이 왜 검은 안경을 쓰고 다니는지 알 것 같았다. 그들도 인간이지만, 두려움을 드러내서는 안 된다. 그랬다가는 남들에게 공포감을 불러일으킬 수 없으니. 차 안의 통통 마쿠트 대원들은 골리워그[1]처럼 무표정하게 나를 빤히 쳐다보았다.

내가 말했다. "유럽에서는 명령에 따랐던 많은 사람들이 교수형에 처해졌죠. 뉘른베르크에서."

"당신 말투가 영 거슬리는데. 솔직하지가 않고 간사하게 말을 빙빙 돌린단 말이야. 조제프라는 하인이 있지 않소?"

"맞아요."

"지금도 잘 기억하고 있지. 한 번 면담을 한 적이 있거든." 그는 내가 그 의미를 이해할 수 있도록 뜸을 들이다 말을 이었다. "여긴 당신 호텔이지. 당신은 여기서 먹고살고 있고."

"이젠 아닙니다."

"저 노인네는 곧 떠나지만, 당신은 계속 남아 있을 테지."

"저분의 아내에게 손찌검을 하다니, 실수하신 겁니다." 내가 말했다. "저분이 기억해 둘 테니까요." 그는 다시 문을 쾅 닫았고, 캐딜락은 언덕을 내려갔다. 우리를 향해 삐죽 튀어나온 관의 끝머리가 모퉁이를 돌아가는 것이 보였다. 차가 또 검문소에 멈췄다가 잠시 후 속도를 내어 포르토프랭스를 향해 질주하는 소리가 들렸다. 포르토프랭스의 어디로 가는 걸까? 전직 장관의 시신을 가져가봐야 무슨 소용일까? 시신을 고문할 수도 없는 노릇인데 말

1 얼굴 전체가 시커먼 괴상한 모습의 헝겊 인형.

이다. 하지만 비이성이 이성보다 더 섬뜩할 수 있다.

"황당하군. 무슨 이런 황당한 일이." 스미스 씨가 마침내 입을 열었다. "대통령한테 전화해야겠어. 그 자식을 내가……."

"전화는 불통입니다."

"놈이 내 아내를 때렸소."

"처음도 아니잖아, 여보." 스미스 부인이 말했다. "그리고 그 사람은 그냥 날 밀기만 했어. 내슈빌에서 있었던 일을 생각해 봐. 더 심했잖아."

"내슈빌은 다르지." 그는 울먹이는 소리로 답했다. 피부색에 상관없이 사람들을 사랑했던 그가 느끼는 배신감은 원래 인간을 증오하는 자들보다 훨씬 더 컸다. 그가 덧붙여 말했다. "미안해, 여보, 내 말이 좀 거칠었다면……." 그는 아내의 팔을 잡았고, 필리포 부인과 나는 그들을 뒤따라 진입로를 걸었다. 뒤퐁 형제가 꼬마와 함께 베란다에 앉아 있었고, 세 사람 모두 초콜릿 소스가 뿌려진 바닐라 아이스크림을 먹고 있었다. 그들의 실크해트는 값비싼 재떨이처럼 그들 옆에 놓여 있었다.

내가 그들에게 말했다. "영구차는 무사합니다. 놈들이 유리만 부숴놨어요."

"야만인들." 므슈 에르퀼이 이렇게 말하자, 므슈 클레망은 마음을 다독여주는 장의사의 손으로 형제를 어루만졌다. 필리포 부인은 이제 차분해져 눈물을 흘리지 않았다. 그녀는 아이 옆에 앉아 아이스크림을 먹여주었다. 지나간 일은 지나간 일, 여기 그녀 곁에 미래가 있었다. 몇 년 후일지는 몰라도 때가 되면 그녀가 아들의 기억 속에 오늘 일을 뚜렷이 각인시키리라는 예감이 들었다. 그녀는 조제프가 불러준 택시를 타고 떠나기 직전 딱 한 마디를 했다. "언젠가 누군가는 은 총알을 찾아서 악마를 죽일 거예요."

뒤퐁 형제는 택시가 없어 그들의 영구차를 타고 떠났고, 나는 조제프와 단둘이 남았다. 스미스 씨는 스미스 부인을 눕히려 존 배리모어 스위트룸으로 데려갔다. 스미스 씨는 아내 곁에서 야단법석을 떨었고, 스미스 부인은 그런 남편을 그대로 내버려 두었다. 내가 조제프에게 말했다. "관 속에 있는 죽은 남자가 대체 무슨 쓸모가 있지? 사람들이 무덤에 꽃이라도 놓을까 봐 걱정하는 건가? 그럴 일은 없을 텐데. 그 양반이 나쁜 인간은 아니었지만, 그렇다고 마냥 좋기만 한 사람도 아니었잖아. 빈민가에 만들어주겠다던 양수기는 결국 완성하지도 못했지. 모르긴 몰라도 그 양반 주머니로 돈깨나 들어갔을걸."

"사람들이 알고 나서 아주 무서워해요." 조제프가 말했다. "자기들이 죽으면 대통령이 자기들 시신도 가져갈까 봐 무서워해요."

"뭐가 걱정이지? 살가죽이랑 뼈밖에 안 남는데 대통령이 왜 시신을 가져가겠어?"

"사람들 아주 무식하거든요. 대통령이 닥터 필리포를 대통령궁 지하실에 두고 밤마다 일을 시킨대요. 대통령은 엄청난 부두교 사람이니까."

"바롱 사메디?"

"무식한 사람들이 그렇대요."

"그럼 대통령을 지켜줄 좀비들이 있으니까 밤에는 아무도 그를 공격하지 않겠군? 좀비들이 경비대보다, 통통 마쿠트보다 낫단 소리네."

"통통 마쿠트 좀비들도 있어요. 무식한 사람들이 그렇대요."

"자네 생각은 어떤가, 조제프?"

"나는 무식한 사람이에요, 사장님." 조제프가 말했다.

나는 존 배리모어 스위트룸으로 올라가면서, 그자들이 시신을 어디에 버릴까 생각해 보았다. 파다 만 구덩이가 넘쳐났고, 포르토프랭스에 송장 냄새가 하나 더해진다고 해서 눈치챌 사람은 아무도 없었다. 내가 문을 두드리자 스미스 부인이 말했다. "들어와요."

스미스 씨는 서랍장 위에 작은 휴대용 등유 난로를 켜 놓고 물을 조금 끓이고 있었다. 그 옆에는 컵과 받침, 그리고 이스트럴이라고 적힌 판지 상자가 놓여 있었다. 스미스 씨가 말했다. "스미스 부인한테 오늘만은 바민을 먹지 말라고 설득했다오. 이스트럴이 진정 효과가 더 좋거든." 벽에는 짐짓 도도하게 남을 깔보는 듯한 표정을 평상시보다 과장되게 짓고서 눈을 내리깔고 있는 존 배리모어의 큼직한 사진이 걸려 있었다. 스미스 부인은 침대에 누워 있었다.

"좀 어떠십니까, 스미스 부인?"

"아주 좋아요." 그녀는 단호하게 답했다.

"얼굴에 상처가 안 남았소." 스미스 씨가 안도하며 말했다.

"내가 계속 말했잖아, 그냥 밀기만 했다고."

"여자를 밀면 쓰나."

"그자는 내가 여잔지도 몰랐을걸. 사실 내가 폭행 비슷한 걸 하긴 했으니까."

"정말 용감하십니다, 스미스 부인." 내가 말했다.

"말도 안 되는 소리 말아요. 싸구려 선글라스쯤은 꿰뚫어 볼 줄 안다고요."

"흥분하면 암호랑이가 돼버린다니까." 스미스 씨는 이스트럴을 휘저으며 말했다.

"여행기에 이 일을 어떻게 쓰실 겁니까?" 내가 그에게 물었다.

"아주 신중하게 고민해 봤소." 스미스 씨가 이렇게 말하고는, 이스트럴의 온도가 괜찮은지 보려고 한 스푼 떠서 먹었다. "1분만 더 기다려, 여보. 아직은 좀 뜨거워. 참 그렇지, 여행기. 이 사건을 통째로 빼버리는 건 부정직한 일이겠지요. 하지만 독자들이 과연 적절한 관점으로 바라볼 수 있을지 모르겠소. 스미스 부인은 위스콘신에서 큰 사랑과 존경을 받고 있지만, 거기에도 인종 문제를 부추기려고 이런 사연을 이용해 먹으려는 자들이 있다오."

"그런 자들은 내슈빌의 백인 경찰관에 관해서는 한마디도 언급하지 않을 거예요." 스미스 부인이 말했다. "내 눈을 멍들게 만든 경찰관 말이에요."

"그래서 이 모든 점을 고려해," 스미스 씨가 말했다. "원고를 파기하기로 결정했소. 고국의 동포들이 우리 소식을 듣고 싶다면 좀 더 기다리면 그만이오. 나중에 어느 강연에서 이 일을 언급할지도 모르지요. 그리 큰일이 아니었다는 증거로 스미스 부인이 내 옆에 무탈하게 있으면." 그는 이스트럴을 한 스푼 또 먹었다. "이제 충분히 식은 것 같아, 여보."

2

나는 그날 저녁 마지못해 대사관에 갔다. 마르타가 평소에 어떤 환경에서 지내고 있는지 전혀 모르는 편이 훨씬 더 나았을 것이다. 그렇다면, 같이 있지 않을 때 그녀는 미지의 세계로 사라져버리고, 그런 그녀를 나는 잊을 수 있을 테니 말이다. 하지만 나는 그녀의 차가 콜럼버스 동상을 떠난 후 그녀가 어디로 가는지 정확히 알고 있었다. 방문객들이 이름을 기록하는 명부가 사슬에 묶여 있는 홀을 지난 다음 거실로 들어간다. 거기에는 폭이 넓은 의자와 소파 들, 반짝반짝 빛나는 샹들리에들, 그리고 그들의 비교적 자애로운 대통령인 아무개 장군의 대형 사진이 있었다. 그 사진 때문인지 모든 방문객 – 나 자신조차 – 이 공무상의 방문객처럼 느껴졌다. 마르타의 방은 아직 보지 않은 것이 그나마 다행이었다.

내가 9시 반에 도착했을 때 대사는 혼자였다. 그전에는 혼자 있는 그를 본 적이 없었다. 그는 딴 사람 같았다. 마치 치과 대기실에 있는 것처럼, 소파에 앉아 『파리마치 *Paris-Match*』를 획획 넘겨보고 있었다. 나도 조용히 앉아 『주르 드 프랑스 *Jours de France*』나 읽을까 생각했지만, 그가 선수 치며 내게 인사를 건넸다. 그러더니 당장에 술과 시가를 권했다…… 어쩌면 그는 외로운 남자일지도 몰랐다. 공식적인 파티가 없고 아내가 나를 만나러 나가면 그는 뭘 할까? 그가 나를 좋아한다는 마르타의 말을 들은 후 나는 그를 한 인간으로 볼 수 있게 되었다. 그는 지치고 우울해 보였다. 무거운 짐짝 같은 살찐 몸뚱어리를 작은 테이블과 소파 사이에서 느릿느릿 움직였다. 그가 말했다. "내 아내는 지금 위층에서 내 아들에게 책을 읽어주고 있어요. 곧 내려올 겁니다. 당신이 올 거라는 얘기는 내 아내에게 들었습니다."

"올까 말까 망설였습니다. 가끔 저녁 시간은 가족끼리 오붓하게 보내고 싶으실 테니까요."

"내 친구라면 언제든 환영입니다." 그는 이렇게 말하고는 침묵에 빠졌다. 나는 그가 우리 관계를 의심하고 있을지, 아니면 사실은 이미 알고 있는 건 아닌지 궁금해졌다.

"아드님이 이하선염에 걸렸다니 유감입니다."

"그래요. 아직 많이 아픈 모양입니다. 아이가 힘들어하는 걸 지켜보는 건 정말 끔찍하지 않습니까?"

"아무래도 그렇겠죠. 나는 아이를 가져본 적이 없어서요."

"아."

나는 장군의 초상화를 보았다. 하다못해 문화 사절도 아닌 내가 그 자리에 있는 것이 잘못처럼 느껴졌다. 장군은 여러 줄의 훈장을 단 채 칼자루에 손을 얹고 있었다.

"뉴욕은 어땠습니까?" 대사가 물었다.

"별다를 건 없었습니다."

"나도 뉴욕을 보고 싶군요. 공항만 잠깐 들른 적이 있답니다."

"언젠가 워싱턴으로 발령이 나실지도 모르죠." 그리 신중하지 못한 칭찬이었다. 그 나이—내가 보기엔 쉰이 다 된 것 같았다—에 포르토프랭스에만 한참 박혀 있었던 사람이 그런 발령을 받을 가능성은 거의 없었다.

"아, 아닙니다." 그가 진지하게 말했다. "나는 그곳에 영영 못 갈 겁니다. 내 아내가 독일인이잖습니까."

"그건 그렇죠, 그래도 이제는……."

그는 마치 우리 세계의 자연 현상인 양 아무렇지도 않게 말했다. "아내의 아버지는 미국 구역에서 교수형을 당했습니다. 연합국이 독일을 점령했을 때 말입니다."

"그렇군요."

"아내 어머니는 아내를 남아메리카로 데려갔죠. 거기에 친척이 있었거든요. 물론 아내는 외동딸이었습니다."

"아내분은 그 사실을 아십니까?"

"아, 네, 압니다. 비밀도 아니니까요. 내 아내는 아버지에 대해 애틋한 추억을 갖고 있지만, 당국이 그런 결정을 내린 데는 다 이유가……."

세상이 백 년 전처럼 겉으로라도 평온하게 돌아갈 날이 다시 오기나 할까? 그때 빅토리아 여왕 시대의 사람들은 집안의 말 못 할 비밀을 숨기고 살았다. 하지만 지금 세상에 누가 집안의 비밀 따위 신경이나 쓰는가? 아이티는 멀쩡한 세상의 돌연변이 같은 나라가 아니었다. 무작위로 잘라낸 일상의 작은 조각에 불과했다. 우리 모두의 묘지에 바롱 사메디가 걸어 다녔다. 나는 타로 카드의 거꾸로 매달린 남자가 떠올랐다. 천사라는 뜻의 이름을 가진 아들이 교수형 당한 남자의 손자라면 분명 묘한 기분이 들 테지. 그때 문득, 나라면 어떤 기분이 들까 궁금해졌다. 우리는 피임에 그리 신경 쓰지 않았으니 자칫하면 내게도 그런 아이가…… 타로 카드의 손자가.

"어쨌든 자식들은 무고하니까요." 루이스가 말했다. "마르틴 보어만[1]의 아들은 지금 콩고에서 사제로 지내고 있죠."

그런데 왜 그는 마르타에 대한 이런 사실을 내게 말해주는 걸까? 누구나 언젠가는 불륜 상대를 공격할 무기를 찾게 된다. 그는 내게 칼 한 자루를 슬쩍 찔러준 셈이었다. 화가 나면 자기 아내에게 써 먹으라고.

하인이 문을 열더니 다른 방문객을 안으로 안내했다. 낯선 이름이었지만, 카펫 깔린 바닥을 조용히 가로질러 오는 남자는 내가 아는 사람이었다. 일 년 전 우리에게 방을 빌려주었던 시리아인이었다. 그는 공모자의 미소를 내게 보내며 말했다. "브라운 씨야 잘 알죠. 돌아오신 줄

---

1 히틀러의 보좌관들 중 수석인 당수부장을 역임한, 나치당의 주요 인물.

몰랐네요. 뉴욕은 어땠어요?"

"새로운 소식은 없소, 하미트?" 대사가 물었다.

"베네수엘라 대사관이 망명자를 또 한 명 받아줬대요."

"언젠가는 나한테 몰려오겠군." 대사가 말했다. "하지만 동병상련이라고, 모른 척할 수도 없지."

"오늘 아침에 끔찍한 일이 벌어졌어요, 대사님. 그자들이 닥터 필리포의 장례식을 멈추고 관을 훔쳐갔대요."

"나도 소문은 들었소. 설마 그럴 리가 없지."

"분명한 사실입니다." 내가 말했다. "내가 거기 있었어요. 처음부터 끝까지 다 봤⋯⋯."

"므슈 앙리 필리포께서 오셨습니다." 하인이 알리자, 한 청년이 소아마비 때문에 살짝 저는 걸음으로 정적 속에 우리 쪽으로 다가왔다. 내가 아는 청년이었다. 더 좋았던 시절 한 번 만난 적 있는, 전직 장관의 조카였다. 그는 호텔 트리아농에 모이곤 했던 작가와 화가 들의 작은 무리에 끼어 있었다. 자작시 몇 편을 낭송하던 그가 기억났다. 멋진 시구에 음악처럼 듣기 좋고, 약간은 퇴폐적이고 고풍스러운 그 시들은 보들레르를 연상시켰다. 그 시절이 지금은 멀게만 느껴졌다. 그들을 추억할 거리라곤 조제프의 럼 펀치밖에 남지 않았다.

"대사님의 첫 망명자군요." 하미트가 말했다. "여기 오실 거라고 어느 정도 예상은 하고 있었어요, 므슈 필리포."

"아, 아닙니다." 청년이 말했다. "그런 게 아니에요. 아직은요. 망명을 신청할 때 정치적 행동을 취하지 않겠다는 약속을 해야 하지 않습니까."

"무슨 정치적 행동을 취하려고요?" 내가 물었다.

"우리 집안에 대대로 내려오는 은을 조금 녹이는 중입니다."

"무슨 말인지 모르겠군요." 대사가 말했다. "내 시가 한 대 피워봐요, 앙리. 진짜 아바나산産이죠."

"내 사랑하는 아름다운 고모님은 은 총알 하나를 얘기하고 계세요. 하지만 총알 한 개는 빗나갈 수 있죠. 많은 수의 총알이 필요합니다. 그리고 우리가 상대해야 하는 악마는 하나가 아니라 셋이에요. 파파 독, 통통 마쿠트의 대장, 그리고 대통령 근위대 대령."

"차라리 다행입니다." 대사가 말했다. "그자들이 미국의 원조로 산 것이 마이크가 아니라 무기라서."

"오늘 아침엔 어디 있었어요?" 내가 물었다.

"카프아이시앵에서 너무 늦게 도착하는 바람에 장례식에 참석하지 못했죠. 오히려 다행이었던 것 같습니다. 도로에서 검문소마다 붙잡혔거든요. 내 랜드로버가 침입군의 첫 탱크인 줄 알았나 봐요."

"지금 거기 상황은 어때요?"

"아주 잠잠해요. 통통 마쿠트가 우글거리죠. 선글라스만 보면 무슨 베벌리 힐스 같다니까요."

앙리가 말하는 사이 마르타가 들어왔고, 그녀는 그를 제일 먼저 쳐다보았다. 나를 무시하는 것이 신중한 처사라는 걸 알면서도 나는 화가 났다. 내가 보기엔 마르타가 그를 너무 따뜻하게 맞아주는 것 같았다. "앙리, 정말 잘 왔어요. 걱정 많이 했는데. 여기서 며칠 지내요."

"고모님 곁에 있어 드려야 해서요, 마르타."

"그럼 고모님을 모셔와요. 아이도 데려오고요."

"아직은 때가 아닌 것 같아요."

"너무 늦게까지 미루진 말아요." 그녀는 내 쪽으로 고개를 돌리더니, 2등 서기관들에게나 지을 법한 무의미한 미소를 띠며 말했다. "망명자를 몇 명은 받아야 삼류 대사관에서 벗어나지 않겠어요?"

"아드님은 좀 어떻습니까?" 내가 물었다. 그녀의 미소만큼이나 무의미한 질문이었다.

"통증은 이제 좀 덜해요. 아이가 당신을 무척 보고 싶어 한답니다."

"왜요?"

"앙헬은 항상 우리 친구를 만나고 싶어 해요. 안 그러면 소외감을 느끼죠."

앙리 필리포가 말했다. "촘베[1]처럼 우리에게도 백인 용병이 있으면 좋을 텐데요. 우리 아이티인들은 40년 동안 칼과 깨진 병만 들고 싸웠어요. 게릴라 경험이 있는 사람이 몇 명 필요해요. 여기도 쿠바처럼 산들이 높잖아요."

"하지만 숨어들 만한 수풀이 없죠." 내가 말했다. "농민들이 전부 없애버렸으니."

"그래도 우리는 미국 해병대를 상대로 오래 버텼어요." 앙리는 이렇게 말하고는 쓸쓸하게 덧붙였다. "'우리'라고는 했지만, 난 후세대에 속하죠. 우리 세대는 그림을 배웠어요. 아시다시피, 현대 미술관을 열겠다고 브누아의 그림을 사들이고 있잖습니까ー물론 유럽의 프리미티프[2]보다 훨씬 싸죠ー. 우리 소설가들은 파리에서 책을 내며 그곳에서 살고 있고요."

"당신 시들은요?"

"꽤 듣기 좋지 않았습니까? 하지만 그 시들이 닥터[3]에게 권력을 쥐여줬죠. 우리의 모든 부정이 그 대단한 흑인을

---

1 콩고민주공화국의 정치 지도자였던 모이스 촘베(1919~1969). 1965년부터 1965년까지 수상을 지냈다.
2 르네상스 이전 시기의 화가 작품.
3 프랑수아 뒤발리에를 가리킨다.

긍정적인 인간으로 만든 겁니다. 저는 그놈한테 투표하기까지 했어요. 제가 브렌 기관총을 사용하는 방법도 모른다는 거 아십니까? 브렌을 어떻게 쏘는지 아세요?"

"아주 쉬워요. 5분 만에 배울 수 있어요."

"그럼 가르쳐주십시오."

"우선은 브렌이 있어야죠."

"도표와 빈 성냥갑으로 가르쳐주시면, 언젠가 제가 브렌을 구하겠습니다."

"나보다 더 잘 가르쳐줄 사람을 아는데, 지금 유치장에 갇혀 있어요." 나는 그에게 존스 '소령'에 대해 이야기했다.

"그래서 놈들한테 구타당했습니까?" 필리포는 만족스러운 듯 물었다.

"그래요."

"좋군요. 백인들은 구타에 분개하죠."

"그는 아주 편하게 받아들이는 것 같더군요. 익숙해진 거 아닐까 싶을 정도로."

"실제 경험이 있는 걸까요?"

"버마에서 싸웠다고는 하는데, 그 사람이 하는 말일뿐이니까요."

"그럼 당신은 안 믿으시는 겁니까?"

"그 사람한테는 뭔가 믿음이 안 가는 구석이 있어요. 그와 얘기할 때 젊은 시절의 내가 떠오르더군요. 런던의 한 식당에 취직하려고 주인을 설득하면서, 프랑스어를 할 줄 안다고, 푸케에서 일한 적이 있다고 말했죠. 그 사실을 증명해 보라고 하는 사람이 나올 줄 알았는데, 한 명도 없었어요. 흠집 부위에 가격표를 붙여놓은 불량품처럼 그렇게 나 자신을 얼른 팔아 치운 겁니다. 그리고 얼마 전에는 미술 전문가 노릇도 훌륭하게 해냈죠. 그때도 내 허풍을 의심하는 사람이 전혀 없었어요. 가끔은 존스도 같은 게임을 하고 있는 게 아닐까 하는 생각이 들더군요. 미국에서 이쪽으로 오는 배에서 어느 날 밤 선상 연주회가 끝나고 그를 보는데 이런 궁금증이 생기는 겁니다. 당신도 나도 코미디언이 아닐까?"

"우리 대부분이 그렇죠. 『악의 꽃』 냄새가 진동하는 내 시들을 수제 종이에 자비로 출판한 나는 코미디언이 아니었을까요? 그 시들을 프랑스의 유명한 평론 잡지들에 부쳤어요. 그건 실수였습니다. 내 허세는 들통났죠. 나는 비평을 단 한 줄도 읽지 않았어요 – 프티 피에르가 쓴 것만 빼고요. 그 돈이면 브렌 기관총을 하나 살 수 있었을 겁니다."(이제 브렌은 그에게 마법의 주문이 되어버렸다.)

대사가 말했다. "어이, 기운 내요, 우리 모두 코미디언이 됩시다. 내 시가 한 대 피워요. 바에서 실컷 마시고요. 내 스카치 맛이 꽤 좋답니다. 어쩌면 파파 독마저 코미디언일지도 모르죠."

"오, 아닙니다." 필리포가 말했다. "그놈은 진짜예요. 공포는 항상 진짜죠."

대사가 말했다. "코미디언이라고 너무 불평하지 말아요, 그것도 명예로운 직업이니. 단 우리가 좋은 코미디언이 될 수 있다면, 세상은 적어도 멋을 되찾겠죠. 우리는 실패했습니다. 그뿐이에요. 우리는 형편없는 코미디언들입니다, 나쁜 인간이 아니라."

"맙소사." 마르타는 나에게 직접 말을 거는 것처럼 영어로 말했다. "난 코미디언이 아니에요." 우리는 그녀를 잊고 있었다. 그녀는 소파 등을 손으로 때리며 그들에게 프랑스어로 소리쳤다. "당신들은 말이 너무 많아요. 그런 헛소리나 지껄이다니. 내 아이가 방금 구토를 했어요. 내 손에서 아직도 그 냄새가 나요. 내 아이가 아파서 울었어요. 그런데 연기라니요. 난 무슨 역할 따위를 연기하고 있는 게 아니에요. 할 일을 하고 있다고요. 대야를 가져오고. 아스피린을 가져오고. 아이 입을 닦아주고. 아이를 내 침대로 데려가고."

그녀는 소파 뒤에 서서 눈물을 흘리기 시작했다. "여보." 대사가 겸연쩍게 말했다. 나는 감히 그녀에게 다가가거나 자세히 들여다볼 수 없었다. 하미트는 다 안다는 듯 짓궂은 표정으로 나를 지켜보고 있었다. 나는 우리가 그의 이불에 남겨놓은 얼룩들이 기억났고, 그가 직접 이불을 갈았을까 궁금해졌다. 그는 우리의 은밀한 일들을 매춘부의 개만큼이나 많이 알고 있었다.

"우리가 부끄러워지는군요." 필리포가 말했다.

그녀는 몸을 돌려 자리를 떴지만, 카펫의 끝머리에서 구두 굽이 떨어지는 바람에 비틀거렸다. 당장이라도 문간에서 넘어질 것 같았다. 나는 그녀를 뒤따라가 그녀의 팔꿈치를 손으로 받쳐주었다. 나는 하미트가 나를 지켜보고 있다는 걸 알았지만, 대사는 뭔가를 눈치챘는지 어쨌는지 아무런 티도 내지 않았다. "앙헬한테 내가 30분 후에 올라가서 밤 인사를 할 거라고 전해줘." 나는 내 뒤로 문을 닫았다. 마르타는 구두를 벗어 굽을 고정하려 애썼다. 나는 그녀의 손에서 구두를 잡아챘다.

"헛수고하지 마." 내가 말했다. "다른 구두 없어?"

"스무 켤레 있지. 그이가 아는 것 같아?"

"어쩌면. 나도 모르겠어."

"그러면 일이 더 쉬워질까?"

"글쎄."

"어쩌면 우린 더 이상 코미디언이 되지 않아도 괜찮을지 몰라."

"당신은 코미디언이 아니라며."

"내 말이 좀 심했지? 하지만 당신들 대화가 좀 짜증이 나야 말이지. 우리 전부 자기연민에 빠진 쓸모없는 싸구려 인간처럼 보이잖아. 그럴 수도 있지만, 그런 사실을 즐길 필요까진 없어. 적어도 난 행동해, 안 그래? 그게 설령 나쁜 일일지라도 말이야. 난 당신을 원하지 않는 척하지 않았어. 처음 만난 그날 저녁 당신을 사랑하는 척하지 않았어."

"나를 사랑해?"

"난 앙헬을 사랑해." 그녀는 스타킹만 신은 발로 빅토리아 시대풍의 널찍한 계단을 걸어 올라가며 방어적으로 말했다. 우리는 번호가 달린 방들이 양쪽으로 쭉 늘어선 기다란 통로로 들어섰다.

"망명자를 받아줄 방들이 넘쳐나는군."

"그래."

"이제 우리를 위한 방을 찾아봐."

"너무 위험해."

"차만큼이나 안전해. 그리고 설사 그가 안다 해도 무슨 상관이지?"

"그이는 '내 집에서'라고 말하겠지, 당신이 '우리 푸조에서'라고 말하듯이. 남자들은 항상 배신에 등급을 매긴다니까. 내가 남의 캐딜락에서 딴 남자를 만난다면 당신도 별로 신경 안 쓰겠지?"

"시간 낭비 그만하자고. 우리한텐 30분밖에 없어."

"앙헬을 볼 거라면서."

"그럼 그다음에……?"

"어쩌면—모르겠어. 생각 좀 해보고."

그녀가 세 번째 방문을 열었고, 나는 절대 보고 싶지 않았던 곳, 그녀가 남편과 함께 쓰는 방에 들어가게 되었다. 두 침대 모두 더블베드였고, 장밋빛 이불이 카펫처럼 방 안을 가득 메우고 있는 듯한 느낌이었다. 기다란 몸거울도 하나 있었다. 잠자리를 준비하는 마르타를 그자는 이 거울로 지켜보리라. 이제 나는 슬슬 그 남자에게 호감이 느껴지기 시작했고, 마르타라고 그를 좋아하지 않을 이유가 없었다. 그는 뚱뚱했지만, 꼽추나 외다리를 좋아하듯이 뚱뚱한 남자를 좋아하는 여자들도 있다. 그는 소유욕이 강했지만, 속박을 즐기는 여자들도 있다.

앙헬은 분홍색 베개 두 개에 기대어 똑바로 앉아 있었다. 이하선염에 걸렸다고 얼굴이 눈에 띄게 더 통통해지거나 하지는 않았다. 나는 "안녕!" 하고 인사를 건넸다. 나는 아이들과 대화하는 법을 모른다. 앙헬은 제 아버지처럼 갈색의 무표정한 라틴계 눈동자를 갖고 있었다—교수당한 남자들의 푸른색 색슨족 눈동자가 아니라. 마르타가 그런 눈동자를 하고 있었다.

"나 아파요." 앙헬은 도덕적 우월감이 담긴 투로 말했다.

"그래 보이는구나."

"나는 여기서 엄마랑 같이 자요. 아빠는 옷방에서 자고. 열이 내려갈 때까지. 내 체온이……."

내가 말했다. "그 장난감은 뭐니?"

"퍼즐이요." 앙헬이 마르타에게 말했다. "밑에 다른 사람은 없어?"

"므슈 하미트가 계셔, 앙리도."

"그 아저씨들도 나를 보러 왔으면 좋겠어."

"아마 그분들은 이하선염에 걸린 적이 없어서 전염될까 봐 걱정이실 거야."

"므슈 브라운은 이하선염에 걸린 적 있어?"

마르타는 망설였고, 앙헬은 반대 신문을 하는 변호사처럼 그녀의 망설임을 알아챘다. 나는 "그래"라고 말했다.

"므슈 브라운은 카드 칠 줄 알아?" 앙헬은 무심한 척 물었다.

"아니. 그게, 모르겠구나." 마르타는 함정이 두려운 듯 말했다.

"나는 카드를 안 좋아한단다." 내가 말했다.

"엄마는 옛날에 좋아했었어요. 거의 매일 밤 카드를 치러 나갔죠, 아저씨가 떠나기 전에는."

"우리는 이제 가봐야겠다." 마르타가 말했다. "30분 후에 아빠가 올라오셔서 잘 자라고 말씀해 주실 거야."

앙헬이 내게 퍼즐을 내밀며 말했다. "이거 해봐요." 유리면으로 된 작은 직사각형 상자에 광대 그림이 들어 있고, 눈동자가 있어야 할 곳에 구멍이 뚫려 있었다. 상자를 흔들어서 그 구멍에 작은 강철 구슬을 집어넣어야 했다. 나는 상자를 이리저리 기울여 보았다. 구슬 하나를 집어넣은 다음 다른 하나를 넣으려 하면 첫 구슬이 도로 빠져 나왔다. 앙헬은 경멸과 반감 어린 표정으로 나를 지켜보았다.

"미안하구나. 아저씨가 이런 데는 재주가 없어서 말이야. 못하겠어."

"열심히 안 해서 그렇잖아요." 앙헬이 말했다. "계속해요." 나는 마르타와 단둘이 있을 수 있는 시간이 모래시계의 모래처럼 사라져가는 걸 느꼈고, 앙헬도 그걸 알고 이러는 건가 싶은 생각마저 들었다. 사악한 구슬들은 상자

가장자리를 따라 서로를 뒤쫓다가 눈구멍을 그냥 지나쳐 모서리로 뛰어들었다. 상자를 낮은 각도로 기울여 구슬들을 구멍 쪽으로 천천히 내린 다음 아주 살짝 기울이기만 해도 구슬은 상자 밑으로 떨어져 버렸다. 그러면 처음부터 다시 시작해야 했다. 이제는 부들부들 떨리는 내 신경이 반사적으로 상자를 움직이고 있었다.

"하나 들어갔어."

"다 넣어야죠." 앙헬이 완강하게 말했다.

나는 상자를 앙헬에게 휙 던졌다. "좋아. 네가 한번 해봐."

앙헬은 간사하고 쌀쌀맞게 씩 웃더니 상자를 집어 들어 왼손에 받쳐 들었다. 상자를 거의 움직이지도 않는 것 같았다. 그런데 구슬 하나가 경사면을 따라 올라가더니 구멍 언저리를 맴돌다가 그 안으로 떨어졌다.

"하나." 앙헬이 말했다.

남은 구슬은 반대쪽 눈으로 직행하여 스쳐 지나갔다가 다시 돌아와 구멍 속으로 떨어졌다. "둘." 앙헬이 말했다.

"네 왼손에 뭐가 있지?"

"아무것도 없어요."

"한번 보여줘 봐."

그가 주먹을 펴자 그곳에 작은 자석이 숨겨져 있었다. "아무한테도 말 안 하겠다고 약속해요."

"말 안 하면?"

우리는 카드 게임의 속임수를 두고 다투는 어른들 같았다.

앙헬이 말했다. "아저씨가 약속을 지키면 나도 비밀을 지킬게요." 그의 갈색 눈동자는 어떤 속내도 비치지 않았다.

"약속하마." 내가 말했다.

마르타는 앙헬에게 입을 맞추고 베개를 반듯하게 펴서 앙헬을 눕힌 후 침대 옆에 있는 작은 램프를 껐다.

"금방 침대로 올 거지?" 앙헬이 물었다.

"손님들 가시면."

"그게 언젠데?"

"그걸 엄마가 어떻게 알아?"

"내가 아프다고 하면 되잖아. 또 토할지도 몰라. 아스피린이 안 들어. 아프단 말이야."

"그냥 가만히 누워 있어. 눈 감고. 곧 아빠가 올라오실 거야. 그럼 손님들이 전부 가실 테니까 그때 엄마도 올게."

"아저씨는 나한테 잘 자라는 인사 안 했잖아요." 앙헬이 나를 꾸짖었다.

"잘 자렴." 나는 친근한 척 앙헬의 머리에 손을 얹고는 거칠고 메마른 머리칼을 헝클어뜨렸다. 그러고 났더니 내 손에서 생쥐 냄새가 났다.

복도로 나왔을 때 내가 마르타에게 말했다. "쟤도 아는 것 같은데."

"설마."

"그럼 비밀을 지키겠다는 게 무슨 소리야?"

"아이들이 다 그렇지." 하지만 앙헬을 아이로 보기는 어려웠다.

마르타가 말했다. "앙헬이 많이 아팠어. 저 정도면 점잖은 거 아니야?"

"그래. 아주 점잖군."

"어른처럼?"

"그래. 바로 그거야."

나는 그녀의 손목을 잡아끌며 복도를 따라 걷기 시작했다. "이 방에는 누가 묵지?"

"아무도 없어."

나는 문을 열고 그녀를 안으로 끌어당겼다. 마르타가 말했다. "안 돼. 어떻게 그래?"

"석 달 만에 돌아왔는데 그동안 한 번밖에 못 했어."

"누가 당신더러 뉴욕에 가라고 등 떠민 것도 아니잖아. 오늘 밤엔 내가 그럴 기분이 아니라는 거 모르겠어?"

"오늘 밤에 오라고 한 건 당신이야."

"당신을 보고 싶어서 그랬어. 그게 다야. 섹스를 하고 싶었던 게 아니라."

"날 사랑하지 않는 거지?"

"그런 질문은 하면 안 돼."

"왜?"

"왜냐하면 나도 당신한테 똑같이 물을 테니까."

그녀의 반박은 일리가 있었고, 그것이 나를 화나게 했으며, 분노는 정욕을 쫓아버렸다.

"당신 인생에는 몇 개의 '모험'이 있지?"

"네 개." 그녀는 망설임 없이 답했다.

"그럼 난 네 번짼가?"

"그래. 당신을 굳이 모험이라 불러야겠다면."

몇 달 후 이 관계가 끝났을 때 나는 그녀의 단순명쾌함을 깨닫고 그 진가를 알았다. 그녀는 연기를 하지 않았다. 내 질문에 정확히 답했다. 싫어하는 것을 좋아하는 척하거나, 관심 없는 것에 거짓 호기심을 보이는 법이 없었다. 내가 끝내 그녀를 이해하지 못했다면, 내가 그저 제대로 된 질문을 던지지 못한 탓이다. 그녀가 코미디언이 아니라는 말은 사실이었다. 그녀는 순수함의 미덕을 잃지 않았으며, 이제 나는 내가 그녀를 사랑했던 이유를 알고 있다. 결국, 여성이 나를 끌어당기는 힘은 아름다움을 제외한다면 '선함'이라는 그 애매모호한 자질이었다. 몬테카를로의 그 여자는 남학생 하나 때문에 남편을 배신했지만, 그녀의 동기는 관대했다. 마르타 역시 남편을 배신했지만, 나를 붙든 건 나에 대한 마르타의 사랑(만약 사랑했다면)이 아니라 아들을 향한 그녀의 맹목적이고 이타적인 애정이었다. 선한 사람에게서는 안정감을 느낄 수 있다. 나는 왜 그 선함에 만족하지 못했을까, 왜 그녀에게 항상 어긋난 질문만 던졌을까?

"왜 모험은 영원히 계속되지 않을까?" 나는 그녀를 놓아주며 물었다.

"내가 어떻게 알겠어?"

나는 그녀에게 받았던 딱 한 통의 진짜 편지가 떠올랐다. 그 외에는 남의 손에 들어갈 경우를 대비해 알쏭달쏭하게 쓴 밀회 약속용 쪽지뿐이었다. 내가 뉴욕에 있을 때였는데, 내가 먼저 그녀에게 의심과 질투 가득한 시큰둥한 편지를 보냈던 게 틀림없다. (이스트 56번가의 매춘부를 찾은 나는 당연히 그녀도 빈 시간을 메워줄 상대를 찾았으리라 넘겨짚었다.) 그녀는 앙심 없이 다정한 답장을 보내 왔다. 극악무도한 범죄로 교수형 당한 아버지가 있다면, 그런 쩨쩨한 불평 따위는 가볍게 넘길 수 있는 것이다. 그녀는 앙헬이 수학을 잘한다고 썼다. 앙헬에 대한 얘기를 많이 하면서 앙헬이 악몽을 꾼다고 했다 - '요즘은 거의 매일 밤 집에서 앙헬과 함께 있어.' 당장에 나는 그녀가 저녁에 집에 있지 않을 때는 누구와 뭘 할까 궁금해지기 시작했다. 남편과 함께 있거나, 내가 처음 그녀를 만났던 카지노에 있을 거라고 나 자신을 다독여 봤지만 소용없었다.

그런데 내가 어떤 생각을 할지 꿰뚫어 보기라도 한 것처럼 그녀는 느닷없이 이렇게 - 혹은 이런 취지의 말을 - 썼다. '어쩌면 성생활은 큰 시험일지도 몰라. 사랑하는 이들에 대한 관용과 우리가 배신했던 이들에 대한 애정으로 위기를 잘 넘길 수 있다면, 우리 안의 선과 악에 대해 크게 걱정할 필요는 없어. 하지만 질투, 불신, 잔인함, 복수, 비난…… 여기에 휘말리면 우리는 실패하고 말 거야. 설령 우리가 사형 집행자가 아니라 피해자라 해도, 그 실패에 잘못이 있어. 육체적 정절을 지킨다고 모든 게 용서되는 건 아니야.'

그 순간 내가 그녀의 편지에서 느낀 것은 허세와 가식이었다. 나는 나 자신에게 화가 났고, 그녀에게도 화가 났다. 그래서 그 다정한 편지를, 그녀에게 받은 유일한 그 편지를 갈기갈기 찢어버렸다. 내가 이스트 56번가의 아파트에서 오후 두 시간을 보냈다는 이유로 그녀가 내게 설교를 하는 것만 같았다. 그녀가 그 사실을 알 리 만무한데 말이다. 이런 까닭으로, 나의 잡동사니 같은 유물들 - 마이애미에서 산 문진, 몬테카를로 카지노 입장권 - 가운데 그녀의 편지는 한 쪼가리도 남아 있지 않다. 그래도, 어린애가 쓴 것처럼 동글동글했던 그녀의 글씨는 또렷이 기억난다. 그녀의 말투는 기억나지 않지만.

"그래." 내가 말했다. "내려가는 게 좋겠군." 우리가 서 있는 방은 횅뎅그렁하니 추웠다. 벽에 걸린 그림들은 건물 관리 직원이 고른 것 같았다.

"당신이나 가. 난 그 사람들 보기 싫으니까."

"애가 나으면 콜럼버스 동상 옆에서?"

"콜럼버스 동상 옆에서."

나는 아무런 기대도 하지 않았는데 그녀가 두 팔로 나

를 껴안으며 말했다. "불쌍한 자기. 환영회가 엉망이 돼버렸네."

"당신 잘못도 아닌데 뭘."

그녀가 말했다. "지금 해. 얼른 끝내버리는 거야." 그녀는 침대 끄트머리에 누워서 나를 자기 쪽으로 끌어당겼다. 그때 복도에서 앙헬의 목소리가 들려왔다. "아빠, 아빠."

"신경 쓰지 마." 마르타가 무릎을 세우자, 나는 다이빙대 밑에 있던 닥터 필리포의 시신이 떠올랐다. 출산과 사랑, 죽음은 그 자세가 서로 무척이나 닮았다. 나는 아무것도 할 수 없었다, 아무것도. 내 자존심을 구원해 줄 흰 새는 날아 들어오지 않았다. 그 대신 계단을 올라오는 대사의 발소리가 들렸다.

"걱정 마." 마르타가 말했다. "여긴 안 들어올 거야." 하지만 내 몸이 굳어버린 건 대사 때문이 아니었다. 내가 일어나자 그녀가 말했다. "신경 쓰지 마. 내가 괜한 생각을 했어."

"콜럼버스 동상 옆에서 보는 거지?"

"아니. 더 나은 데를 찾아볼게, 내가 꼭."

그녀는 앞장서서 방 밖으로 나가 큰 소리로 불렀다. "루이스."

"아, 여보?" 그는 앙헬의 퍼즐을 들고 그들의 방으로 다가왔다.

"브라운 씨한테 여기 방들을 보여주고 있던 참이었어. 망명자 몇 명 받아줘도 될 것 같다고 말씀하시네." 마르타의 목소리에서 거짓이라곤 전혀 느껴지지 않았다. 그녀는 더할 나위 없이 편해 보였다. 우리가 코미디언에 대해 얘기할 때 그렇게 발끈하더니 그녀야말로 우리 가운데 최고의 코미디언이었다. 나는 내 역할을 그리 잘 해내지 못했다. 내 목소리는 초조함을 드러내며 딱딱하게 굳어 있었다. "나는 이만 가보겠습니다."

"왜요? 이렇게나 빨리." 마르타가 말했다. "오랜만에 만났잖아요. 안 그래, 루이스?"

"만날 사람이 있어서요." 이 말을 할 때만 해도 실제로 그런 일이 벌어질 줄은 몰랐다.

3

　기나긴 하루는 아직 끝나지 않았다. 자정까지는 한 시간, 아니 한참이나 남아 있었다. 나는 차를 몰고, 여기저기 구멍이 뚫려 있는 해안 도로를 달렸다. 나와 있는 사람은 거의 없었다. 통금이 해제되었다는 사실을 모르거나, 아니면 함정이 아닐까 두려워서였을 것이다. 내 오른편의 얕은 구덩이에는 야자수 몇 그루가 자라고 사이사이로 반짝이는 물줄기가 기어 다니듯 흘렀다. 그곳에 한 줄로 늘어선 울타리 쳐진 나무 오두막들은 마치 쓰레기 더미 속의 고철처럼 보였다. 더러 몇몇 사람들이 촛불 하나를 켜놓고 모여 앉아, 관 옆의 문상객들처럼 몸을 숙인 채 럼주를 마시고 있기도 했다. 가끔은 은밀한 음악 소리도 들렸다. 길 한복판에서 춤을 추는 한 노인 때문에 브레이크를 밟아 차를 멈추어야 했다. 그가 다가와서 차창으로 나를 들여다보며 피식 웃었다—그날 밤 포르토프랭스에서 두려움에 떨지 않은 사람이 적어도 한 명은 있었다. 나는 그의 사투리를 이해하지 못하고 차를 계속 몰았다. 메르 카트린네에 발길을 끊은 지 2년이 넘었지만, 오늘 밤은 그녀의 서비스가 필요했다. 내 몸 안에 깃든 발기부전이라는 저주를 풀어줄 마녀가 필요했다. 이스트 56

번가의 여자가 떠올랐고, 마지못해 마르타를 떠올렸을 땐 발끈 화가 났다. 내가 원했을 때 그녀가 응해 주었다면 이런 일은 일어나지 않았을 터였다.

메르 카트린의 매음굴 직전에 길이 갈라지고, 포장도로 (그걸 포장도로라고 부를 수 있을지 모르겠지만)가 돌연 끝나 버렸다(돈이 떨어졌거나 아니면 누군가가 자기 몫을 받지 못한 모양이었다). 왼편은 남쪽으로 향하는 간선도로였는데, 거의 지프차만 다녔다. 남쪽에서 누군가가 침입해 들어올 가능성은 없어 보였는데, 놀랍게도 그곳에 검문소가 설치되어 있었다. 나는 'USA-아이티 공동 5개년 계획. 남부대로'라고 적힌 거대한 플래카드 아래에 서서 평소보다 더 세심한 수색을 받았다. 미국인들은 떠나버렸고, 5개년 계획에서 남은 거라곤 물웅덩이 위의 게시판, 도로에 난 물길, 진흙 속에 송장처럼 방치된 준설기 한 대와 돌멩이들뿐이었다.

수색이 끝난 후 나는 오른쪽으로 꺾어 들어가 메르 카트린네에 도착했다. 사방이 무척 고요했다. 과연 차에서 내릴 가치가 있을까 싶은 생각이 들었다. 여러 칸으로 나뉜 마구간처럼 생긴 기다랗고 낮은 오두막은 사랑을 위한 공간이었다. 메르 카트린이 손님을 받고 술을 대접하는 본관에 불이 켜져 있었지만, 음악 소리도 춤추는 소리도 들리지 않았다. 순간 신의를 지키고픈 유혹이 들어 그냥 떠나버리고 싶었다. 하지만 그토록 멀리서 울퉁불퉁한 도로를 달리며 내내 품고 온 나쁜 마음을 이제 와 떨쳐버릴 순 없었다. 나는 어둑한 구내를 조심조심 가로질러 빛을 향해 움직이는 내내 나 자신을 증오했다. 어리석게도 오두막 벽에 차를 대어놓은 바람에 주위가 캄캄해서 차에서 내리자마자 지프차에 걸려 비틀거렸다. 불을 끈 채

서 있는 차의 운전석에 한 남자가 잠들어 있었다. 나는 이번에도 몸을 돌려 떠나고 싶은 마음이 불쑥 들었다. 포르토프랭스에 있는 지프차들의 주인은 거의 통통 마쿠트였고, 통통 마쿠트 대원들이 메르 카트린의 여자들과 밤을 보내고 있다면 외부 고객들이 끼어들 자리는 없을 터였다. 하지만 자기 혐오에 빠진 나는 고집스럽게 밀고 나갔다. 내가 비틀거리는 소리를 들은 메르 카트린은 석유 램프를 들고 문간으로 나와 나를 맞았다. 그녀는 영화에 나오는 미국 최남부 지역의 유모 같은 얼굴에, 한때는 아름다웠을 자그맣고 여린 몸매를 가지고 있었다. 그녀의 얼굴에는 천성이 그대로 드러나 있었다. 내가 아는 한 그녀는 포르토프랭스에서 가장 친절한 여자였다. 그녀는 자기가 데리고 있는 여자들이 좋은 집안 출신이며, 자기 가게에서 용돈이나 몇 푼 벌고 있는 것처럼 굴었다. 그녀의 가르침에 따라 사람들 앞에서 완벽한 태도를 보이는 여자들을 보면 정말 그런가 하고 깜빡 속아 넘어갈 정도였다. 손님들 역시 각자의 방에 들어가기 전까지 점잖게 행동하면서, 수녀원 학교의 학기말 파티라 해도 믿을 만한 커플 댄스를 지켜봐야 했다. 3년 전 메르 카트린이 짐승 같은 손님으로부터 여자를 구해내는 것을 본 적이 있었다. 나는 럼주를 마시고 있다가, 우리가 마구간이라 부르는 곳에서 새어 나오는 비명 소리를 들었다. 내가 어떻게 할까 결정을 내리기도 전에 메르 카트린이 주방에서 손도끼를 가져오더니, 출동을 준비하는 작은 리벤지호[1]처럼 거침없이 앞으로 나아갔다. 그녀의 상대는 칼로 무장한 데다 덩치가 그녀의 두 배였고, 럼주에 취해 있었다. (그자

---

1 1577년에 건조된 영국의 전함.

는 뒷주머니에 술병을 몰래 숨겨 들어간 것이 분명했다. 메르 카트린이 그런 상태의 남자를 여자와 함께 내보냈을 리 없으니 말이다.) 메르 카트린을 본 남자는 몸을 돌려 달아나 버렸고, 나중에 내가 떠날 때 주방 창문으로 보니 그 여자가 메르 카트린의 무릎에 앉아 아이처럼 뭐라고 낮은 목소리로 중얼거리는 모습이 보였다. 나는 알아들을 수 없는 사투리였다. 결국 여자는 비쩍 마르고 작은 어깨에 기대어 잠들었다.

메르 카트린이 내게 경고의 말을 속삭였다. "통통 놈들이 있어요."

"그럼 남은 여자는 없소?"

"있긴 하지만, 손님이 좋아하시는 아이는 지금 바빠요."

2년 동안 오지 않은 나를 메르 카트린은 기억하고 있었고, 더욱더 놀라운 것은 그 아이가 아직도 여기 있다는 사실이었다 – 이제는 거의 열여덟 살이 됐을 터였다. 그녀를 찾을 수 있으리라 기대한 건 아니지만, 그래도 실망스러웠다. 나이가 들면, 매음굴에서라도 옛 친구를 더 찾게 되는 법이다.

"놈들 분위기가 험악한가?" 내가 메르 카트린에게 물었다.

"그렇지는 않아요. 어떤 귀빈을 호위하고 있어요. 그자는 지금 탱탱이랑 나가 있고요."

나는 떠날까 했지만, 마르타에 대한 원망이 바이러스처럼 온몸에 퍼져 있었다.

"그래도 들어가겠소." 내가 말했다. "목이 마르군. 럼 앤 코크 한 잔."

"이제 콜라는 없어요." 미국의 원조가 끊겼다는 사실을 깜박 잊었다.

"그럼 럼 앤 소다로."

"세븐업이 몇 병 남아 있어요."

"좋아. 세븐업으로 하겠소."

홀의 입구에 통통 마쿠트 대원 하나가 의자에 앉은 채 잠들어 있었다. 그의 선글라스는 무릎에 떨어져 있고, 그의 민낯은 더없이 순진해 보였다. 회색 플란넬 바지의 단추가 하나 떨어져 그 부분이 떡 벌어져 있었다. 홀 안은 완벽한 정적이 흘렀다. 열린 문 사이로, 벌룬스커트에 흰색 모슬린 옷을 입은 네 명의 여자가 보였다. 그들은 아무 말 없이 오렌지에이드를 빨대로 쪽쪽 빨아 먹고 있었다. 그중 한 명이 빈 유리잔을 들고 자리를 떴다. 모슬린을 하늘거리며 아름답게 걷는 모양새가 꼭 드가의 작은 청동 조각상 같았다.

"손님은 한 명도 없소?"

"통통 마쿠트가 왔을 때 다들 가버렸죠."

안으로 들어가자, 벽 옆의 테이블에 앉은 한 남자가 나를 뚫어져라 쳐다보았다. 예전부터 쭉 나를 주시해 왔다는 듯. 그는 경찰서에서 봤던, 그리고 전직 장관의 관을 꺼내려고 영구차의 창을 깨부쉈던 바로 그 통통 마쿠트 대원이었다. 중절모는 의자에 놓아두고, 줄무늬 나비넥타이를 매고 있었다. 나는 그에게 고개 숙여 인사한 다음 다른 테이블 쪽으로 움직이기 시작했다. 그가 두려운 와중에 이런 궁금증이 생겼다. 지금 탱탱에게 위로받고 있는 자―이 건방진 장교보다 더 귀한 손님―는 대체 누구일까? 더 나쁜 인간은 아니기를, 그녀를 위해 빌었다.

장교가 말했다. "어딜 가나 그쪽이 눈에 띄는군."

"눈에 안 띄려고 노력 중입니다만."

"오늘 밤에 여긴 무슨 일로?"

"럼 앤 세븐업을 마시러 왔죠."

쟁반에 내 술을 담아 오는 메르 카트린에게 그가 말했다. "세븐업이 다 떨어졌다고 하지 않았나?" 쟁반에 텅 빈 소다수 병과 술잔이 나란히 놓여 있었다. 통통 마쿠트 장교는 내 술잔을 집어 들어 맛보았다. "세븐업이잖아. 이자한테는 럼 앤 소다를 대접할 수 있다 이거군. 내 친구가 돌아오면 남은 세븐업을 몽땅 바쳐야 할 거야."

"바가 너무 어두워서요. 병들이 뒤죽박죽으로 섞였나 봐요."

"귀한 손님이 누구고," 그는 조금 망설이다가 예의는 지켜야겠다 싶었는지 이렇게 말했다. "덜 귀한 손님은 누군지 구분할 줄 알아야지. 이제 앉으시오." 그가 내게 말했다. 나는 몸을 돌렸다.

"여기 앉으시오. 앉으라니까."

나는 순순히 그의 말을 따랐다. 그가 말했다. "교차로에서 수색받았소?"

"그랬죠."

"여기 입구에서는? 입구에서도 수색받았소?"

"그래요, 메르 카트린한테 받았죠."

"내 부하한테는?"

"자고 있더군요."

"자고 있더라고?"

"그래요."

나는 서슴없이 고자질을 했다. 통통 마쿠트는 자멸이나 하라지. 의외로 그는 아무 말도 하지 않고, 문 쪽으로 가지도 않았다. 그저 불투명한 검은색 렌즈로 나를 멍하니 바라볼 뿐이었다. 무언가 결정을 내린 듯했지만, 내게는 알려주지 않았다. 메르 카트린이 내 술을 가져왔다. 맛을 봤더니 여전히 럼주에 세븐업이 섞여 있었다. 그녀는 용감한 여성이었다.

내가 말했다. "오늘 밤에 부쩍 경계가 심한 것 같습니다만."

"아주 귀한 외국인 손님을 맡았거든. 그분을 안전하게 모시는 게 내 임무요. 그분이 여기로 오자고 하셨지."

"탱탱과 같이 있는 게 안전할까요? 아니면 그 방에 보초라도 세워두셨나, 대위님? 아니, 사령관님이신가?"

"내 이름은 콩카쇠르 대위요. 유머 감각이 있으시군. 난 유머의 가치를 알아. 농담도 싫어하지 않고. 정치적 가치가 있거든. 농담은 비겁하고 무력한 자들의 탈출구니까."

"귀한 외국인 손님이라고 했습니까, 대위님? 오늘 아침에 보니 외국인을 별로 안 좋아하시는 것 같던데."

"내 개인적으로는 모든 백인을 아주 낮게 평가하고 있소. 똥이 생각나서 얼굴빛이 역겹거든. 하지만 우리는 당신네 사람들도 받아들이고 있소, 나라에 쓸모가 있다면."

"닥터에게 쓸모가 있다는 뜻이겠죠?"

아주 약간의 빈정거림이 섞인 내 말투에 그는 "나는 하나이자 나뉠 수 없는 아이티의 깃발이다. 프랑수아 뒤발리에"라고 응수했다. 그러고는 럼주를 한 잔 마셨다. "물론 백인 중에도 봐줄 만한 인간들이 있긴 하지. 적어도 프랑스인들은 우리와 공통된 문화를 갖고 있으니까. 샤를 드골 장군님도 무척 존경스러운 분이고. 대통령님께서는 그분에게 우리도 유럽 공동체에 가입할 용의가 있다고 편지를 보내셨소."

"답장이 날아왔습니까?"

"이런 일에는 시간이 걸리는 법이오. 논의해야 할 조건들이 있으니까. 우리는 외교라는 걸 이해하고 있소. 미국인들이나 영국인들처럼 실수하지 않는다고."

콩카쇠르라는 이름이 내 머릿속에 계속 맴돌았다. 전에 어디선가 들어본 적이 있었다. 첫음절이 그에게 잘 어울렸고, 스탈린과 히틀러처럼 파괴적인 힘을 암시하는[1] 그이름을 스스로 골랐을지도 몰랐다.

"아이티는 어디까지나 중립국이오." 콩카쇠르 대위가 말했다. "공산주의자들에 대항하는 진정한 보루라고 할 수 있지. 카스트로 같은 인간은 여기서 절대 성공할 수 없소. 우리에게는 충성스러운 농민들이 있으니까."

"아니면 겁에 질린 농민들이거나요." 나는 럼주를 길게 들이켰다. 술 덕분에 그의 허세를 그나마 견딜 수 있었다. "그 귀하신 손님이 늑장을 부리시는군요."

"오랫동안 여자 맛을 못 봤다고 하더군." 그러더니 그가 바닥을 쿵쿵 구르며 메르 카트린에게 버럭 고함을 질렀다. "서비스, 서비스가 왜 이 모양이야. 왜 아무도 춤을 안 추지?"

"자유 세계의 보루." 내가 말했다.

네 여자가 테이블에서 일어났고, 그중 한 명이 축음기를 틀었다. 그들은 우아하고 느리게 움직이며 예스러운 춤을 다 함께 추기 시작했다. 벌룬스커트가 은 향로처럼 흔들리며, 새끼 사슴 같은 빛깔의 가녀린 다리들을 드러냈다. 그들은 조금씩 떨어진 채 서로에게 다정히 미소 지었다. 아름다운 그들은 똑같은 깃털을 가진 새들처럼 구분이 되질 않았다. 그들이 상품이라는 사실을 믿기 힘들었다. 하긴, 그렇지 않은 사람이 어디 있으랴.

"물론 자유 세계가 돈벌이가 좋죠." 내가 말했다. "그것

---

1 '콩카쇠르(Concasseur)'는 프랑스어로 분쇄기를 뜻한다.

도 달러로 버니까."

콩카쇠르 대위는 내 시선이 어디로 향해 있는지 알아
챘다. 검은 안경 너머로 그가 놓치는 건 아무것도 없었다.
그가 말했다. "당신에게 여자를 대접하겠소. 머리에 꽃 꽂
고 있는 저기 저 조그만 여자, 루이즈. 저 여자는 우리를
안 쳐다보고 있지. 내가 질투할까 봐 겁먹은 거야. 매춘부
를 질투하다니! 황당해서 원! 내 한마디면 저 여자는 당
신을 극진히 모실 거요."

"여자는 필요 없습니다." 아량을 베푸는 척하는 그의 속
내를 나는 간파했다. 개에게 뼈다귀를 던져주듯 백인에게
매춘부를 던져주는 것이다.

"그럼 여긴 왜 왔소?"

타당한 질문이었다. 나는 그저 빙빙 돌며 춤추는 여자
들을 바라보며 "생각이 바뀌었어요"라고 답할 수밖에 없
었다. 나무 헛간, 럼주 바, 낡은 코카콜라 광고지를 배경
으로 춤을 추기에는 아까운 여자들이었다.

내가 말했다. "공산주의자들이 두렵지 않아요?"

"오, 그자들은 전혀 위험하지 않소. 조금이라도 위험해
지면 미국이 해병대를 보내겠지. 물론 포르토프랭스에도
공산주의자들이 몇 명 있소. 이름도 알고 있고. 그들은 위
험인물이 아니오. 만나서 마르크스나 같이 읽는 작은 연
구회지. 당신은 공산주의자요?"

"설마요. 나는 호텔 트리아농 주인입니다. 미국인 관광
객들 덕분에 먹고살죠. 난 자본주의자예요."

"그럼 당신도 우리 쪽 사람이군." 그는 자기 딴에 최대
한 정중함을 발휘하여 말했다. "물론 피부색은 빼고."

"욕이 지나치시네."

"오, 피부색은 어쩔 수 없잖소."

"아니, 내가 그쪽 사람이라고 말하지 말란 뜻입니다. 자본주의 국가가 추악해지면, 자본주의자라도 등을 돌릴 수 있으니까요."

"자본주의자는 25퍼센트의 몫만 받아 챙길 수 있으면 절대 배신하지 않소."

"약간의 인간성도 필요하죠."

"꼭 가톨릭 신자처럼 말씀하시는군."

"맞아요. 그럴지도 모르겠군요. 믿음을 잃어버린 가톨릭 신자. 하지만 당신네 자본주의자들 역시 믿음을 잃어버리기도 하지 않습니까?"

"목숨을 잃었으면 잃었지 믿음은 절대 잃지 않소. 그들의 돈이 곧 믿음이니까. 어떻게든 끝까지 지켜내서 자식들에게 남겨주지."

"그런데 귀한 손님이라는 그분, 그분은 충성스러운 자본주의자입니까, 아니면 우익 정치인입니까?" 그가 술잔에 든 얼음을 쨍그랑거리는 사이 나는 콩카쇠르라는 이름을 어디서 들었었는지 기억났다. 프티 피에르가 약간은 경외감 어린 표정으로 그에 대해 얘기했었다. 어느 미국 수도 회사의 직원들이 철수되고 미국 대사들이 본국으로 소환당한 후, 콩카쇠르 대위는 그 회사의 모든 준설기와 펌프를 빼내서 켄스코프의 산촌으로 보내 자신의 무모한 프로젝트를 진행했다. 월말에 돈을 받지 못한 인부들이 떠나는 바람에 공사는 더 이상 진척되지 못했다. 자기에게도 적당한 몫이 떨어지리라 기대했을 통통 마쿠트 상관을 콩카쇠르가 만족시키지 못했다는 소문도 있었다. 이렇게 해서 콩카쇠르가 계획했던 건물은 그저 장식용으로 켄스코프의 비탈에 서 있게 되었다. 그 시멘트 기둥 네 개와 시멘트 바닥은 열기와 빗물에 벌써부터 금이 가기 시작했다. 지금 마구간에서 탱탱과 놀고 있는 귀한 손님은 혹시 그를 도와줄 금융업자일까? 하지만 어떤 제정신 박힌 금융업자가 이제 관광객이라고는 찾아오지 않는 이 나라에서 켄스코프 언덕에 아이스링크를 짓겠다는 사람에게 돈을 빌려주겠는가?

"우린 기술자들이 필요하오. 백인이라도 상관없소." 콩카쇠르가 말했다.

"크리스토프 황제는 기술자들 없이도 해냈죠."

"우리는 크리스토프보다 현대적인 사람들이잖소."

"그래서 성채 대신 아이스링크를 지으려고요?"

"더 참고 들어줄 수가 없군." 콩카쇠르 대위의 말에 나는 내가 도를 넘었다는 걸 알았다. 그의 아픈 상처를 건드린 것이다. 나는 조금 겁이 났다. 마르타와 섹스를 했다면 완전히 다른 밤을 보내고 있었을 텐데. 정치니 권력의 부패니 하는 것들은 잊은 채 호텔의 내 방에서 푹 자고 있었을 텐데. 콩카쇠르 대위는 권총집에서 리볼버를 빼내더니 빈 술잔 옆에 내려놓았다. 그러고는 흰색과 파란색 줄무늬의 셔츠로 턱을 떨구었다. 그는 미간 사격의 득과 실을 꼼꼼히 따지기라도 하는 것처럼 우울한 침묵 속에 앉아 있었다. 그의 입장에서 보자면 손해 볼 것이 전혀 없었다.

메르 카트린이 다가와 내 뒤에 서서 럼주 두 잔을 내려놓았다. 그러고는 이렇게 말했다. "친구분이 탱탱이랑 30분 넘게 있었어요. 이제 시간이……."

"그냥 내버려 둬." 대위가 말했다. "하고 싶은 만큼 하게 해줘. 귀한 분이니까. 아주 귀한 분." 그의 입가에 고인 침이 독액처럼 작은 거품을 일으켰다. 그는 손가락 끝으로 리볼버를 만지며 말했다. "아이스링크는 아주 현대적이지."그의 손가락들이 럼주와 리볼버 사이를 오갔다. 다행히도 그는 술잔을 집어 들었다. "아이스링크는 멋져. 속물적이야."

메르 카트린이 말했다. "그 돈으로는 30분밖에 못 해요."

"내 시계는 다르게 움직이거든." 대위가 말했다. "넌 잃을 게 없잖아. 다른 손님도 없는데."

"므슈 브라운이 있잖아요."

"오늘 밤은 됐소." 내가 말했다. "그렇게 귀한 손님 뒤를 내가 어떻게 감당하겠어."

"그럼 왜 아직도 여기 있지?" 대위가 물었다.

"목이 말라서요. 궁금하기도 하고. 아이티에 귀한 손님이라니, 흔한 일이 아니니까. 그분이 아이스링크에 돈을 대주는 겁니까?" 대위는 리볼버를 쳐다봤지만, 순간적으로 욱해서 일을 저지를 만한 정말 위험한 순간은 이미 지나갔다. 앓고 난 병의 흔적처럼 그 징후만이 남았을 뿐이었다. 누런 눈알에 터진 실핏줄, 어쩐지 비뚜름해진 줄무늬 넥타이. 내가 말했다. "그 귀한 외국인 손님께서 들어왔다가 허연 송장을 보시면 기분이 안 좋으실 텐데요. 그러다 사업이 틀어지면 어쩌시려고."

"그거야 나중에 얼마든지 처리할 수……." 그는 음침한 진실을 얘기하다가 굉장한 미소를 지어 보였다. 그의 아이스링크 시멘트가 갈라져 금이 생겼듯, 그의 얼굴에도 주름이 갔다. 공손하고 겸손하기까지 한 미소였다. 그가 자리에서 일어났고, 내 뒤로 홀 문이 닫히는 소리가 들리기에 고개를 돌려보니, 온몸을 흰옷으로 두른 탱탱이 역시 미소 짓고 있었다. 교회 문에 선 신부처럼 얌전하게. 하지만 그들은 서로에게 미소 짓고 있지 않았다. 그들의 미소는 탱탱에게 팔을 붙잡혀 있는 아주 귀한 손님에게 향해 있었다. 존스 씨였다.

4

"존스." 나는 외쳤다. 그의 얼굴에 여전히 남아 있는 싸움의 흔적은 반창고로 깔끔하게 가려져 있었다.

"아니, 브라운 씨 아니십니까." 그가 다가와서는 아주 따뜻하게 내 손을 잡고 흔들었다. "지인을 보니 반갑군요." 그는 마치 우리가 마지막 전투 후로 재향 군인회에서 처음 만난 퇴역군인들인 것처럼 말했다.

"어제도 만났잖습니까." 내 말에 그는 약간 민망해하는 기색을 보였다. 하지만 불편한 순간이 지나가자 존스는 금세 그 일을 잊었다. 그가 콩카쇠르 대위에게 설명했다. "브라운 씨와 나는 메데이아호를 함께 타고 왔답니다. 그나저나 스미스 씨는 어때요?"

"어제 당신을 면회했을 때와 거의 똑같죠. 당신 걱정을 많이 했어요."

"나를요? 왜요?" 그가 말했다. "이런. 내 어린 친구를 소개 안 했군요."

"탱탱과는 서로 잘 압니다."

"그럼 됐어요, 됐어. 앉아요, 아가씨, 다 같이 브랜디나 한잔합시다."

존스는 탱탱에게 의자를 빼주고는 내 팔을 잡아 나를 약간 옆으로 데려가더니 낮은 목소리로 말했다. "그 일은 다 지나간 옛일입니다."

"무사히 나와서 다행이군요."

그는 애매모호하게 설명했다. "내 편지 덕분이었죠. 잘 풀릴 줄 알았습니다. 난 별로 걱정 안 했어요. 쌍방 간에 오해가 있었던 거니까요. 그래도 아가씨들이 그 일을 몰 랐으면 싶군요."

"알고 보면 아주 동정심 많은 여자들이랍니다. 그런데 저자는 모릅니까?"

"아, 알지만 비밀을 지켜줄 겁니다. 그간의 사정은 내일 다 말씀드릴 생각이었지만, 오늘 밤엔 여자가 절실히 필 요했답니다. 탱탱과 아는 사이라고요?"

"그래요."

"상냥한 아가씨더군요. 내가 잘 골랐지 뭡니까. 대위는 꽃을 꽂고 있는 저 여자를 데려가라고 했습니다만."

"별 차이는 없었을 겁니다. 메르 카트린이 데리고 있는 여자들은 다 상냥하니까요. 그런데 저자와 뭘 하고 있는 겁니까?"

"작은 사업을 함께하고 있죠."

"아이스링크가 아니고요?"

"아닙니다. 아이스링크는 왜요?"

"조심해요, 존스. 위험한 사람이니까."

"걱정 마십시오. 난 산전수전 다 겪은 사람이랍니다." 메르 카트린이 지나갔다. 그녀의 쟁반에는 남은 세븐업을 몽땅 털어 넣어 만들었을 럼주 칵테일이 담겨 있었다. 존 스가 한 잔을 집어 들며 말했다. "내일 여권을 받을 수 있 을 겁니다. 내 차를 찾으면 가서 뵙도록 하죠." 그는 탱탱 에게 손을 흔들고, 대위에게는 "Salut(건배)"라고 외쳤다. "여기가 마음에 듭니다. 힘든 일은 다 지나갔어요."

나는 홀을 떠났다. 입안에 세븐업 맛이 물리도록 감돌 았다. 나는 지나가면서 보초의 어깨를 흔들었다―누군가 에게 호의를 베풀어도 좋으리라. 더듬더듬 지프차를 지나 내 차로 향하는데 뒤에서 발소리가 들려 옆으로 피했다.

대위가 아이스링크의 명예를 지키기 위해 왔을지도 모른 다는 생각이 들었지만, 탱탱이었다.

그녀가 말했다. "그 사람들한테는 오줌 누러 간다고 했 어요."

"요즘 어떻게 지내, 탱탱?"

"잘 지내요. 브라운 씨는……."

"Ça marche(좋아)."

"차에서 잠깐 기다리시지 그래요? 그 사람들은 금방 갈 거예요. 그 영국인은 tout à fait épuisé(완전히 지쳤어요)."

"그렇겠지. 그런데 나도 피곤해. 가봐야겠어. 탱탱, 그 사람이 못되게 굴진 않았지?"

"아, 네. 마음에 들었어요. 아주 많이."

"뭐가 그렇게 좋았지?"

"날 웃게 해줬거든요." 이때뿐만 아니라 앞으로도 여러 번 나를 심란하게 만들 말이었다. 나는 지리멸렬한 삶 속 에서 이런저런 요령을 터득했지만, 남을 웃기는 재주는 익히지 못했다.

2부

1

1

한동안 존스는 사회복지부 장관의 시신만큼이나 완벽하게 자취를 감추었다. 시신이 어떻게 됐는지 아는 사람은 아무도 없었다. 대통령 후보는 시신을 되찾으려 몇 차례 시도해 보기도 했다. 그는 신임 장관의 사무실까지 뚫고 들어가 신속하고도 정중한 환영을 받았다. 프티 피에르가 그를 '트루먼의 적수'로 한껏 띄워주었고, 장관은 트루먼에 대해 들어본 적이 있었다.

작은 몸집에 뚱뚱한 그는 무슨 까닭인지 남학생 사교 클럽 핀을 꽂고 있었고, 큼직하고 흰 치아들은 훨씬 더 큰 묘지를 위해 만들어진 묘비들처럼 띄엄띄엄 떨어져 있었다. 그의 책상에서 흙을 채우지 않고 계속 열어놓은 무덤 같은 기묘한 냄새가 났다. 나는 통역이 필요할 상황을 대비하여 스미스 씨와 동행했지만, 신임 장관은 비음이 조금 섞인 억양으로 영어를 유창하게 구사했다. 남학생 사교 클럽 핀을 꽂고 있는 이유를 어느 정도 알 것 같았다(그가 미국 대사관에서 '심부름꾼'으로 얼마 동안 일했다는 사실을 나중에 알았다. 그 후 통통 마쿠트에서 그라시아 대령─뚱보 그라시아로 불렸다─의 특별 보좌관으로 근무한 이력이 없었다면, 보기 드물게 연줄 없이 장관 자리까지 오른 사례가 되었을지도 모른다).

스미스 씨는 자신이 들고 온 소개장의 수신인이 닥터 필리포인 이유를 해명했다.

"가여운 필리포." 장관이 이렇게 말하자, 나는 드디어 필리포의 최후에 대한 공식적인 입장을 듣게 되는 건가 싶었다.

"그분은 어떻게 된 겁니까?" 스미스 씨는 감탄스러울 만큼 단도직입적으로 물었다.

"그건 영영 알 수 없을 겁니다. 항상 울적한 얼굴을 하고 있는 이상한 사람이었어요. 솔직히 말씀드리자면, 교수님, 그는 금전적으로 상황이 별로 좋지 않았습니다. 드제 가의 양수기가 문제였죠."

"그분이 자살했다는 말입니까?" 나는 스미스 씨를 과소평가했다. 그는 대의명분을 위해서라면 간계를 쓸 줄도 아는 사람이었고, 지금은 속셈을 잘 감추고 있었다.

"그럴 수도 있고, 아니면 국민들에게 앙갚음을 당했을지도 모르죠. 우리 아이티인들은 우리 나름의 방식으로 독재자를 제거하는 전통이 있답니다."

"닥터 필리포가 독재자였다고요?"

"드제 가의 사람들은 양수기가 생길 거라는 거짓말에 불행히도 속아 넘어갔으니까요."

"그럼 이제 양수기가 제대로 작동하겠군요?" 내가 물었다.

"내 첫 사업 중 하나가 될 겁니다." 그는 자기 뒤의 책장에 꽂힌 서류철들로 손을 흔들었다. "하지만 보시다시피 할 일이 산더미라서요." 그의 '할 일'을 묶어놓은 강철 집게들은 장마철을 여러 해 겪은 탓에 녹슬어 있었다. '할 일'은 재깍재깍 해결되지 않고 있었다.

스미스 씨는 영리하게 응수했다. "그럼 닥터 필리포는 아직 실종 중입니까?"

"교수님네 나라의 전쟁 공보물이 표현했던 대로 하자 면, '사망으로 추정되는 실종'이겠죠."

"하지만 난 그분의 장례식에 참석했는데요." 스미스 씨 가 말했다.

"그분의 뭐라고요?"

"그분의 장례식 말입니다."

나는 장관의 얼굴을 살폈다. 당황스러운 기색은 전혀 없었다. 그는 개가 짖는 듯한 소리를 내며 짧게 웃더니(프 렌치 불도그가 떠올랐다) 이렇게 말했다. "장례식 같은 건 없었습니다."

"중단당했어요."

"우리의 적들이 얼마나 악랄한 선전 공작을 펼치고 있 는지 교수님은 상상도 못 하실 겁니다."

"난 교수가 아닙니다. 그리고 관을 내 눈으로 직접 봤어 요."

"그 관에는 돌덩이만 들어 있었어요, 교수님 - 죄송합니 다, 스미스 씨."

"돌덩이요?"

"정확히 말하면 벽돌이죠. 우리가 아름다운 신도시를 건설하고 있는 뒤발리에빌에서 가져온 벽돌이요. 훔친 겁 니다. 언제 시간 되시면 아침에 뒤발리에빌을 한번 보여 드리고 싶군요. 브라질리아에 절대 뒤지지 않습니다."

"하지만 그분의 아내가 거기 있었단 말입니다."

"가엾게도 악랄한 자들한테 이용당한 겁니다. 아무것도 모르고 그런 거라면 다행이고요. 장의사들은 체포됐습니다."

그의 준비성과 창의성은 그야말로 만점이었다. 스미스 씨는 잠시 입을 닫고 있었다.

"재판은 언제 열립니까?" 내가 물었다.

"곧 조사가 진행될 겁니다. 여러 세력이 연루된 음모라서요."

"그럼 그 소문은 사실이 아니군요? 닥터 필리포의 시신이 좀비가 돼서 궁에서 일하고 있다는 소문 말입니다."

"그런 건 죄다 부두교 미신입니다, 브라운 씨. 다행히도 대통령님이 우리나라에서 부두교를 몰아내셨죠."

스미스 씨가 조바심을 내며 끼어들었다. 닥터 필리포 건에 최선을 다했으니, 이젠 자신의 임무에 온 힘을 쏟아야 했다. 좀비나 부두교 같은 시답잖은 이야기로 장관의 반감을 사봐야 좋을 것이 없었다. 장관은 스미스 씨의 말을 대단히 정중하게 경청하다가, 가끔 연필로 뭔가를 끼적거렸다. 퍼센트 기호와 플러스 기호가 셀 수 없이 그려져 있는 걸 보면, 한눈팔며 하는 낙서는 아닌 것 같았다. 마이너스 기호는 하나도 보이지 않았다.

스미스 씨는 식당, 주방, 도서관, 강의실을 수용할 건물에 대해 이야기했다. 가능하면, 확장을 위한 충분한 여유 공간도 필요했다. 언젠가는 극장이나 영화관이 들어설지도 몰랐다. 이미 그의 단체는 다큐멘터리 영화를 공급할 준비가 되어 있었고, 연극을 제작할 기회만 주어진다면 조만간 채식주의자 극작가들의 학교가 만들어질 수도 있었다. "그때까지는 버나드 쇼 작품을 올리면 되지요."

"대단한 사업 계획이군요." 장관이 말했다.

스미스 씨는 일주일 동안 이 나라를 겪었다. 닥터 필리포의 시신이 납치되는 현장을 목격했고, 내 차를 타고 가장 심각한 판자촌 지역을 지나가기도 했다. 그날 아침엔 내 조언을 듣지 않고 우표를 사러 우체국에 가겠다고 고집을 부렸다. 인파 속에서 아주 잠깐 그를 잃었는데, 다시 찾았을 때 그는 창구로 한 발짝도 떼지 못하고 있었다. 외팔이 두 명과 외다리 세 명에게 둘러싸여 있었다. 그중 두 명은 구식 아이티 우표가 붙은 더럽고 낡은 봉투를 그에게 팔려고 했고, 나머지는 노골적으로 돈을 구걸하고 있었다. 두 다리가 없는 한 남자는 스미스 씨의 무릎 사이에 자리를 잡고 앉아, 그의 구두끈을 풀며 구두 닦을 준비를 했다. 모여 있는 이들을 본 다른 사람들도 끼어들려 다투고 있었다. 코가 있어야 할 곳에 구멍이 뚫려 있는 한 청년은 고개를 숙인 채 사람들을 들이받으며, 명소가 되어버린 한복판을 향해 돌진하고 있었다. 두 손이 없는 한 남자는 분홍빛으로 반들거리는 손목 부분을 사람들 머리 위로 들어 올려 자신의 병약함을 외국인에게 과시했다. 요즘은 외국인들이 드물다는 사실만 빼면, 우체국의 흔한 풍경이었다. 나는 힘겹게 몸싸움을 벌이며 스미스 씨에게 다가가다가, 인간의 것 같지 않은 뻣뻣하고 뭉툭한 무언가에 손이 닿았다. 마치 단단한 고무 조각 같았다. 나는 그것을 옆으로 밀쳐버렸고, 인간의 고통을 거부하는 듯한 나 자신에게 혐오감이 느껴졌다. 성모 방문 칼리지의 신부들이 본다면 뭐라고 할까, 하는 생각마저 들었다. 어린 시절의 배움과 믿음은 우리 안에 이토록 깊이 뿌리 박혀 있다. 스미스 씨를 무사히 빼내 오는 데 5분이 걸렸고, 그는 결국 구두끈을 잃고 말았다. 그래서 사회복지부 장관을 방문하기 전 하미트의 가게에 들러 구두끈을 바꾸어야 했다.

스미스 씨가 장관에게 말했다. "물론 센터는 비영리로 운영될 테지만, 사서, 총무, 회계사, 요리사, 웨이터, 그리고 나중에는 당연히 영화관 좌석 안내원까지 고용해야 할 겁니다……. 적어도 스무 명은 되겠군요. 영화는 교육적인 내용으로 무료 상영될 겁니다. 극장은, 뭐, 거기까지 내다볼 필요는 없겠지요. 모든 채식주의 제품은 원가로 공급되고, 도서관의 모든 책은 무료로 대여될 겁니다."

나는 그의 말을 들으며 경악했다. 그의 꿈은 빈틈없이 완벽했다. 현실은 그를 꺾어놓지 못했다. 우체국에서 그 소동을 겪고도 그는 자신이 꿈꾸는 미래를 포기하지 않았다. 산성화와 빈곤과 격정에서 해방된 아이티인들이 머지않아 너트 커틀릿을 행복하게 먹게 되리라.

"뒤발리에빌이라는 신도시 말입니다." 스미스 씨가 말했다. "그곳이라면 아주 적당한 장소가 되겠군요. 나는 현대 건축을 반대하지 않아요. 새로운 사상에는 새로운 그릇이 필요한 법이고, 나는 귀하의 공화국에 새로운 사상을 가져다주고 싶은 겁니다."

"그 문제야 해결할 수 있을 겁니다." 장관이 말했다. "쓸 만한 부지가 있으니까요." 그는 종이에다 작은 플러스 부호를 한 줄로 쭉 썼다. "자금은 충분하시겠죠."

"정부와의 공동 사업을 생각하고 있었습니다만……."

"물론 잘 아시겠지만, 스미스 씨, 우리는 사회주의 국가가 아닙니다. 자유 기업 체제를 지지하죠. 공사는 입찰에 부쳐야 할 겁니다."

"그렇게 합시다."

"물론 시공사는 정부가 최종 선택할 거고요. 입찰가가 낮다고 능사가 아닙니다. 뒤발리에빌의 편의성 확보도 고려해야 하니까요. 그리고 물론 위생 문제가 가장 중요합니다. 따라서 이 사업은 사회복지부 주도하에 진행되어야 할 겁니다."

"좋습니다. 그럼 앞으로 장관님과 의논하면 되겠군요."

"물론 나중에는 재무부와 상의해야 할 겁니다. 세관 쪽도 그렇고요. 수입품은 세관 관할이니까요."

"설마 식품에 세금이 붙지는 않겠지요?"

"영화는……."

"교육용 영화입니다만?"

"음, 그 얘기는 나중에 하도록 하죠. 일단은 부지가 문젭니다. 그리고 비용도."

"정부가 부지를 내주지 않겠습니까? 노동력은 우리가 투자하는데요. 어차피 여기 땅값이 비싸지도 않을 텐데."

"땅의 주인은 정부가 아니라 국민입니다, 스미스 씨." 장관은 점잖게 그를 책망했다. "어쨌든 현대의 아이티에서 불가능한 건 아무것도 없을 겁니다. 제 의견을 말씀드리자면, 공사비에 상당하는 부지 부과금은……."

"말이 안 돼요." 스미스 씨가 말했다. "그 두 가지 비용은 서로 무관하지 않습니까."

"물론 공사가 완료되면 환불받을 수 있습니다."

"그럼 부지는 무료라는 말씀입니까?"

"전적으로 무료지요."

"그럼 부과금을 내야 하는 이유를 모르겠군요."

"인부들을 보호하기 위해서랍니다, 스미스 씨. 외국인이 개입된 사업이 갑자기 중단되는 바람에 인부들이 한 푼도 못 받고 끝나버리는 경우가 많았거든요. 가난한 가족에게는 비극적인 일이죠. 아이티에는 아직 빈곤 가정이 많습니다."

"그렇다면 은행 지불 보증을……."

"현금이 낫습니다, 스미스 씨. 구르드는 한 세대 동안 안정적이었지만, 달러는 약세를 보이고 있으니까요."

"우리 위원회에 편지를 써봐야겠군요. 잘될지는……."

"우리 정부가 모든 진보적인 사업 계획을 환영하며 지원을 아끼지 않을 거라고 쓰십시오, 스미스 씨." 그는 자리에서 일어나 면담이 끝났음을 알렸고, 쌍방에게 유익한 시간이었기를 기대하는 듯 이를 드러내며 활짝 웃었다. 위대한 진보적 사업의 파트너임을 알리기 위해 스미스 씨의 어깨에 팔을 두르기까지 했다.

"그럼 부지 문제는?"

"아주 대단한 부지를 얻게 될 겁니다, 스미스 씨. 성당 근처? 아니면 대학? 극장? 뒤발리에빌의 편의성을 해치지 않는 곳이라면 어디든 괜찮습니다. 아주 아름다운 도시랍니다. 보시면 압니다. 제가 직접 보여드리지요. 내일은 제가 무척 바쁩니다. 만나야 할 사절단이 많아서요. 민주 국가가 어떻게 돌아가는지 다 아시지 않습니까. 아마 목요일은……."

차 안에서 스미스 씨가 말했다. "장관은 꽤 관심이 많아 보이더군요."

"그 분담금 문제를 조심해야 할 겁니다."

"환불해 준다고 하지 않았소."

"건물이 완성되면야 그렇죠."

"관에 벽돌이 들어 있었다는 이야기. 뭔가 있는 것 같소?"

"아니요."

"어쨌든, 우리 중에 닥터 필리포의 시신을 실제로 본 사람은 아무도 없으니. 섣불리 판단해서는 안 되겠지요."

2

대사관을 다녀온 후로 며칠 동안 마르타에게서 아무런 소식이 없자 나는 불안해졌다. 실언을 한마디라도 했던가 기억을 곱씹어 봤지만, 아무것도 떠오르지 않았다. 마르타의 짧고도 딱딱한 편지를 마침내 받았을 땐 마음이 놓이면서도 화가 났다. 앙헬이 다 나았으니, 원하면 동상 옆에서 만날 수 있다는 내용이었다. 나는 밀회 장소에 나갔고, 변한 건 아무것도 없었다. 모든 것이 예전 그대로고 그녀는 상냥했지만, 그럼에도 나는 화낼 빌미를 찾았다. 오, 그래, 마르타는 자기 사정이 허락할 때만 나와 섹스할 용의가 있는 것이다……. 내가 말했다. "계속 차 안에서 만날 수는 없어."

"나도 그 생각을 많이 했어. 사람들 눈을 피하려다 이도 저도 안 되겠어. 내가 트리아농으로 갈게. 손님들을 피할 수만 있다면."

"지금쯤 스미스 부부는 잠자리에 들었을 거야."

"혹시 모르니까 따로 가는 게 좋겠어……. 남편이 당신한테 보내는 메시지를 전하러 왔다고 하면 되겠네. 초대장 같은 거. 당신 먼저 가. 나는 5분 후에 출발할게." 한바탕 언쟁이 벌어질 줄 알았건만, 전에 수도 없이 두드렸던 문이 갑자기 휙 열리는 기분이었다. 나는 그 문을 지나며 실망감만 느꼈다. 이런 생각이 들었던 것이다. 이 여자는 나보다 머리가 빨리 돌아가는군. 요령을 부릴 줄 알아.

호텔에 도착한 나는 스미스 부부의 목소리를 듣고 깜짝 놀랐다. 스푼이 달그락거리고 깡통이 쨍그랑거리는 소리 사이사이에 점잖은 목소리가 간간이 끼어들었다. 그들은 오늘 밤 베란다를 독점하고서 이스트럴과 바민을 먹고 있었다. 나는 이 부부가 단둘이 있을 때 과연 무슨 대화를 나눌까 가끔 궁금했었다. 지나간 선거 운동을 곱씹을까? 나는 차를 세운 뒤 잠시 서서 귀를 기울이다가 계단을 올라갔다. 스미스 씨의 목소리가 들렸다. "이미 두 스푼 다 넣었어, 여보."

"아니야. 안 넣었어."

"먼저 먹어봐. 그럼 알 거야."

이어지는 침묵으로 판단컨대 스미스 씨의 말이 옳았던 모양이었다.

"가끔 궁금해진단 말이야." 스미스 씨가 말했다. "수영장에서 자고 있던 그 가여운 자가 어떻게 됐는지. 우리가 여기 온 첫날 밤에. 기억나, 여보?"

"물론 기억나지. 그때 나도 내려가 볼걸 그랬어." 스미스 부인이 말했다. "그다음 날 조제프한테 물어봤는데, 아무래도 그 사람이 거짓말을 한 것 같아."

"거짓말을 한 게 아니야, 여보. 당신 말을 못 알아들은 거지."

내가 계단을 올라가자 그들이 내게 인사를 건넸다. "아직 안 주무셨습니까?" 나는 조금 바보처럼 물었다.

"스미스 씨가 확인할 우편물이 밀려 있어서요."

마르타가 오기 전에 어떻게든 그들을 베란다에서 내보내야 했다. "너무 늦게 주무시면 안 됩니다. 내일 장관과 함께 뒤발리에빌로 가기로 했잖습니까. 일찍 출발해야 해요."

"괜찮소." 스미스 씨가 말했다. "내 아내는 여기 남아 있을 거요. 덜컹거리는 차에 타 뜨거운 도로를 달려야 할 텐데."

"당신만큼 나도 잘 견딜 수 있어."

"참아, 여보. 굳이 당신까지 갈 필요는 없으니까. 당신은 휴고로 프랑스어 공부나 하고 있어."

"하지만 선생도 좀 주무셔야죠." 내가 말했다.

"난 원래 잠이 없다오, 브라운 씨. 당신도 기억하지, 여보, 내슈빌에서 이틀째 밤에……."

나는 내슈빌이 이 부부의 추억에 무척이나 자주 등장한다는 사실을 알아챘다. 아마도 그들의 선거 운동에서 가장 찬란했던 나날이었기 때문이리라.

"내가 오늘 시내에서 누굴 봤는지 아시오?" 스미스 씨가 물었다.

"글쎄요."

"존스 씨를 봤다오. 제복을 입은 아주 뚱뚱한 남자와 함께 궁에서 나오고 있더군요. 경비대가 경례를 하던데. 물론 존스 씨에게 하는 건 아니었겠지만."

"아주 잘 지내고 있는 모양이군요." 내가 말했다. "감옥에서 궁으로 가다니. 통나무집에서 백악관으로[1] 가는 것보다 못할 것도 없는데요."

"처음부터 느낀 거지만, 존스 씨는 그릇이 큰 사람이오. 일이 잘 풀려서 다행이지 뭐요."

"남한테 폐를 안 끼친다면야, 그렇죠."

아주 약간의 비난조에도 스미스 씨의 표정이 확 굳었고 (그는 이스트럴을 신경질적으로 이리저리 저어댔다), 나는 메데이아호 선장이 받았다는 전보에 대해 얘기해 버리고 싶은 충동에 휩싸였다. 온 세상이 진실하다고 이토록 열정적으로 믿는 것도 성격의 결함이 아닐까?

차 소리가 나를 구해주었고, 잠시 후 마르타가 계단을 올라왔다.

---

1 켄터키주의 통나무집에서 태어나 미국의 대통령이 된 에이브러햄 링컨의 이야기이다.

"이런, 그 매력적인 피네다 부인 아니신가." 스미스 씨가 안도하며 큰 소리로 말했다. 그는 일어나 바쁘게 움직이며 앉을 자리를 하나 만들었다. 마르타는 절망 어린 표정으로 나를 보더니 말했다. "늦은 시간이라 전 이만 가봐야 해요. 남편 대신에 말을 전하러 왔을 뿐이라……." 그녀는 핸드백에서 봉투 하나를 꺼내어 내 손으로 찔러 넣었다.

"위스키 한 잔만 하고 가세요." 내가 말했다.

"아니요, 아니에요. 정말 가봐야 해요."

그때 스미스 부인이 끼어들었다. 약간 딱딱하게 들렸지만, 그저 내 착각일지도 몰랐다. "우리 때문에 서둘러 갈 필요 없어요, 피네다 부인. 스미스 씨와 난 이제 자러 갈 거예요. 이리 와, 여보."

"어차피 전 가야 해요. 아들이 이하선염에 걸렸거든요." 그녀는 과도하게 해명하고 있었다.

"이하선염이요?" 스미스 부인이 말했다. "정말 유감이에요, 피네다 부인. 그렇다면 얼른 집에 가보셔야겠네."

"차까지 모셔다드리죠." 내가 이렇게 말하며 그녀를 데려갔다. 우리는 호텔 진입로 끝까지 차를 몰고 간 뒤 멈추었다.

"뭐가 잘못된 거야?" 마르타가 물었다.

"내 글씨로 당신한테 쓴 편지를 주지 말았어야지."

"준비를 안 했단 말이야. 내 핸드백에 그것밖에 없었어. 부인이 글씨를 봤을 리 없잖아."

"그 부인 시력이 얼마나 무시무시한데. 남편하고는 달라."

"미안해. 이제 어쩌지?"

"그 부부가 잠자리에 들 때까지 기다려야지."

"그런 다음 살금살금 걸어가다가 갑자기 문이 열리고 스미스 부인이……."

"층이 달라."

"그럼 계단 모퉁이에서 틀림없이 부인과 마주칠 거야. 안 되겠어."

"또 한 번의 기회를 이렇게 날려 버리는군." 내가 말했다.

"당신이 돌아온 첫날 밤, 수영장 옆에서…… 정말 하고 싶었는데……."

"바로 위의 존 배리모어 스위트룸에 그 부부가 묵고 있어."

"나무 밑으로 들어가면 되지. 이제 불도 꺼졌는데. 어둡잖아. 스미스 부인이라도 밤눈은 어두울 거야."

나는 이상하게도 내키지 않았다. "모기들이……." 나는 망설임의 이유를 찾으려 애썼다.

"실컷 물어뜯으라지."

지난번엔 그녀가 주저해서 다투었는데, 이번엔 내 차례였다. 나는 속으로 화가 치밀었다. 자기 집은 더럽혀지면 안 되고 내 집은 욕되게 해도 괜찮다는 말인가? 그러다 문득 이런 생각이 들었다. 내 집의 무엇을 욕되게 한다는 거지? 수영장의 사체?

우리는 차에서 내려 최대한 조심스럽게 수영장으로 갔다. 배리모어 스위트룸에는 불이 켜져 있었고, 스미스 부부 중 한 명의 그림자가 모기장을 가로질러 지나갔다. 우리는 야자수 아래의 얕은 내리막 땅에 공동묘지의 송장들처럼 누웠다. 그때 또 다른 죽음이 떠올랐다. 샹들리에에 매달린 마르셀. 마르타도 나도 사랑 때문에 죽지는 않으리라. 슬퍼하며 헤어지고 다른 이를 찾으리라. 우리는 비극이 아닌 희극의 세계에 속해 있었다. 반딧불이들이 나무들 사이로 날아다니며, 우리와 무관한 세상을 간간이 비추었다. 우리─무색인들─는 고향에서 너무 멀리 떨어져 있었다. 나는 전직 장관처럼 무기력하게 누워 있었다.

"왜 그래, 자기? 뭐 화나는 일이라도 있어?"

"아니."

그녀는 풀 죽은 표정으로 말했다. "나를 원하지 않는구나."

"여기서는 좀 그렇군. 지금은 안 되겠어."

"지난번에 내가 당신을 화나게 했잖아. 그걸 보상해 주고 싶었어."

"그날 밤에 무슨 일이 있었는지 당신한테 말해주지 않았지. 왜 당신을 조제프와 같이 보냈는지."

"스미스 부부한테서 나를 지켜주려고 그런 줄 알았는데."

"닥터 필리포가 수영장에 죽어 있었어, 바로 저기. 지금 달빛이 비치고 있는 저기에……"

"살해당한 거야?"

"자기 목을 그었어. 통통 마쿠트한테 안 잡히려고."

그녀는 내게서 조금 떨어졌다. "그럴 만도 하지. 맙소사, 벌어지는 일들을 보면 끔찍해. 정말 악몽 같다니까."

"이 나라에서는 악몽만이 현실이지. 스미스 씨나 그가 지으려 하는 채식주의 센터보다 더 현실적이야. 우리보다 더 현실적이라고."

우리는 우리의 무덤에 아무 말 없이 나란히 누워 있었고, 나는 푸조 안에서나 하미트네 가게의 위층 방에서와는 다른 방식으로 그녀와 사랑을 나누었다. 우리는 몸의 접촉이 아닌 대화를 통해 그 어느 때보다 서로에게 더 가까이 다가갔다. 그녀가 말했다. "난 당신과 루이스가 부러워. 두 사람은 믿음이 있잖아. 그래서 무슨 일이 일어나든 그 이유를 이해할 수 있고."

"그런가? 나한테 아직도 믿음이 있다고 생각해?"

"내 아버지도 믿음이 있으셨어." (그녀가 내게 자기 아버지를 언급한 건 이번이 처음이었다.)

"뭘 믿으셨지?" 내가 물었다.

"종교 개혁의 신. 아버지는 루터교도였어. 독실한 루터교도."

"뭐라도 믿을 게 있었다니 운이 좋으셨군."

"그리고 독일 사람들도 아버지의 심판을 피하려고 자기들 목을 그었어."

"그래. 이건 비정상적인 상황이 아니야. 우리가 살면서 다 겪는 일이거든. 잔혹함은 탐조등 같은 거야. 여기서 저기까지 쭉 훑고 지나가지. 우리는 잠시 그걸 피할 뿐이고. 지금도 야자수 밑에 숨어 있잖아."

"아무것도 안 하고?"

"아무것도 안 하고."

그녀가 말했다. "난 차라리 아버지 쪽이 낫다 싶어."

"설마."

"아버지에 대해 알아?"

"당신 남편한테 들었어."

"적어도 아버지는 외교관은 아니었어."

"관광업으로 먹고사는 호텔 주인도 아니었고?"

"호텔 주인이 어때서."

"달러가 돌아오기를 기다리는 자본주의자지."

"꼭 공산주의자처럼 말하네."

"그랬으면 좋겠다 싶을 때도 있어."

"하지만 가톨릭교도잖아, 당신도 루이스도⋯⋯."

"그래, 우리 둘 다 예수회 교육을 받고 자랐지. 이성적으로 생각하라고 배웠으니, 적어도 지금 우리가 어떤 역을 연기하고 있는지는 알고 있어."

"지금?"

우리는 껴안은 채 한참이나 그렇게 누워 있었다. 우리가 함께한 가장 행복한 순간은 그때가 아니었을까 하는 생각이 가끔 든다. 처음으로 우리는 애무 이상의 무언가를 함께 나누었다.

3

그다음 날 스미스 씨와 나, 그리고 장관은 뒤발리에빌로 갔다. 통통 마쿠트 대원이 차를 몰았는데, 우리를 지키기 위해서, 혹은 우리를 감시하기 위해서, 혹은 그저 검문소를 통과할 수 있게 도와주기 위해서였을지도 모른다. 그 도로는 도시 사람들 대부분이 기대하듯이 언젠가 산토도밍고에서 탱크들이 몰려올지도 모를 북쪽으로 향하고 있었다. 그땐 검문소의 꾀죄죄한 민병대원 셋이 뭘 할 수 있을까?

수백 명의 여자들이 당나귀를 옆으로 걸터앉아 타고 수도의 시장으로 몰려가고 있었다. 그들은 양편의 들판만 뚫어져라 바라볼 뿐 우리에게는 관심을 주지 않았다. 그들의 세상에 우리는 존재하지 않았다. 빨갛고 노랗고 파란 줄무늬가 그려진 버스들이 지나갔다. 땅에 먹을 것은 별로 없을지 몰라도, 색채만은 항상 풍요로웠다. 산비탈에는 언제나 짙푸른 그늘이 져 있고, 바다는 공작의 날개 같은 청록색이었다. 온 천지가 갖가지 초록빛으로 물들어 있었다. 검은 줄이 쳐진 사이잘삼은 독약 병 같은 초록빛을, 잔잔한 초록빛 바다에 맞닿은 모래밭과 비슷하게 끝부분이 노래지기 시작한 바나나 나무는 엷은 초록빛을 띠었다. 땅은 그야말로 빛깔의 향연이었다. 큼직한 미국 차 한 대가 험악한 도로를 무모한 속도로 달려가며 우리에게 먼지를 뒤집어씌웠고, 먼지만은 무색이었다. 장관이 진홍색 손수건을 꺼내어 눈을 꼭꼭 눌렀다.

"Salauds(개새끼들)!" 그가 소리쳤다.

스미스 씨가 내 귓가에 입을 대더니 속삭였다. "아까 그 사람들 봤소?"

"아니요."

"거기 존스 씨가 끼어 있었던 것 같소. 잘못 봤을지도 모르지. 아주 빨리 지나갔으니까."

"그럴 것 같지는 않은데요."

언덕들과 바다 사이의 볼품없는 평원에는 흰색의 네모난 단칸집들 몇 채와 시멘트 놀이터, 그리고 작은 집들 사이에서 콜로세움만큼이나 으리으리해 보이는 거대한 닭장이 지어져 있었다. 건물들은 우묵한 흙먼지 땅에 다 함께 서 있었고, 우리가 차에서 내리자 다가오는 폭풍우의 바람에 먼지가 일어 우리 주위를 휘감았다. 밤이 되면 흙먼지는 다시 진흙으로 변할 터였다. 망망히 펼쳐진 시멘트 벌판에서 나는 문득 궁금해졌다. 닥터 필리포의 관 속에 들어 있었다는 벽돌은 이곳의 어디서 떼어갔을까?

"저건 그리스식 극장입니까?" 스미스 씨가 흥미를 보이며 물었다.

"아니요. 닭을 죽이는 곳입니다."

스미스 씨는 입술을 씰룩였지만, 고통을 집어삼켰다. 고통을 느끼는 것도 일종의 비난이었다. 그가 말했다. "여긴 사람들이 많이 보이지 않는군요."

사회복지부 장관이 자랑스레 말했다. "바로 여기에 수백 명이 있었답니다. 참담한 움막에 살고 있었죠. 우리는 땅을 깨끗하게 정리해야 했어요. 여간 큰 작업이 아니었습니다."

"그 사람들은 어디로 갔습니까?"

"아마 일부는 시내로 들어갔을 겁니다. 언덕으로 간 사람들도 있을 테고. 거기 친척들이 있으니까요."

"도시가 다 지어지면 돌아옵니까?"

"아, 여기는 상류층이 들어올 계획이랍니다."

닭장 너머로, 만신창이가 된 나비처럼 갸우뚱한 부속 건물이 달린 집 네 채가 지어져 있었다. 마치 망원경을 거꾸로 들고 본 브라질리아의 집들 같았다.

"그럼 저기엔 누가 살죠?" 스미스 씨가 물었다.

"관광객들을 위한 곳입니다."

"관광객들이요?" 스미스 씨가 물었다.

이곳에서는 바다마저 보이지 않았다. 거대한 닭장, 시멘트 벌판, 먼지, 도로, 돌투성이 산비탈 말고는 아무것도 없었다. 흰 상자 같은 어느 단칸집 밖에 백발의 흑인이 그가 치안판사임을 보여주는 명패 밑에서 딱딱한 의자에 앉아 있었다. 눈에 띄는 사람이라곤 그 노인밖에 없었다. 이렇게나 빨리 집 한 채를 차지한 걸 보면 대단한 세력가가 틀림없었다. 공사가 진행되는 낌새는 전혀 없었지만, 바퀴 하나가 떨어진 불도저 한 대가 시멘트 놀이터에 서 있었다.

"뒤발리에빌을 보러 오는 사람들이 묵을 겁니다." 그가 우리를 그 집들 중 한 채로 데려갔다. 비라도 거세게 내리면 떨어져 버릴 것 같은 쓸모없는 부속 건물들이 달려 있는 것만 빼면 다른 집들과 똑같았다. "아이티에서 가장 실력 좋은 건축가가 지은 이 집들 중에 한 채를 선생의 센터로 쓰면 될 겁니다. 그러면 부지도 따로 필요 없고 말입니다."

"나는 더 큰 건물을 생각하고 있었는데요."

"네 채를 다 사용하면 되죠."

"그럼 관광객들은 어쩌고요?" 내가 물었다.

"저기 몇 채 더 지으면 됩니다." 그는 메마르고 초라한 평원으로 손을 흔들며 말했다.

"조금 외져 보이는군요." 스미스 씨가 점잖게 말했다.

"여기서 5,000명이 살게 될 겁니다. 우선은요."

"일은 어디서 하고요?"

"여기를 산업화할 겁니다. 정부는 지방 분권을 지지하거든요."

"그럼 성당은요?"

"불도저 너머, 저기다 지을 겁니다."

또 다른 어떤 사람이 시소 타듯 몸을 아래위로 움직이며 거대한 닭장의 모퉁이를 돌아왔다. 결국 치안판사는 신도시의 유일한 주민이 아니었다. 벌써부터 거지가 있었다. 그는 밖에서 자고 있다가 우리 목소리를 듣고 깨어난 것이 분명했다. 건축가의 꿈이 마침내 이루어져 정말로 뒤발리에빌에 관광객들이 왔구나 싶었을 것이다. 두 팔이 길쭉하고 다리가 하나도 없는 그는 흔들목마처럼 알게 모르게 점점 더 가까이 다가왔다. 그러다가 우리 운전사와 그의 검은 안경과 총을 보더니 멈추어 섰다. 뭐라고 나지막이 중얼거리고는, 거미줄처럼 너덜너덜 찢어진 셔츠 밑에서 작은 나무 조각상을 꺼내어 우리 쪽으로 내밀었다.

내가 말했다. "거지가 있군요."

"거지가 아닙니다." 장관이 해명했다. "예술가죠."

그가 통통 마쿠트 대원에게 명령하여 조각상을 가져오게 했다. 반나체 소녀 인형이었다. 이제는 발길을 끊은 어리숙한 관광객들을 시리아인의 가게에서 기다리고 있는 수많은 인형들과 별다를 게 없었다.

"선물로 드리겠습니다." 장관이 이렇게 말하며 건네는 조각상을 스미스 씨는 겸연쩍은 표정으로 받았다. "이게 바로 아이티의 예술이랍니다."

"저 남자한테 돈을 줘야겠습니다." 스미스 씨가 말했다.

"그럴 필요 없어요. 정부가 저자를 잘 돌보고 있으니까요." 장관은 스미스 씨의 팔꿈치를 붙잡고 울퉁불퉁한 땅을 가로질러 차로 되돌아가기 시작했다. 거지는 몸을 앞뒤로 흔들며 구슬프고 처절한 소리를 내고 있었다. 한 단어도 알아들을 수 없었다. 입천장이 없는 모양이었다.

"저이가 뭐라는 겁니까?" 스미스 씨가 물었다.

장관은 그의 질문을 무시했다. "예술가들이 느긋하게 지내면서 자연으로부터 영감을 얻을 수 있도록 나중에 여기 제대로 된 아트 센터를 지을 겁니다. 아이티의 미술은 유명하죠. 많은 미국인들이 우리 그림을 수집하고 있고, 뉴욕의 현대미술관에도 몇 점 걸려 있습니다."

스미스 씨가 말했다. "장관님이 무슨 말씀을 하시든 상관없습니다. 나는 저자에게 돈을 줘야겠어요." 스미스 씨는 그를 붙잡고 있는 사회복지부 장관의 손을 뿌리치고 앉은뱅이에게 달려갔다. 그러고는 달러 지폐를 한 다발 꺼내어 내밀었다. 앉은뱅이는 불신과 두려움에 가득 찬 표정으로 그를 쳐다보았다. 우리 운전사가 끼어들려는 듯 움직이자 나는 그를 막아섰다. 스미스 씨는 허리를 굽혀, 앉은뱅이의 손으로 돈을 찔러 넣었다. 앉은뱅이는 무척이나 힘겹게 몸을 흔들며 닭장으로 돌아가기 시작했다. 아마도 거기에 돈을 숨겨놓는 구멍이 있었을 것이다. 마치 자기 돈을 강탈당하기라도 한 것처럼 운전사의 얼굴에 분노와 혐오감이 어렸다. 그는 총을 뽑아서(그의 손이 허리띠로 향했다) 예술가라는 그 거지를 끝장낼 생각이었던 모양이지만, 돌아오는 스미스 씨가 사이에 끼어 있어 사격을 할 수 없었다. "하나는 팔아서 다행이군요." 스미스 씨는 흡족한 미소를 지으며 말했다.

치안판사는 자신의 집 밖 놀이터 너머에서 벌어지는 거래를 지켜보려 일어나 있었다. 일어선 그는 거구의 남자였다. 따가운 햇빛에 눈이 부셔 잘 보이지 않았는지 손차양을 하고 있었다. 우리는 차에 올라탔고, 잠시 침묵이 흘렀다. 그러다 장관이 "이제 어디로 모실까요?"라고 물었다.

"집." 스미스 씨가 짧게 말했다.

"우리가 학교 부지로 선택한 곳을 보여드릴 수 있는데요."

"이만하면 충분히 봤습니다." 스미스 씨가 말했다. "괜찮으시다면 이제 그만 돌아가고 싶군요."

나는 뒤를 돌아보았다. 치안판사가 시멘트 놀이터를 가로지르며 기다란 다리로 성큼성큼 달려갔고, 앉은뱅이는 닭장을 향해 필사적으로 몸을 흔들어대고 있었다. 모래 구멍을 향해 종종걸음치는 게가 떠올랐다. 구멍까지는 20미터도 남지 않았지만, 거기까지 무사히 도착할 가망성은 없었다. 일 분 후 다시 돌아봤을 때 뒤발리에빌은 우리 차가 일으킨 먼지구름에 가려 보이지 않았다. 나는 스미스 씨에게 아무 말도 하지 않았다. 자신이 베푼 선행에 만족하며 행복하게 미소 짓고 있었기 때문이다. 스미스 부인에게 들려주며 행복감을 함께 나눌 이야기를 이미 머릿속으로 연습하고 있었을 것이다.

몇 킬로미터를 달린 후 장관이 말했다. "물론 관광지는 부분적으로 공공사업부 장관 관할이고, 관광부 장관과도 얘기를 해봐야겠지만, 그는 나와 개인적으로 친분이 있습니다. 선생은 필요한 협의는 나와 해주시면 됩니다. 그럼 다른 장관들을 '만족'시키는 일은 내가 알아서 하겠습니다."

"만족?" 스미스 씨가 물었다. 그도 마냥 순진하기만 한 사람은 아니었다. 우체국의 거지들에게 당하고도 흔들리지 않았던 그가 뒤발리에빌을 보고 눈을 뜬 것 같았다.

"그러니까," 장관은 이렇게 말하며 차 뒷좌석에서 시가 한 상자를 꺼냈다. "끝도 없이 논의만 이어져 봐야 좋을 것이 없잖습니까. 내가 선생의 생각을 동료들에게 대신 전하겠습니다. 시가 좀 피우시죠, 교수님."

"아니, 됐어요. 난 담배 안 피웁니다." 운전사는 흡연자였다. 거울로 상황을 지켜보던 그는 몸을 뒤로 젖혀 시가 두 대를 가져갔다. 한 대에는 불을 붙이고, 나머지 한 대는 셔츠 주머니에 집어넣었다.

"내 생각이요?" 스미스 씨가 말했다. "내 생각을 말씀드리지요. 뒤발리에빌이 딱히 진보의 중심지가 될 것 같지는 않군요. 너무 외졌어요."

"수도에 있는 부지를 원하십니까?"

"사업 계획 자체를 다시 고려해 봐야겠습니다." 스미스 씨의 목소리가 어찌나 확고한지 장관마저 다시 어색한 침묵에 빠지고 말았다.

4

하지만 스미스 씨는 포기하지 않았다. 그날의 사건들을 스미스 부인과 함께 곱씹던 그는 자신이 앉은뱅이에게 주었던 도움을 떠올리며 희망을 되찾았다. 인류를 위해 무언가를 할 수 있다는 희망. 아마도 스미스 부인이 그의 믿음을 다져주고 그의 의구심과 맞서 싸웠을 것이다(그녀는 남편보다 전사 기질이 더 강한 사람이었다). 한 시간 넘도록 우울한 침묵 속에 달리다 호텔 트리아농에 도착했을 때부터 이미 그는 가혹한 평가를 물리기 시작했다. 자신이 공정하지 못했을지도 모른다는 생각 때문이었다. 그는 사회복지부 장관에게 의례적인 작별 인사를 쌀쌀맞게 건네며 '아주 흥미로운 여행'을 시켜줘서 고맙다고 했었지만, 베란다 계단에서 갑자기 멈춰 서더니 나를 바라보며 말했다. "'만족시킨다'는 말 말이오―내가 장관을 너무 심하게 몰아붙인 건 아닌가 모르겠소. 기분이 상하긴 했지만, 영어가 장관의 모국어도 아니고. 어쩌면 그런 의도로 한 말이 아닐 수도……."

"그런 의도 맞습니다. 선생한테 그렇게 솔직하게 털어놓을 생각은 아니었던 것 같습니다만."

"솔직히 말하면 그 신도시 계획이 그리 좋아 보이지는 않았소. 하지만 브라질리아도…… 그리고 필요한 기술자들도 다 갖춰져 있고…… 설사 실패하더라도 원하는 것이 있다는 사실 자체가 중요하지 않겠소."

"내 생각에 여기는 아직 채식주의 운동을 벌일 만한 데가 아니에요."

"나도 그런 생각이 들긴 했소만, 어쩌면……."

"우선은 육식을 할 수 있을 만큼 현금이 많아야 할지도 모르죠."

그는 책망하듯 나를 힐끔 쳐다보며 말했다. "스미스 부인과 상의해 봐야겠소." 그러고는 나를 혼자 내버려 두고 떠났다. 나 혼자인 줄 알았더니, 사무실에 영국 대리 대사가 와 있었다. 조제프가 대접한 특제 럼 펀치를 앞에 두고서. "색깔이 아름답군요." 내가 들어가자 대리 대사가 술잔을 불빛으로 들어 올리며 말했다.

"석류 시럽을 넣었죠."

"나는 떠납니다." 그가 말했다. "다음 주에. 그래서 작별 인사를 하러 왔어요."

"여기서 나간다니 속이 시원하시겠군요."

"오, 글쎄요, 과연 그럴까요. 여기보다 더 심한 곳도 있는데."

"콩고 정도가 그럴까요? 거긴 사람들이 더 빨리 죽죠."

"그래도 다행인 건, 우리 동포를 감옥에 한 명도 안 남겨두고 떠난다는 겁니다. 스미스 씨의 개입이 성공했군요."

"정말 스미스 씨 덕분이었을까요? 존스 그 사람이라면 어떻게든 자기 힘으로 빠져나갔을 것 같은데요."

"그 힘이 어디서 나오는지 알고 싶군요. 나도 나름대로 조사를 해봤지만……."

"스미스 씨처럼 존스도 소개장을 가지고 있었는데, 스미스 씨의 짐작대로 아마 그 대상이 문제였을 겁니다. 그래서 공항에서 소개장을 빼앗기고 체포당했겠죠. 어느 군장교 앞으로 된 소개장이었을 것 같은데."

"그저께 밤에 그자가 날 찾아왔더군요." 대리 대사가 말했다. "아무런 예고도 없이. 아주 늦게. 잠자리에 들 시간에."

"나는 존스가 풀려난 밤 후로는 못 봤습니다. 존스의 친구 콩카쇠르 대위가 나를 별로 못 미더워하는 것 같아요. 콩카쇠르가 필리포의 장례식을 중단시켰을 때 그 자리에 내가 있었으니까요."

"보아하니 존스는 어떤 정부 사업에 관여하고 있는 것 같던데요."

"그는 지금 어디에 묵고 있습니까?"

"빌라 크리올에 있어요. 정부가 그곳을 꿰찬 사실을 알고 있습니까? 미국인들이 떠난 후에는 폴란드 사절단이 그곳에서 지냈답니다. 지금까지 거기에 묵은 내빈이라곤 그들밖에 없어요. 그 폴란드인들도 금방 떠나버렸죠. 존스는 차를 받고 운전기사까지 거느리고 있어요. 물론 그 운전기사는 존스를 감시하는 역할도 할 겁니다. 통통 마쿠트 대원이거든요. 그 정부 사업이 뭔지 알겠어요?"

"전혀 모르겠는데요. 존스는 조심해야 할 겁니다. 바롱 같은 자를 상대할 때는 멀찍이 떨어져 있는 게 상책이죠."

"나도 그런 비슷한 얘기를 해줬습니다. 하지만 이미 잘 알고 있는 것 같더군요. 미련한 사람이 아니에요. 존스가 레오폴드빌에서 지낸 적이 있다는 거 알고 있었습니까?"

"한 번 들은 것 같긴 한데……."

"그 얘기가 아주 우연히 나왔어요. 루뭄바[1] 시절이었다더군요. 내가 런던에 확인해 봤습니다. 우리 영사가 그를 레오폴드빌에서 빼내준 모양이에요. 그리 이상한 일은 아닙니다. 영사가 콩고에서 빼내준 사람이 한두 명도 아니고. 영사는 존스에게 런던행 티켓을 줬지만 존스는 브뤼셀에 내렸죠. 물론 그게 무슨 문제가 되는 건 아닙니다……. 존스가 나를 찾아온 진짜 목적은 영국 대사관이

---

1 콩고민주공화국의 초대 수상(1960~1961)이었던 파트리스 루뭄바

망명권을 가지고 있나 확인하기 위해서였던 것 같아요. 어려운 사정이 생길 경우를 대비해서. 나는 없다고 말해 줬습니다. 법적으로 그런 권리가 없다고."

"벌써 문제가 생긴 겁니까?"

"아니요. 미리 정황을 살펴두는 거겠죠. 로빈슨 크루소가 가장 높은 나무에 올라 사방을 둘러보는 것처럼. 하지만 존스의 심복은 별로 마음에 들지 않더군요."

"무슨 뜻입니까?"

"운전기사 말입니다. 그라시아만큼이나 뚱뚱해서는 금니를 잔뜩 박은 남자. 금니를 수집하기라도 하는 모양이에요. 그럴 기회가 많기도 하겠죠. 당신 친구 마지오가 그 큼직한 금 어금니를 뽑아서 금고에 넣어두면 좋겠군요. 금니는 항상 탐욕을 불러일으키죠." 그는 남은 럼주를 들이켰다.

이날 정오에는 나를 찾는 사람들이 많았다. 수영복 바지를 입고 수영장으로 뛰어들고 나서 얼마 지나지 않아 다음 손님이 도착했다. 역겨움을 겨우 이겨내고 수영을 하고 있는데, 수심이 깊은 쪽의 가장자리에서 나를 내려다보고 있는 젊은 필리포를 보니 역겨움이 되돌아왔다. 그의 삼촌이 피를 흘리며 죽은 곳 바로 위였다. 수면 밑에서 수영을 하고 있던 나는 그가 다가오는 소리를 듣지 못했다. 물속으로 그의 목소리가 전해지자 나는 깜짝 놀랐다. "므슈 브라운."

"이런, 필리포, 여기 있는 줄 몰랐어요."

"당신이 조언해 주신 대로 했습니다, 므슈 브라운. 가서 존스를 만났어요."

나는 우리가 나눴던 대화를 완전히 잊고 있었다. "왜요?"

"기억하시죠? 브렌이요."

어쩌면 내가 그의 말을 진지하게 듣지 않았는지도 모른다. 브렌을 그의 새로운 시적 상징쯤으로 여겼었다. 내 젊은 시절 읽었던 시들 속의 철탑 같은. 어쨌든 그 시인들 가운데 전력청에 들어간 사람은 한 명도 없었다.

"그 사람은 빌라 크리올에서 콩카쇠르 대위와 함께 지내고 있어요. 어젯밤에 콩카쇠르가 나갈 때까지 기다렸는데, 계단 밑에 존스의 운전기사가 앉아 있더라고요. 금니를 박은 남자. 조제프를 망가뜨린 남자."

"그자가 그랬다고요? 그걸 어떻게 알았어요?"

"우리 중에 몇 명이 기록을 남기고 있거든요. 지금은 거기에 많은 이름이 적혀 있어요. 부끄러운 말이지만, 삼촌도 그 명단에 올라와 있었죠. 드제 가의 양수기 때문에요."

"그분 탓만은 아닌 것 같은데."

"나도 그렇게 생각해요. 그래서 동료들을 설득해 삼촌 이름을 다른 명단으로 옮겼죠. 희생자 명단으로요."

"파일을 아주 안전한 장소에 숨겨두도록 해요."

"국경 너머에 복사본도 있어요."

"존스는 어떻게 만났어요?"

"부엌 창으로 들어간 다음 직원 전용 계단으로 올라갔죠. 그 사람 방문을 두드리고, 콩카쇠르한테 메시지를 받아 온 척했어요. 그 사람은 자고 있더군요."

"존스가 조금 놀랐겠군요."

"므슈 브라운, 두 사람이 무슨 일을 꾸미고 있는지 아십니까?"

"몰라요. 당신은 알아요?"

"글쎄요. 알 것 같기도 한데, 확실치는 않아요."

"존스한테 뭐라고 했습니까?"

"우리를 도와달라고 했죠. 국경 너머 반란군의 힘으로는 도저히 닥터를 제거할 수가 없다고요. 통통 마쿠트 대원을 몇 명 죽이고 나면 자기들이 살해당해버리니까요. 훈련도 전혀 못 받고 있어요. 브렌도 없고요. 한 번은 단일곱 명이 기관단총 덕분에 막사를 함락했던 적도 있다고 존스에게 말해줬어요. 그러니까 '왜 나한테 이런 얘기를 하는 겁니까? 설마 정부 공작원은 아니겠죠?'라고 묻더군요. 나는 아니라고, 우리가 너무 오랫동안 신중을 기한 탓에 파파 독이 궁에 있는 거라고 말했죠. 그랬더니 존스가 '난 대통령을 만났어요'라는 겁니다."

"존스가 파파 독을 만났다고요?" 나는 설마 하는 마음으로 물었다.

"자기 입으로 그렇게 말했고, 나는 그 말을 믿어요. 존스는 뭔가 일을 꾸미고 있어요, 콩카쇠르 대위와 함께요. 존스가 말하기를, 파파 독도 나만큼이나 무기와 훈련에 관심이 많다더군요. 그러면서 이렇게 말했습니다. '군대가 해산된 후 득을 본 사람은 아무도 없고, 통통 마쿠트가 남겨둔 미국 무기들은 제대로 관리를 안 해서 전부 녹슬어 가고 있어요. 그러니까 나를 찾아와 봐야 아무 소용 없습니다. 대통령보다 더 나은 제안을 해주신다면 또 모를까.'"

"무슨 제안인지는 말해주지 않던가요?"

"그래서 나는 책상에 있는 서류를 보려고 했죠. 무슨 건물 설계도 같았어요. 그런데 존스가 '그건 그냥 내버려 둬요. 나한테 아주 중요한 거니까'라는 겁니다. 그러더니 나한테 개인적인 악감정은 없다는 걸 보여주고 싶었는지 술을 권하더군요. '우리 모두 최선을 다해 먹고살아야죠.

하시는 일이 뭡니까?'라고 묻길래 내가 이렇게 답했습니다. '시를 썼었죠. 지금은 브렌 기관총을 갖고 싶어요. 훈련도요. 훈련도 받고 싶습니다.' 그가 또 '당신 같은 사람들이 많습니까?'라고 물어서 나는 숫자는 중요하지 않다고 말했죠. 일곱 명이 일곱 정의 브렌으로 무장만 하면……."

"브렌은 마술 지팡이 같은 게 아니에요, 필리포. 가끔은 말을 안 들을 때도 있어요. 은 총알이 빗나가기도 하는 것처럼. 당신은 지금 부두교로 돌아가고 있어요, 필리포."

"안 될 건 또 뭡니까? 지금 우리에게 필요한 건 다호메이[1]의 신일지도 몰라요."

"당신은 가톨릭 신자잖아요. 이성을 믿는."

"부두교도들도 가톨릭 신자예요. 그리고 우리는 지금 이성의 세계에 살고 있지 않아요. 오로지 오군 페라이유[2]만이 우리에게 싸우는 법을 가르쳐줄 수 있을 겁니다."

"존스가 다른 말은 또 없던가요?"

"없었어요. 그 사람이 '자, 스카치나 마셔요, 친구'라고 했지만 나는 술잔을 안 받고 앞 계단으로 내려왔죠. 운전기사가 나를 볼 수 있게요. 운전기사가 나를 봤으면 싶었어요."

"그 일로 존스가 질문이라도 받으면 당신이 위험해질 수도 있어요."

"브렌이 없는 내게 유일한 무기는 불신입니다. 그쪽에서 존스를 불신하기 시작하면 무슨 일인가 벌어질지도 모르죠……." 그의 목소리에 울음기가 섞여 있었다. 잃어

---

1 아프리카 서부에 있는 베냉공화국의 옛 이름으로, 부두교의 발상지로 알려져 있다.
2 부두교의 전쟁의 신.

버린 세상을 슬퍼하는 시인의 눈물일까, 아니면 아무도 그에게 주지 않는 브렌을 탐하는 아이의 눈물일까? 나는 그의 눈물을 보지 않으려 수심이 얕은 쪽으로 헤엄쳐 갔다. 나의 잃어버린 세상은 알몸으로 수영장에 있던 그 여자였다. 필리포의 잃어버린 세상은 무엇일까? 그가 다른 작품을 본뜬 듯한 시를 나와 프티 피에르, 그리고 아이티의 케루악[3]을 꿈꾼 젊은 비트족[4] 소설가에게 읽어주었던 저녁이 떠올랐다. 낮에는 트럭을 몰고, 밤에는 물감과 캔버스를 제공해 주는 미국 아트 센터에서 굳은살 박인 손으로 그림을 그리는 늙은 화가도 있었다. 베란다에는 그의 최근 작품 – 들판의 소들(피커딜리 남쪽에서 파는 소들과는 다른 종류)과, 끊임없이 산에 불어닥치는 폭풍우로 인해 거무스름해진 녹색 바나나 이파리들에 둘러싸인 채 목에 고리를 걸고 있는 돼지 한 마리가 그려진 그림 – 이 세워져 있었다. 그 그림에는 내 예술 감각으로는 찾을 수 없는 무언가가 있었다.

나는 필리포에게 눈물을 멈출 시간을 준 후 그가 있는 수영장 끝으로 돌아가 물었다. "『남쪽 길La Route du Sud』이라는 소설을 썼던 청년을 기억합니까?"

"항상 가고 싶어 했던 샌프란시스코에 있죠. 자크멜[5] 대학살 후에 탈출했어요."

"당신이 우리한테 시를 읽어줬던 저녁이 생각나서……."

"그 시절이 그립지는 않습니다. 가짜였으니까요. 관광객

---

3 비트족을 대표하는 미국의 소설가 잭 케루악(1922~1969).
4 1950년대 전후 미국의 보수적인 기성 질서에 반발하여 저항적인 문화를 추구한 보헤미안적인 문학가·예술가 그룹.
5 아이티 남부의 항구 도시.

들하며, 춤하며, 바롱 사메디로 분장한 남자하며. 바롱 사메디는 관광객들을 위한 오락거리가 아니에요."

"그 사람들 덕에 섬으로 돈이 들어왔어요."

"그 돈을 누가 봤습니까? 적어도 파파 독은 우리한테 돈 없이 사는 법을 가르쳐줬죠."

"토요일에 저녁 식사나 하러 와요, 필리포. 와서 여기 있는 유일한 관광객들을 만나봐요."

"안 돼요, 그날 밤엔 할 일이 있어서요."

"어쨌든 조심해요. 당신이 다시 시를 썼으면 좋겠군요."

그는 흰 이를 번득이며 심술궂은 미소를 지었다. "아이티에 관한 시는 이미 최종적으로 한 편 썼습니다. 아시잖습니까, 므슈 브라운." 그러고는 시를 읊기 시작했다.

"Quelle est cette île triste et noire? – C'est Cythère,
Nous dit-on, un pays fameux dans les chansons,
Eldorado banal de tous les vieux garçons.
Regardez, après tout, c'est une pauvre terre.
(이 슬프고 검은 섬은 무엇인가? – 키티라 섬이라네,
노래로 유명한 나라,
모든 노인들의 진부한 엘도라도.
보라, 그곳은 결국 가난한 땅이니.)"

위에서 문이 열리더니, 그 '노인들' 중 한 명이 존 배리모어 스위트룸의 발코니로 나왔다. 스미스 씨는 난간에 걸린 수영복 바지를 걷고 정원을 내려다보더니 큰 소리로 나를 불렀다. "브라운 씨."

"네?"

"스미스 부인과 얘기를 해봤소만, 내가 조금 성급하게

판단을 내린 것 같다는군요. 장관의 말이 거짓이라는 증거도 없으니 한번 믿어주자고 말이오."

"그렇습니까?"

"그래서 얼마 동안 머물면서 다시 시도해 볼 생각이오."

5

나는 닥터 마지오를 토요일 저녁 식사에 초대하면서 스미스 부부를 만나달라고 부탁했었다. 모든 아이티인들이 정치가나 폭력배는 아니라는 사실을 스미스 부부에게 알려주고 싶었다. 게다가, 시신을 처리한 밤 후로 그 의사를 만나지 못했고, 내가 소심해서 그를 멀리했다는 인상을 주고 싶지 않았다. 닥터 마지오는 전기가 끊긴 직후 조제프가 석유 램프를 켜려고 할 때 도착했다. 조제프가 한 램프의 심지를 너무 높이 세우는 바람에, 등피 속의 불길에 베란다에 드리운 닥터 마지오의 그림자가 마치 검은 카펫처럼 펼쳐졌다. 그와 스미스 부부가 구식의 예의를 갖추어 인사를 나누는 모습을 보고 있자니, 순간 19세기로 돌아간 듯한 기분이 들었다. 전구가 아닌 석유 램프가 은은히 빛나고, 우리의 감정 역시 온화했던 – 아니, 그렇다고 믿었던 – 시절.

"트루먼 씨의 자국 정책 중 일부는 대단하다고 생각합니다." 닥터 마지오가 말했다. "하지만 한국 전쟁에 관해서는 도무지 그분 의견을 지지할 수가 없군요. 어쨌든 트루먼 씨의 적수였던 분을 만나 영광입니다."

"그리 대단한 적수는 아니었소." 스미스 씨가 말했다. "우리가 구체적으로 충돌한 부분이 한국 전쟁도 아니었고 – 물론 나는 정치인들이 무슨 핑계를 대든 모든 전쟁에 반대하는 입장이지만. 내가 트루먼 씨의 상대로 나선

건 채식주의를 위해서였다오."

"선거에서 채식주의가 쟁점이 된 줄은 미처 몰랐습니다."

"유감스럽게도 한 주에서만 그랬지요."

"우리는 만 표를 얻었어요." 스미스 부인이 말했다. "투표용지에 내 남편의 이름이 찍혀 있었죠."

그녀는 핸드백을 열고 화장지 사이를 조금 뒤적이다 투표용지를 한 장 꺼냈다. 대부분의 유럽인들처럼 나도 미국의 선거 시스템에 대해 거의 몰랐다. 기껏해야 두세 명의 후보가 있고 전국의 유권자들이 자기가 선택한 후보에게 투표하는 방식일 거라 막연히 생각하고 있었다. 대부분의 주에서는 투표용지에 대통령 후보가 아닌 선거인단의 이름만 찍혀 있고, 실제로는 유권자들이 그들에게 표를 던진다는 사실을 미처 몰랐다. 하지만 위스콘신주의 경우엔, 양배추를 표현한 듯한 문양이 담긴 큼직한 검은색 정사각형 아래 스미스 씨의 이름이 찍혀 있었다. 나는 정당의 개수에 깜짝 놀랐다. 사회주의 정당조차 두 개로 나뉘어 있고, 낮은 직위에 도전하는 자유당과 보수당 후보들이 있었다. 닥터 마지오의 표정을 보아하니 나만큼이나 당황한 듯 보였다. 영국 선거는 미국 선거보다 덜 복잡하지만, 아이티의 선거는 두 나라보다 더 단순하다. 아이티에서는, 자기의 살가죽을 조금이라도 소중히 여기는 사람이라면 선거일에 집 밖으로 나가지 않았다. 닥터 뒤발리에가 정권을 잡기 전, 비교적 평화로웠던 시절에조차 그랬다.

나와 닥터 마지오는 투표용지를 차례로 구경했다. 우리 앞에서 스미스 부인은 투표용지를 100달러짜리 지폐처럼 유심히 지켜보고 있었다.

"채식주의는 흥미로운 개념입니다." 닥터 마지오가 말했다. "모든 포유동물에게 적합할지는 모르겠군요. 이를테면, 사자가 풀만 뜯어 먹고 살기는 어려울 테니까요."

"스미스 부인은 예전에 채식하는 불도그를 키운 적이 있다오." 스미스 씨가 뿌듯하게 말했다. "물론 약간의 훈련이 필요했지만."

"위엄 있게 가르쳐서 따르게 했죠." 스미스 부인은 이렇게 말하고는, 부정할 테면 해보라는 듯 도전적인 눈빛으로 닥터 마지오를 쳐다보았다.

나는 닥터 마지오에게 채식주의 센터와 우리의 뒤발리에빌 방문에 대해 알려주었다.

"뒤발리에빌에서 온 환자를 받은 적이 있습니다." 닥터 마지오가 말했다. "공사 현장 ― 닭장이었던 것 같은데 ― 에서 일하다가 해고당했다더군요. 통통 마쿠트 대원 하나가 자기 가족한테 일자리를 주겠다고 해서. 내 환자는 아주 미련한 실수를 저질렀어요. 가난하니까 봐달라고 간청했다가 그 대원한테 배와 허벅지에 한 발씩 총을 맞았죠. 내가 치료해 줘서 목숨은 부지했지만, 지금 그는 마비된 몸으로 우체국 옆에서 구걸을 하고 있어요. 내가 선생이라면 뒤발리에빌로 들어가지 않겠습니다. 채식주의에 알맞은 환경이 아니에요."

"이 나라에는 법이란 것도 없어요?" 스미스 부인이 따져 물었다.

"통통 마쿠트가 유일한 법이죠. 통통 마쿠트는 악귀라는 뜻입니다."

"종교는 없소?" 이번에는 스미스 씨가 물었다.

"아, 네, 우리는 아주 독실한 사람들이랍니다. 국교는 가톨릭교인데, 대주교는 망명 중이고, 로마 교황 사절은 로마에 있고, 대통령은 파문당했죠. 민간 종교인 부두교는 거의 소멸하다시피 했어요. 대통령이 한때 열렬한 부두교도였지만, 가톨릭교에서 파문당한 후로는 낄 자리가 없어졌습니다. 가톨릭 성찬을 받아야 부두교 신자로도 인정받을 수 있으니까요."

"하지만 부두교는 이단이잖아요." 스미스 부인이 말했다.

"내가 무슨 자격으로 그런 말을 하겠습니까? 나는 기독교 신도, 다호메이의 신들도 믿지 않습니다. 부두교도들은 둘 다 믿지요."

"그럼 선생님은 뭘 믿으시죠?"

"나는 확실한 경제법칙을 믿습니다."

"종교는 인민의 아편이다?" 나는 방정맞게 인용구를 날렸다.

"마르크스가 어디서 그런 말을 썼는지 모르겠군요." 닥터 마지오가 못마땅한 기색으로 말했다. "쓰기나 한 건 맞는지. 하지만 당신도 나처럼 가톨릭교도로 태어났으니, 『자본론』에서 마르크스가 종교 개혁에 대해 한 말을 읽으면 마음에 들 겁니다. 마르크스는 종교 개혁 상태의 사회에 수도원이 존재하는 것을 찬성했죠. 종교는 우울, 절망, 소심함 등 여러 정신 상태에 대한 훌륭한 치료 수단이 될 수 있습니다. 아편이 약으로도 쓰인다는 사실을 잊지 마십시오. 나는 아편에 반대하지 않아요. 분명 부두교에도 반대하지 않고요. 파파 독만이 권력을 갖고 있는 땅에서 사는 사람들은 얼마나 외롭겠습니까."

"하지만 이단이라니까요." 스미스 부인이 고집스럽게 말했다.

"아이티인들에게 꼭 맞는 치료제랍니다. 미국 해병이

부두교를 없애려 시도했죠. 예수회도 그랬고요. 하지만 사제에게 돈을 지불하고 세금을 감당할 수 있을 만한 부자만 있으면 의식은 계속됩니다. 의식은 보지 않는 게 좋으실 겁니다."

"내 아내는 겁이 없다오." 스미스 씨가 답했다. "내슈빌에서 어땠는지 보셨어야 하는데."

"부인의 용기를 문제 삼는 게 아닙니다. 다만 채식주의자에게는 좀 부담스러울 면이……"

스미스 부인이 단호하게 물었다. "혹시 공산주의자이신가요, 닥터 마지오?"

나 역시 여러 번 던지고 싶었던 질문이었기에 그가 어떻게 답할지 궁금했다.

"부인, 나는 공산주의의 미래를 믿습니다."

"난 선생님이 공산주의자냐고 물었어요."

"여보." 스미스 씨가 말했다. "그런 질문은 실례가 아닐까……" 그는 아내의 주의를 딴 데로 돌리려 애썼다. "이스트럴을 조금 더 먹지그래."

"부인, 이 나라에서 공산주의는 불법입니다. 하지만 미국의 원조가 끊긴 후로는 공산주의를 공부해도 좋다는 허가가 떨어졌어요. 공산주의 선전은 금지되어 있지만, 마르크스와 레닌의 글을 읽는 건 허용됩니다. 미세한 차이죠. 그러니 나는 공산주의의 미래를 믿는다고 말하겠습니다. 하나의 철학적 견해로서요."

술을 너무 많이 마신 나는 이렇게 말했다. "젊은 필리포가 브렌 기관총의 미래를 믿는 것처럼 말이죠."

닥터 마지오가 말했다. "순교자들을 막을 길은 없습니다. 그 수를 줄이려고 노력할 수는 있겠죠. 내가 만약 네로 시대에 기독교도를 알았다면, 사자들로부터 그를 구하려고 애썼을 겁니다. 이렇게 말했겠죠. '계속 믿음을 지키며 살아요, 믿음 때문에 죽지 말고.'"

"소심하기 짝이 없는 조언이군요, 선생님." 스미스 부인이 말했다.

"글쎄요. 아이티 같은 서반구 나라들은 부인의 위대하고 유복한 나라의 그늘 아래 있죠. 제정신을 지키려면 큰 용기와 인내심이 필요합니다. 나는 쿠바인들을 존경하지만, 아쉽게도 그들의 머리와 최종적인 승리를 믿기는 힘들군요."

2

1

저녁 식사에서 그들에게 말하지는 않았지만, 어느 부자의 도움으로 그날 밤 켄스코프 위의 산맥 어딘가에서 부두교 의식이 열릴 예정이었다. 조제프는 내 차를 얻어 타야 했기 때문에 이 비밀을 내게 털어놓았다. 내가 거절했다면, 그는 성치 못한 다리를 질질 끌고서라도 갔을 것이다. 자정이 지나 12킬로미터를 달린 후 켄스코프 뒤편의 도로에 차를 세워두고 밖으로 나가니, 힘겹게 뛰는 맥박처럼 느릿느릿 울리는 북소리가 들렸다. 마치 뜨거운 밤이 가쁜 숨을 몰아쉬며 그곳에 누워 있는 것 같았다. 저 앞으로 담벼락 없는 초가집 한 채, 깜박거리는 촛불들, 얼룩처럼 뛰는 흰 빛이 보였다. 내가 처음이자 마지막으로 본 의식이었다. 호텔이 성업을 이루던 2년 동안, 관광객들을 위한 부두교 춤 공연을 업무상 어쩔 수 없이 봤었다. 가톨릭교도로 태어난 나는 브로드웨이에서 발레로 공연되는 성체 성사를 보는 것처럼 불쾌한 기분이 들었다. 그런 내가 의식을 찾아간 건 순전히 조제프 때문이었고, 지금 내 기억에 생생히 남아 있는 건 부두교 의식이 아니라 필리포의 얼굴이다. 토넬 반대편에 있는 그 얼굴은 주변의 흑인들보다 더 창백하고 더 젊었다. 그는 눈을 감은 채, 백의의 소녀 합창단 옆에서 부드럽고 은밀하고 끈질기게 울리는 북소리에 귀를 기울였다. 우리 사이에는 신전 기둥이 신들의 통로를 잡아내기 위한 안테나처럼 불쑥 솟아 있었다. 지난날의 노예제를 기억하기 위한 채찍 하나가 걸려 있고, 새로운 법적 의무에 따라 파파 독의 캐비닛 사진[1]도 오늘날의 노예제를 상기시키며 걸려 있었다. 나의 비난에 대한 답으로 젊은 필리포가 했던 말이 떠올랐다. "지금 우리에게 필요한 건 다호메이의 신일지도 몰라요." 정부는 그를 실망시켰고, 나도 그를 실망시켰으며, 존스도 그를 실망시켰다. 그는 브렌 기관총을 손에 넣지 못하고, 이곳에서 북소리를 들으며, 힘과 용기와 결단력을 구하고 있었다. 흙바닥에 놓인 작은 화로 둘레에는 신을 부르는 문양이 재로 그려져 있었다. 그들이 부르는 신은 방탕하게 여자를 꾀는 레그바일까, 순수함과 사랑의 동정녀인 상냥한 에르줄리일까, 전사들의 보호자인 오군 페라이유일까, 아니면 검은 옷을 입고 통통 마쿠트 대원처럼 검은 안경을 낀 채 망자들을 애타게 찾아다니는 바롱 사메디일까? 그 답은 사제가 알고 있었고, 의식 비용을 대준 남자도 아마 알았을 것이다. 입문자들도 재의 문양을 해석할 수 있었으리라.

　몇 시간이나 이어지던 의식이 드디어 절정에 다다랐다. 단조로운 읊조림과 북소리에도 내가 잠들지 않았던 건 필리포의 얼굴 덕분이었다. 기도문 사이사이의 친숙한 부

1　일반적으로 108×165mm 크기의 카드에 얇은 사진을 붙이는 형식으로, 초상 사진에 널리 사용되었다.

분들이 위안이 되었다. 'Libera nos a malo(악으로부터 구하소서)', 'Agnus dei(하느님의 어린 양)', 성인들을 기리며 휘날리는 성스러운 깃발들, 'Panem nostrum quotidianum da nobis hodie(오늘날 우리에게 일용할 양식을 주시고).' 내 손목시계를 봤더니, 엷은 푸른빛 속에 시곗바늘이 3시를 향해 가고 있었다.

사제가 안쪽 방에서 향로를 흔들며 나왔지만, 그가 우리 얼굴 앞에 대고 흔든 향로는 날개와 다리를 실로 동여맨 수탉이었다. 작고 흐리멍덩한 눈알이 내 눈을 유심히 들여다보았고, 그 뒤로 성녀 루치아의 깃발이 휘날리며 지나갔다. 사제가 토넬을 한 바퀴 돌자, 웅간이 수탉의 머리를 입속에 집어넣더니 아작아작 씹어 깔끔하게 떼어냈다. 닭 대가리가 부서진 인형의 머리처럼 흙바닥에 떨어져 있는 동안 날개들은 계속 퍼덕거렸다. 웅간은 허리를 굽혀 닭의 목을 치약 튜브처럼 짜서, 바닥의 잿빛 문양에 피의 주황빛 도는 갈색을 더했다. 섬세한 필리포가 동포의 종교를 어떻게 받아들이고 있나 보고 싶었지만, 그는 이제 거기 없었다. 나도 진작 갔을 테지만, 조제프에 발이 잡혀 있었고, 조제프는 초막에서의 의식에 붙잡혀 있었다.

밤이 깊어질수록 북 치는 사람들은 점점 더 사나워졌다. 더 이상 소리를 죽이려 하지 않았다. 제단 주위에 깃발들이 쌓여 있고 기도문을 새긴 낙화[2] 밑에 십자가가 서 있는 안쪽 방에서 무슨 일인가 벌어지고 있었고, 곧 행렬이 모습을 드러냈다. 그들은 매장을 위해 흰 천으로 감싼 시체 같은 것을 나르고 있었다. 머리는 덮여 있고, 밖으로

---

2 나무나 상아의 표면에 인두로 지져서 그린 그림.

빠져나온 팔 하나가 달랑달랑 흔들렸다. 사제가 화로 옆에 무릎을 꿇고 앉더니, 꺼져가는 불을 후 불어 활활 타오르게 했다. 곁에 시체가 놓이자 그는 빠져 나와 있는 팔을 잡아 불 속으로 집어넣었다. 움찔하는 몸을 보고 나는 그것이 살아 있음을 깨달았다. 아마 그 초심자는 비명을 질렀을 것이다. 북소리와 낮게 기도를 읊조리는 여자들 때문에 비명 소리가 들리지는 않았지만, 살이 타는 냄새가 났다. 그 사람이 실려 나간 뒤 다른 몸이 나왔고, 그 다음엔 또 다른 몸이 나왔다. 밤바람이 초막을 뚫고 지나가자 불길의 열기가 내 얼굴을 때려댔다. 마지막 몸은 키가 1미터도 안 되는 걸 보니, 분명 아이의 몸이었다. 이번에 응간은 손을 불에서 몇 센티미터 위로 들고 있었다. 잔인한 사람은 아닌 것이다. 토넬 건너편을 다시 봤더니 필리포가 제자리에 돌아와 있었다. 그러고 보니, 불 속에 넣어졌던 팔들 중에 하나가 물라토[1]의 팔처럼 옅은 색이었다. 나는 필리포의 팔이었을 리 없다고 속으로 중얼거렸다. 필리포의 시들은 가죽 장정의 우아한 한정판으로 출판되었다. 그는 나처럼 예수회의 교육을 받았고, 소르본 대학까지 다녔다. 수영장에서 내게 보들레르의 시를 인용하지 않았던가. 만약 필리포가 이 의식 입문자들 속에 끼어 있다면, 나라를 몰락시킨 파파 독의 승리를 상징하는 사건이 될 터였다. 기둥에 못으로 박혀 있는 사진이 불길에 비쳐, 해부용 시신을 보듯 땅을 응시하고 있는 두 눈과 두툼한 안경이 보였다. 한때 그는 장티푸스에 성공적으로 맞서 싸운 시골 의사였으며, 민족학 협회의 창설자이기도 했다. 예수회 교육을 받은 나는 다호메이의 신

---

1 흑인과 백인 사이에 태어난 혼혈아.

들이 도래하기를 기도하고 있는 웅간의 라틴어를 알아들을 수 있었다. "*Corruptio optimi*(선한 자의 타락이)[2]……."

그날 밤 우리를 찾아온 신은 상냥한 에르줄리가 아니었다. 잠시지만 그 영혼이 초막으로 들어와 필리포 근처에 앉은 여자를 건드린 것처럼 보였다. 그녀가 일어나 두 손으로 얼굴을 덮고 이리저리 가볍게 몸을 흔들었기 때문이다. 사제는 그녀에게 가서 손을 억지로 떼어냈다. 촛불에 비친 그녀의 표정이 대단히 상냥해 보였지만, 웅간은 그녀를 상대해 주지 않았다. 오늘 필요한 신은 에르줄리가 아니었다. 오늘 밤 우리가 그 자리에 모인 건 사랑의 여신을 만나기 위해서가 아니었다. 사제는 여자의 어깨를 눌러 그녀를 벤치에 도로 앉혔다. 그가 몸을 돌리기도 전에 조제프가 앞으로 나섰다.

조제프는 흰자위만 보일 정도로 눈을 잔뜩 위로 치켜뜨고 구걸하듯 두 손을 앞으로 내민 채 원을 그리며 움직였다. 그러다 다친 허리를 삐끗하여 휘청휘청 곧 넘어질 것처럼 보였다. 내 주변 사람들은 신이 정말 도착했다는 신호를 찾으려는 것처럼 아주 진지하게 몸을 앞으로 기울였다. 북은 조용해졌다. 노래는 멈추었다. 웅간만이 크리올어[3]보다, 어쩌면 라틴어보다도 더 오래된 어떤 언어로 말하고 있었다. 조제프가 움직임을 멈추더니 귀를 기울이며, 나무 기둥을 쭉 훑어보았다. 그의 시선이 채찍과 파파독의 얼굴을 지나, 쥐 한 마리가 지푸라기 사이로 타다닥 움직이고 있는 초가지붕으로 향했다. 그때 웅간이 조제프에게 다가가, 들고 있던 붉은 스카프를 조제프의 어깨에 획 둘렀다. 오군 페라이유의 도래를 인정한 것이다. 누군

---

2 '*Corruptio optimi pessima*(선한 자의 타락이 최악의 타락이다)'라는 라틴어 격언.
3 유럽의 언어와 특히 서인도 제도 노예들이 사용하던 아프리카어의 혼성어.

가가 마체테[1]를 들고 앞으로 나가, 조제프의 뻣뻣한 손에 꼭 쥐여주었다. 조제프는 마치 완성을 기다리는 조각상 같았다.

조각상이 움직이기 시작했다. 한 팔을 천천히 들어 올린 다음 마체테를 큰 포물선으로 휘둘렀다. 마체테가 토넬을 가로질러 날아올까 봐 모두 겁에 질려 몸을 홱 숙였다. 조제프는 마체테를 번쩍번쩍 휘두르며 달리기 시작했다. 앞줄에 앉은 사람들이 허둥지둥 뒤로 물러나는 통에 잠시 소동이 일었다. 조제프는 더 이상 조제프가 아니었다. 그는 얼굴에 땀을 줄줄 흘리고, 앞이 보이지 않거나 취기 어린 눈을 하고서 칼을 푹푹 찌르고 휘둘러댔다. 그의 상처는 어디로 갔단 말인가? 그는 한 번의 휘청거림도 없이 달렸다. 그러다가 멈추더니, 사람들이 달아나면서 바닥에 버려둔 병을 집어 들었다. 그는 길게 한 모금 들이켠 다음 계속 달렸다.

벤치에 홀로 앉아 있는 필리포가 보였다. 그 주변의 모든 사람들은 뒤로 물러나 있었다. 그는 몸을 앞으로 구부린 채 조제프를 지켜보았고, 조제프는 마체테를 휘두르며 필리포를 향해 달려갔다. 조제프가 필리포의 머리칼을 손에 쥐자, 나는 그가 마체테로 필리포를 내려치기라도 하는 줄 알았다. 하지만 조제프는 필리포의 머리를 뒤로 홱 젖히더니 목구멍으로 술을 들이부었다. 필리포의 입은 배수관처럼 술을 내뿜었다. 두 사람 사이로 병이 떨어지고, 조제프는 두 바퀴 빙빙 돈 후 쓰러졌다. 북소리가 울리고, 여자들은 기도를 읊조리고, 오군 페라이유는 잠깐 찾아왔다 사라졌다.

---

1 날이 넓고 무거운 칼로 벌목 및 벌채의 도구나 무기로 사용되기도 한다.

필리포는 다른 두 명과 함께 조제프를 부축해 토넬 뒤편의 방으로 데려갔지만, 나는 더 이상 견디기가 힘들었다. 자리를 피해 무더운 밤공기를 크게 들이마시자 장작불과 비 냄새가 났다. 아프리카 신의 희생자가 되려고 예수회를 떠난 것이 아니라고, 나는 속으로 되뇌었다.

토넬 안에서 성스러운 깃발들이 움직이고, 똑같은 의식이 끊임없이 이어졌다. 나는 차로 돌아가 앉아서 조제프가 돌아오기를 기다렸다. 초막에서처럼 그렇게 날렵하게 움직일 수 있다면 내 도움 없이도 차까지 찾아올 수 있을 터였다. 잠시 후 비가 내렸다. 내가 차창을 닫고 숨 막히는 열기 속에 앉아 있는 동안, 비는 소화기에서 분사되는 물처럼 토넬 위로 쏟아져 내렸다. 북소리는 빗소리에 묻혀버렸고, 나는 친구 장례식 후 낯선 호텔에 있는 것처럼 외로웠다. 비상시에 대비하여 차에 둔 휴대용 술병으로 위스키를 한 모금 마시고 나자, 곧 검은 비 속에서 회색 형상의 조문객들이 옆으로 지나갔다.

아무도 차 앞에서 걸음을 멈추지 않고, 양 갈래로 나뉘어 물 흐르듯 지나갔다. 어디선가 시동 거는 소리가 들리는 것도 같았다. 필리포가 분명 차를 가져왔을 텐데, 비 때문에 보이지 않았다. 이 장례식에 오지 말았어야 했다, 이 나라에 오지 말았어야 했다, 난 이방인이었다. 어머니는 흑인 애인이 있었고 이런저런 일에 열심이었지만, 나는 몇 년 전 언젠가부터 무슨 일에든 몰두하는 법을 잊고 말았다. 무슨 까닭인지 언젠가부터 무엇에든 관심을 가질 수가 없었다. 한 번 밖을 내다봤더니, 차창 너머로 내게 손짓하는 필리포가 보이는 것 같았다. 환영이었다.

조제프가 아직 나타나지 않았지만, 나는 곧 차에 시동을 걸고 혼자 호텔로 돌아왔다. 새벽 4시가 다 되어 잠들기엔 너무 늦은 시간이었고, 6시에 통통 마쿠트가 베란다 계단까지 차를 몰고 와 내게 내려오라고 소리쳤을 때 난 완전히 깨어 있었다.

2

무리를 이끌고 온 콩카쇠르 대위는 부하들이 주방과 직원 숙소를 수색하는 사이 베란다에서 총부리를 내게 겨누고 있었다. 벽장과 문을 쾅쾅 두드리고 유리를 거칠게 박살 내는 소리가 들렸다. "뭘 찾는 겁니까?" 내가 물었다.

콩카쇠르 대위는 기다란 고리버들 의자에 드러누워 총을 무릎에 얹어놓은 채, 딱딱하고 등받이가 꼿꼿한 의자에 앉아 있는 나를 겨누고 있었다. 해가 아직 뜨지도 않았는데 언제나처럼 검은 안경을 끼고 있었다. 총을 쏠 수 있을 만큼 앞이 잘 보이기나 할까 궁금했지만, 나는 위험을 무릅쓰는 짓은 하지 않기로 했다. 그는 내 질문에 답하지 않았다. 그럴 이유가 없었다. 그의 어깨 너머로 하늘이 붉게 물들고, 야자수들은 검은색을 띠며 또렷한 윤곽을 드러냈다. 나는 등받이가 높고 곧은 식당용 의자에 앉아 있었고, 모기에게 발목을 물렸다.

"아니면 사람을 찾고 있는 겁니까? 여기 숨어 있는 사람은 한 명도 없어요. 대위님 부하들이 너무 시끄러워서 죽은 자들까지 깨우겠습니다. 호텔 손님들도 계신데." 나는 꽤 우쭐해하며 덧붙였다.

콩카쇠르 대위는 다리의 자세를 바꾸면서 총의 위치를 바꾸었다. 아무래도 류머티즘을 앓고 있는 모양이었다. 내 배를 겨누고 있던 총은 이제 내 가슴을 겨냥했다. 그는 하품을 하고 머리를 뒤로 젖혔다. 잠들었나 싶었지만, 검은 안경 때문에 그의 눈이 보이지 않았다. 내가 일어나려 살짝 움직이자마자 그가 말했다. "Asseyez-vous(앉아)."

"몸이 뻐근해서 그래요. 좀 풀어줘야겠습니다." 이제 총은 내 머리를 겨누고 있었다. "존스와 무슨 일을 꾸미고 있는 겁니까?" 답을 듣자고 던진 질문은 아니었지만, 놀랍게도 그가 대꾸를 했다.

"존스 대령에 대해 뭘 알고 있나?"

"거의 몰라요." 내가 말했다. 보아하니 존스가 진급을 한 모양이었다.

그때 주방에서 아주 요란한 굉음이 울렸다. 가스레인지를 분해하고 있는 건가? 콩카쇠르 대위가 말했다. "필리포가 여기 왔었지." 죽은 삼촌을 말하는 건지, 살아 있는 조카를 말하는 건지 알 수 없어 나는 입을 다물었다. 콩카쇠르르가 말했다. "여기 오기 전에는 존스 대령을 만났고. 존스 대령한테는 왜 찾아간 거지?"

"난 아무것도 모릅니다. 존스한테 물어보지 그래요? 친구잖습니까."

"우리는 필요할 때 백인들을 이용할 뿐이지, 믿지는 않아. 조제프는 어디 있나?"

"모릅니다."

"왜 여기 없지?"

"몰라요."

"어젯밤에 그자와 함께 차를 몰고 나갔지."

"맞아요."

"혼자 돌아왔고."

"맞아요."

"반군들을 만났군."

"말도 안 되는 소리 하지 말아요. 무슨 그런 헛소리를."

"지금 당장 당신을 쏴버릴 수도 있어. 기분 좋게 말이야. 당신이 체포에 불응하고 있었으니까."

"어련하시겠습니까. 한두 번 해보신 일도 아닐 텐데."

나는 겁에 질려 있었지만, 내 두려움이 보일까 봐 훨씬
더 겁이 났다. 그랬다간 그가 마음 놓고 달려들 것이 뻔
했다. 그도 맹견처럼 빽빽 소리나 지르고 있을 때가 더
안전했다.

"왜 나를 체포합니까?" 내가 물었다. "대사가 궁금해할
텐데요."

"오늘 오전 4시에 경찰서가 공격당했어. 한 명이 죽었
지."

"경찰관이요?"

"그래."

"잘됐군요."

콩카쇠르가 말했다. "용감한 척은. 겁에 잔뜩 질렸으면
서. 당신 손을 봐." (땀이 나서 파자마 바지에 한두 번 손을 닦
았었다.)

나는 어색하게 가짜 웃음을 터뜨렸다. "무더운 밤이었
잖습니까. 나는 켕길 것이 전혀 없어요. 4시쯤엔 침대에
있었습니다. 다른 경찰관들은 어떻게 됐어요? 아무래도
꽁무니를 뺐나 본데."

"그래. 그놈들도 곧 처리해야지. 무기를 두고 달아났더
군. 그런 큰 실수를 저지르다니."

통통 마쿠트 대원들이 주방에서 줄줄이 나왔다. 어둑한
새벽에 선글라스를 낀 남자들에게 둘러싸여 있자니 묘한
기분이 들었다. 콩카쇠르 대위가 그중 한 명에게 신호를
보내자 그자가 내 입을 때려 입술을 찢어 놓았다. "체포
불응." 콩카쇠르 대위가 말했다. "몸싸움이 있어야겠지. 그
런 다음, 우리가 예의 바르게 당신 시신을 대리 대사에게

보여줄지도 모르고. 이름이 뭐였더라? 내가 원래 이름을 잘 기억 못 해서 말이야."

내 용기는 꺾이기 시작했다. 용감한 사람조차 식전바람에는 힘을 못 쓰는 법인데, 난 용감한 사람도 아니었다. 의자에 똑바로 앉아 있는 데도 엄청난 노력이 필요했다. 콩카쇠르 대위의 발밑에 넙죽 엎드리고 싶은 끔찍한 유혹을 느꼈기 때문이다. 그것은 분명 치명적인 한 수가 될 터였다. 그는 두 번 생각하지 않고 쓰레기 같은 인간을 쏴버릴 테니까.

"무슨 일이 있었는지 말씀해 드리지." 콩카쇠르 대위가 말했다. "당직 경찰이 목이 졸려 죽었어. 아마 잠들어 있었겠지. 어떤 절름발이가 그 경찰의 총을 훔치고, 어떤 메티스가 리볼버를 훔쳤어. 다른 경찰들이 자고 있는 방에 둘이 문을 차고 들어가서……."

"도망가게 해줬다고요?"

"내 부하들이었다면 쐈겠지. 가끔 놈들이 경찰은 살려주거든."

"포르토프랭스에 발을 저는 남자가 한 명밖에 없는 것도 아니잖습니까."

"그럼 조제프는 어디 있지? 여기서 자고 있어야 하는 거 아닌가? 누군가 필리포를 알아봤는데, 그자는 지금 집에 없어. 마지막으로 언제 그자를 봤지? 어디서?"

콩카쇠르가 아까 그 대원에게 신호를 보냈다. 이번에는 내 정강이를 세게 걷어찼고, 다른 대원이 내 의자를 획 빼냈다. 그래서 나는 결코 원하지 않았던 콩카쇠르 대위의 발밑에 있게 되었다. 그의 구두는 소름 끼치는 적갈색이었다. 다시 벌떡 일어나지 않으면 끝장이라는 걸 알았지만, 다리가 아파서 일어설 자신이 없었다. 우스꽝스러운 자세로 바닥에 앉아 있자니, 어느 격식 없는 파티에 있는 것 같은 느낌이었다. 모두가 내 장기자랑을 기다리고 있었다. 아마도 일어나면 또다시 걷어차여 쓰러질 터였다. 그들에게는 파티에서 하는 장난 같은 것일지도 몰랐다. 조제프의 부러진 고관절이 떠올랐다. 가만히 앉아 있는 것이 더 안전했다. 하지만 난 일어섰다. 오른쪽 다리가 쿡쿡 쑤셨다. 나는 베란다 난간에 기대려 상체를 뒤로 젖혔다. 콩카쇠르 대위는 총을 움직여 다시 나를 겨누었다. 서두르는 기색이라곤 전혀 없었다. 기다란 안락의자에 앉은 그는 무척 편안해 보였다. 마치 그곳의 주인처럼 보였다. 아마도 그것이 대위의 의도였을 것이다.

내가 말했다. "뭐라고 하셨죠? 아, 그렇지……. 어젯밤에 조제프와 함께 부두교 의식에 갔습니다. 필리포가 거기 있더군요. 하지만 얘기를 나누지는 않았습니다. 나는 의식이 끝나기 전에 자리를 떴어요."

"왜지?"

"역겨워서 말입니다."

"아이티 국민의 종교가 역겹다고?"

"사람마다 취향이 다르니까요."

선글라스를 낀 남자들이 조금 더 가까이 다가왔다. 안경들은 콩카쇠르 대위를 향해 있었다. 한 쌍의 눈과 그 표정만이라도 볼 수 있다면……. 나는 익명성이 두려웠다. 콩카쇠르 대위가 말했다. "내가 얼마나 무서웠으면 바지에 오줌까지 지렸군." 나는 그의 말이 사실이라는 걸 깨달았다. 밑이 축축하고 뜨뜻했다. 나는 치욕스럽게도 바닥 널로 오줌을 뚝뚝 떨어뜨리고 있었다. 콩카쇠르 대위는 자기가 원하는 바를 얻었고, 나는 그의 발밑에 그대로 앉아 있는 편이 더 나았을 것이다.

"다시 때려." 콩카쇠르 대위가 부하에게 말했다.

"'Dégoûtant(비열한 놈)." 어떤 목소리가 들려왔다. "Tout à fait dégoûtant(비열하기 짝이 없어)."

통통 마쿠트 대원들만큼이나 나도 깜짝 놀랐다. 그 미국식 억양은 줄리아 워드 하우[1] 부인이 가사를 붙인 〈공화국의 전투 찬가〉처럼 뜨겁고 박력 있게 다가왔다. 분노의 포도가 짓밟히고, 무섭고 빠른 칼이 번득이는 노래 가사처럼. 주먹을 들어 나를 치려던 대원이 멈칫했다.

베란다의 반대편 끝에서 콩카쇠르 대위 뒤로 스미스 부인이 나타났고, 느긋하니 무심한 태도를 취하고 있던 대위는 목소리의 주인공이 누군지 보기 위해 몸을 움직일 수밖에 없었다. 그러자 총구는 더 이상 나를 겨냥하지 않았고, 그 틈에 나는 주먹이 닿지 않을 곳으로 몸을 홱 피했다. 스미스 부인은 옛날 식민지 시대의 나이트가운 같은 옷을 입고 금속 롤러로 머리를 말고 있어, 묘하게 입체파 그림 같은 인상을 풍겼다. 그녀는 여명 속에 턱 버티고 서서, 휴고 자습서로 공부한 단편적이고 날카로운 프랑스어 구절들을 쏟아냈다. bruit horrible(무시무시한 소음) 때문에 그녀와 남편이 잠에서 깼다고 말했다. 또한 무장하지 않은 사람을 공격한 그들의 lâcheté(비겁함)를 비난했다. 애초에 그들이 갖고 있어야 할 영장, 영장, 또 영장을 요구했다. 하지만 여기서 휴고 교재의 어휘는 큰 도움이 되지 못했다. "Montrez-moi votre warrant(영장을 보여줘)", "Votre warrant où est-il(영장은 어디 있어)?"[2] 그들은

---

1   줄리아 워드 하우(1819~1910). 미국의 작가이자 시인으로, 미국에서 '어머니의 날'을 제창한 선구자였다.
2   프랑스어로 영장은 'mandat'이지만, 스미스 부인은 영어로 영장을 뜻하는 'warrant'라고 말하고 있다.

알아들을 수 있는 말보다 그 불가사의한 단어에 더 큰 위협을 느꼈다.

콩카쇠르 대위가 "부인" 하고 입을 열자, 그녀는 사나운 근시안의 초점을 그에게 맞추었다. "당신." 그녀가 말했다. "그래, 맞아. 전에 당신을 본 적 있어. 여자한테 손찌검하는 인간." 휴고 교재에는 거기에 해당하는 단어가 실려 있지 않았다. 지금은 오직 영어로만 그녀의 분노를 전할 수 있었다. 그녀는 어렵게 익힌 프랑스어 단어들을 모조리 잊은 채 대위에게 성큼성큼 다가갔다. "어떻게 감히 리볼버를 휘두르면서 여기 올 수 있나? 이리 내." 그녀는 이렇게 말하고는, 새총을 가진 아이에게 하듯 리볼버 쪽으로 손을 내밀었다. 콩카쇠르 대위는 그녀의 영어는 못 알아들었을지 몰라도, 그 동작의 의미는 제대로 이해했다. 성난 어머니에게서 소중한 물건을 지키듯 그는 리볼버를 총집에 도로 집어넣었다. "그 의자에서 일어나, 이 검은 쓰레기야. 나한테 말하려거든 일어나서 해." 이렇게 말하고 나서 그녀는 내슈빌의 인종차별주의를 상기시키는 자신의 발언에 내심 놀랐는지, 자신의 모든 과거를 변호하듯 덧붙였다. "당신은 흑인들의 수치야."

"이 여자는 누구지?" 콩카쇠르 대위가 내게 힘없이 물었다.

"대통령 후보님의 아내분이에요. 전에도 만난 적이 있잖아요." 그는 필리포의 장례식에서 일어났던 소동이 이제야 기억나는지 잠시 멍해졌다. 부하들은 검은 안경으로 그를 빤히 쳐다보며, 떨어지지 않는 명령을 기다렸다.

스미스 부인은 휴고 교재에 실린 어휘들을 다시 기억해냈다. 스미스 씨와 내가 뒤발리에빌을 방문했던 그 기나긴 아침 동안 열심히 공부한 것이 틀림없었다. 그녀는 형편없는 억양으로 말했다. "수색했고. 아무것도 못 찾았잖아. 이제 그만 가보시지." 몇몇 명사가 빠진 것만 빼면, 2강까지 공부한 사람들이 쓸 법한 문장들이었다. 콩카쇠르 대위는 망설였다. 그녀가 너무 욕심을 부려 가정법과 미래 시제를 한꺼번에 시도하다가 실수를 범하긴 했지만, 콩카쇠르는 그녀가 하려는 말을 정확히 이해했다. "안 가면, 남편을 데려오겠어." 그는 결국 굴복하여 부하들을 데리고 나갔고, 이내 그들은 왔을 때보다 더 시끄럽게 진입로를 걸어가며 상처 입은 자존심을 치유하려는 듯 공허하게 웃었다.

"저 인간은 누구예요?"

"존스의 새 친구들 중 한 명입니다." 내가 말했다.

"기회가 닿으면 존스 씨한테 얘기 좀 해야겠네요. 수상쩍은 인간이랑 어울리면 안 되죠……. 입에서 피가 나잖아요. 같이 올라가요, 내가 리스테린으로 씻어줄게요. 스미스 씨와 나는 여행할 때 꼭 리스테린을 챙긴답니다."

3

"아파?" 마르타가 물었다.

"이젠 별로 안 아파." 우리 단둘이 이렇게 평화롭게 있었던 때가 언제였는지 기억도 나지 않았다. 방 창문의 모기장 뒤로 기나긴 오후가 서서히 사라져갔다. 그날 오후를 돌이켜보면, 우리에게 약속의 땅이 희미하게나마 보였던 것 같다. 우리는 사막의 끝자락에 다다랐다. 젖과 꿀이 우리를 기다리고 있었다. 약속의 땅을 탐지하러 갔던 우리의 정탐꾼들은 포도송이를 짊어지고 왔다. 그때 우리는 어떤 엉뚱한 신들에게 기댔던 걸까? 달리 뭘 할 수 있었을까?

그전에는 마르타가 내 강요 없이 자의로 트리아농에 온 적이 한 번도 없었다. 그전에는 한 번도 내 침대에서 동침하지 않았다. 겨우 30분이었지만, 그 후로 그때보다 더 깊이 자본 적이 없다. 그녀의 입이 내 다친 잇몸을 건드려 나는 움찔하며 깨어났다. 내가 말했다. "존스가 사과 편지를 보냈어. 자기 친구를 그렇게 취급하는 건 자기에 대한 인신공격이나 마찬가지라고 콩카쇠르한테 말했다는군. 관계를 끊겠다고 협박한 모양이야."

"무슨 관계?"

"그야 모르지. 오늘 밤에 한잔하자는데. 10시에. 안 갈 거야."

이제는 저녁에 만나기가 어려웠다. 그녀가 입을 열 때마다, 이제 가봐야 한다는 말이 나올 것만 같았다. 루이스는 외무부에 보고하기 위해 남아메리카로 돌아갔지만, 항상 앙헬이 있었다. 마르타가 앙헬의 친구들을 티타임에 초대했지만, 티타임은 그리 오래가지 않는다. 스미스 부부는 사회복지부 장관을 또 만나러 나가고 없었다. 이번에 장관은 부부만 와달라고 요청했고, 스미스 부인은 통역이 필요한 경우를 대비해서 휴고 자습서를 가져갔다.

문이 쾅 닫히는 소리가 들리는 것 같아서 나는 마르타에게 말했다. "스미스 부부가 돌아왔나 봐."

"상관없어." 그녀는 이렇게 말하며 내 가슴에 손을 얹었다. "아, 피곤해."

"기분 좋게 피곤한 거야? 아니면 힘들어?"

"힘들어."

"무슨 일 있어?" 우리의 처지를 생각하면 어리석은 질문이었지만, 내가 자주 하는 말을 그녀의 목소리로 듣고 싶었다.

"혼자 있는 시간이 없으니 피곤해. 사람들 때문에 피곤해. 앙헬 때문에 피곤해."

나는 깜짝 놀라 물었다. "앙헬?"

"오늘 새 퍼즐을 한 상자 샀어. 일주일 동안 가지고 놀 수 있게. 그 일주일을 당신이랑 함께 보내고 싶은데."

"일주일?"

"나도 알아. 일주일도 짧지? 이건 더 이상 모험이 아니야."

"내가 뉴욕에 갔을 때부터 그랬지."

"맞아."

저 멀리 시내 어딘가에서 총소리가 들렸다. "누군가 죽고 있군."

"못 들었어?" 그녀가 물었다.

총성이 두 발 더 울렸다.

"처형 말이야."

"못 들었어. 프티 피에르를 며칠 못 봤거든. 조제프는 사라졌고. 새로운 소식을 전혀 못 듣고 있어."

"경찰서 공격에 대한 보복으로 죄수 두 명을 골라 공동 묘지에서 총살하는 거야."

"어두울 때?"

"그게 더 인상적이니까. 텔레비전 카메라로 아치 모양 조명을 만들었어. 학생들도 전부 참석시키고. 파파 독의 명령으로."

"그럼 당신은 관객들이 흩어질 때까지 기다리는 게 좋겠어."

"그래. 우리가 신경 쓸 일은 그것밖에 없지. 관계자도 아니니."

"그렇지. 당신과 나는 반군에 낀다 해도 큰 도움이 안 될 거야."

"조제프도 그럴걸. 고관절이 그렇게 상했는데."

"브렌이 없는 필리포도 마찬가지지. 방탄용으로 가슴 주머니에 보들레르 시집이라도 넣어놨을까 모르겠군."

"그 사람들한테 너무 박하게 굴지 마. 난 독일인이고, 독일인들은 아무 짓도 안 했으니까." 마르타가 이렇게 말하며 손을 움직이자 내 욕정이 되살아났고, 그래서 그녀의 말이 무슨 뜻인지 굳이 묻지 않았다. 루이스는 저 멀리 남아메리카에 가 있고, 앙헬은 퍼즐을 가지고 노느라 바빴고, 스미스 부부는 우리를 볼 수도 우리의 소리를 들을 수도 없었다. 나는 마르타의 가슴에서 나오는 젖과 허벅지 사이의 꿀을 벌써 맛보는 기분을 느끼며, 약속의 땅으로 들어가는 상상을 잠시나마 했다. 하지만 돌발적인 기대감은 곧 사라졌고, 마르타는 계속 생각하고 있었던 듯 말을 꺼냈다. "'거리로 나가다'라는 뜻의 프랑스어가 있지 않아?"

"내 어머니는 분명 거리로 나갔을 거야. 그 레지스탕스 훈장을 애인에게 받은 게 아니라면."

"내 아버지는 1930년에 거리로 나가셨지만, 전범 신세가 돼버렸어. 행동하는 건 위험해, 안 그래?"

"그래, 그분들이 우리의 본보기가 됐지."

이제 옷을 입고 내려갈 시간이었다. 계단을 하나씩 내려갈수록 포르토프랭스에 점점 더 가까워졌다. 스미스 부부네 방문이 열려 있었고, 지나가는 우리를 스미스 부인이 올려다보았다. 스미스 씨는 두 손으로 모자를 든 채 앉아 있고, 부인은 남편의 뒷덜미에 손을 얹고 있었다. 어쨌든 그들 역시 연인이었다.

"음." 차로 걸어가면서 내가 말했다. "스미스 부부가 우리를 봤는데, 괜찮겠어?"

"괜찮아. 속이 후련해." 마르타가 말했다.

내가 호텔로 돌아가자 스미스 부인이 2층에서 나를 불렀다. 세일럼[1]의 옛 주민처럼 나도 간음죄로 비난받게 될까? 마르타는 주홍 글씨를 가슴에 달아야 할까? 왜 그런 생각을 하게 됐는지는 몰라도, 나는 스미스 부부가 채식주의자니까 당연히 청교도일 거라 지레짐작하고 있었다. 하지만 사랑의 열정은 산성화로 인한 것이 아니었으며, 두 사람 모두 증오의 적이었다. 머뭇머뭇 위층으로 올라갔더니 그들은 예전과 다를 바 없는 태도로 나를 대했다. 스미스 부인은 내 생각을 읽고 분한 마음이 들기라도 했는지 반항심이 깃든 묘한 어조로 말했다. "피네다 부인과 인사를 나누고 싶었어요."

나는 최대한 우울하게 말했다. "아이 때문에 서둘러 돌아가야 했거든요." 하지만 부인은 눈썹 하나 까딱하지 않고 말했다. "더 친해지고 싶은 분이라고요." 왜 나는 그녀가 유색인들에게만 너그러울 거라 생각했을까? 며칠 전 밤 그녀의 표정에서 못마땅한 기색을 읽은 건 내 죄책감 때문이었을까? 아니면, 한 번 돌봐준 남자에 관해서는 모든 걸 용서해 주는 그런 부류의 여자일까? 어쩌면 나는 리스테린으로 속죄를 받은 건지도 몰랐다. 부인은 남편의 뒷덜미에서 손을 떼어 그의 머리에 얹었다.

내가 말했다. "아직 늦지 않았어요. 다음에 또 올 겁니다."

"우린 내일 돌아가요." 부인이 말했다. "스미스 씨가 속상해하고 있어요."

---

1 매사추세츠주의 청교도 마을로, 17세기 말 마녀재판이 일어난 곳으로 유명하다. 소설 『주홍 글씨』의 배경이기도 하다.

"채식주의 센터 때문에요?"

"여기의 모든 것이 다 문제예요."

고개를 드는 스미스 씨의 늙고 흐릿한 눈에 눈물이 어려 있었다. 이런 사람이 정치가 행세를 하려 했다니, 얼마나 터무니없는 바람이었던가. 그가 말했다. "총성을 들었소?"

"네."

"학교에서 오는 아이들과 마주쳤소." 그가 말했다. "그런 일은 상상도…… 자유의 기수였을 때 스미스 부인과 나는……."

"흑인을 비난하면 안 돼, 여보." 스미스 부인이 말했다.

"나도 알아. 알지만."

"장관을 만난 일은 어떻게 됐습니까?"

"금방 헤어졌소. 의식에 참석해야 한다길래."

"의식이요?"

"공동묘지의 그 의식 말이오."

"두 분이 떠나신다는 걸 장관도 압니까?"

"그래요, 내 마음은 이미 정해졌으니까, 그 의식 전에. 장관은 이리저리 따져보고 내가 자기한테 쉽게 속아 넘어갈 인간이 아니라는 결론을 내렸소. 아니면 내가 자기 같은 사기꾼이든가. 돈을 쓰러 온 게 아니라 돈을 벌려고 온 사기꾼. 그래서인지 내게 한 가지 방법을 가르쳐주더군. 우리 둘이 아니라, 공공사업 책임자까지 끌어들여 셋이서 나눠 먹자고 말이오. 내가 이해한 게 맞는다면, 내가 약간의 자잿값만 지불하면, 우리 몫의 부수입으로 제대로 된 자재를 구할 수 있다는 거요."

"부수입은 어디서 나오고요?"

"정부가 임금을 보증해 주고, 우리는 훨씬 더 낮은 임금으로 인부들을 고용했다가 월말에 해고해 버리는 거요. 그런 다음 두 달 동안 사업 계획을 놀리다가 다시 새로운 인부를 고용하는 거지. 물론 그 두 달 동안 보증 임금은 우리 주머니로 들어올 거고—우리가 자재비로 쓴 비용까지 전부. 그리고 공공사업부—공공사업부가 맞겠지—책임 자는 행복하게 수수료를 챙기는 거요. 장관은 이 계약을 무척이나 뿌듯해하더군. 잘만 하면 채식주의 센터까지 생길지 모른다면서 말이오."

"내가 보기엔 구멍이 숭숭 뚫린 계약 같은데요."

"더 자세한 이야기는 듣지 않았소. 그자라면 구멍이 생길 때마다 대충 때웠을 거요. 부수입으로."

스미스 부인은 슬픈 표정으로 다정하게 말했다. "스미스 씨는 아주 큰 희망을 품고 여기 왔죠."

"당신도 그랬잖아."

"사람은 이렇게 살면서 배우는 거지." 스미스 부인이 말했다. "이게 끝이 아니야."

"젊은 사람들이야 배우기도 수월하지. 내가 너무 맥 빠진 소리를 했다면 미안하게 됐소, 브라운 씨. 우리가 호텔을 떠나는 이유를 오해하지 말았으면 해서 말이오. 당신은 우리에게 아주 잘해줬소. 여기서 지내는 동안 아주 행복했다오."

"두 분을 모실 수 있어서 기뻤습니다. 메데이아호를 타실 겁니까? 내일 돌아올 텐데요."

"아니. 그 배를 기다리진 않을 거요. 우리 집 주소를 적어놨으니 챙겨두시오. 우리는 내일 산토도밍고로 날아가서 며칠 머물 생각이오. 스미스 부인이 콜럼버스 무덤을 보고 싶다고 해서. 다음 배로 채식주의 관련 책이 여기로 도착할 텐데, 미안하지만 그 책을 다시 보내줄 수……."

"센터 건은 유감입니다. 하지만, 스미스 씨, 어차피 안될 일이었습니다."

"이제야 그걸 알겠어. 당신 눈에는 우리가 좀 우스꽝스러워 보일지도 모르겠소, 브라운 씨."

"우스꽝스럽다니요." 나는 진지하게 답했다. "영웅처럼 보이시는데요."

"오, 전혀 그렇지 않소. 괜찮으면 이제 그만 저녁 인사를 합시다, 브라운 씨. 오늘 저녁엔 좀 피곤하군요."

"시내가 무척 후텁지근했거든요." 스미스 부인이 해명하듯 말하고는, 아주 귀중한 세포 조직을 어루만지듯 남편의 머리칼을 또 어루만졌다.

3

1

다음 날 나는 스미스 부부를 공항까지 배웅했다. 프티피에르는 그림자도 보이지 않았지만, 대통령 후보가 떠난 소식은 그의 칼럼에 한 단락으로 실렸다. 우체국 밖에서 벌어진 섬뜩한 마지막 소동은 생략할 수밖에 없었을 것이다. 스미스 씨는 광장 한복판에서 차를 세워달라고 부탁했고, 나는 그가 사진이라도 찍으려는 줄 알았다. 하지만 그는 아내의 핸드백을 들고 나갔고, 사방에서 거지들이 혀짤배기소리를 나지막하게 중얼거리며 몰려왔다. 한 경찰관이 우체국 계단을 달려 내려왔다. 스미스 씨는 핸드백을 열더니 지폐─구르드든 달러든 닥치는 대로─를 뿌리기 시작했다. "돌겠네." 내가 말했다. 거지 한두 명이 무시무시한 비명을 날카롭게 내질렀고, 자기 가게의 문간에서 어안이 벙벙한 표정으로 서 있는 하미트가 보였다. 붉은 석양이 물웅덩이와 진흙을 홍토 빛깔로 물들였다. 마지막 지폐까지 다 뿌려지자 경찰들이 먹잇감들을 포위하기 시작했다. 두 다리를 가진 자들은 외다리를 발로 차서 넘어뜨리고, 두 팔을 가진 자들은 팔 없는 자들의 몸통을 붙잡아 땅으로 내던졌다. 나는 스미스 씨를 내 차로 다시 떠밀어 넣다가 존스를 보았다. 어떤 차 안에서 통통마쿠트 대원 운전기사 뒤에 앉은 존스는 어리둥절해하면서도 걱정스러운, 그리고 그에게 어울리지 않는 심란한 표정을 짓고 있었다. 스미스 씨가 말했다. "뭐, 저이들이 나보다 더 나쁘게 돈을 낭비하진 않겠지."

나는 스미스 부부를 비행기에 태운 다음, 혼자 저녁을 먹고, 빌라 크리올로 차를 몰았다. 존스를 보고 싶었기 때문이다.

운전기사가 계단 밑에 구부정히 앉아 있었다. 그는 미심쩍은 듯 나를 지켜봤지만, 그냥 보내주었다. 위의 층계참에서 "La volonté du diable(악마의 의지)"이라고 외치는 성난 고함 소리가 들리더니, 흑인 한 명이 불빛 아래 금반지를 번득이며 내 옆을 지나갔다.

존스는 나를 오랜만에 만난 옛 학우처럼 맞아주면서, 학창 시절 후로 상대적 지위가 변한 사이인 양 약간 거만한 태도를 취했다. "어서 와요, 친구. 잘 왔어요. 요전 날 밤에 오실 줄 알았더니. 엉망이라 미안합니다. 저 의자에 앉아요, 아주 아늑할 겁니다." 의자는 확실히 따뜻했다. 바로 전에 거기 앉아 분노했던 사람의 열기가 아직 남아 있었다. 테이블 위에 카드 세 벌이 흩뿌려져 있었다. 허공에는 시가 연기의 푸른빛이 맴돌고, 엎어진 재떨이에서 담배꽁초 몇 개가 떨어져 바닥에 뒹굴고 있었다.

"아까 그 친구분은 누굽니까?" 내가 물었다.

"재무부 사람이에요. 지고 나서 군소리가 많더군요."

"진 러미를 쳤어요?"

"자기가 한참 앞서 있던 도중에 판돈을 그렇게 높이면

안 되죠. 하지만 재무부 사람하고 다퉈봐야 좋을 게 없잖습니까? 어쨌든 마지막에 나한테 스페이드 에이스가 들어와서 순식간에 끝나버렸죠. 이천을 땄는데, 달러가 아닌 구르드로 받았어요. 뭘로 마실래요?"

"위스키 있습니까?"

"없는 게 거의 없죠. 드라이 마티니는 어때요?"

나는 위스키가 더 당겼지만, 존스가 자신의 부를 뽐내고 싶어 안달인 것 같길래 이렇게 말했다. "쓴맛이 아주 강하다면 좋습니다."

"당연히 그렇죠, 친구."

그는 벽장을 열어, 휴대용 가죽 상자를 꺼냈다. 그 안에 진 반병, 베르무트 반병, 금속 비커 네 개, 칵테일 셰이커 하나가 들어 있었다. 존스는 마치 귀한 골동품을 보여주는 경매인처럼, 그 품격 있고 값비싼 세트를 어수선한 테이블에 경건하게 펼쳐놓았다. 나는 참지 못하고 물었다. "애스프리[1] 겁니까?"

"다를 바 없죠." 그는 얼른 답하고는 칵테일을 만들기 시작했다.

나는 말했다. "요놈들도 자기들이 여기 있어서 기분이 이상하겠군요. 이렇게 멀리 서인도 제도까지 왔으니."

"훨씬 더 낯선 곳에도 익숙한 녀석들입니다. 전쟁 중에 버마에서 가지고 다녔거든요."

"그런데 희한하게 멀쩡하네요."

"내가 다시 광을 냈으니까요."

그가 라임을 찾으러 자리를 뜬 사이 나는 상자를 좀 더 자세히 들여다보았다. 뚜껑 안쪽에 애스프리 상표가 찍혀

---

1 Asprey. 보석류, 은식기류, 가정용 제품, 가죽 제품 등을 취급하는 영국의 고급 브랜드.

있었다. 라임을 가지고 돌아온 존스는 내가 상자를 보고 있다는 걸 눈치챘다.

"들켰군요, 친구. 애스프리 **맞습니다**. 괜히 잘난 척하는 것처럼 보일까 봐 그랬어요. 사실 이 세트에는 사연이 많답니다."

"듣고 싶군요."

"먼저 마셔보고 입맛에 맞는지 봐요."

"맛이 괜찮네요."

"같은 부대 녀석들과 내기를 해서 얻은 세트예요. 준장한테 이런 세트가 있었는데, 부러워 죽겠더군요. 순찰 중에 그런 세트를 갖고 다니는 게 내 꿈이었거든요 - 안에서 얼음이 쨍그랑거리는 셰이커 말이오. 나는 런던에서 온 두 녀석과 함께 순찰을 다녔습니다. 본드 가[1]를 크게 벗어나 본 적이 없는 친구들이었죠. 둘 다 주머니가 두둑했어요. 둘은 준장의 칵테일 세트를 들먹이면서 나를 놀려댔어요. 한번은 물이 거의 다 떨어졌을 때, 녀석들이 나한테 밤이 되기 전에 개울을 찾아보라고 하더군요. 찾으면, 다음번에 누구든 집에 갈 때 내게 그런 칵테일 세트를 얻어다 주겠다고 말입니다. 내가 말했었나 모르겠는데, 나는 물 냄새를 맡을 줄 안답……."

"그때 소대 하나를 몽땅 잃어버렸습니까?"

그는 안경 너머로 나를 올려다보았다. 내 생각을 읽은 것이 분명했다. "그건 다른 때였습니다." 그는 이렇게 말하더니 별안간 화제를 바꾸었다.

"스미스 씨와 스미스 부인은 어떠십니까?"

"우체국 옆에서 벌어진 일을 당신도 봤죠."

---

1 일류 상점들이 모여 있는 런던 거리.

"그래요."

"그게 미국의 마지막 원조금이었던 셈입니다. 두 분은 오늘 저녁 비행기로 떠나셨어요. 당신한테 안부 전해 달라고 하더군요."

"더 자주 만날 걸 그랬습니다. 그분한테는 뭔가가 있어요……." 그가 뒤이어 덧붙인 말은 놀라웠다. "내 아버지와 비슷하거든요. 아니, 생김새가 아니라…… 그러니까, 선량한 면이 말입니다."

"그래요, 무슨 뜻인지 압니다. 나는 아버지에 대한 기억이 없어요."

"솔직히 내 기억도 그리 또렷하지 않아요."

"말하자면, 우리가 갖고 싶었던 아버지 같은 분이라는 거죠."

"그겁니다, 친구, 바로 그거예요. 미지근해지기 전에 마티니 얼른 마셔요. 난 처음부터 나와 스미스 씨가 조금 닮았다는 느낌을 받았어요. 같은 마구간의 말들 같달까."

나는 그의 말을 들으며 경악했다. 어떻게 성자와 사기꾼이 닮을 수 있단 말인가? 존스는 칵테일 상자를 살며시 닫은 다음 테이블에서 행주를 가져와 가죽을 닦기 시작했다. 스미스 부인이 남편의 머리칼을 매만져줄 때만큼이나 애정이 듬뿍 담긴 손길이었다. 그 모습을 지켜보며 나는 생각했다. '천진함은 닮았을지도 모르겠군.'

"미안합니다." 존스가 말했다. "콩카쇠르한테 그런 일을 당하게 해서. 내 친구를 한 번만 더 건드리면 손을 끊어버리겠다고 말해뒀습니다."

"말조심해요. 위험한 놈들이니까."

"나는 전혀 두렵지 않아요. 놈들이 나한테 목을 매고 있거든요. 젊은 필리포가 나를 찾아왔던 거 압니까?"

"알아요."

"내가 **그자한테** 뭘 해줄 수 있었을지 생각해 보십시오. 놈들도 그걸 아는 거죠."

"매물로 내놓을 브렌이라도 있어요?"

"내가 있잖습니까, 친구. 내가 브렌보다 낫죠. 반군한테 필요한 건 요령 좋은 사람 한 명입니다. 생각해 봐요, 맑은 날에는 도미니카 국경에서 포르토프랭스가 보이죠."

"도미니카가 움직일 것 같지는 않은데요."

"그자들은 필요 없어요. 훈련받은 아이티인 오십 명만 나한테 줘봐요. 파파 독이 당장에 킹스턴으로 내뺄 테니까. 내가 버마에 괜히 있었던 게 아닙니다. 생각도 많이 하고, 지도 보는 법도 공부했어요. 카프아이시앵 근처의 그 습격들은 바보 같은 짓이었습니다. 나는 어디서 양동 작전을 펼치고 어디를 공격해야 할지 정확히 알고 있어요."

"왜 필리포와 손을 잡지 않았습니까?"

"그러고 싶은 마음이 들기는 했죠, 확실히 그랬어요. 하지만 난 지금 평생 한 번 만날까 말까 한 거래를 하고 있는 중입니다. 잘만 빠져나가면 큰돈 당길 수 있다고요."

"어디로요?"

"어디로라뇨?"

"어디로 빠져나간다는 겁니까?"

존스는 유쾌하게 웃었다. "세상 어디든 상관없어요, 친구. 전에 한번은 스탠리빌[1]에서 크게 한몫 잡을 뻔했는데, 미개인들을 많이 상대하다가 의심을 사고 말았죠."

"여기 사람들은 의심을 안 하고요?"

---

1 키상가니의 옛 이름으로, 콩고민주공화국 북부의 콩고강에 면한 도시이다.

"여기 사람들은 배웠잖아요. 배운 사람은 설득하기가 쉽죠."

존스가 마티니를 두 잔 더 따르는 동안 나는 그가 어떤 형태의 사기를 치고 있을까 궁금해졌다. 적어도 한 가지는 확실했다. 그는 유치장에 갇혔을 때보다 잘 지내고 있었다. 살이 조금 찌기까지 했다. 나는 단도직입적으로 물었다. "무슨 일을 꾸미고 있는 겁니까, 존스?"

"크게 한탕 노리고 기초 공사를 하는 중이랍니다, 친구. 당신도 끼지 그래요? 장기 프로젝트가 아니에요. 성공이 코앞이지만, 동업자가 필요해요. 그 얘기를 하고 싶었는데, 당신이 와야 말이죠. 25만 달러가 걸린 일입니다. 겁없이 밀어붙이면 더 벌 수도 있어요."

"동업자가 할 일은 뭡니까?"

"나는 여기저기 돌아다니면서 거래를 마무리 지어야 합니다. 네가 자리를 비우는 사이 진행 상황을 지켜봐 줄 사람이 필요해요."

"콩카쇠르는 못 미덥습니까?"

"그쪽 인간들은 한 명도 못 믿어요. 피부색 문제가 아니라, 생각해 봐요, 친구, 순익이 25만이라니까요. 어떤 위험도 감수할 수 없어요. 경비로 빠져나갈 돈이 조금 있을 겁니다. 만 달러 정도면 되겠죠. 그 나머지를 우리끼리 나눠 갖는 겁니다. 호텔도 영 시원찮잖아요? 그리고 당신이 챙길 몫으로 뭘 할 수 있을지 생각해 봐요. 아직 개발이 안 된 카리브해 섬들이 있잖습니까. 거기다 해수욕장, 호텔, 활주로를 만든다 쳐봐요. 백만장자가 되는 겁니다, 친구."

그 순간, 사막 위의 높은 산에서 악마가 세상의 모든

나라를 보여주는 장면[1]이 떠오른 건 내가 예수회 교육을 받은 탓이리라. 사탄은 정말로 그 나라들을 줄 수 있었을까, 아니면 거대한 허풍이었을까? 나는 존스가 머무는 빌라 크리올의 그 방을 둘러보며, 왕좌와 권세의 증거를 찾아보았다. 하미트의 가게에서 산 것이 분명한 전축이 하나 있었다―그런 싸구려 기계를 메데이아호에 실어 미국에서 여기까지 가져왔을 리 없었다. 전축 옆에는 거기에 어울리는 에디트 피아프의 음반 〈난 후회하지 않아*Je ne regrette rien*〉가 놓여 있었고, 그 외에는 개인 소유물로 보이는 물건이 거의 없었다. 계약을 이행하기에 앞서 큰돈을 만진 듯한 흔적은 보이지 않았다. 그런데 무슨 계약일까?

"어때요, 친구?"

"내가 할 일을 명확하게 알려주지 않았잖아요."

"나와 손을 잡을 거라고 확실히 해주셔야 나도 자세히 알려드릴 수 있지 않겠습니까?"

"아무것도 모르는 상태에서 손을 잡을지 말지 어떻게 결정합니까?"

존스는 흩어진 카드 너머로 나를 쳐다보았다. 행운의 스페이드 에이스가 앞면이 위로 향하도록 놓여 있었다. "결국 신뢰의 문제군요?"

"그럼요."

"전쟁 때 같은 부대에서 싸웠다면 좋았을 텐데요, 친구. 그러면 신뢰하는 법을 배울 수……."

---

1   마태복음 4장에서 사탄은 예수에게 세 가지 유혹을 하는데, 한 번은 예수를 높은 산으로 데려가 세상의 모든 나라와 그 화려한 모습을 보여주며 "당신이 내 앞에 절하면 이 모든 것을 당신에게 주겠소"라고 유혹한다. 예수는 그 유혹을 물리친다.

"어느 사단에 있었죠?" 내 질문에 그는 서슴없이 답했다. "제4군단." 그는 더 상세한 설명까지 덧붙였다. "77여단." 거짓이 아니었다. 그날 밤 트리아농으로 돌아가, 예전에 어떤 손님이 남기고 간 버마 전투 관련 서적을 확인해 보았다. 하지만 그때조차, 존스가 똑같은 책을 보고 정보를 얻은 건 아닐까 하는 의심이 들었다. 하지만 나의 부당한 오해였다. 그는 정말로 임팔[2]에 있었다.

"호텔이 앞으로 잘될 것 같습니까?"

"전혀요."

"호텔을 사줄 사람은 찾아봐도 없을 겁니다. 그럼 곧 호텔을 빼앗기겠죠. 건물을 적절히 이용하지 못하고 있다는 이유로 몰수당할 겁니다."

"그럴 수도 있겠죠."

"무슨 일입니까, 친구? 여자 문제?"

내 눈빛에서 티가 났던 모양이다.

"나이가 몇인데 한 여자한테 매달립니까, 친구. 15만 달러로 뭘 할 수 있을지 생각해 봐요." (내 몫이 어느새 늘어나 있었다.) "카리브해를 벗어날 수 있어요. 보라보라섬이라고 압니까? 거긴 활주로 하나, 숙박시설 하나밖에 없어요. 하지만 자금만 조금 있으면……. 아가씨들은 또 어떻고요. 그런 아가씨들은 처음 볼 겁니다. 20년 전 엄마들이 미국인들과의 사이에 낳은 딸들이죠. 메르 카트린네 아가씨들보다 나아요."

"당신은 그 돈으로 뭘 할 겁니까?"

구리 동전처럼 윤기라고는 없는 그의 갈색 눈이 꿈을 꿀 수 있으리라고는 생각도 하지 못했는데, 어떤 감정이

---

2 버마 국경과 인접한 인도 북동부 도시.

벅차오른 듯 그 눈에 물기가 어렸다. "친구, 난 여기서 멀지 않은 한 곳을 마음에 두고 있답니다. 산호초와 흰 모래, 성을 쌓을 수 있는 진짜 흰 모래 말입니다, 그리고 뒤에는 진짜 잔디밭처럼 보드라운 녹색 비탈과 신이 만드신 천연 장애물들—골프장으로 최적의 장소 아닙니까. 거기다 클럽하우스를 만들고, 샤워장이 딸린 방갈로 스위트룸들을 지을 겁니다. 카리브해의 그 어떤 골프 클럽보다 호화롭게. 이름을 뭐라 지을지 알아요?…… 사입[1] 하우스랍니다."

"거기서는 나를 동업자로 삼지 않을 생각이군요."

"꿈속에서는 동업자가 있을 수 없죠, 친구. 갈등이 일어날 테니까요. 내가 원하는 설계도까지 아주 상세히 짰났답니다."(필리포가 봤다는 청사진들일까?) "끔찍이 오래 걸렸지만, 이제 멀지 않았어요. 18번 홀을 정확히 어디로 할지 눈에 보일 지경이라니까요."

"골프를 좋아합니까?"

"나는 골프를 안 칩니다. 시간이 나야 말이죠. 골프 클럽이라는 발상이 흥미로운 겁니다. 사교계 일류 호스티스를 구할 거예요. 출신도 좋고 얼굴도 반반한 여자로. 처음엔 바니 걸[2]로 할까 했지만, 생각하면 할수록 고품격 골프 클럽에는 안 어울릴 것 같더군요."

"이걸 다 스탠리빌에서 계획한 겁니까?"

"20년 전부터 계획했답니다, 친구. 이제 그 순간이 멀지 않았어요. 마티니 한 잔 더 할래요?"

"아니요, 이제 그만 가봐야겠습니다."

---

1 Sahib. 식민지 시대의 인도에서 사회적 신분이 어느 정도 있는 유럽 남자에게 쓰던 호칭.
2 토끼의 귀와 꼬리를 몸에 단 웨이트리스.

"산호로 기다란 바를 만들어서 '무인도 바'라고 이름 붙일 겁니다. 리츠 호텔에서 훈련받은 바텐더도 두고 말입니다. 의자는 유목流木으로 만들 거예요. 물론 딱딱하지 않게 쿠션을 대야죠. 커튼에는 잉꼬를 수놓고, 창가에는 18번 홀에 초점이 맞춰진 커다란 놋쇠 망원경을 둘 겁니다."

"그 얘긴 나중에 다시 하죠."

"이런 얘기를 한 적이 없어요. 아니, 하긴 했는데 내 생각을 이해해 주는 사람이 한 명도 없었죠. 스탠리빌에서 부리던 사내아이한테 내 상세한 계획을 말해줬더니 그 한심한 녀석은 전혀 못 알아먹더군요."

"마티니 잘 마셨습니다."

"이 상자가 마음에 드셨다니 다행입니다." 뒤돌아보니 존스는 행주를 쥐고서 또 상자를 닦고 있었다. 뒤에서 그가 큰 소리로 말했다. "조만간 또 얘기합시다. 내 계획의 큰 틀에 동의해 주셨으면 좋겠군요."

2

이제 손님 하나 없는 트리아농으로 돌아가고 싶은 마음이 전혀 없었는데, 마르타는 하루 종일 깜깜무소식이었다. 그래서 나는 그나마 제2의 집이라 부를 만한 카지노를 찾아갔지만, 마르타를 만난 그날 밤 후로 많은 것이 변해 있었다. 관광객들은 한 명도 없고, 위험을 무릅쓰고 야간 외출을 감행한 몇몇 포르토프랭스 주민들뿐이었다. 딱 하나의 룰렛 테이블만 돌아가고 있었고, 딱 한 명의 손님이 거기 앉아 있었다—내가 조금 아는 이탈리아인 엔지니어 루이지였다. 그는 불규칙하게 가동되는 발전소에서 일하고 있었다. 이런 상황에서 카지노를 운영할 수 있는 민간 기업은 없었고, 그래서 정부가 그곳을 인수했다. 매일 밤 적자를 보고 있긴 했지만, 손실한 구르드는 정부가 언제든 찍어내면 그만이었다.

딜러는 험악한 얼굴로 앉아 있었다 - 그의 급료가 어디서 나올까 궁금해하고 있는 것이리라. 설령 00(더블제로)[1]가 나온다 해도 카지노 측이 득을 볼 가능성은 희박했다. 이렇게 적은 손님들이 한두 번 한 숫자에 모든 걸 걸었다가 잃으면 그날 밤 영업은 그대로 끝이었다.

"잘되고 있습니까?" 내가 루이지에게 물었다.

"150구르드 땄어요. 차마 저 불쌍한 친구를 떠날 수가 없네요." 그는 이렇게 말했지만, 다음 판에서 15구르드를 더 땄다.

"예전에 여기가 어땠는지 기억나요?"

"아니요. 그땐 여기 없었거든요."

카지노는 전기를 아끼려 했고, 그래서 우리는 동굴 같은 어둠 속에서 게임을 했다. 나는 칩들을 첫 번째 줄에 무심히 놓았고[2], 역시나 땄다. 딜러의 얼굴이 더 어두워졌다. "마음 같아선," 루이지가 말했다. "딴 돈을 빨간 칸에 몽땅 걸어서 저 친구한테 만회할 기회를 주고 싶군요."

"그래도 당신이 딸 겁니다."

"바가 있잖아요. 술을 팔아서 버는 돈이라도 있어야죠."

우리는 위스키를 샀다. 럼주를 주문하는 건 너무 잔인한 짓 같았다. 이미 드라이 마티니를 마시고 온 나로서는

---

1 미국식 룰렛에는 1~36까지의 숫자에 더해 0(싱글제로)과 00(더블제로)가 있다. 제로가 포함된 룰렛의 경우, 베터가 딸 수 있는 돈의 기댓값이 원금보다 낮아 카지노 측이 더 유리하다고 여겨진다.
2 칼럼 벳(Column Bet): 열두 개 번호로 이루어진 칼럼 세 개 중 하나의 칼럼에 베팅하는 방식. 이기면 배당금이 두 배이다.

그리 현명한 선택은 아니었지만 말이다. 벌써부터 머리가 알딸딸해지기 시작했……

"이런, 존스 씨 아닙니까." 홀의 끝에서 큰 목소리가 들려와 고개를 돌려보니, 메데이아호의 사무장이 축축한 손을 반갑게 흔들며 내 쪽으로 다가오고 있었다.

"이름을 착각하셨군요." 내가 말했다. "난 존스가 아니라 브라운입니다."

"카지노를 탈탈 털고 계십니까?" 그가 유쾌하게 물었다.

"탈탈 털 것도 없습니다. 이렇게 시내 깊숙이 들어오실 줄은 몰랐는데요."

"나는 내 충고는 따르지 않는 편이라서요." 그는 이렇게 말하고 한쪽 눈을 찡긋했다. "메르 카트린네부터 들렀는데, 아가씨가 집에 일이 생겨서 내일이나 돼야 나온다더라고요."

"다른 아가씨들은 별로였습니까?"

"나는 항상 같은 요리를 즐기는 편이랍니다. 스미스 부부는 어떻게 지내십니까?"

"오늘 떠나셨습니다. 여기에 실망하셨죠."

"아, 우리와 함께 가셨어야 하는데. 출국 비자에 무슨 문제는 없었어요?"

"세 시간 만에 처리됐어요. 출입국 관리소와 경찰이 그렇게 빨리 움직이는 건 처음 봤습니다. 스미스 씨를 얼른 내보내고 싶었던 거죠."

"정치적 문제 때문에요?"

"아무래도 사회복지부 장관이 스미스 씨의 계획 때문에 심기가 불편했나 봅니다."

우리는 몇 잔 더 마시며, 루이지가 양심상 몇 구르드 잃어주는 모습을 지켜보았다.

"선장님은 어떠십니까?"

"떠나고 싶어 안달이죠. 이곳을 못 견뎌 하거든요. 다시 바다로 나가야 기분이 괜찮아질 겁니다."

"철모를 썼던 남자는요? 산토도밍고에 안전하게 내려줬습니까?"

나는 배에 같이 탔던 사람들에 대해 이야기하면서 묘한 향수를 느꼈다. 어쩌면 그때 마지막으로 안전감을 느꼈기 때문일지도 몰랐다. 또, 그때 마지막으로 진짜 희망을 품었었다. 마르타에게 돌아가고 있었고, 그러면 모든 게 바뀌리라 믿었었다.

"철모요?"

"기억 안 나요? 연주회에서 시를 낭송했잖아요."

"아, 그렇지, 그 불쌍한 양반. 안전하게 잘 내려드리고 왔죠, 묘지에. 도착하기 전에 심장마비가 왔거든요."

내가 2초 동안 백스터에게 묵념을 올리는 동안, 룰렛 볼은 루이지 한 명을 위해 통통 튀고 짤랑거렸다. 루이지는 몇 구르드 더 따고는 절망 어린 몸짓을 하며 일어났다.

"그럼 페르난데스는요?" 내가 물었다. "울었던 흑인."

"대단한 사람이더군요." 사무장이 말했다. "수완이 보통이 아니에요. 처음부터 끝까지 그 사람이 다 알아서 처리했습니다. 알고 보니 장의사더라고요. 딱 한 가지 걱정이 백스터 씨의 신앙이었는데, 미래를 점치는 달력 같은 게 주머니에서 나와서 결국엔 개신교도 묘지에 묻었죠. 올드 어쩌고……"

"올드 무어 연감[1]이요?"

___

1 1697년부터 영국에서 출판된 점성술 연감. 찰스 2세의 궁정에서 의사 겸 점성술사로 일했던 프랜시스 무어가 쓰고 발표하기 시작했다.

"바로 그겁니다."

"백스터의 운수는 어땠는지 궁금하군요."

"한번 봤더니, 그리 개인적인 내용은 아니더라고요. 허리케인이 큰 피해를 입힐 것이다. 왕실 사람이 심각한 병에 걸릴 것이다. 강철 종목 주가가 몇 포인트 오를 것이다."

"나갑시다." 내가 말했다. "텅 빈 카지노는 텅 빈 무덤보다 못하죠." 루이지는 이미 칩을 현금으로 바꾸고 있었고, 나도 그렇게 했다. 바깥의 밤공기에는 늘 불어닥치는 폭풍우의 기운이 그득했다.

"택시를 잡아놨습니까?" 내가 사무장에게 물었다.

"아니요. 웃돈을 얹어달라고 하더군요."

"택시 기사들은 밤에 한자리에만 죽치고 있는 걸 좋아하지 않아요. 내가 배까지 태워다 드리죠."

놀이터의 조명이 깜박거렸다. '나는 하나이자 나뉠 수 없는 아이티의 깃발이다. 프랑수아 뒤발리에.' (François Duvalier의 'F'가 꺼지는 바람에 '랑수아 뒤발리에'로 읽혔다.) 우리는 콜럼버스 동상을 지나, 항구에 정박해 있는 메데이아호로 갔다. 불빛이 트랩을 따라 미끄러지다 그 밑에 서 있는 경찰을 비추었다. 선장의 방에서 흘러나온 빛도 다리를 비추고 있었다. 나는 아침 운동으로 내 옆을 비틀비틀 지나가는 승객들을 구경하며 앉아 있었던 갑판을 올려다보았다. 항구에서 메데이아호(그곳에 있는 유일한 배였다)는 묘하게 왜소해 보였다. 그 작은 배가 도도하고 대단해 보이는 건 텅 빈 바다 덕분이었다. 우리는 석탄 가루를 짓밟으며 걸었고, 이 사이에는 모래 맛이 감돌았다.

"배에서 한잔 더 하고 가시죠."

"아니요. 한번 타면 내리기 싫을 겁니다. 그러면 어쩝니까?"

"선장님이 출국 비자를 보여달라고 하겠죠."

"저 친구가 먼저 그럴 것 같은데요." 나는 트랩 밑에 서 있는 경찰관을 보며 말했다.

"아, 내 친한 친굽니다."

사무장은 술 마시는 시늉을 하고는 나를 가리켰다. 그러자 경찰관이 씩 웃었다. "보세요, 괜찮다잖아요."

"그래도 안 돼요." 내가 말했다. "나는 안 올라갈 겁니다. 오늘 밤에 이것저것 너무 많이 마셨어요." 하지만 나는 트랩 밑에서 발을 떼지 못하고 뭉그적거렸다.

"그리고 존스 씨는," 사무장이 물었다. "존스 씨는 어떻게 됐어요?"

"잘 지내고 있습니다."

"괜찮은 남자예요." 사무장이 말했다. 아리송한 구석이 많아 별로 믿음이 가지 않는 사람인데도 존스는 친구를 얻는 재주가 있었다.

"10월에 태어난 천칭자리라고 하더군요. 그래서 한번 찾아봤죠."

"올드 무어 연감 말입니까? 뭐라고 되어 있던가요?"

"예술가적 기질. 야심가. 문학 분야에서 성공할 가능성 높음. 하지만 미래에 관해서는, 드골 장군의 중요한 기자 회견과 사우스 웨일스의 뇌우만 나와 있더라고요."

"그 사람 말로는, 곧 25만 달러를 벌 거랍니다."

"문학 쪽 사업으로요?"

"그건 아닐 겁니다. 나한테 동업자가 되어 달라고 하더군요."

"그럼 당신도 부자가 되는 겁니까?"

"아니요. 제안을 거절했습니다. 예전에는 부자가 되는

꿈을 많이 꿨었죠. 언젠가 기회가 되면 이동 미술관에 대해 얘기해 드리겠습니다, 가장 성공한 사업이었으니까요. 하지만 빨리 접어야 했고, 그래서 여기로 와 내 호텔을 찾았어요. 이런 안정적인 일을 내가 포기할 것 같습니까?"

"호텔이 안정적이라고요?"

"그나마 그렇다는 겁니다."

"존스 씨가 부자가 되면, 그런 안정적인 일을 포기하지 않은 걸 후회하게 될걸요."

"어쩌면 관광객들이 돌아올 때까지 호텔이 버틸 수 있도록 존스 씨가 돈을 빌려줄지도 모르죠."

"그래요. 나름대로 관대한 사람인 것 같으니까. 나한테 아주 두둑한 팁을 줬는데, 콩고 화폐였고 은행에서 환전을 안 해주더라고요. 우리는 내일 밤까지는 여기 있을 겁니다. 존스 씨랑 같이 놀러 와요."

페티옹빌의 산비탈 위로 번개가 번쩍이기 시작했다. 가끔 칼날 같은 빛이 시커먼 땅바닥을 기다랗게 훑고 지나가며, 야자수나 지붕 모서리 모양을 조각해 냈다. 당장이라도 비가 내릴 듯 공기 중에 습기가 가득했고, 학교에서 대답을 읊조리는 학생들의 목소리 같은 것이 나지막하게 울렸다. 우리는 작별 인사를 나누었다.

3부

l

1

좀처럼 잠이 오지 않았다. 파파 독을 홍보하는 공원의 전구 불빛처럼 번개가 규칙적으로 깜박였고, 잠시 비가 그쳤을 때만 모기장 틈으로 공기가 들어왔다. 존스가 약속한 거금이 자꾸 생각났다. 내게 정말 그런 돈이 생긴다면, 마르타는 남편을 떠날까? 하지만 그녀를 붙잡는 건 돈이 아니라 앙헬이었다. 매주 퍼즐과 버번 비스킷을 살 돈만 주면 그 아이는 아무 불만 없을 거야, 라고 마르타를 설득하는 내 모습을 상상해 보았다. 나는 잠들었고, 꿈에서 소년 시절로 돌아가 몬테카를로의 칼리지 예배당에서 성체 배령대 앞에 무릎을 꿇고 있었다. 사제가 줄을 따라 움직이며 학생들의 입에 버번 비스킷을 하나씩 넣어주었지만, 내 차례가 되자 그냥 지나쳐버렸다. 양편에서 수찬자들이 왔다가 떠났지만, 나는 집요하게 계속 무릎을 꿇고 있었다. 이번에도 사제는 비스킷을 나누어 주면서 나를 빼먹었다. 그러자 나는 일어나서 뚱한 표정으로 회중석의 중앙 통로를 걸었는데, 어느새 거대한 새장으로 변한 그곳에는 십자가에 쇠사슬로 묶인 앵무새들이 줄줄이 서 있었다. 내 뒤에서 누군가가 날카로운 목소리로 "브라운, 브라운" 하고 불렀지만, 내가 고개를 돌리지 않은 걸 보면 내 이름인지 아닌지 확실치 않았다. "브라운." 이번에 나는 깨어났고, 그 목소리는 내 방 밑의 베란다에서 들려왔다.

나는 침대에서 나가 창가로 갔지만, 모기장 너머로 보이는 건 아무것도 없었다. 밑에서 발을 질질 끄는 소리가 들리더니, 더 멀리서 어떤 목소리가 다급하게 나를 불렀다. "브라운." 다른 창문 아래였다. 기도를 중얼거리는 듯한 빗소리 속에서 그 목소리는 간신히 들렸다. 나는 손전등을 찾아 아래층으로 내려갔다. 그리고 내 사무실로 들어가, 바로 쓸 수 있는 유일한 무기, R.I.P.가 찍혀 있는 놋쇠 관 모양의 문진을 집어 들었다. 그런 다음 옆문을 열고 내가 그곳에 있다는 걸 알리기 위해 손전등을 켰다. 수영장으로 이어지는 길에 불빛이 드리워졌다. 곧 건물 모퉁이 부근에서 동그란 불빛 속으로 존스가 들어왔다.

그는 비에 흠딱 젖어 있었고, 얼굴은 진흙투성이였다. 어떤 꾸러미를 비로부터 지키려는 듯 코트 속에 끼고 있었다. 그가 말했다. "불 꺼요. 얼른 들어갑시다." 그는 나를 따라 사무실로 들어오더니 축축한 재킷 속에서 꾸러미를 꺼냈다. 휴대용 칵테일 세트였다. 그는 그 상자를 애완동물처럼 내 책상에 살며시 올려놓고 쓰다듬었다. "전부 물거품이 돼버렸습니다. 끝장났다고요. 완패해 버렸어요."

내가 불을 켜려고 손을 뻗자 그가 말했다. "켜지 말아요, 도로에서 보일 겁니다."

"안 보여요." 나는 이렇게 말하고 스위치를 눌렀다.

"친구, 미안하지만…… 어두운 게 낫겠습니다." 그가 다시 불을 껐다. "손에 쥔 그건 뭡니까, 친구?"

"관입니다."

그의 가쁜 숨에서 진 냄새가 났다. 그가 말했다. "나는 당장 빠져나가야 해요, 어떻게든."

"어떻게 된 겁니까?"

"놈들이 조사를 시작했어요. 한밤중에 콩카쇠르한테 전화가 왔더군요―난 그 망할 전화기가 작동하는지도 몰랐어요. 갑자기 귀 옆에서 울려대는 바람에 얼마나 깜짝 놀랐는지. 전에는 한 번도 울린 적이 없거든요."

"폴란드인들을 거기 들였을 때 전화를 고쳤겠죠. 당신은 V.I.P들을 위한 정부 숙소에 살고 있는 겁니다."

"임팔에서는 중요 동성애자들(very important pooves)이라고 불렀답니다." 존스는 들릴 듯 말 듯 한 소리로 웃으며 말했다.

"불 켜고 술이나 한잔합시다."

"시간이 없어요, 친구. 어서 떠나야 합니다. 콩카쇠르가 마이애미에서 전화를 했어요. 놈들이 확인해 보라고 보낸 겁니다. 아직 의심까지는 아니고, 당황스러워하더군요. 하지만 내가 도망쳐 온 사실을 아침에 알아내면……."

"어디서 도망쳤는데요?"

"네, 그게 문젭니다, 친구, 6만 4천 달러가 걸린 문제죠."

"항구에 메데이아호가 있어요."

"바로 거기……."

"옷을 좀 입어야겠습니다."

그는 개처럼 나를 따라오며, 축축한 자국을 남겼다. 존스를 높이 평가하는 스미스 부인의 도움과 조언이 아쉬웠다. 내가 어쩔 수 없이 불을 켜고 옷을 입는 사이, 그는 창에서 멀찍이 떨어진 채 이 벽에서 저 벽으로 초조하게 왔다 갔다 했다.

"무슨 일을 꾸미고 있었는지는 모르겠지만, 25만 달러가 걸린 일이라면 언젠가 그쪽에서 조사에 들어갈 거라는 예상은 당연히 하고 있었어야죠."

"오, 물론 대책을 생각해 놨죠. 조사관과 함께 마이애미로 가면 된다고."

"하지만 당신을 두고 가지 않았습니까."

"여기 남겨둘 동업자가 있었다면 나도 같이 갈 수 있었을 겁니다. 그렇게 빨리 진행될지 몰랐어요. 적어도 일주일 이상은 시간이 있을 줄 알았죠. 아니면 당신을 더 일찍 설득했을 겁니다."

나는 바지에 한쪽 다리만 집어넣은 채 깜짝 놀라 그에게 물었다. "말씀을 듣자 하니, 나를 희생양으로 삼을 생각이었던 모양이죠?"

"아니요, 아닙니다, 친구, 그건 과한 생각이에요. 당신이 영국 대사관에 제때 들어갈 수 있도록 내가 귀띔해 줬을 겁니다. 상황이 잘못 돌아간다면 말이죠. 하지만 그럴 일은 없었을 겁니다. 조사관은 아무 이상 없다는 전보를 보내고 자기 몫을 챙겼을 테고, 당신은 나중에 우리와 합류했을 테니까요."

"그자한테는 얼마나 떼어줄 계획이었습니까? 이젠 하나마나 한 얘기가 됐지만."

"그것까지 다 감안한 겁니다. 내가 당신한테 제안한 액수는 총수입이 아니라 순익이에요. 몽땅 당신 거였다고요."

"내가 살아남는다면 말이죠."

"우리야 항상 살아남죠, 친구." 몸이 마르자 그의 자신감도 돌아왔다. "전에도 좌절을 겪은 적이 있습니다. 스탠리빌에서 한탕 제대로 할 뻔했는데 끝이 안 좋았죠."

"무기로 뭔갈 할 생각이었다면, 크게 실수한 겁니다. 놈들한테는 속 쓰린 기억이……."

"속 쓰린 기억이라니요?"

"작년에 한 남자가 50만 달러어치 무기를 주선하고, 마이애미에서 전액 다 받아 챙겼죠. 그런데 미국 당국이 첩보를 받고 무기를 압수해 버린 겁니다. 물론 돈은 중개인 주머니 속에 그대로 모셔져 있었고요. 실제로 무기가 얼마나 있었는지 아는 사람은 아무도 없었습니다. 놈들이 똑같은 일을 두 번 당할 리는 없죠. 여기 오기 전에 잘 알아보고 오지 그랬어요."

"내 계획은 그런 게 아니었습니다. 사실 무기는 아예 없었어요. 내가 뭐 그리 대단한 자본가처럼 보이지는 않잖아요?"

"소개장은 어디서 나온 겁니까?"

"타자기에서 나왔죠. 대부분의 소개장처럼. 하지만 잘 알아보지 않은 건 맞습니다. 소개장에 잘못된 이름을 적어 넣었어요. 하지만 그 문제는 적당히 얼버무려서 잘 넘겼답니다."

"이제 갑시다." 나는 구석에서 안절부절못하며 가볍게 몸을 풀고 있는 존스를 바라보았다. 갈색 눈동자, 그리 깔끔하지 않은 장교 콧수염, 딱히 좋다고 할 수 없는 창백한 피부. "내가 왜 당신을 위해 이런 위험한 짓까지 하는지 모르겠군요. 이러다 또 덤터기나 쓰는 건 아닌지……."

나는 전조등을 끈 채 차를 도로로 끌고 나갔고, 우리는 도시를 향해 천천히 달렸다. 존스는 몸을 낮게 쭈그린 채 휘파람을 불며 애써 용기를 끌어 올리고 있었다. 1940년에 나온 〈전쟁 후의 수요일〉이라는 노래 같았다. 검문소

바로 앞에서 나는 전조등을 켰다. 민병대원이 잠들어 있을 가능성도 있었지만, 기대는 빗나갔다.

"오늘 밤에 여기를 통과했습니까?" 내가 물었다.

"아니요. 우회해서 두어 집의 앞뜰로 지나갔죠."

"흠, 이번에는 피할 수가 없겠군요."

하지만 민병대원이 너무 졸린 상태라 골치 아픈 일은 벌어지지 않았다. 그는 흐느적흐느적 도로를 가로질러 가서 바리케이드를 올렸다. 그의 엄지발가락에는 더러운 반창고가 붙어 있고, 회색 플란넬 바지에 구멍이 뚫려 엉덩이가 드러나 보였다. 그는 무기 소지를 확인하는 몸수색도 하지도 않았다. 우리는 계속 달려, 마르타의 집으로 향하는 갈림길을 지나고 영국 대사관을 지나갔다. 그곳에서 나는 속도를 늦추었다. 사방이 고요해 보였다―통통 마쿠트가 존스의 탈출을 알아챘다면 대문에 경비병들을 세워 놨을 터였다. 내가 말했다. "저기 들어가는 건 어때요? 그럼 충분히 안전할 텐데."

"그건 별로예요, 친구. 전에 한 번 폐를 끼친 적이 있어서 나를 별로 반겨주지 않을 겁니다."

"그래도 파파 독보다는 저자들이 반갑게 맞아주겠죠. 정말 좋은 기회예요."

"다 이유가 있어서 그래요, 친구……." 그는 여기서 멈칫했다. 결국엔 털어놓을 줄 알았더니 이렇게 말했다. "이런, 칵테일 세트를 잊었군. 당신 사무실에 두고 왔어요. 책상에."

"그게 그렇게 중요합니까?"

"내가 사랑하는 세트랍니다, 친구. 어디서든 나와 함께 했으니까요. 행운의 부적 같은 거죠."

"그렇게 중요한 거라면 내일 가져다드리겠습니다. 그럼

메데이아호에 탈 생각이에요?"

"문제가 생기면 최후의 수단으로 언제든 여기로 돌아올 수 있죠." 그는 또 다른 곡 –〈나이팅게일이 노래했네〉 같았다 – 을 시도했지만 중간에 막히고 말았다. "많은 일을 함께 겪은 친구이니 당신에게 그걸 맡겨두……."

"내기에서 이긴 건 딱 한 번입니까?"

"내기요? 내기라니, 무슨 소립니까?"

"내기에서 이겨서 그 세트를 얻었다면서요."

"그랬었나?" 그는 잠시 생각에 잠겼다. "친구, 나를 위해 큰 위험까지 감수해 주고 있으니 솔직히 말하겠습니다. 그건 내기로 딴 게 아니에요. 훔쳤죠."

"그리고 버마, 그것 역시 사실이 아니군요."

"오, 버마에 있었던 건 확실합니다. 그건 장담할 수 있어요."

"애스프리에서 훔쳤습니까?"

"물론 내 손으로 직접 하지는 않았죠."

"또 잔꾀를 썼어요?"

"당시에 일을 하고 있었어요. 도시의 어떤 회사에서. 회사 수표를 썼지만, 내 이름으로 서명을 했죠. 위조죄로 감방 신세를 질 일은 없었습니다. 그냥 잠깐 빌린 거니까요. 그 세트를 보자마자 첫눈에 반해버렸답니다. 준장이 갖고 있던 상자가 떠오르더군요."

"그럼 버마에서는 그게 없었겠군요?"

"그 부분을 살짝 낭만적으로 바꿨죠. 하지만 콩고에서는 분명히 가지고 있었습니다."

나는 차를 콜럼버스 동상 옆에 세워두고 – 경찰은 밤에 그곳에서 내 차(다른 차와 함께이긴 했지만)를 워낙 많이 봐서 익숙해져 있을 터였다 – 존스보다 앞서가며 주변을 둘러보았다. 생각보다 쉬웠다. 웬일인지, 메르 카트린네에서 늦게 오는 자들을 위해 계속 내려져 있는 트랩 근처에 경찰이 없었다. 순찰을 돌고 있을지도 몰랐고, 벽 뒤로 가서 오줌을 누고 있을지도 몰랐다. 트랩 꼭대기에서 승무원 한 명이 보초를 서고 있었지만, 우리의 흰 얼굴을 보더니 그냥 통과시켜 주었다.

상갑판으로 올라가자, 진실을 고백한 후 입을 꾹 닫고 있던 존스가 기운을 차리기 시작했다. 그는 라운지 바 출입구를 지나가며 말했다. "연주회 기억나요? 대단한 밤이었잖습니까? 백스터와 호루라기는요? '세인트 폴 대성당은 건재하리라, 런던은 건재하리라.' 진짜 존재하는 게 맞나 싶을 정도로 좋은 사람이었죠."

"이젠 존재하지 않아요. 죽었거든요."

"가여운 사람. 왠지 존경스럽지 않습니까?" 그는 동경어린 표정으로 덧붙였다.

우리는 사다리를 타고 선장 방으로 올라갔다. 면담은 크게 기대되지 않았다. 선장이 필라델피아로부터 전보를 받은 후 존스에게 취했던 태도가 떠올랐기 때문이다. 지금까지는 모든 일이 거침없이 진행되었지만, 우리의 운이 계속되리라는 희망은 거의 없었다. 내가 문을 톡톡 두드리자마자, 안으로 들어오라는 선장의 권위적이고 허스키한 목소리가 들려왔다.

잠든 그를 깨운 건 아니라 다행이었다. 그는 흰색 면나이트셔츠[1]를 입은 채 침상에 앉아 있었고, 아주 두툼한 독서용 안경을 낀 탓에 두 눈이 마치 부서진 석영 조각들처럼 보였다. 그가 독서용 램프 밑으로 비스듬히 들고 있

1　길고 헐렁한 잠옷용 셔츠.

는 책은 심농[1]의 소설이었다. 그걸 본 나는 용기가 조금 생겼다. 그에게도 인간적인 관심사가 있다는 증거로 보였기 때문이다.

"브라운 씨." 선장은 호텔 방을 침범당한 노부인처럼 깜짝 놀라며 소리쳤고, 노부인처럼 자기도 모르게 왼손을 나이트셔츠의 목선으로 움직였다.

"그리고 존스 소령도 있답니다." 존스는 즐겁게 말하며 내 뒤에서 나왔다.

"아, 존스 씨." 선장은 언짢은 듯 서먹서먹한 투로 말했다.

"남은 방이 있을까요?" 존스는 유쾌한 척 물었지만 어색한 표정이었다. "네덜란드 진도 충분하겠죠?"

"남은 방은 없습니다. 그나저나 승객은 맞으십니까? 이런 밤중에 표가 남아 있을 리 없는데……."

"방 한 칸 값을 치를 돈은 있답니다, 선장님."

"출국 비자는요?"

"나 같은 외국인한테는 형식적인 절차죠."

"범죄자들을 제외하고는 모두가 따르는 절차인데요. 아무래도 곤경에 처하신 것 같습니다만, 존스 씨."

"네. 정치적 망명자라고 할 수도 있겠죠."

"그럼 영국 대사관에 가지 그랬어요?"

"'사랑스러운 친구' 메데이아호가 더 아늑할 것 같아서 말입니다." 그 표현은 왠지 음악처럼 기분 좋게 들렸고 그래서인지 존스는 다시 한번 써먹었다. "사랑스러운 친구 메데이아호."

"당신은 그리 반가운 손님이 아니었습니다, 존스 씨. 당

---

1 조르주 심농(1903~1989). 기자 출신의 프랑스 소설가로, 수많은 통속 소설을 발표했다.

신에 대한 문의를 너무 많이 받았어요."

존스는 나를 쳐다봤지만, 나도 큰 도움이 되지는 못했다.

"선장님." 내가 말했다. "아이티에서 죄수들을 어떻게 취급하는지 잘 아시잖습니까. 그러니까 규정을 좀 바꿔서……."

아마도 선장의 무시무시한 아내가 목과 소매 부분에 자수를 놓았을 흰 나이트셔츠는 무서우리만치 법복처럼 보였다. 선장은 판사석 같은 높은 침상에서 우리를 내려다보며 말했다. "브라운 씨, 나한테는 일자리가 걸린 일이에요. 매달 여기로 돌아와야 한단 말입니다. 이 나이의 선장한테 회사가 다른 배, 다른 항로를 맡길 것 같습니까? 당신이 제안하는 그런 무분별한 짓을 한 선장한테?"

"죄송합니다. 그 생각까지는 못 했군요." 존스의 너무도 온순한 말투에 선장도 나만큼이나 놀랐는지, 마치 변명이라도 하듯 말했다.

"가족이 있는지 모르겠습니다만, 존스 씨, 나한테는 가족이 있습니다."

"아니요, 나는 없습니다." 존스가 털어놓았다. "한 명도 없어요. 여기저기서 하룻밤을 같이 보낸 여자들이나 있을까. 선장님 말씀이 맞습니다, 나는 이 배에 전혀 쓸모없는 인간이죠. 다른 방법을 찾아야겠어요." 우리가 지켜보는 동안 잠깐 생각에 잠기더니 그가 갑자기 제안했다. "선장님이 눈감아 주시면, 밀항할 수 있어요."

"그럴 경우에는 필라델피아에서 당신을 경찰에 넘겨야 합니다. 그래도 괜찮겠습니까, 존스 씨? 당신한테 이것저것 묻고 싶어 하는 사람들이 필라델피아에 있는 것 같던데요."

"심각한 일은 전혀 아닙니다. 그저 약간의 빚이 있을 뿐이에요."

"정말 약간입니까?"

"다시 생각해 보니 그 방법은 별로일 것 같습니다."

나는 존스의 차분함이 감탄스러웠다. 그는 마치 판사실에서 두 전문가와 함께 앉아 어떤 까다로운 대법원 재판을 논의 중인 판사 같았다.

"선택지가 별로 없는 것 같군요." 그는 문제를 한마디로 요약했다.

"그렇다면 영국 대사관을 다시 생각해 보십시오." 선장은 항상 정답을 알고 있고 어떤 이견도 예상하지 않는 자의 냉랭한 목소리로 말했다.

"선장님 말씀이 옳을지도 모르겠습니다. 사실 레오폴드빌에서 지낼 때 영사와 사이가 안 좋았답니다. 외교로 먹고사는 인간들은 다들 거기서 거기죠. 유감이지만, 나에 관한 보고가 여기까지 넘어와 있을 겁니다. 그러면 문제잖습니까? 필라델피아에 도착하면 정말로 저를 경찰에 넘겨야 합니까?"

"반드시 그래야 합니다."

"어느 쪽이고 문제네요." 존스가 나를 보며 물었다. "나에 대해 아무것도 모르는 다른 대사관은 어떨까요……?"

"이런 일은 외교 원칙에 따라 결정됩니다. 외국인이라고 무조건 망명이 허락되는 게 아니에요. 이 정부가 없어지지 않는 한 그 원칙은 평생 당신을 따라다닐 겁니다."

덜컹덜컹 사닥다리를 올라오는 발소리가 들렸다. 누군가가 문을 두드렸다. 존스는 숨을 죽였다. 침착한 척 연기하려 애썼지만, 무척 초조해 보였다.

"들어와."

이등 항해사가 들어왔다. 낯선 사람들이 있으리라 예상했는지 우리를 보고도 놀라는 기색이 없었다. 그가 선장에게 네덜란드어로 뭐라고 말하자, 선장이 그에게 한 가지 질문을 던졌다. 이등 항해사는 존스를 쳐다보며 답했다. 선장이 우리 쪽으로 고개를 돌렸다. 이날 밤은 메그레 경감[1]과 그만 헤어지기로 결심한 듯 그는 책을 내려놓고 말했다. "어떤 경찰관이 부하 셋을 대동하고 트랩에 와 있답니다. 배에 올라오려고 한다는군요."

존스는 절망의 한숨을 푹 내쉬었다. 사입 하우스, 18번 홀, 무인도 바가 그의 눈앞에서 영원히 사라지는 기분이었을 것이다.

선장은 이등 항해사에게 네덜란드어로 어떤 명령을 내렸다. 이등 항해사가 나가자 선장이 말했다. "옷을 입어야겠습니다." 그는 가정주부처럼 침상 끄트머리에서 소심하게 균형을 잡다가 느릿느릿 내려왔다.

"그자들을 배에 태울 생각이군요!" 존스가 외쳤다. "자존심은 어디로 갔어요? 여긴 네덜란드 영토잖습니까?"

"존스 씨, 화장실에 들어가서 입을 다물고 계시면 일이 한결 수월해질 겁니다."

나는 침상 끝에 있는 문을 열고 그 안으로 존스를 밀었다. 존스는 마지못해 들어가며 말했다. "생쥐처럼 여기 갇히는군요." 그러고는 "아니, 토끼처럼"이라고 얼른 말을 바꾸더니 겁에 질린 미소를 지었다. 나는 그를 아이처럼 다루며 변기에 단단히 앉혔다.

선장은 바지를 입은 뒤 나이트셔츠를 바지 속으로 밀어넣고 있었다. 못에 걸린 제복 재킷을 빼내 입자, 옷깃 밑

---

1 조르주 심농의 소설에 등장하는 탐정.

으로 나이트셔츠가 숨겨졌다.

"설마 수색을 허락하진 않으시겠죠?" 내가 따지듯 물었다. 선장이 대답하거나 구두와 양말을 신을 틈도 없이 문두드리는 소리가 들렸다.

내가 아는 경찰관이 들어왔다. 통통 마쿠트를 뺨칠 정도로 막돼먹은 인간이었다. 닥터 마지오만큼이나 우람한 덩치로 무시무시한 주먹을 휘두르고 다니며 수많은 포르토프랭스 사람들의 턱을 부러뜨려 힘을 증명해 보였다. 그의 입안은 금니로 가득했는데, 아마도 그의 것이 아니었을 것이다. 인디언 전사들이 승리의 징표로 머리 가죽을 들고 다녔듯, 그는 희생자들의 금니를 자기 잇몸에 박았다. 여드름투성이의 젊은 이등 항해사가 뒤에서 초조하게 서성이는 동안 경찰은 오만한 태도로 우리 둘을 쳐다보았다. 그가 욕을 뱉듯 내게 말했다. "당신을 알아."

작은 덩치에 맨발인 선장은 아주 연약해 보였지만, 호기롭게 답했다. "난 그쪽을 모르는데."

"이 시간에 배에서 뭐 하는 거요?" 경찰이 내게 물었다.

선장은 자신의 말을 모두가 이해할 수 있도록 이등 항해사에게 프랑스어로 말했다. "총은 빼놓고 오라고 했겠지?"

"이자가 거절했습니다, 선장님. 나를 밀쳤어요."

"거절? 밀쳐?" 선장이 몸을 일으키자 흑인 경찰의 어깨즈음까지 닿았다. "당신을 배에 태웠지만, 어디까지나 조건부 승낙이었습니다. 이 배에서 무기를 소지할 수 있는 사람은 오직 나뿐입니다. 당신은 지금 아이티에 있는 게 아니에요."

확신에 찬 그 말은 정말로 경찰관을 당황시켰다. 마법의 주문처럼 그를 불안하게 만들었다. 경찰은 우리를 둘러보고, 방 안을 둘러보더니 소리쳤다. "Pas à Haïti(아이티가 아니라고)?" 그의 눈에 비치는 모든 풍경이 낯설기만 했을 것이다. 액자에 끼워진 채 벽에 걸려 있는 해상 인명구조 자격증, 구불구불한 철회색 머리칼에 엄숙한 표정을 짓고 있는 백인 여성의 사진, '볼스'라는 이름이 붙어 있는 돌병, 겨울에 꽁꽁 얼어붙은 암스테르담 운하의 사진. 경찰은 심란한 듯 다시 물었다. "Pas à Haïti?"

"Vous êtes en Hollande(당신은 지금 네덜란드에 있습니다)." 선장은 능청스럽게 웃으며 손을 내밀었다. "리볼버 이리 주십시오."

"난 명령을 받고 왔소." 그 깡패 자식이 뚱하게 말했다. "임무를 수행 중······."

"배에서 내리시면 우리 항해사가 돌려드릴 겁니다."

"범죄자를 찾고 있단 말이오."

"내 배에서는 안 됩니다."

"그놈이 당신 배에 들어왔소."

"내 책임은 아니지요. 자, 리볼버를 주십시오."

"수색해야겠소."

"해안에서는 마음껏 수색하셔도 좋지만 여기서는 안 됩니다. 여기서는 내가 법과 질서를 책임집니다. 리볼버를 안 주시면 승무원들한테 무기를 빼앗긴 후 항구로 쫓겨나실 겁니다."

경찰은 패배했다. 못마땅한 표정을 짓고 있는 선장 아내의 얼굴로 시선을 돌리며 총집을 풀고 총을 넘겼다. 선장은 아내의 덕을 톡톡히 보고 있었다. "자." 선장이 말했다. "이제 적절한 질문을 해주시면 전부 답해드리겠습니다. 뭘 알고 싶으신 겁니까?"

"배에 범죄자가 탔는지 알고 싶소. 당신도 아는 사람이오. 존스라는 남자."

"승객 명단을 드리죠. 읽을 수 있으면 한번 보세요."

"거기에 그자 이름은 없을 거요."

"나는 10년 동안 이 노선을 책임져 왔습니다. 법 규정을 철저히 따르고 있어요. 승객 명단에 없는 사람은 절대 태우지 않습니다. 출국 비자가 없는 사람도 마찬가지지요. 그자한테 출국 비자가 있습니까?"

"없소."

"그럼 장담컨대, 경위님, 그자는 이 배에 절대 탈 수 없을 겁니다."

직위를 불러주자 경찰은 기분이 조금 풀린 듯 보였다. "당신 모르게 숨어 있을지도 모르잖소."

"출항하기 전 아침에 배를 구석구석 검사할 겁니다. 그자가 발견되면 밖으로 내보내야지요."

경찰은 망설였다. "여기 없다면 영국 대사관으로 갔다는 얘긴데."

"그게 더 자연스럽긴 하군요." 선장이 말했다. "네덜란드 왕립 증기선 회사의 배에 타는 것보다는요." 그는 이등 항해사에게 리볼버를 건넸다. "트랩 밑에서 돌려드리게." 선장은 등을 돌렸고, 경찰관의 검은 손은 수족관 속의 메기처럼 허공에 붕 떠 있었다.

말없이 기다리고 있자니, 이등 항해사가 돌아와 선장에게 경위가 부하들을 데리고 떠났다고 보고했다. 나는 존스를 화장실에서 꺼내주었다. 그는 야단스럽게 감사함을 표했다. "정말 대단하십니다, 선장님."

선장이 존스를 물끄러미 쳐다보는 눈빛에는 반감과 경멸이 어려 있었다. "난 진실을 말했을 뿐입니다. 몰래 숨어 있는 당신을 발견했다면 배 밖으로 내보냈을 거예요.

거짓말을 할 필요가 없었으니 다행이지요. 나 자신이나 당신을 용서하기 힘들었을 테니까요. 안전해지면 당장 내 배에서 떠나주십시오." 선장은 재킷을 벗은 다음, 바지를 점잖게 벗기 위해 흰 나이트셔츠를 바지 밖으로 끄집어 냈다. 우리는 선장 방에서 나갔다.

나는 난간에 기대어, 트랩 밑에 돌아와 있는 경찰관을 보았다. 전날 밤의 그 경찰관이었고, 경위나 그의 부하들은 그림자도 보이지 않았다. "영국 대사관에 가기에는 너무 늦었어요. 지금쯤이면 경비가 삼엄할 테니까."

"그럼 이제 어떡합니까?"

"난들 알겠습니까. 어쨌든 배에서 내려야 합니다. 아침까지 여기 있다간 선장이 말한 대로 쫓겨날 테니까요."

기분 좋게 잠에서 깨어난 사무장(우리가 들어갔을 때 그는 음탕한 미소를 띤 채 반듯이 누워 있었다)이 상황을 잘 수습해 주었다. "브라운 씨는 아무 문제 없이 떠날 수 있습니다. 경찰이 이미 알고 있으니까. 하지만 존스 씨한테는 한 가지 방법밖에 없어요. 여장을 하는 겁니다."

"옷은 어떡하고요?" 내가 물었다.

"선박 파티를 위한 공연용 의상이 있어요. 볼렌담[1]에서 스페인 아가씨 원피스와 농민 의상을 챙겨 왔죠."

존스가 애처롭게 말했다. "하지만 내 콧수염이."

"깎아야죠."

플라멩코 무희를 위해 디자인된 스페인 의상도, 네덜란드 농민의 정교한 쓰개도 평범하니 눈에 띄지 않았다. 우리는 두 의상을 혼합하며 최대한 수수한 옷차림을 만들기 위해, 볼렌담의 쓰개와 나막신, 스페인의 만티야[2], 그리

---

1 암스테르담 근교의 항구 마을.
2 스페인이나 멕시코의 여성들이 의례적으로 머리부터 어깨까지 쓰는 큰 베일.

고 양쪽 모두 수없이 많은 속치마를 버렸다. 그사이 존스는 침울하고도 고통스러운 면도를 했다 – 그곳에는 뜨거운 물이 나오지 않았다. 이상하게도, 콧수염이 사라지고 나니 더 믿음직해 보였다. 이제까지 잘못된 제복을 입고 있었던 것처럼. 이젠 그가 군에 있었다는 얘기도 거의 믿을 수 있을 것 같았다. 더 이상한 사실은, 존스가 큰 희생을 한 번 치르고 나더니 위장에 적극적으로 나서서 전문가다운 열정을 불태우기 시작했다는 것이다.

"볼연지나 립스틱 없어요?" 존스가 사무장에게 물었다. 사무장이 없다고 하자, 존스는 레밍턴 프리셰이브 파우더 스틱으로 화장품을 대신해야 했다. 스팽글 달린 스페인풍 블라우스에 검은색 볼렌담 치마를 입고 얼굴에 파우더를 바르니 지독히도 창백해 보였다. "트랩 밑으로 내려가면," 존스가 사무장에게 말했다. "나한테 키스하십시오. 그럼 내 얼굴이 가려질 겁니다."

"브라운 씨한테 키스하지 그래요?" 사무장이 말했다.

"브라운 씨는 나를 집에 데려다주는 역할이니, 그러면 자연스럽지가 않잖아요. 우리 셋이서 함께 저녁을 보냈다고 가정해야죠."

"어떤 저녁을 보낸 겁니까?"

"시끌벅적하고 난잡한 저녁이죠." 존스가 말했다.

"치마를 감당할 수 있겠어요?" 내가 물었다.

"그럼요, 친구." 이어서 그는 수수께끼 같은 말을 덧붙였다. "이번이 처음도 아니랍니다. 물론 상황은 아주 달랐지만요."

존스는 내 팔을 잡고 트랩을 내려갔다. 치마가 너무 길어서, 진창길을 건너는 빅토리아 시대의 숙녀처럼 한 손으로 치마를 그러쥐어야 했다. 배의 경비원은 우리를 보더니 입을 떡 벌렸다. 배에 여자가, 그것도 이런 여자가 타고 있었다는 사실을 그는 전혀 모르고 있었다. 존스는 경비원을 지나가면서, 그를 평가하는 듯한 도발적인 눈길을 보냈다. 숄 아래 그의 갈색 눈동자가 무척 고상하면서도 대담해 보였다. 그동안 콧수염 때문에 빛을 보지 못한 것이다. 트랩 밑에서 존스는 사무장을 포옹한 뒤 그의 양쪽 뺨에 프리셰이브 파우더 자국을 남겼다. 경찰은 시큰둥하게 우리를 지켜보았다. 이전에도 새벽에 배를 떠나는 여자가 많았을 테고, 존스는 메르 카트린의 아가씨들을 아는 남자라면 눈길을 줄 만한 외모가 아니었다.

우리는 내 차가 세워진 곳까지 팔짱을 낀 채 천천히 걸었다. "치마를 너무 높이 들고 있잖아요." 내가 그에게 경고했다.

"난 정숙한 여자가 아니라서요, 친구."

"아니, flic(경찰)한테 구두가 보이면 어쩌려고요."

"어두워서 안 보일 겁니다."

그리 수월하게 탈출할 수 있으리라고는 생각도 못 했다. 우리를 따라오는 사람은 한 명도 없었고, 차는 아무런 감시도 받지 않은 채 평온하게 서 있었으며, 콜럼버스는 어둠 속에 우뚝 서 있었다. 존스가 치마를 정리하는 동안 나는 앉아서 생각에 잠겼다. 존스가 말했다. "예전에 한 번 보아디케아[1]를 연기한 적이 있습니다. 치마를 입고 말이죠. 친구들을 즐겁게 해주려고요. 관객 중에 왕족도 있었답니다."

"왕족이요?"

---

1 이케니족 여왕으로, 서기 60년경 그레이트브리튼섬을 정복한 로마제국의 점령군에 대항하여 반란을 일으켰다.

"마운트배튼 경[1]이요. 참 좋은 시절이었죠. 왼쪽 다리 좀 올려줄래요? 치마가 걸려서요."

"이제 어디로 갈까요?"

"글쎄요. 내 소개장의 주인공은 지금 베네수엘라 대사관에서 자고 있는데요."

"거긴 대사관 중에서도 경계가 가장 삼엄해요. 작전 참모 절반이 가 있으니까."

"그렇게 대단치 않은 곳이라도 괜찮습니다."

"아마 당신을 받아줄 곳은 없을 겁니다. 정확히 말해 당신이 정치 망명자는 아니잖습니까?"

"파파 독을 속인 건 저항 운동으로 안 쳐줄까요?"

"어디가 됐든 당신을 계속 데리고 있지는 못할 거예요. 그 생각은 해봤어요?"

"일단 안전하게 들어가기만 하면 설마 쫓겨나지는 않겠죠?"

"쫓아내는 곳도 한두 군데 있을지 몰라요."

나는 시동을 걸고, 다시 시내를 향해 천천히 차를 몰기 시작했다. 도망치는 듯한 인상을 주고 싶지는 않았다. 모퉁이가 나올 때마다 다른 차의 불빛이 보이는지 확인한 다음에야 돌았지만, 포르토프랭스는 묘지만큼이나 텅 비어 있었다.

"어디로 가는 겁니까?"

"지금 유일하게 생각나는 곳으로요. 마침 대사도 떠나 있고."

나는 편한 마음으로 언덕을 올랐다. 익숙한 갈림길의 이쪽 편에는 검문소가 하나도 없었다. 대사관 정문에서

---

1 영국의 귀족, 군인, 정치가인 루이 마운트배튼(1900~1979). 버마의 마운트배튼 백작이라고도 불리며, 인도제국의 마지막 총독이었다.

한 경찰관이 차 안을 잠깐 들여다보았다. 그는 내 얼굴을 알고 있었고, 존스는 계기판 불이 꺼진 어둠 속에서 큰 문제 없이 여자로 받아들여졌다. 아직 비상경보가 발령되지 않은 것이 분명했다. 존스는 일개 범죄자일 뿐, 애국지사가 아니었다. 검문소에 경고가 떨어지고, 영국 대사관 주변에 통통 마쿠트 대원들이 조금 깔려 있을지도 몰랐다. 메데이아호와 아마 내 호텔까지 수색을 마쳤으니, 우리가 궁지에 몰렸다고 생각했을 것이다.

나는 존스에게 차 안에 있으라고 이르고는 초인종을 울렸다. 누군가가 깨어났는지, 1층의 한 창문에 불이 켜졌다. 그래도 초인종을 한 번 더 누르고 초조하게 기다리고 있자니, 저 안쪽에서 느릿느릿 태평하게 걸어 나오는 묵직한 발소리가 들렸다. 개 한 마리가 요란하게 짖어대고 끙끙거렸다. 이 집에서 개를 본 적은 한 번도 없기에 당황스러웠다. 그때 누구냐고 묻는 목소리 - 야간 수위인 듯했다 - 가 들렸다.

내가 답했다. "세뇨라 피네다를 만나러 왔어요. 므슈 브라운이라고 전해 주십시오. 급한 일입니다."

문의 자물쇠와 빗장과 체인이 풀렸지만, 문을 연 사람은 수위가 아니었다. 대사가 거기 서서 근시안으로 물끄러미 내다보고 있었다. 셔츠 차림에 넥타이는 없었다. 이렇듯 조금 풀어진 그의 모습을 보는 건 처음이었다. 그의 옆에는 기다란 회색 털로 뒤덮여 지네처럼 생긴 소름 끼치는 작은 개가 경비 요원처럼 지키고 서 있었다.

"내 아내를 보러 오셨다고요?" 그가 말했다. "지금 자고 있습니다만." 지치고 상처 입은 듯한 그의 눈을 보며 나는 생각했다. '알고 있군, 이 사람은 모든 걸 알고 있어.'

"아내를 깨울까요?" 그가 물었다. "그렇게 급한 일입니까? 아내는 지금 내 아들과 함께 있어요. 둘 다 잠들었고 요."

나는 자신 없는 투로 애매모호하게 말했다. "돌아오셨 는지 몰랐습니다."

"오늘 밤 비행기로 왔죠." 그는 넥타이가 있어야 할 곳 에 손을 얹었다. "할 일이 산더미처럼 쌓였답니다. 서류도 읽어야 하고…… 이쪽 일이 어떤지 아시잖습니까." 마치 그가 내게 양해를 구하며 자신의 여권을 겸손하게 내미 는 듯했다. 국적: 인간. 특이 사항: 오쟁이 진 남편.

나는 수치심을 느끼며 말했다. "아니요, 깨우지 마십시 오. 정말 만나고 싶었던 사람은 대사님입니다."

"나를요?" 순간, 그가 공황 상태에 빠져 뒤로 휙 물러나 문을 닫아버릴 것만 같았다. 듣기 두려운 말이 내 입에서 튀어나오리라 믿었을지도 모른다. "아침에 오시면 안 되 겠습니까?" 그가 애원하듯 말했다. "지금은 너무 늦었어 요. 할 일도 많고 말입니다." 그는 있지도 않은 시가 케이 스를 더듬더듬 찾았다. 내게 시가를 한 움큼 쥐여주고ー 다른 사람들이 돈을 찔러주듯ー얼른 쫓아내고픈 마음이 어느 정도 있었을 것이다. 하지만 시가는 없었다. 그는 어 쩔 수 없이 포기하고 뚱하니 말했다. "정 그러시다면 들어 오세요."

내가 말했다. "개가 나를 별로 안 좋아하는군요."

"돈 후안?[1]" 루이스가 큰 소리로 명령을 내뱉자 심술 난 짐승은 그의 구두를 핥기 시작했다.

"동행이 있습니다." 나는 이렇게 말하고 존스에게 손짓 을 보냈다.

---

1 유럽 전설 중 호색한으로 유명한 돈 후안이라는 인물이 있다. (편집자주)

대사는 믿을 수 없다는 듯 절망한 표정으로 존스의 모습을 지켜보았다. 그는 여전히 내가 모든 걸 털어놓고 그에게 이혼을 요구하리라 생각하고 있었을 것이다. 그리고 이 사태에서 '이 여자'가 맡은 역할은 뭘까 궁금했으리라. 증인일까, 아니면 앙헬을 돌봐줄 사람일까, 그것도 아니면 대리 아내? 악몽 속에서는 아무리 잔인하거나 기괴해도 무슨 일이든 가능하고, 이 일은 그에게 확실히 악몽이었다. 맨 처음 차에서 나온 건 묵직한 고무창 구두와 엉뚱한 곳에 맨 교복 넥타이 같은 진홍색과 검은색 줄무늬의 양말이었고, 여러 겹의 검푸른 치마가 그 뒤를 잇더니, 마지막으로 스카프에 싸인 머리와 어깨, 레밍턴 파우더를 바른 흰 얼굴과 도발적인 갈색 눈이 나왔다. 존스는 모래 목욕을 끝낸 참새처럼 몸을 흔들고는 우리 쪽으로 빠르게 걸어왔다.

　"존스 씨입니다." 내가 말했다.

　"존스 소령이죠." 그가 바로잡았다. "만나서 반갑습니다, 대사님."

　"존스 씨는 망명을 원하고 있어요. 통통 마쿠트에게 쫓기고 있거든요. 영국 대사관에 들어가기는 힘듭니다. 경계가 너무 삼엄해서요. 그래서 말인데…… 존스 씨가 남아메리카 사람은 아니지만…… 워낙 위험한 상황이라."

　내가 말하는 동안 대사의 얼굴에 큰 안도감이 번졌다. 이건 정치 문제였다. 그가 처리할 수 있는 문제. 일상적인 문제. "들어오십시오, 존스 소령님, 들어와요. 환영합니다. 내 집에 얼마든지 계십시오. 당장 내 아내를 깨우겠습니다. 내 방들 중 하나를 준비해 드리죠." 안도한 그는 소유격을 색종이 조각처럼 마음껏 뿌려댔다. 그런 다음 문을 닫고, 잠그고, 빗장과 체인을 걸더니, 존스를 집 안으로 안내하기 위해 무심코 팔을 내밀었다. 존스는 그 팔을 잡고, 빅토리아 시대의 노부인처럼 당당한 걸음으로 느릿느릿 홀을 가로질렀다. 그 옆에서 끔찍한 잿빛 개는 텁수룩한 털로 바닥을 쓸며, 존스의 치맛자락에 코를 대고 킁킁거렸다.

"루이스!" 마르타가 층계참에 서서, 잠기가 가시지 않은 얼굴에 놀라운 표정을 띤 채 우리를 내려다보았다.

"여보." 대사가 말했다. "소개해 드릴 분이 있어. 존스 씨. 우리의 첫 망명자야."

"존스 씨!"

"존스 소령입니다." 존스는 스카프를 모자처럼 벗으며 두 사람의 말을 바로잡았다.

마르타는 난간 너머로 몸을 기울이며 웃었다. 눈에 눈물이 맺힐 때까지 웃었다. 그녀의 잠옷 속으로 두 가슴과 거뭇한 음모까지 비쳤고, 그러니 존스의 눈에도 보이겠구나 싶었다. 존스는 그녀에게 미소 지으며 말했다. "물론 여군 소령이죠." 메르 카트린의 아가씨 탱탱에게 왜 존스가 마음에 드느냐고 물었을 때 들었던 답이 떠올랐다. "날 웃게 해줬거든요."

2

그날 밤엔 잠들 틈이 없었다. 트리아농으로 돌아갔더니, 메데이아호에서 봤던 경찰이 진입로 입구에서 나를 막아서서는, 어디 다녀왔느냐고 다그쳐 물었다. "잘 아시면서 그래요." 내가 이렇게 답하자, 그는 보복할 셈으로 내 차를 구석구석 수색했다─멍청한 인간 같으니.

나는 술을 찾아 칵테일 라운지를 뒤져봤지만, 얼음통은 비쩍 말라 있고 선반에는 세븐업 한 병만 달랑 남아 있었다. 나는 거기에 럼주를 잔뜩 타서 베란다로 들고 나가 해가 뜨기를 기다렸다. 이미 오래전부터 모기들은 나를 괴롭히지 않았다. 나는 썩어서 곰팡내 나는 고기였다. 내 뒤의 호텔은 그 어느 때보다 더 휑뎅그렁해 보였다. 절름 발이 조제프가 그리웠다. 마치 친숙한 상처가 그립듯. 절 뚝절뚝한 걸음으로 칵테일 라운지에서 베란다로 나오고 계단을 오르내리는 그를 보며 나도 모르게 통증을 느꼈 던 모양이다. 그의 발소리는 적어도 내가 쉽게 분간할 수 있는 한 가지였다. 지금은 어느 버려진 산에서 울리고 있 을까? 아니면, 그는 아이티의 척추 같은 산맥의 돌투성 이 언덕들 사이에 이미 죽어 있을까? 그의 발소리는 내 가 익숙해질 수 있었던 유일한 소리인 듯했다. 나는 앙헬 의 버번 비스킷처럼 달콤한 자기 연민에 푹 빠져 있었다. 내가 마르타와 다른 여자의 발소리를 구분할 수 있을까? 그럴 것 같지는 않았다. 그리고 어머니의 발소리를 알기 도 전에 어머니는 성모 방문 칼리지 신부들에게 나를 맡 기고 떠나버렸다. 그리고 친아버지는? 그는 유년기 추억 하나조차 남겨주지 않았다. 아마도 죽었을 테지만 확신할 수 없었다—노인들이 참으로 오래도록 사는 시대니까. 하 지만 나는 아버지에 대한 순수한 호기심도 없었고, 아버 지를 찾거나 브라운이라는 이름이 새겨져 있을지도 모를 묘비를 보고 싶은 마음도 전혀 없었다.

이런 호기심의 결여 때문에, 구멍이 있으면 안 될 곳 에 구멍이 뚫리고 말았다. 치과의사는 구멍 난 치아에 임 시 충전재를 박아 넣지만, 나는 그 구멍을 대체물로 메우 지 않았다. 어떤 신부도 내게 와서 아버지가 되어주지 않 았고, 지구상의 어떤 곳도 집을 대신해 주지 못했다. 나는 그저 모나코의 시민이었을 뿐이다.

야자수들이 익명의 어둠으로부터 떨어져 나오기 시작했다. 모래마저 수입품인 카지노 밖의 푸른 인공 해안에 심겨 있는 야자수들이 떠올랐다. 피아노 건반처럼 깔쭉깔쭉한 기다란 이파리들이 미풍에 흔들리고, 눈에 보이지 않는 연주자가 건반을 한 번에 두세 개씩 누르는 것 같았다. 나는 왜 여기 있을까? 어머니에게서 받은 그림엽서 때문이었다. 분실될 확률이 카지노에서의 승산보다 더 높았던 그 그림엽서. 태어나면서부터 어떤 나라와 떼려야 뗄 수 없는 사이가 되고, 그곳을 떠날 때조차 유대감을 느끼는 사람들이 있다. 그리고 어떤 지방, 카운티, 마을의 일원이 되는 사람들도 있지만, 나는 단기 체류자들의 도시 몬테카를로의 정원들과 대로들 주변으로 펼쳐진 100여 제곱킬로미터 땅과 이어진 듯한 느낌이 전혀 없었다. 나를 위해 우연히 선택된, 무섭고 황폐한 이 땅에 더 큰 유대감이 느껴졌다.

최초의 빛깔들, 진녹색에 이어 진홍색이 정원을 물들였고─덧없음이야말로 나의 피부색이었다─나의 뿌리는 내게 집이나 안정적인 사랑을 찾아줄 만큼 깊숙이 뻗어 내려가지 않았다.

2

1

이제 호텔에는 손님이 한 명도 없었다. 스미스 부인이 떠나자, 수플레로 우리 주방을 유명하게 만들었던 요리사는 모든 희망을 버리고 요리를 해 먹일 망명자들이 몇 명 있는 베네수엘라 대사관으로 옮겨 갔다. 나는 직접 달걀을 삶거나 통조림을 따서 끼니를 해결하기도 하고, 마지막으로 남은 객실 청소부와 정원사와 함께 아이티 음식을 나누어 먹기도 했다. 가끔은 피네다 부부와 식사를 했지만, 존스의 존재가 신경에 거슬려 자주 찾아가지는 않았다. 이제 앙헬은 스페인 대사의 아내가 운영하는 학교에 다니고 있었고, 오후가 되면 마르타는 거리낌 없이 트리아농의 진입로로 차를 몰고 들어와 내 차고에 차를 세워두곤 했다. 들킬까 봐 두려웠던 마음이 사라졌거나, 혹은 고분고분한 남편이 우리에게 제한된 자유를 주고 있는 것일지도 몰랐다. 내 방에서 우리는 섹스를 하거나 얘기를 나누며 몇 시간씩 보냈고, 툭하면 다투었다. 대사의 개 때문에 다투기까지 했다. "정말 소름 끼친다니까." 내가 말했다. "털실로 짠 숄을 덮어쓴 쥐새끼나 기다란 지네 같잖아. 당신 남편은 대체 뭐에 홀려서 그걸 산 거야?"

"같이 있어줄 존재가 필요했나 봐."

"당신이 있잖아."

"내가 그이 곁에 거의 없다는 건 당신도 알잖아."

"그 사람이 딱해지는군."

"누군가를 딱하게 여긴다고 나쁠 건 없지."

다툼이 일어날 듯한 기미가 아주 조금만 보여도 마르타는 약삭빠르게 눈치채고는 문제를 요령껏 피해 갔다. 그래서 보통은 포옹이 끝나면 말다툼도 끝났다. 적어도 그 문제에서만큼은. 한번은 그녀가 내 어머니와의 우정에 관해 이야기했다. "이상하지 않아? 내 아버지는 전범이었고, 당신 어머니는 레지스탕스 영웅이셨다니."

"정말 내 어머니가 그랬던 것 같아?"

"응."

"돼지 저금통에서 훈장이 나오긴 했는데, 그냥 연애 기념품일지도 몰라. 저금통에 가톨릭 메달도 있었지만, 그건 아무런 의미도 없어. 어머닌 절대 독실한 사람이 아니었으니까. 나를 예수회에 맡긴 건 그냥 편리해서였어. 수업료를 안 내도 봐주니까."

"예수회에 있었어?"

"그래."

"이제 기억이 나. 난 당신을 불량 신자로 생각했었는데."

"맞아."

"그래, 하지만 가톨릭이 아니라 개신교 쪽인 줄 알았지. 난 개신교 불량 신자거든."

각각의 믿음 – 혹은 믿음의 결여 – 을 대변하는 색깔이

칠해진 공들이 허공에 날아다니는 듯한 느낌이 들었다. 실존주의의 공, 논리 실증주의의 공이 있었다. "당신이 불량 공산주의자일지도 모른다는 생각까지 했어." 아주 날렵하게 공들을 이리저리 치는 동안은 유쾌하고 재미있었다. 하지만 공이 땅으로 떨어지는 순간, 간선도로에 죽어 있는 개처럼 비정한 외상을 입은 듯한 느낌이 들었다.

"닥터 마지오는 공산주의자야." 마르타가 말했다.

"아마 그럴 거야. 그 사람이 부러워. 뭔가를 믿는다는 건 행운이지. 나는 절대적인 믿음 같은 건 성모 방문 칼리지 예배당에 모조리 버려두고 왔어. 내가 한때 하느님의 부름을 받은 아이로 통했다는 거 알아?"

"당신은 어쩌면 prêtre manqué(반쪽짜리 신부)일지도 몰라."

"내가? 웃기지 마. 여기 좀 만져봐. 여기에 신학 따윈 없다고." 나는 섹스를 할 때의 나를 흉내 냈다. 나는 도로에 몸을 던져 자살하는 사람처럼 쾌락 속으로 내 몸을 내던졌다.

그 짧고 맹렬한 순간이 끝난 후 우리는 어쩌다가 또 존스에 대해 얘기하게 됐을까? 수많은 오후, 수많은 섹스, 수많은 토론, 수많은 말다툼, 마지막 말다툼의 전조가 되었던 그 모든 것들에 대한 기억이 마구 뒤섞이고 있다. 예를 들면, 어느 날 오후 마르타가 일찍 떠나길래 왜 가느냐고 물었더니 ─ 앙헬이 학교에서 돌아오려면 아직 한참 기다려야 했다 ─ "존스한테 진 러미 배우기로 했거든"이라고 답했다. 내가 존스를 그녀의 집에 맡긴 지 겨우 열흘째 되는 날이었고, 그녀의 말을 들었을 때 나는 열병을 알리는 첫 몸서리가 찾아온 것처럼 질투를 예감했다.

"끝내주게 재밌겠군. 그게 섹스보다 좋단 말이야?"

"자기, 섹스는 실컷 했잖아. 그 사람을 실망시키기 싫어. 좋은 손님이니까. 앙헬이 존스를 좋아하더라고. 앙헬이랑 많이 놀아주거든."

그리고 한참 지난 어느 날 오후, 또 다른 다툼이 시작되었다. 마르타가 느닷없이 '각다귀'라는 단어가 무슨 뜻이냐고 물었다―우리의 몸이 떨어진 후 그녀가 제일 처음 뱉은 말이었다.

"일종의 작은 모기지. 그건 왜?"

"존스가 개를 항상 '각다귀'라고 부르는데, 개가 그 이름에는 답을 하거든. 진짜 이름인 돈 후안은 아직도 못 알아들으면서."

"개도 존스를 좋아한다는 말을 하고 싶은 건가?"

"아, 하지만 사실인걸. 루이스보다 존스를 더 좋아해. 항상 먹이를 주는 건 루이스인데. 그이는 심지어 앙헬한테도 그 일을 절대 안 맡겨. 하지만 존스는 그냥 '각다귀'라고 부르기만 하는데……."

"존스가 당신은 어떻게 부르지?"

"무슨 소리야?"

"그자가 부르면 당신은 쪼르르 달려가지. 진 러미를 친다고 빨리 떠나고."

"그건 3주 전이잖아. 그 후로는 한 번도 안 쳤어."

"그 망할 사기꾼 얘기하느라 우리 시간의 절반을 허비하고 있잖아."

"그 망할 사기꾼을 우리 집에 데려온 건 당신이야."

"그치가 이렇게 가족의 사랑을 듬뿍 받을 줄은 몰랐지."

"자기, 그 사람은 우리를 웃게 해줘, 그뿐이야." 이 해명이야말로 나를 불안하게 만들었다. "여기서는 웃을 일이 별로 없잖아."

"여기?"

"한마디 한마디 비꼬지 마. 여기 이 침대를 말하는 게 아니잖아. 포르토프랭스 말이야."

"서로 다른 언어를 쓰면 오해가 생기지. 내가 독일어를 배울 걸 그랬어. 존스는 독일어를 할 줄 알아?"

"루이스도 할 줄 몰라. 자기, 당신이 나를 원할 땐 나는 여자지만, 당신이 나한테 상처를 받으면 난 항상 독일인이 되어버리네. 모나코는 한 번도 강대국이었던 적이 없으니 안됐지 뭐야."

"강했던 적도 있었어. 그런데 영국이 영국 해협에서 대공의 함대를 격파해 버렸지. 루프트바페[1]처럼."

"당신네가 루프트바페를 격파했을 때 난 열 살이었어."

"난 격파 따윈 안 했어. 사무실에 앉아서 비시를 비방하는 선전문을 프랑스어로 번역하고 있었지."

"존스는 더 흥미로운 전쟁을 치렀어."

"아, 그래?"

마르타가 그의 이름을 그토록 자주 들먹인 건 순수한 마음에서였을까, 아니면 충동에서였을까?

"버마에서 일본인들이랑 싸웠거든."

"그 인간이 그렇게 말해?"

"그 사람이 들려주는 게릴라전 이야기, 정말 재미있어."

"여기 반군을 도와줄 수도 있었는데, 그 인간은 정부를 택했지."

"하지만 이제 정부의 실체를 간파했잖아."

"정부가 그 인간을 간파한 게 아니고? 소대를 잃어버렸다는 얘기는 들었어?"

---

1 Luftwaffe. 나치 정권하의 독일 공군.

"들었어."

"물 냄새를 맡을 줄 안다는 얘기도?"

"들었어."

"어떻게 그런 인간이 준장도 못 됐는지 신기하다니까."

"자기, 왜 그래?"

"오델로는 모험담으로 데스데모나를 홀렸지. 낡은 수법이야. 내가 쫓겨 다닌 얘기를 당신한테 들려줘야겠군. 당신의 동정을 사게 말이야."

"누구한테 쫓겼는데?"

"그냥 해본 말이야."

"대사관에서는 화제 전환이 항상 중요해. 제1서기관은 거북이 전문가야. 한동안은 자연사 이야기가 재미있었지만, 역시나 시들해져 버렸어. 제2서기관은 세르반테스 추종자지만, 『돈키호테』는 인기를 노리고 쓴 작품이라 싫대."

"버마 전쟁도 곧 김빠진 얘깃거리가 되겠군."

"적어도 존스는 다른 사람들처럼 똑같은 얘기를 반복하지는 않아."

"칵테일 세트의 역사도 들었어?"

"들었어. 정말 그런 세트를 갖고 있더라니까. 존스를 과소평가하지 마. 얼마나 관대한 사람인데. 우리 셰이커가 새니까 자기 걸 루이스한테 주지 뭐야, 그 많은 추억이 담긴 걸. 런던의 애스프리에서 산 고급 셰이커를. 우리의 환대에 대한 보답으로 줄 게 그것밖에 없다면서. 우리가 빌려 쓰고 돌려주겠다고 했더니, 그 사람이 어떻게 했는지 알아? 우리 하인한테 돈을 쥐여주면서, 셰이커를 하미트네 가게에 가져가 문구를 새겨 오게 했어. 우리가 돌려주지 못하게. 아주 운치 있는 글을 새겼더라. '황송한 대접을 받은 존스가 루이스와 마르타에게 드립니다.' 이런 식이었어. 세례명도 아니고. 이니셜도 아니고. 꼭 프랑스 배우 같잖아."

"당신 성이 아니라 이름을 썼군."

"루이스한테도 그랬지. 자기, 난 이제 가야겠어."

"존스 얘기를 참 오래도 했어, 안 그래?"

"더 많이 했으면 좋겠어. 파파 독은 존스에게 통행증을 안 내줄 거야. 영국 대사관까지 가기도 힘들겠지. 아이티 정부는 매주 공식적인 항의를 하고 있어. 존스가 상습범이라고. 하지만 물론 말도 안 되는 소리지. 존스는 정부와 함께 일하려다가 눈을 뜬 거야. 젊은 필리포 덕분에."

"그 인간이 그렇게 말해?"

"존스는 통통 마쿠트에게 무기가 공급되는 걸 막으려고 했어."

"기발한 이야기군."

"그러니 존스는 정말 정치 망명자지."

"그자는 그저 잔꾀를 부리고 있을 뿐이야."

"누구나 어느 정도는 잔꾀로 살아가잖아?"

"냉큼 그 인간 편을 드는군."

별안간, 두 사람이 함께 침대에 있는 기괴한 광경이 머릿속에 그려졌다. 지금처럼 알몸인 마르타와, 프리셰이브 파우더를 바른 누런 얼굴로 여전히 화려한 여장을 한 채 거대한 검은 벨벳 치마를 허벅지 위로 들어 올리고 있는 존스.

"자기, 이번엔 또 뭐야?"

"정말 한심해. 그 변변찮은 사기꾼을 당신한테 데려가 같이 살게 하다니. 이제 그 인간은 떡하니 거기서 죽치고 있지. 어쩌면 평생 그럴지도 몰라. 누군가가 은 총알을 들고 파파 독한테 접근하지 않는 이상은. 민첸티[1]는 부다페스트의 미국 대사관에 얼마나 오래 있었지? 12년이었던가? 존스는 하루 종일 당신을 보고······."

"당신처럼 이런 식으로 나를 보지는 못해."

"오, 존스는 주기적으로 여자가 필요한 남자야, 확실해. 직접 찾아 나서는 것도 봤다고. 그리고 난, 저녁 식사 아니면 이류 칵테일 파티에서나 당신을 볼 수 있지."

"당신은 이제 저녁 식사에 오지 않잖아."

"그 인간은 벽을 넘어 마당에까지 들어가 있어."

"소설가가 되지 그랬어. 그럼 우리 모두 당신의 소설 속 인물들이 됐을 거야. 우린 우리가 절대 그런 사람이 아니라는 말도 못 하고, 변명도 못 하겠지. 당신이 우리를 완전히 딴 사람으로 만들어내고 있다는 거 모르겠어?"

"적어도 이 침대를 만들기는 잘했군."

"우린 당신한테 말도 걸 수 없어, 안 그래? 우리 대사가 배역 ─ 당신이 우리에게 부여한 배역 ─에 맞지 않으면 당신은 들어주지 않을 테니까."

"배역이라니? 당신은 내가 사랑하는 여자야. 그뿐이라고."

"오, 그래, 난 분류가 됐네. 당신이 사랑하는 여자로."

마르타는 침대에서 나가 잽싸게 옷을 입기 시작했다. 가터가 잠기지 않자 "merde(젠장)!" 하고 욕을 뱉더니, 원피스를 머리 위로 비틀어 올려 처음부터 다시 입었다 ─ 마치 화재 현장에서 달아나는 사람 같았다. 그녀는 나머지 한 짝의 스타킹을 찾지 못했다.

"당신 손님을 빨리 치워줄게. 어떻게든."

---

1   요제프 민첸티 추기경(1892~1975). 헝가리의 에스테르곰 대주교로, 동유럽 공산주의 정권하에서 종교 자유를 위해 투쟁하는 데 평생을 바쳤다.

"그러든 말든 상관없어. 존스가 안전하기만 하면."

"앙헬이 보고 싶어 할 텐데."

"그래."

"각다귀도."

"그래."

"루이스도."

"존스는 루이스를 즐겁게 해줘."

"당신은?"

마르타는 구두에 발을 밀어 넣을 뿐, 내 질문에 답하지 않았다.

"그자가 사라지면 평화가 돌아올 거야. 당신이 우리 사이에서 갈팡질팡할 필요도 없을 테고."

그녀는 충격적인 말을 듣기라도 한 것처럼 잠깐 나를 쳐다보더니 침대로 와서 내 손을 잡았다. 아무것도 모르고 지껄여대는 아이에게 다시는 그런 말을 하지 말라고 경고하듯이. "자기, 조심해. 모르겠어? 당신한테는 모든 것이 당신 머릿속에만 존재해. 나도 그렇고, 존스도 그렇고. 당신이 원하는 모습대로 우리를 만들고 있다고. 당신은 유심론자[2]야. 지독한 유심론자. 당신은 가여운 존스를 유혹자로, 나를 음탕한 정부로 만들어버렸어. 당신 어머니가 받은 훈장도 못 믿겠지? 당신이 어머니한테 준 역할과 다르니까 그런 거야. 자기, 당신이 없을 때도 우리가 존재한다는 걸 믿으려고 노력해 봐. 우린 당신과 상관없이 존재하는 독립적인 인간이야. 당신이 상상하는 것과는 달라. 당신 생각이 그렇게 어둡지만 않다면, 항상 그렇게 어둡지만 않다면, 별문제가 안 되겠지만."

---

2 유심론이란, 만상을 정신적인 것으로 보고 물질적 현상도 정신적인 것의 발현이라고 주장하는 이론이다.

나는 키스로 그녀의 기분을 바꿔놓으려 해봤지만, 그녀는 휙 몸을 돌리더니 문가에 서서 텅 빈 통로에 대고 말했다. "당신은 어두운 브라운 세계에 살고 있어. 당신이 딱해. 내 아버지가 딱한 것처럼."

나는 한참이나 침대에 누워 생각했다. 신원 미상의 시체를 그토록 많이 만든 전범과 나 사이에 대체 무슨 공통점이 있을까?

2

전조등들이 야자수 사이를 휩쓸다가 내 얼굴 위에 노란 나방처럼 내려앉았다. 불이 꺼지고 나니 아무것도 뚜렷이 보이지 않았다. 그저 커다랗고 검은 어떤 형체가 베란다를 향해 다가올 뿐이었다. 흠씬 두들겨 맞아본 경험자로서 또다시 그 일을 겪고 싶지 않았다. "조제프" 하고 소리쳐 봤지만 물론 조제프는 없었다. 럼주를 마시다 잠든 탓에 깜빡하고 말았다.

"조제프가 돌아왔습니까?" 닥터 마지오의 목소리를 들으니 마음이 놓였다. 그는 설명할 수 없는 위엄을 풍기며, 부서진 베란다 계단을 천천히 올라왔다. 마치 로마 시민권을 받은 제국 외곽의 원로원 의원이 원로원의 대리석 계단을 올라오는 것 같았다.

"자다 깨어나서 잠깐 정신이 나갔나 봅니다. 뭘 좀 드릴까요, 선생? 지금은 내가 직접 요리를 하고 있지만, 오믈렛 정도는 쉽게 만들 수 있어요."

"아니요, 배고프지 않아요. 혹시 누가 올지 모르니 내 차를 차고에 넣어놔도 되겠습니까?"

"밤에는 여기 아무도 안 와요."

"또 모르죠. 만일에 대비해서……."

닥터 마지오가 돌아오자 나는 다시 한번 음식을 제안했지만 그는 거절했다. "그저 벗이 필요해서 온 겁니다." 그는 딱딱하고 곧은 의자를 골라 앉았다. "당신 어머니를 자주 뵈러 왔었죠, 더 좋았던 시절에. 이제는 해가 지고 나면 외롭군요."

번개가 치기 시작하는 걸 보니, 밤마다 찾아오는 폭우가 곧 쏟아질 모양이었다. 나는 의자를 베란다 안쪽으로 조금 더 옮겼다. "동료분들은 안 만나십니까?" 내가 물었다.

"동료요? 아, 나처럼 남아서 조용히 살고 있는 노인네가 몇 명 있긴 하죠. 지난 10년 동안 대학을 졸업한 의사들 중 4분의 3은 출국 허가서를 살 수 있는 형편이 되자마자 다른 곳으로 떠나는 길을 택했습니다. 여기 의사들은 개업 장소가 아니라 출국 허가서를 산답니다. 아이티 의사에게 진료받고 싶으면 가나로 가십시오." 그는 침묵에 빠졌다. 그에게 필요한 건 벗이 아니라 대화였다. 비가 쏟아지기 시작해, 다시 텅 빈 수영장에 타닥타닥하는 소리가 울려댔다. 너무 어두운 밤이라 닥터 마지오의 얼굴은 보이지 않고, 의자 팔걸이 위에 펼쳐진 손가락들의 끝만 나무 조각처럼 보였다.

"며칠 전 밤에," 닥터 마지오가 말했다. "이상한 꿈을 꿨습니다. 전화가 울리더군요 ─ 생각해 봐요, 전화라니, 전화 벨 소리를 못 들은 지 몇 년이나 됐습니까? 나는 어떤 환자 때문에 종합병원으로 불려갔죠. 도착했더니, 만족스럽게도 병동은 아주 깨끗하고, 간호사들 역시 젊고 아주 청결했습니다(물론 그들 모두 아프리카로 떠나고 없어요). 내 동료가 나와서 맞아주더군요. 내가 큰 기대를 걸었던 청년인데, 지금은 브라자빌에서 내 기대에 부응하고 있죠. 그 친구가 말하기를, 어떤 정치 모임에서 야당 후보(요즘은 너무 구식처럼 들리는 단어지요)가 폭도들한테 공격을 당했다는 겁니다. 합병증이 있었어요. 왼쪽 눈은 위험한 상태였고요. 그래서 눈을 진찰하기 시작했는데, 알고 보니 그건 눈이 아니라 뼈가 드러나도록 베인 뺨이었습니다. 내 동료가 돌아와서 말하더군요. '경찰국장님한테 전화가 왔어요. 범인들은 체포됐답니다. 대통령님이 진찰 결과를 궁금해하세요. 영부인이 이 꽃을 보내셨고······.'" 닥터 마지오는 어둠 속에서 나지막이 웃기 시작했다. "가장 좋았던 시절에도, 심지어는 에스티메 대통령 치하에도 절대 있을 수 없었던 일이죠. 프로이트가 말한 소망 성취의 꿈은 보통 그렇게 명백하지 않아요."

"그리 마르크스적인 꿈은 아니군요, 마지오 선생. 야당 후보가 나오다니."

"아득한 미래의 마르크스적인 꿈일지도 모르죠. 세계 국가[1]가 쇠퇴하고 지역 선거만 남게 될 때. 아이티라는 교구에서 말입니다."

"선생 댁에 갔을 때 『자본론』이 책장에 보란 듯이 꽂혀 있어서 깜짝 놀랐습니다. 그래도 괜찮아요?"

"전에도 한 번 말씀드렸습니다만, 파파 독은 철학과 선전을 구분하죠. 미국이 또 무기를 줄 때까지 창을 동쪽으로 계속 열어둘 작정인 겁니다."

"그럴 일은 없을 텐데요."

"내가 장담컨대, 수개월 안에 관계가 회복되고 미국 대사가 돌아올 겁니다. 잊지 마십시오, 파파 독은 공산주의를 막아주는 방어벽이에요. 아이티는 쿠바처럼 되지 않

---

1 전 세계를 하나의 단위로 하여, 인류 전체를 그 국민으로 하는 이상 국가.

을 테고, 피그스만 침공[2] 같은 일도 벌어지지 않을 겁니다. 물론 다른 이유들도 있죠. 워싱턴에서 파파 독의 로비스트로 활동하는 인간이 미국인 소유의 제분소들을 위해서도 일하고 있답니다(그 제분소들은 남아도는 수입 밀을 빻아서 회색 밀가루를 만들어요 - 조금만 머리를 쓰면 극빈층한테서도 큰돈을 뜯어낼 수 있다니, 얼마나 놀라운 일입니까). 그리고 대규모의 소고기 밀매가 있죠. 이곳의 가난한 사람들은 케이크만큼이나 고기도 못 먹고 있으니, 소고기가 몽땅 미국 시장으로 간다 해도 불만이 없을 겁니다. 아이티에 목축업 규정이 전혀 없다는 사실도 목축업자들한테는 문제가 안 돼요. 어차피 통조림으로 만들어져서, 미국 원조를 받는 후진국으로 들어가게 될 테니까. 이 무역이 중단되면 미국은 아무런 영향도 안 받겠지만, 수출액 1파운드마다 1센트를 받아먹는 특정 워싱턴 정치인은 타격을 받을 겁니다."

"미래를 포기하셨습니까?"

"아니, 그렇지는 않습니다. 포기하는 건 옳지 않아요. 하지만 미국 해병대가 우리 문제를 해결해 주지는 못할 겁니다. 우리는 미국 해병대를 겪어봤잖습니까. 만약 그들이 오면, 나도 파파 독을 위해 싸우지 않을 거라는 확신이 없어요. 적어도 파파 독은 아이티인이니까요. 우리 문제는 우리 손으로 직접 해결해야 합니다. 우리는 플로리다에서 몇 킬로미터 떨어진 바다에 둥둥 떠 있는 유해한 찌꺼기이고, 어떤 미국인도 무기나 돈이나 조언으로 우리를 도와주지 않을 겁니다. 몇 년 전 우리는 미국의 조언이 뭘 의미하는지 깨달았죠. 어느 저항 단체가 미국 대사

2 1961년, 피델 카스트로의 쿠바 정부를 전복하기 위해 미국이 훈련시킨 쿠바 망명자들이 미군의 도움을 받아 쿠바 남부를 공격하다 실패한 사건.

관의 동조자와 접촉하고 정신적 원조를 약속받았지만, 그 정보는 곧장 CIA에게 넘어갔고, CIA에서 파파 독으로 직접 전해졌어요. 그 단체가 어떻게 됐는지는 짐작이 가시겠죠. 미국 국무부는 카리브해에 조금이라도 소란이 일어나는 걸 용납할 수 없었던 겁니다."

"공산주의자들은요?"

"우리는 다른 단체보다 더 조직적이고 신중하지만, 정권 장악을 시도했다가는 당장에 미국 해병대가 달려올 거고 파파 독은 계속 집권할 겁니다. 워싱턴에서는 우리가 아주 안정적인 나라로 보이겠죠 – 관광지로서는 적절치 않지만, 어차피 관광객들은 애물단지니까요. 가끔 관광객들은 너무 많은 걸 보고 국회의원에게 편지를 쓴답니다. 그 스미스 씨도 묘지에서 시행된 처형을 보고 아주 심란해하셨잖습니까. 그나저나 하미트가 사라졌어요."

"어떻게 된 겁니까?"

"어디 숨어 있으면 좋으련만, 항구 근처에 하미트의 차가 버려져 있었어요."

"하미트는 미국인 친구들이 많아요."

"하지만 미국 시민은 아니죠. 하미트는 아이티인입니다. 아이티인들은 그저 만만하죠. 트루히요[1]는 전시도 아닐 때 아이티인 2만 명을 살해했습니다. 사탕수수를 베러 자기 나라에 온 농민들을 남자, 여자, 아이 가릴 것 없이 죽였어요. 그런데 워싱턴에서 한 번이라도 항의가 있었을까요? 트루히요는 그 후로도 거의 29년 동안 미국의 원조를 두둑이 받으면서 살았죠."

"그래서 선생은 뭘 기대하시는 겁니까?"

---

1 도미니카공화국의 독재자이자 대통령이었던 라파엘 레오니다스 트루히요 몰리나(1891~1961).

"친위 쿠데타 정도일까요. - 파파 독은 좀처럼 밖에 나오질 않으니 대통령궁 안에서만 접근할 수 있죠. 그다음엔, 뚱보 그라시아가 자리를 잡기 전에 국민들에게 숙청당하면 좋겠죠."

"반군한테는 아무런 기대도 없습니까?"

"가여운 사람들, 그자들은 싸우는 방법을 몰라요. 라이플이 생기면 요새에서 신나게 흔들어댈 줄이나 알지. 영웅 행세만 할 게 아니라, 죽지 않고 살아남는 법을 배워야죠. 필리포가 게릴라전에 대해 조금이라도 알 것 같습니까? 그 불쌍한 절름발이 조제프는요? 노련한 경험자가 필요해요. 그러고 나면 아마 일이 년 후에…… 우리는 쿠바인들만큼 용감하지만, 지형 조건이 열악합니다. 숲을 없애버린 탓에 동굴 속에서 살고 바위 위에서 자야 해요. 그리고 물도 문제죠……."

그의 비관주의를 논평하기라도 하듯 폭우가 쏟아졌다. 우리의 목소리조차 들리지 않았다. 마을의 불빛은 완전히 가려졌다. 나는 칵테일 라운지에서 럼주 두 잔을 가져와, 의사와 나 사이에 놓았다. 나는 그의 손을 잡아 술잔으로 이끌었다. 우리는 폭풍우의 절정이 지날 때까지 말없이 앉아 있었다.

"당신은 묘한 사람입니다." 마침내 닥터 마지오가 입을 열었다.

"왜요?"

"노인이 들려주는 옛날이야기 듣듯 내 얘기를 듣고 있잖습니까. 아주 무심하게. 그러면서도 여기서 살고 있죠."

"난 모나코에서 태어났습니다. 무국적자나 마찬가지예요."

"당신 어머니가 아직 살아 있다면 그렇게 무심하지 않

으셨을 겁니다. 지금쯤 산에 올라가 계셨겠죠."

"쓸데없이 말입니까?"

"오, 그럼요, 쓸데없더라도 말입니다."

"애인과 함께?"

"애인이 그분을 혼자 보내지 않았겠죠."

"아무래도 난 아버지를 닮았나 봅니다."

"어떤 분이셨는데요?"

"나도 몰라요. 내가 태어난 나라처럼, 아버지 역시 얼굴이 없죠."

빗줄기가 약해졌다. 이제 나무들, 덤불들, 수영장의 딱딱한 시멘트에 떨어지는 빗방울 소리가 따로따로 들렸다. 내가 말했다. "나는 닥치는 상황에 맞추어 살아갈 뿐입니다. 세상 사람들 대부분이 그렇지 않습니까? 어쨌든 살아야 하니까요."

"당신이 인생에서 바라는 건 뭡니까, 브라운? 당신 어머니가 했을 법한 답은 알고 있습니다만."

"그게 뭐죠?"

"그분은 답을 모르는 나를 비웃으셨을 겁니다. 그 답은 바로 재미랍니다. 하지만 그분에게는 거의 모든 것이 '재미'있었죠. 심지어 죽음까지."

닥터 마지오는 일어나 베란다 끄트머리에 섰다. "무슨 소리가 들린 것 같은데. 착각인가. 밤이 되면 신경이 날카로워지죠. 난 정말 당신 어머니를 사랑했습니다, 브라운."

"어머니의 애인, 그자는 어땠습니까?"

"그분을 행복하게 만들어줬죠. **당신**이 원하는 건 뭡니까, 브라운?"

"이 호텔을 운영하고 싶어요. 예전처럼 잘 돌아갔으면 좋겠습니다. 파파 독이 등장하기 전처럼. 칵테일 라운지에서는 조제프가 바쁘게 일하고, 수영장에서는 아가씨들이 놀고, 진입로로 차들이 들어오고, 바보처럼 신나게 떠들어대는 소리가 시끌벅적하고. 술잔 속의 얼음, 덤불 속의 웃음소리, 아, 그리고 당연히 달러 지폐가 바스락거리는 소리도 빼놓을 수 없죠."

"그러고 나서는요?"

"오, 사랑을 나눌 수 있는 몸이요. 어머니가 그랬던 것처럼."

"그다음엔?"

"글쎄요. 남은 인생에 그 정도면 충분하지 않을까요? 이제 예순이 다 됐는데."

"당신 어머니는 가톨릭 신자였습니다."

"독실하지는 않았죠."

"난 믿음을 버리지 않았습니다. 그 대상이 경제 법칙의 진리에 불과하지만 말입니다. 당신은 믿음을 잃었군요."

"그럴까요? 애초에 믿음이 없었는지도 모르죠. 어차피 믿음에도 한계가 있잖습니까?"

우리는 텅 빈 술잔을 앞에 두고 얼마 동안 말없이 앉아 있었다. 그러다 닥터 마지오가 말했다. "필리포가 소식을 전해왔더군요. 지금은 오카이[1] 뒤편의 산에 있지만, 북쪽으로 올라갈 계획이랍니다. 열두 명을 데리고 있는데, 조제프도 거기에 끼어 있대요. 나머지 사람들은 불구가 아니었으면 좋겠군요. 절름발이는 둘이면 족하죠. 도미니카 국경 근처의 게릴라 부대에 들어가고 싶다는데, 거기 대원은 서른 명이랍니다."

"참 대단한 군대군요! 마흔두 명이라니."

---

1 아이티 서남 해안에 있는 항구 도시 레카이의 옛 이름.

"카스트로는 열두 명을 데리고 있었습니다."

"필리포가 카스트로는 아니잖습니까."

"국경 근처에 훈련 기지를 세울 수 있다고 생각하는 모양입니다……. 파파 독이 농민들을 쫓아버려서 10킬로미터 안까지 텅 비어 있으니 숨어 지내기에는 괜찮을 겁니다. 신병을 모으는 건 힘들겠지만……. 그리고 존스가 필요하다는군요."

"존스는 왜요?"

"존스에 대한 믿음이 굉장하더군요."

"브렌은 자기가 직접 찾는 편이 나을 겁니다."

"처음엔 무기보다 훈련이 더 중요한 법이죠. 무기는 죽은 사람한테서 빼앗을 수 있지만, 그전에 우선 죽이는 법을 배워야 하니까."

"이런 건 다 어떻게 아는 겁니까, 마지오 선생?"

"가끔은 저항군이 어쩔 수 없이 우리에게 기댈 때도 있답니다."

"우리라면?"

"공산주의자 말입니다."

"선생이 살아 있는 게 기적이군요."

"공산주의자가 한 명도 없다면 ─ CIA는 우리 대부분의 이름을 알고 있어요 ─ 파파 독은 자유 세계의 방벽이라는 자격을 잃게 되죠. 다른 이유도 있을 겁니다. 난 실력 좋은 의사예요. 언젠가 때가 올지도 모르죠……. 파파 독이 전염병에 걸려서……."

"선생이 청진기를 무기로 쓸 수 있으면 좋을 텐데 말입니다."

"그래요, 나도 그 생각을 해봤습니다. 하지만 아마 파파 독이 나보다 오래 살 겁니다."

"프랑스 의학은 좌약과 주사를 애용합니까?"

"하찮은 인간한테 먼저 시험을 해보겠죠."

"그런데 선생 생각에는 존스가 정말…… 여자를 웃기는 재주밖에 없는 인간입니다."

"버마에서 제대로 된 경험을 했잖습니까. 일본군은 통통 마쿠트보다 영리했어요."

"아, 그래요, 그 시절 이야기를 떠벌리면서 대사관 사람들을 홀리고 있죠. 밥값을 하는 겁니다."

"설마하니 평생 대사관에 숨어 지낼 생각은 아니겠죠."

"대사관에서 나가자마자 죽는 것도 싫겠죠."

"탈출 방법이야 언제든 있습니다."

"위험을 무릅쓸 인간이 아니에요."

"파파 독에게 사기를 치려고 했을 때 큰 위험을 무릅썼죠. 그를 과소평가하지 말아요. 자랑이 심하다는 이유 하나 때문에…… 그리고 떠벌리기 좋아하는 사람한테는 덫을 놓을 수 있죠. 허풍인지 아닌지 알아낼 수 있어요."

"아니, 오해하지 마십시오, 마지오 선생. 필리포만큼이나 나도 그자가 얼른 대사관에서 나가기를 바라고 있으니까요."

"당신이 존스를 거기로 데려갔잖습니까."

"이렇게 될 줄은 몰랐죠."

"이렇게라니요?"

"아, 그건 전혀 다른 문젭니다. 내가 무슨 짓이든 해서……."

누군가가 진입로를 걸어오고 있었다. 축축이 젖은 이파리들과 오래된 코코넛 껍질 부스러기를 찍찍 밟는 소리가 들렸다. 우리 둘은 말없이 앉아 기다렸다……. 포르토프랭스에서 밤에 걸어 다니는 사람은 없었다. 닥터 마지오가 총을 가져왔을지 궁금했다. 하지만 그답지 않은 일이었다. 진입로가 꺾이는 나무들 언저리에 누군가 멈춰 서더니 나를 불렀다. "브라운 씨."

"네?"

"불 없어요?"

"누구시죠?"

"프티 피에르예요."

닥터 마지오는 어느새 사라지고 없었다. 거구의 남자가 마음만 먹으면 소리 없이 움직일 수 있다니, 놀라웠다.

"하나 가져올게요." 내가 큰 소리로 답했다. "지금 나 혼자라서요."

나는 더듬더듬 칵테일 라운지로 들어갔다. 손전등이 어디에 있는지 알고 있었다. 손전등을 켰더니, 열려 있는 주방 문이 보였다. 나는 램프를 들고 베란다로 돌아갔고, 프티 피에르가 계단을 올라왔다. 속내를 종잡을 수 없는 그 날카로운 얼굴을 마지막으로 본 지 몇 주가 지났다. 그는 흠뻑 젖은 재킷을 의자 등에 걸어두었다. 나는 그에게 럼주 한 잔을 건네고 설명을 기다렸다. 해가 진 후 그를 보는 건 이례적인 일이었다.

"차가 고장 났어요." 그가 말했다. "폭우가 누그러질 때까지 기다렸죠, 오늘 밤엔 불이 늦게 들어오네요."

나는 기계적으로 물었다 — 포르토프랭스에서는 흔한 인사말이었다. "검문소에서 수색당했어요?"

"비가 이렇게 쏟아지는데 그럴 리가요. 비가 내릴 땐 검문이 없어요. 민병대원이 폭풍우 속에서 일할 리가 없죠."

"오랜만에 보는군요, 프티 피에르."

"눈코 뜰 새 없었거든요."

"혹시 가십난에 쓸 거리가 별로 없는 겁니까?"

그는 어둠 속에서 키득거렸다. "쓸 거리야 항상 있죠. 브라운 씨, 오늘은 프티 피에르의 인생에서 아주 중요한 하루랍니다."

"설마 결혼한 건 아니죠?"

"아니, 아니, 아니에요. 어디 한번 맞혀봐요."

"재산이라도 상속받았어요?"

"포르토프랭스에서 재산이요? 그럴 리가요. 브라운 씨, 내가 오늘 하이파이 스테레오를 설치했답니다."

"축하합니다. 소리는 잘 나옵니까?"

"아직 음반을 하나도 안 사서 잘 모르겠어요. 하미트한테 줄리에트 그레코, 프랑수아즈 아르디, 조니 할리데이 음반을 주문해 놨는데……."

"하미트가 이제 여기 없다는 얘기를 들었습니다만."

"왜요? 무슨 일이랍니까?"

"실종됐답니다."

"이번엔 당신이 나보다 한발 앞섰군요. 누구한테 들었어요?"

"정보원 신원을 함부로 발설할 순 없죠."

"그자는 외국 대사관에 너무 자주 드나들었어요. 어리석게."

갑자기 불이 들어왔고, 나는 경계의 끈을 놓고 불안한 표정으로 생각에 잠긴 프티 피에르의 모습을 처음으로 보았다. 그는 곧 불에 반응하며 평소의 유쾌함을 되찾았다. "그럼 내 음반은 좀 더 기다려야겠군요."

"내 사무실에 몇 개 있는데 빌려드리겠습니다. 손님용으로 준비해 뒀었죠."

"오늘 밤에 항구에 다녀왔어요."

"내리는 사람이 있던가요?"

"실은, 그랬죠. 그자를 보게 될 줄은 몰랐는데. 마이애미에 간 사람들이 계획보다 늦게 돌아오는 경우가 가끔 있긴 하지만, 그자는 한참이나 떠나 있었던 데다 이런저런 골치 아픈 문제가 많이 생겼으니⋯⋯."

"누군데요?"

"콩카쇠르 대위요."

프티 피에르가 놀러 온 진짜 이유를 이제야 알 것 같았다. 그저 하이파이 스테레오를 샀다고 말해주러 온 것이 아니었다. 내게 경고를 해주러 온 것이었다.

"콩카쇠르가 곤란한 처지에 있습니까?"

"존스 소령과 엮이는 사람은 다 그렇죠." 프티 피에르가 말했다. "대위는 화가 잔뜩 나 있어요. 마이애미에서 곤욕을 치렀다는군요. 경찰서에서 이틀 밤을 보냈다나. 생각해 봐요! 콩카쇠르 대위가! 그래서 명예를 회복하고 싶은가 봐요."

"어떻게요?"

"존스 소령을 잡는 거죠."

"존스는 대사관에서 안전하게 지내고 있어요."

"최대한 오래 그곳에서 버텨야 할 겁니다. 안전통행증은 안 믿는 게 좋아요. 하지만 새 대사가 어떻게 나올지 누가 알겠어요?"

"새 대사라니요?"

"대통령이 세뇨르 피네다가 탐탁지 않다고 그쪽 정부에 알렸다는 소문이 있어요. 물론 헛소문일 수도 있고요. 그럼 음반 좀 보여주시겠습니까? 비가 그쳤으니 이만 가봐야겠어요."

"차는 어디 세워뒀어요?"

"검문소 밑의 도로변에요."

"집까지 태워드리죠." 나는 차고에서 차를 가져왔다. 전 조등을 켜자, 자기 차 안에 끈덕지게 앉아 있는 닥터 마지오가 보였다. 우리는 아무 말도 하지 않았다.

3

프티 피에르를 그의 집이라는 판잣집에 내려준 후 나는 대사관으로 차를 몰았다. 대문에서 경비원이 내 차를 세우고 안을 들여다보더니 통과시켜 주었다. 초인종을 울리자 현관에서 개가 짖어댔고, 곧이어 주인 같은 투로 말하는 존스의 목소리가 들렸다. "조용히 해, 각다귀, 조용히."

그날 밤 대사관에는 대사와 마르타, 존스밖에 없었고, 마치 가족 파티를 즐기는 듯한 분위기였다. 피네다와 존스는 진 러미를 치고─두말할 필요 없이 존스가 훨씬 앞서 있었다─마르타는 안락의자에 앉아 바느질을 하고 있었다. 손에 바늘을 든 마르타라니, 전에는 한 번도 본 적이 없었다. 존스가 이 집에 가정적인 분위기를 몰고 온 것 같았다. 각다귀는 존스가 주인이라도 되는 양 그의 발밑에 앉아 있었고, 피네다는 언짢은 기색으로 차가운 눈을 들어 말했다. "이 파티가 끝날 때까지 기다려주십시오."

"앙헬을 보러 가요." 마르타가 말했다. 우리는 함께 계단을 올랐고, 절반쯤 올라갔을 때 존스의 목소리가 들렸다. "2가 나오면 난 끝납니다."

층계참에서 우리는 왼쪽으로 꺾어 전에 다퉜던 방으로 들어갔고, 마르타는 즐거워하며 마음껏 내게 키스했다. 프티 피에르에게 들은 소문을 알려줬더니 그녀는 "아니, 아니야, 그럴 리가 없어"라고 답하더니 이렇게 덧붙였다. "며칠 전부터 루이스한테 뭔가 걱정이 있어 보이긴 했는데."

"만약 소문이 사실이라면……."

"어쨌든 새 대사는 존스를 데리고 있어야 할 거야. 내쫓을 수 없어."

"내가 걱정하는 건 존스가 아니야. 우리지."

여자들은 동침하는 남자를 계속 성姓으로 부르기도 할까?

마르타는 침대에 앉아, 벽이 갑자기 좁혀들기라도 한 것처럼 깜짝 놀란 표정으로 벽을 빤히 쳐다보았다.

"사실이 아닐 거야." 그녀가 말했다. "못 믿겠어."

"언젠가는 일어날 일이었어."

"항상 생각하고 있었는데…… 앙헬이 이해할 만한 나이가 되면……."

"그때쯤 내 나이는 몇이나 될까?"

"당신도 나처럼 생각했잖아." 그녀는 나를 비난했다.

"그래, 그런 생각을 많이 했지. 뉴욕에서 호텔을 팔려고 한 이유 중의 하나도 그거였고. 당신이 어디로 가든 따라가려면 돈이 필요했으니까. 하지만 호텔을 사겠다는 사람은 영영 안 나타나겠지."

"자기, 우린 어떻게든 될 거야. 하지만 존스한테는 생사가 걸린 문제잖아."

"우리가 아직 젊었다면 우리한테도 생사가 걸렸다고 생각했겠지. 하지만 지금이야 뭐……. '남자들은 죽었고 벌레들이 그들을 먹어치웠지, 하지만 사랑 때문이 아니라네.'"

밑에서 존스가 소리쳤다. "게임이 끝났어요." 그의 목

---

1 세익스피어의 희극 〈당신 좋으실 대로〉 중에서.

소리는 눈치 없는 타인처럼 방으로 들어왔다. "이제 내려가." 마르타가 말했다. "확실해지기 전까지는 아무 말도 하지 마."

피네다는 그 끔찍한 개를 무릎에 앉혀놓은 채 쓰다듬고 있었다. 개는 딴 곳으로 달아나고 싶은 듯 뚱하니 피네다의 손길을 받아들이면서, 점수를 계산하고 있는 존스를 동경 어린 게슴츠레한 눈빛으로 지켜보고 있었다. "제가 1200을 땄네요." 존스가 말했다. "아침에 하미트네 가게로 사람을 보내서, 앙헬한테 줄 버번 비스킷을 사 오게 해야겠습니다."

"애 버릇만 나빠져요." 마르타가 말했다. "당신을 위한 물건을 사요. 우리를 기억할 수 있을 만한 물건."

"제가 어떻게 여러분을 잊겠습니까." 존스는 이렇게 말하며 마르타를 바라보았다. 피네다의 무릎에 앉은 개가 존스를 바라보는 눈빛처럼, 애절하고 촉촉하면서도 조금은 가식적이었다.

"정보력이 떨어지는 것 같군요." 내가 말했다. "하미트는 실종됐습니다."

"그런 얘기는 못 들었습니다만." 피네다가 말했다. "왜……?"

"프티 피에르 말로는, 외국인 친구가 너무 많아서 그런 것 같답니다."

"당신이 뭐라도 해야 해." 마르타가 말했다. "우린 하미트한테 도움을 많이 받았잖아." 나는 그중 하나인 작은 방을 떠올렸다. 놋쇠 침대 프레임, 연보라색 실크 침대보, 벽에 세워진 딱딱한 동양풍 의자들. 그 방에서 오후를 보내던 시절엔 아무런 걱정도 없었건만.

"내가 뭘 어쩌겠어?" 피네다가 말했다. "내무부 장관은 내 시가 두 대를 받고서, 하미트는 아이티 시민이라고 정중하게 말하겠지."

"옛 전우들만 함께 있으면," 존스가 말했다. "순식간에 경찰서를 뚫고 들어가서 하미트를 찾아낼 텐데 말입니다."

더할 나위 없이 빠르고 내 마음에 쏙 드는 반응이었다. 마지오가 말하지 않았던가. "떠벌리기 좋아하는 사람한테는 덫을 놓을 수 있죠." 존스는 동의를 구하는 청년 같은 표정으로 마르타를 바라보았다. 그가 버마 이야기로 피네다 부부를 즐겁게 해주었을 화기애애한 저녁이 머릿속에 그려졌다. 그가 젊지 않은 건 사실이었지만, 그래도 나보다 열 살 가까이 어렸다.

"경찰 수가 만만치 않은데요." 내가 말했다.

"부하 쉰 명만 있으면, 이 나라를 점령할 수 있어요. 일본군은 우리보다 수적으로 우세하고 전투력도 뛰어났는데……"

마르타가 문 쪽으로 움직였지만, 나는 그녀를 막았다. "가지 말아요." 그녀가 증인이 되어주어야 했다. 그녀는 머물렀고, 존스는 아무런 의심 없이 말을 이었다. "물론 말레이반도에서 처음엔 우리가 도망 다녔죠. 그땐 게릴라전에 대해 아무것도 몰랐으니까요. 하지만 점점 배워 나갔답니다."

"윈게이트." 존스가 여기서 멈출까 봐 나는 그를 부추겼다.

"그 양반도 최고였지만, 다른 사람들도 있습니다. 나한테도 자랑할 만한 재주가 몇몇 있었죠."

"물 냄새를 맡았다면서요." 내가 일깨워주었다.

"그건 배운 게 아닙니다. 타고난 거죠. 뭐, 어렸을

때⋯⋯."

"당신이 여기에 갇혀 있다니, 얼마나 비극입니까." 나는 그의 말을 끊어버렸다. 그의 어린 시절 이야기는 내 목적과 무관했다. "배움이 시급한 사람들이 지금 산에 있어요. 물론 그들한테 필리포가 있긴 하지만."

마치 우리 둘이서 이중창을 부르는 것 같은 기분이었다. "필리포." 존스가 탄성을 질렀다. "세상 물정 모르는 청년. 그 친구가 나를 보러 왔던 거 알아요? 나더러 훈련을 도와달라더군요⋯⋯. 그러면서 제안하기를⋯⋯."

"혹하지 않던가요?"

"혹하긴 했죠. 버마 시절이 그리우니까요. 당신도 이해하실 겁니다. 하지만, 친구, 난 그땐 정부와 함께 일하고 있었어요. 그들의 실체를 모르고. 순진한 건지도 모르겠지만, 나는 꼬아서 생각할 줄 모르는 사람입니다⋯⋯. 그들을 믿었어요⋯⋯. 지금 알고 있는 걸 그때도 알았다면⋯⋯."

그는 달아난 이유에 대해 마르타와 피네다에게 뭐라고 해명했을까? 보나 마나, 그가 탈출한 날 밤 내게 들려주었던 이야기를 크게 각색했으리라.

"당신이 필리포와 뜻을 같이하지 않은 건 정말이지 애석한 일입니다."

"우리 둘 모두에게 애석한 일이죠, 친구. 물론 필리포를 비하하려는 건 아닙니다. 용기 있는 청년이에요. 하지만 기회만 있었다면, 내가 필리포를 일류 특공대원으로 만들어줄 수 있었을 겁니다. 그때 그 경찰서 공격, 너무 아마추어 같았죠. 경찰 대부분이 달아나게 내버려 두고, 손에 넣은 무기라곤⋯⋯."

"만약 또 한 번 기회가 생긴다면⋯⋯." 나는 미숙한 생쥐처럼 치즈 냄새를 향해 저돌적으로 달려들었다.

"오, 그럼 쏜살같이 달려가야죠."

"당신이 탈출해서…… 필리포와 합류할 수 있도록 내가 도와준다면……."

그는 전혀 망설이지 않았다. 마르타가 지켜보고 있었기 때문이다.

"방법만 알려주십시오, 친구. 방법만 알려줘요."

그 순간 각다귀가 존스의 무릎으로 펄쩍 뛰어오르더니, 코부터 턱까지 그의 얼굴을 쭉 핥았다. 마치 영웅에게 기나긴 작별을 고하듯이. 존스가 뻔한 농담을 던지자―그때만 해도 자신이 덫에 걸렸다는 사실을 눈치채지 못했다―마르타는 웃음을 터뜨렸다. 나는 이렇게 웃을 날도 얼마 남지 않았다고 생각하며 내 속을 달랬다.

"미리 준비해 두는 게 좋아요." 내가 존스에게 말했다.

"나는 짐이 가볍답니다, 친구. 이젠 칵테일 세트도 없는 걸요." 이런 얘기까지 하다니, 내가 어지간히 미더운 모양이었다…….

불이 들어오는데도 닥터 마지오는 내 사무실에서 어둠 속에 앉아 있었다. 내가 말했다. "존스를 낚았습니다. 식은 죽 먹기더군요."

"아주 의기양양해 보이는군요. 그래 봐야 무슨 소용입니까? 사람 하나 얻었다고 전쟁에 이길 순 없어요."

"아니요, 내 승리감에는 다른 이유가 있습니다."

닥터 마지오가 내 책상에 지도를 펼쳤고, 우리는 오카이로 가는 남부 도로를 자세히 검토했다. 나 혼자 돌아오려면 동승자가 없는 것처럼 보여야 했다.

"차를 수색하면 어떡하죠?"

"그 문제는 나중에 생각합시다."

나는 우선 경찰 통행증을 받고, 여행의 이유를 생각해 두어야 했다. "12일 월요일에 쓸 통행증을 받아야 합니다……." 닥터 마지오가 말했다. 그가 필리포에게서 답을 받으려면 거의 일주일이 걸릴 테니, 12일이 가장 빠른 날짜였다. "그날은 달빛이 어두워서 유리할 겁니다. 여기 묘지 옆에 존스를 내려준 다음 아캥에 도착하면 오카이까지 계속 차를 몰고 가십시오."

"필리포가 오기 전에 존스가 통통 마쿠트에게 발각되면……."

"자정이 지나서야 묘지에 도착할 텐데, 한밤중에 거기 들어가는 사람은 아무도 없어요. 만약 존스가 누구에게라도 발각되면, 당신이 곤란해질 겁니다. 놈들이 어떻게든 존스의 입을 열 테니까요."

"다른 방법은 없을 것 같은데……."

"나는 포르토프랭스 밖으로 나가는 통행증을 절대 못 받을 겁니다. 그렇지만 않으면 내가……."

"걱정 마십시오. 내 개인적으로 콩카쇠르에게 갚아야 할 원한이 있거든요."

"누구든 안 그렇겠습니까. 적어도 우리가 기댈 수 있는 한 가지는 있죠……."

"그게 뭡니까?"

"날씨요."

4

오카이에는 가톨릭 선교단과 병원이 있었고, 나는 신학서 한 상자와 약 한 꾸러미를 배달해 주기로 약속했다는 이야기를 준비해 두었다. 사실 무슨 사연이든 중요치 않왔다. 경찰의 관심사는 오로지 그들 직책의 위엄을 지키는 것뿐이었다. 찜통같이 무더운 날 동물원 냄새를 맡으며 죽은 반군들의 사진 밑에서 몇 시간 동안 기다리기만 하면 오카이행 통행증을 받을 수 있었다. 스미스 씨와 내가 콩카쇠르를 처음 봤던 사무실의 문은 닫혀 있었다. 어쩌면 그는 이미 쫓겨났고 내 복수는 끝났을지도 몰랐다.

1시가 되기 직전 나는 이름이 불려 접수대의 경찰에게 갔다. 그는 내가 몬테카를로에서 태어난 사실부터 험버의 색깔에 이르기까지, 나와 내 차에 대한 온갖 시시콜콜한 사항들을 작성하기 시작했다. 한 경사가 와서 내 어깨 너머를 보더니 "제정신이 아니시군"이라고 말했다.

"왜요?"

"지프차 없이는 오카이로 못 가요."

"남부 대로를 타면 되죠."

"구멍 팬 진창길이 180킬로미터나 되는데. 지프차로도 여덟 시간이 걸려요."

그날 오후 마르타가 나를 보러 왔다. 나란히 누워 쉬고 있을 때 그녀가 말했다. "존스가 당신 얘기를 진지하게 생각하고 있어."

"나도 진심으로 한 얘기야."

"첫 검문소도 통과하지 못할 걸 뻔히 알면서."

"존스가 그렇게 걱정되나?"

"이 바보 같은 사람. 내가 영영 떠나려 해도 마지막 순간에 당신이 망쳐버릴 거야……."

"떠나려고?"

"언젠가는. 그래야지. 그건 확실해. 한 자리에 영원히 머무는 사람은 없으니까."

"나한테 미리 알려주겠어?"

"글쎄. 용기가 안 날지도 몰라."

"당신을 따라갈 거야."

"그래? 참 대단한 행렬이겠네. 남편과 앙헬에 애인까지 데리고 새 수도에 도착하다니."

"적어도 존스는 남겨두고 가겠지."

"누가 또 알아? 외교 행낭으로 존스를 몰래 빼낼 수 있을지. 루이스는 당신보다 존스를 더 좋아해. 존스가 더 정직하대."

"정직? 존스가?" 나는 웃음소리를 그럴듯하게 흉내 냈지만, 사랑을 나눈 뒤라 목이 말라 있었다.

전에도 자주 그랬듯, 존스에 대해 얘기를 나누다 보니 날이 어두워지기 시작했다. 우리의 섹스는 한 번으로 끝났다. 대화 주제 때문에 성욕이 날아가 버렸다.

"참 이상하단 말이야." 내가 말했다. "그 인간이 그렇게 쉽게 친구를 사귀는 걸 보면. 루이스와 당신도 그렇고. 심지어 스미스 씨마저 존스를 좋아했지. 곧은 사람은 비뚤어진 사람한테, 순수한 사람은 뒤가 구린 인간한테 끌리는 모양이야. 흑인이 백인한테 끌리는 것처럼."

"내가 순수해?"

"순수하지."

"내가 존스와 잔다고 생각하면서."

"그건 순수함과는 아무 상관이 없어."

"내가 떠나면 정말로 따라올 거야?"

"물론이지. 현금을 조달할 수 있다면. 예전엔 나한테 호텔이 있었지. 이젠 당신뿐이야. 정말 떠나려고? 뭔가 숨기는 게 있나?"

"난 없어. 하지만 루이스는 비밀이 있을지도 몰라."

"당신한테 다 말해주지 않아?"

"내가 불행해질까 봐 걱정하는 마음은 당신보다 루이스가 더 클 거야. 다정한 사람은…… 더 여리니까."

"루이스하고는 얼마나 자주 잠자리를 하지?"

"당신은 내가 만족을 모르는 여자라고 생각하지? 당신과 루이스, 존스 모두 갖고 싶어 한다고." 그녀는 이렇게 말할 뿐, 내 질문에는 답하지 않았다. 야자수들과 부겐빌레아들이 시커메지고, 비가 내리기 시작하면서 걸쭉한 기름덩이 같은 빗방울들이 뚝뚝 떨어졌다. 빗방울들 사이사이에 후텁지근한 침묵이 감돌더니, 번개가 치고 폭풍우가 굉음을 내며 산에 휘몰아쳤다. 조립식 벽을 두들기는 망치처럼, 빗줄기가 땅을 때려댔다.

내가 말했다. "오늘처럼 달이 안 보이는 밤에 존스를 데리러 갈 거야."

"검문소는 어떻게 통과하려고?"

나는 프티 피에르한테 들은 말을 그대로 옮겼다. "폭풍우가 칠 땐 검문이 없어."

"그러다 존스가 없어진 걸 들키면 당신이 의심을 받을 텐데……."

"들키지 않도록 당신과 루이스가 힘을 써줘야지. 앙헬의 입을 막아야 할 거야, 개도 마찬가지고. 개가 사라진 존스를 찾아 집 주변에서 낑낑대지 않도록 막아줘."

"겁나?"

"지프차가 없는 게 아쉬울 뿐이야."

"이 일을 왜 하려는 거야?"

"콩카쇠르와 통통 마쿠트가 싫으니까. 파파 독이 싫으니까. 나한테 무기가 있나 보려고 길거리에서 내 고환을 더듬는 놈들이 싫으니까. 수영장에 누워 있던 그 시신 ─ 수영장에 대한 내 추억을 망쳐놨지. 놈들은 조제프를 고문했어. 놈들 때문에 내 호텔이 끝장났다고."

"존스가 사기꾼이라면 달라질 게 없잖아?"

"사기꾼이 아닐지도 모르지. 필리포는 존스를 믿고 있어. 정말 일본군과 싸웠을지도 몰라."

"사기꾼이라면, 안 가려고 하겠지?"

"당신 앞에서 과도하게 큰소리를 쳐봤으니 안 갈 수가 없지."

"존스한테 난 그렇게 중요한 사람이 아니야."

"그럼 뭐야? 골프 클럽 얘기는 들었어?"

"그래, 하지만 골프 클럽 때문에 목숨까지 걸 리 없잖아. 존스는 진심으로 가고 싶은 거야."

"정말 그렇게 생각해?"

"칵테일 셰이커를 빌려달라고 하더라. 행운의 부적 같은 거라고. 버마에서 항상 가지고 다녔대. 게릴라 부대가 포르토프랭스에 입성하면 돌려주겠다고 했어."

"꿈이 있는 사람인 건 확실하군. 순진하기도 한 것 같고."

"화내지 마." 그녀가 애원하듯 말했다. "일찍 가봐야 해. 파티를 하기로 존스랑 약속했거든. 앙헬이 학교에서 돌아오기 전에 진 러미를 치기로 했어. 존스가 앙헬이랑 얼마나 잘 놀아주는지 몰라. 둘이 특공대 놀이를 하면서 맨몸으로 싸운다니까. 앞으로 또 진 러미를 칠 기회가 많이 없을지도 모르잖아. 무슨 말인지 이해하지? 존스한테 잘해주고 싶어."

마르타가 떠났을 때 나는 화가 나기보다는 진절머리가 났다. 무엇보다 나 자신에게. 나는 신뢰라는 걸 할 줄 모르는 인간인가? 하지만 위스키를 따른 후 나를 잠식할 듯한 침묵에 휩싸이자, 악의가 되살아났다. 악의는 두려움을 씻어주는 해독제였다. 내가 왜 독일인을, 교수형 당한 남자의 아이를 믿어야 하는가?

5

며칠 후 스미스 씨에게서 편지가 한 통 날아왔다. 산토도밍고에서 일주일 넘게 걸려 도착했다. 편지 내용에 따르면, 스미스 부부는 산토도밍고에 며칠 머물며 이곳저곳 둘러보고 콜럼버스 무덤을 구경했다고 했다. '그런데 누굴 만났는지 아시오?' 나는 페이지를 넘기기도 전에 그 답을 알 것 같았다. 당연히 페르난데스 씨였다.

그들이 공항에 도착했을 때 우연히도 페르난데스 씨가 그곳에 있었다. (이착륙장에서 응급차처럼 대기하고 있어야 할 직업을 가진 걸까?) 페르난데스 씨가 아주 많은 구경거리를, 아주 흥미롭게 소개해 주자 스미스 부부는 더 오래 머물기로 결정했다. 보이하니 페르난데스 씨의 말수가 늘어난 모양이었다. 메데이아호에서 그는 큰 슬픔에 잠겨 있었고, 그런 까닭에 연주회에서 무너져 내린 거라고 했다. 그의 어머니가 위독했었지만, 건강을 회복했다. 암인 줄 알았던 병은 섬유종이었고, 스미스 부인이 식단을 채식으로 바꾸어주었다. 페르난데스 씨는 도미니카공화국에 채식주의 센터를 지을 수 있을지도 모른다는 생각까지 하고 있었다. 스미스 씨는 이렇게 썼다. '이곳도 아주 빈곤하긴 하지만, 더 평화롭다오. 스미스 부인은 위스콘신 친구를 만났소.' 그는 다정하게 존스 소령의 안부를 묻고, 내 도움과 환대에 고마움을 표했다. 그는 아주 예의 바른 노인이었고, 문득 나는 내가 그를 무척이나 그리워하고 있다는 사실을 깨달았다. 몬테카를로의 학교 예배당에서 일요일마다 "*Dona nobis pacem* (우리에게 평화를 주소서)"이라고 기도했지만, 이후의 삶에서 기도의 응답을 받은 이가 몇이나 될까 의심스러웠다. 스미스 씨는 평화를 기원할 필요가 없었다. 가슴속에 얼음 조각이 아닌 평화를 품고 태어난 사람이었다. 그날 오후 포르토프랭스 변두리의 개방 하수에서 하미트의 시신이 발견되었다.

나는 메르 카트린네로 갔지만(마르타가 존스와 함께 집에 있는데, 안 될 게 뭐 있는가?), 그날 저녁 위험을 무릅쓰고 집 밖으로 나온 아가씨는 한 명도 없었다. 그때쯤 하미트의 이야기가 시내 전체로 확 퍼졌는지, 사람들은 바롱 사메디의 잔치를 위해 더 많은 시신이 나오지 않을까 두려움에 떨고 있었다. 필리포 부인과 그녀의 아이도 베네수엘라 대사관으로 피신했고, 어디나 불안감이 감돌았다. (차를 몰고 지나가면서 보니, 마르타의 대사관 밖에 두 명의 경비원이 서 있었다.) 나는 호텔 아래의 검문소에서 수색당했다. 빗속에서도 검문이 진행되는 건, 돌아온 콩카쇠르가 자신의 충성심을 증명해 보이기 위해 내린 조치가 아닐까 싶었다. 트리아농에 도착하니, 닥터 마지오의 심부름꾼 소년이 쪽지를 들고서 기다리고 있었다. 저녁 식사를 함께하자는 초대장이었다. 식사 시간이 이미 지났고, 우리는 천둥소리를 들으며 그의 집으로 향했다. 이번에는 검문소에서 저지당하지 않았다－비가 너무 심하게 내려서 민병대원은 낡은 판잣집 같은 초소 안에 웅크려 있었다. 차도 옆의 노퍽 소나무는 망가진 우산처럼 빗방울을 뚝뚝 떨어뜨리고 있었고, 닥터 마지오는 빅토리아 시대풍의 거실에서 포트와인 병과 함께 나를 기다리고 있었다.

"하미트 이야기는 들으셨습니까?" 내가 물었다. 혼응지 테이블이 망가지지 않도록, 구슬을 꿰어 만든 매트가 술잔 두 개에 받쳐져 있었다.

"들었습니다. 딱한 양반."

"어쩌다가 놈들한테 밉보였을까요?"

"하미트는 필리포의 연락책 중 한 명이었죠. 그런데 끝까지 입을 열지 않은 겁니다."

"선생도 연락책입니까?"

그는 포트와인을 따랐다. 나는 식전 반주로 포트와인을 마시는 데 익숙지 않았지만, 그날 밤은 군소리 없이 잔을 들었다. 어떤 술이든 잘 넘어갈 것 같은 기분이었다. 닥터 마지오가 내 질문에 답하지 않길래 다른 질문을 던졌다. "하미트가 끝까지 입을 열지 않았다는 건 어떻게 압니까?"

그는 명백한 답을 해주었다. "내가 지금 이렇게 살아 있잖습니까." 가사를 돌보고 그의 끼니를 챙겨주는 페리 부인이라는 늙은 여자가 문을 열더니, 저녁 식사가 준비됐다고 알렸다. 그녀는 검은 원피스에 흰 모자를 쓰고 있었다. 마르크스주의자에게는 어울리지 않는 환경이다 싶었지만, 초기 일류신 제트기에 레이스 커튼과 자기 그릇용 찬장이 있었다는 얘기를 들었던 기억이 났다. 페리 부인처럼 안정감을 주는 장식물들이었다.

우리는 더할 나위 없이 맛 좋은 스테이크에 마늘이 약간 가미된 크림 감자를 곁들여 먹고, 보르도에서 아득히 먼 이곳에서 기대할 수 있는 최상의 클라레 와인을 마셨다. 닥터 마지오는 얘기할 기분이 아니었는지 입을 다물고 있었지만, 그의 침묵은 말만큼이나 큰 힘을 발휘했다. 그가 "한 잔 더?"라고 말했을 때, 그 구절은 마치 묘비에 새겨진 단순한 이름처럼 들렸다. 식사를 마친 후 그가 말했다. "미국 대사가 돌아올 겁니다."

"확실해요?"

"그리고 도미니카공화국과의 우호적인 회담이 시작될 겁니다. 우리는 또다시 버려지겠죠."

노부인이 커피를 들고 들어오자 닥터 마지오는 입을 닫았다. 솔매화 장식을 덮어놓은 동그란 유리 뚜껑에 그의 얼굴이 가려져 보이지 않았다. 저녁 식사 후에 브라우닝학회의 회원들과 함께 『포르투갈인으로부터의 소네트』[1]를 토론해야 할 것만 같은 기분이었다. 하미트는 이곳에서 아주 멀리 떨어진 배수구에 누워 있었다.

"큐라소[2]가 있는데, 그게 별로면 베네딕틴주[3]도 조금 남아 있습니다."

"큐라소로 하죠."

"큐라소 부탁해요, 페리 부인." 밖에서 천둥소리가 울려댈 뿐, 또다시 침묵이 내려앉았다. 나는 그가 왜 나를 불렀는지 궁금해지기 시작했고, 마침내 페리 부인이 다녀가자 그 이유를 들었다. "필리포에게서 답을 받았습니다."

"하미트가 아니라 선생이 받아서 다행이군요."

"다음 주에 사흘 밤 연속으로 접선이 있을 거랍니다. 월요일부터 시작해서."

"묘지에서요?"

"네. 그땐 달빛이 거의 없을 겁니다."

"하지만 폭풍우도 없을까요?"

"이맘때 사흘 밤 연속으로 폭풍우 한 번 없이 지나간 적 있습니까?"

---

1 브라우닝학회는 영국의 시인 로버트 브라우닝의 작품을 토론하던 여러 모임들이었다. 『포르투갈인으로부터의 소네트』는 로버트 브라우닝의 아내이자 역시 시인이었던 엘리자베스 배렛이 발표한 시집이다.
2 오렌지 껍질로 만든 독한 술.
3 프랑스산의 달콤한 리큐어.

"없죠. 하지만 내 통행증은 딱 하루만 쓸 수 있어요, 월요일에."

"중요한 사실이 한 가지 있죠. 글을 읽을 줄 아는 경찰이 거의 없다는 겁니다. 당신은 존스를 내려주고 계속 차를 몰고 가십시오. 혹시 일이 틀어져서 당신이 의심을 받게 되면, 오카이로 연락을 드리죠. 낚싯배를 타고 빠져나갈 수 있을 겁니다."

"제발 그럴 일은 없기를 바랍니다. 쫓기는 신세가 되고 싶지는 않으니까요. 여기서 계속 살아가야죠."

"폭풍우가 그치기 전에 프티 고아브[1]를 넘어가야 할 겁니다. 안 그러면 거기서 차를 수색당할 거예요. 프티 고아브만 지나가면 아캥까지는 아무 문제 없을 테고, 아캥에 도착했을 땐 당신 혼자일 겁니다."

"지프차가 있으면 좋으련만."

"그러게 말입니다."

"대사관의 경비원은 어떡하죠?"

"그 사람들은 걱정 마십시오. 폭풍우가 치는 동안에는 부엌에서 럼주를 마시고 있을 테니까요."

"존스한테 준비하라고 일러둬야겠군요. 어쩌면 그 인간이 발을 뺄지도 몰라요."

닥터 마지오가 말했다. "당신은 떠나는 날까지 대사관에 가지 마십시오. 내일 내가 찾아가 보도록 하죠―존스를 치료해야 하니까요. 그 나이에 이하선염은 위험한 병입니다. 불임이나 심지어는 발기부전으로 이어질 수도 있어요. 의사가 보기에는 아이에게 감염된 것치고 잠복기가 너무 길다 싶겠지만, 하인들은 눈치 못 챌 겁니다. 그런

---

1 포르토프랭스에서 남서쪽으로 68킬로미터 떨어진 곳에 있는 해안 마을.

환자는 격리 상태로 아주 조용히 지내야 하죠. 존스가 사라졌다는 사실을 언젠가 들키더라도 당신은 그보다 한참 전에 오카이에서 돌아와 있어야 합니다."

"그럼 선생은 어쩌실 겁니까?"

"필요한 만큼 오래 존스를 치료하는 척해야죠. 그 기간이 당신의 알리바이가 될 테니까. 그리고 내 차는 절대 포르토프랭스를 떠나지 않을 겁니다. 그건 내 알리바이가 되겠죠."

"우리가 고생하는 만큼 존스가 잘해줘야 할 텐데요."

"오, 그래요. 나도 그러기를 바라고 있습니다."

3

1

다음 날, 존스가 병에 걸렸고 닥터 마지오가 합병증을 걱정하고 있다는 내용의 쪽지가 마르타에게서 날아왔다. 그녀가 직접 존스를 간호하고 있어서 당장은 대사관을 떠날 수 없다고 했다. 남들 눈을 의식해서 쓴 쪽지인 만큼 그러려니 하고 넘어가야 했지만, 그래도 나는 마음이 차갑게 식어 내렸다. 남들 눈에 띄지 않게 사랑의 메시지를 숨겨놓을 수도 있었을 텐데. 존스뿐만 아니라 나 역시 위험한 일을 앞두고 있었지만, 지난 며칠 동안 마르타를 곁에 두고 위안을 얻고 있는 사람은 존스뿐이었다. 메르카트린의 마구간에서 탱탱이 존스 때문에 웃었던 것처럼, 마르타가 존스의 침대에 앉아 그의 농담에 웃음을 터뜨리는 모습이 머릿속에 그려졌다. 토요일이 왔다가 지나가고, 일요일이 그 기나긴 여정을 시작했다. 나는 얼른 그 일을 끝내버리고 싶었다.

일요일 오후, 베란다에서 책을 읽고 있는데 콩카쉬르 대위가 지프차를 몰고 왔다 – 지프차를 갖고 있는 그가 부러웠다. 예전에 존스의 운전기사 노릇을 했던, 금니 많은 배불뚝이가 대위 옆에 앉아 동물원에서 태어나는 유인원처럼 딱딱한 미소를 짓고 있었다. 콩카쇠르는 차에서 내리지 않았다. 두 사람이 검은 안경 너머로 나를 빤히 쳐다보길래 나도 그들을 빤히 쳐다봤지만, 그들에게 유리한 싸움이었다. 그들이 눈을 깜박거려도 내게는 보이지 않았다.

한참 후에 콩카쇠르가 말했다. "오카이에 간다고 하던데."

"그래요."

"언제?"

"내일입니다, 차질이 없으면 말이죠."

"당신 통행증은 단기 여행용이오."

"나도 압니다."

"가는 데 하루, 돌아오는 데 하루, 오카이에서 하룻밤."

"나도 알아요."

"그렇게 고생스럽게 다녀오려는 걸 보면 아주 중요한 일인가 보군."

"무슨 일인지는 경찰서에서 얘기했습니다만."

"필리포가 오카이 근처의 산에 있지, 당신 사람인 조제프도 그렇고."

"나보다 아는 게 많으시군요. 하긴 그게 댁의 일이니까."

"이제 여기는 당신 혼자요?"

"그래요."

"대통령 후보도 없고, 스미스 부인도 없고. 당신네 대리대사마저 휴가 중이지. 당신 혼자 고립되어 있는데 밤에 무섭지 않으신가?"

"슬슬 익숙해지는 중입니다."

"당신이 모든 검문소를 거쳐 가는지 확인하면서 계속 주시하겠소. 제시간에 도착하지 못하면 우리한테 해명해야 할 거요." 그가 운전기사에게 뭐라고 말하자 운전기사는 소리 내어 웃었다. "도로에서 늑장을 부리면 이 친구나 내가 당신한테 질문을 할 거라고 말했지."

"조제프한테 했던 것처럼 말입니까?"

"그렇소. 정확히 똑같은 방법으로. 존스 소령은 잘 지내시나?"

"전혀요. 대사 아들한테서 이하선염을 옮았죠."

"곧 새 대사가 온다던데. 망명권을 남용하면 안 되지. 존스 소령은 영국 대사관으로 가는 게 좋을 거요."

"대위님이 통행증을 줄 거라고 존스한테 전할까요?"

"좋소."

"존스가 건강해지면 그렇게 전하죠. 내가 이하선염을 앓았었는지 확신이 안 서서 아직은 찾아가기가 겁이 나는군요."

"웬만하면 좋게 지냅시다, 므슈 브라운. 당신도 나처럼 존스를 안 좋아하는 것 같으니까."

"그럴지도 모르죠. 어쨌든 존스한테 메시지를 전하겠습니다."

콩카쇠르는 부겐빌레아 덤불 속으로 지프차를 후진해, 사람들의 팔다리를 부러뜨릴 때처럼 신나게 가지를 부러뜨려놓고는 차를 돌려 떠났다. 기나긴 일요일의 단조로움을 깨어준 건 콩카쇠르의 방문뿐이었다. 이날은 정확히 제시간에 불이 꺼졌고, 마치 스톱워치를 누르기라도 한 것처럼 켄스코프의 비탈에 폭우가 쏟아지기 시작했다. 나는 누군가가 오래전에 놓고 간 헨리 제임스의 문고판 단

편집 『아주 멋진 곳Great Good Place』을 읽으려 애썼다. 내일이 월요일이라는 사실을 잊고 싶었지만, 뜻대로 되지 않았다. '끔찍한 우리 시대의 거센 파도'라고 제임스는 썼는데, 부러울 만큼 오래도록 평화로웠던 빅토리아 시대에 어떤 일시적인 고난이 찾아왔길래 그토록 심란해했을까? 집사가 사직서라도 냈나? 나는 이 호텔을 중심으로 내 삶을 구축해 왔다. 호텔은 성모 방문 칼리지의 신부들이 내가 섬기기를 바랐던 하느님보다 더 깊은 안정감을 내게 주었다. 한때 이 호텔은 위작으로 꾸린 이동 미술관보다 더 큰 성공을 내게 안겨주었다. 어떤 의미에서는 가족묘이기도 했다. 나는 『아주 멋진 곳』을 내려놓은 다음 램프를 들고 위층으로 올라갔다. 만약 일이 틀어지면, 호텔 트리아농에서 보내는 마지막 밤이 될 수도 있었다.

계단 옆의 벽에 걸려 있던 그림들은 대부분 팔리거나 주인에게 돌아갔다. 어머니는 아이티로 건너온 초기 시절 현명하게도 이폴리트의 작품을 한 점 샀고, 나는 경기가 좋든 나쁘든 미국인들의 제안을 물리치고 그 그림을 보험 증서처럼 지켜왔다. 1954년의 대형 허리케인을 표현한 브누아의 작품도 남아 있었다. 벌렁 드러누운 채 둥둥 떠내려가는 돼지 사체, 의자, 말의 머리, 꽃무늬로 장식된 침대 프레임 등 묘하게 선택된 온갖 물체들이 회색 강물에 휩쓸려가는 동안, 군인 한 명과 사제 한 명이 강둑에 앉아 기도를 올리고 강풍이 나무들을 한 방향으로 때려댔다. 첫 층계참에는 남자들과 여자들, 아이들이 밝은 색 가면을 쓰고 있는 카니발 행렬을 묘사한 필리프 오귀스트의 그림이 걸려 있었다. 햇살이 1층 창으로 스며드는 아침에는 그 강렬한 빛깔이 흥겨움을 불러일으켰고, 북치는 사람들과 트럼펫 연주자들이 금방이라도 신나는 곡을 연주할 것만 같았다. 그림에 가까이 다가가면 비로소 가면들이 정말이지 흉측하게 생겼다는 걸, 가면 쓴 사람들이 수의 차림의 시체를 에워싸고 있다는 걸 알 수 있었다. 그리고 마치 켄스코프에서 구름이 몰려온 것처럼, 금세 천둥이라도 칠 것처럼, 원색들이 밋밋해져 버리는 것이다. 어디든 그 그림만 걸려 있으면 아이티를 가까이서 느낄 수 있을 것 같았다. 가장 가까운 묘지가 투팅 벡[1]에 있더라도, 바롱 사메디가 그곳을 거닐고 있으리라.

나는 제일 먼저 존 배리모어 스위트룸으로 갔다. 창밖으로 보이는 건 아무것도 없었다. 대통령궁에 오밀조밀 모여 있는 불빛들과 항구에 한 줄로 늘어선 등불을 제외하면 도시는 어둠에 잠겨 있었다. 스미스 씨가 침대 옆에 두고 간 채식주의 안내서가 보였다. 사람들에게 나누어 주려고 몇 권이나 가지고 다닐까? 책을 펼쳐보니, 면지에 그의 미국인다운 비스듬하고 깔끔한 필체로 메시지가 남겨져 있었다. '미지의 독자에게, 제가 올리는 말씀을 그냥 덮지 마시고 잠들기 전에 조금이라도 읽어보십시오. 여기에는 지혜가 담겨 있답니다. 미지의 친구 드림.' 나는 스미스 씨의 확신과 순수한 목적이 부러웠다. '말씀'이니 '지혜'니 하는 단어들은 꼭 기드온 성경[2] 같은 인상을 풍겼다.

아래층에는 어머니 방(이제 내 침실로 사용하고 있었다)이 있었고, 오랫동안 비어 있었던 닫힌 객실들 중에 마르셀의 방과 내가 포르토프랭스에서의 첫날 밤을 보낸 방이 있었다. 땡땡 울리던 종소리와 진홍색 파자마 차림의 거대한 검은 몸집, 주머니에 새겨져 있던 모노그램, "마님이

---

1 런던 남부의 원즈워스 지구에 속한 지역.
2 국제기드온협회가 무료로 배포하는 성경.

저를 부르시는 거예요"라고 사과하듯 슬프게 말하던 마르셀이 떠올랐다.

나는 두 방에 차례로 들어가 보았다. 그 머나먼 과거의 물건은 하나도 남아 있지 않았다. 나는 가구를 바꾸고, 벽을 새로 칠했으며, 침실을 추가하기 위해 방의 형태까지 바꾸었다. 세라믹 비데에 먼지가 두껍게 쌓여 있고, 온수는 더 이상 나오지 않았다. 나는 내 방에 들어가, 어머니의 것이었던 널찍한 침대에 앉았다. 오랜 세월이 흘렀건만, 믿기 어려울 만큼 적갈색이던 그 머리카락이 한 올이라도 베개에 묻어 있을 것만 같았다. 하지만 내가 간직하기로 마음먹은 어머니의 흔적만이 남아 있었다. 침대 옆 테이블에는 어머니가 희한한 장신구들을 보관했던 혼응지 상자가 놓여 있었다. 장신구들은 하미트에게 거의 공짜로 넘기다시피 했고, 이제 상자 안에는 불가사의한 레지스탕스 훈장과 무너진 성채가 담긴 그림엽서만 들어 있었다. 그 엽서에는 어머니가 내게 쓴 유일한 편지 – '네가 여기로 와주면 좋겠구나' – 와 내가 마농으로 착각했던 서명, 그리고 어머니에게 끝내 설명을 듣지 못한 '라스코트 빌리에 백작부인'이라는 칭호가 적혀 있었다. 상자 안에는 어머니가 쓴 또 다른 메시지가 있었지만, 그 대상은 내가 아니었다. 목을 매단 마르셀을 끌어내렸을 때 그의 주머니에서 발견된 편지였다. 내가 왜 그걸 버리지 않았는지, 왜 두세 번이나 읽었는지 모르겠다. 뿌리를 알 수 없는 내 신세가 더욱 뼈저리게 느껴질 뿐인데 말이다. '마르셀, 난 늙었고, 네가 말하듯이 조금은 배우처럼 살고 있지. 그래도 계속 나와 함께 연기를 해줘. 연기를 하는 한 우리는 자유로워질 수 있어. 내가 정부처럼 널 사랑한다고, 네가 날 연인처럼 사랑한다고 생각해 줘. 내가 너를 위해 죽을 수 있고, 넌 나를 위해 죽을 수 있다고 생각해 줘.' 나는 이 편지를 또 읽어보았다. 글귀가 뭉클하게 와 닿았다……. 마르셀은 어머니를 위해 죽었고, 아마도 거기에 위선은 전혀 없었을 것이다. 죽음은 진실함의 증거이다.

2

마르타는 위스키 잔을 들고 나를 맞았다. 맨 어깨를 드러낸 채 금색 리넨 원피스를 입고 있었다. 그녀가 말했다. "루이스는 없어. 존스에게 술을 가져다주고 있었어."

"내가 가져다주지. 술이 필요할 거야."

"존스를 보러 온 거 아니야?"

"그래, 존스를 보러 왔지. 이제 막 비가 내리기 시작했어. 경비원들이 들어오려면 조금 더 기다려야……."

"대체 존스가 무슨 쓸모가 있겠어? 저 밖에서?"

"그자가 하는 말이 사실이라면 상당한 쓸모가 있지. 쿠바에서는 단 한 명 덕분에……."

"그 말은 질리도록 들었어. 다들 앵무새처럼 그렇게 떠들어대잖아. 지긋지긋해. 여긴 쿠바가 아니야."

"그 인간이 없어져야 당신과 내가 더 편해져."

"당신은 오로지 그 생각뿐이야?"

"그래. 아마도."

그녀의 어깨뼈 바로 밑에 작은 멍이 들어 있었다. 나는 농담인 척 물었다. "혼자 뭘 한 거야?"

"무슨 소리야?"

"그 멍 말이야." 나는 손가락으로 멍 자국을 만졌다.

"아, 이거? 글쎄. 워낙 쉽게 멍이 들어서."

"진 러미를 치다가 그랬나?"

마르타는 술잔을 내려놓고 등을 돌리며 말했다. "마셔. 당신도 한 잔 필요한 것 같으니까."

나는 위스키를 따르며 말했다. "새벽에 오카이를 떠나면 수요일 1시쯤 돌아올 거야. 호텔로 올 수 있어? 앙헬은 학교에 있을 테니까."

"어쩌면. 상황을 보고 결정하기로 해."

"며칠이나 못 만났잖아." 나는 이렇게 말한 뒤 한마디 덧붙였다. "앞으로는 진 러미 때문에 집에 일찍 올 필요도 없을 거야." 나를 돌아본 그녀는 울고 있었다. "왜 그래?" 내가 물었다.

"말했잖아. 난 쉽게 멍이 든다고."

"누가 뭐래?" 두려움은 기묘한 효력을 지니고 있다. 혈액 속으로 아드레날린을 분출하고, 남자가 오줌을 지리게 만든다. 내게는 상처를 입히고픈 욕망을 주입했다. "존스를 잃어서 속상한가 봐?"

"그러면 안 돼? 당신은 트리아농에서 당신 혼자 외롭다고 생각하지. 나도 여기서 외로워. 트윈 베드에 루이스와 말없이 누워 있는 나도 외롭다고. 앙헬이 학교에서 돌아오면 아이 대신에 지루한 산수 문제나 풀어주고 있는 나도 외로워. 그래, 존스가 여기 있어서 행복했어. 존스의 짓궂은 농담에 사람들이 웃는 소리도 들리고, 존스랑 진 러미도 치고. 그래, 난 그 사람이 그리울 거야. 가슴 아프도록 그리울 거야. 정말로 그리울 거야."

"뉴욕으로 떠난 내가 그리웠던 것보다 더?"

"당신은 돌아올 거였잖아. 적어도 당신이 그렇게 말했지. 지금은 당신이 정말 돌아온 게 맞는지 모르겠어."

나는 위스키 두 잔을 들고 위층으로 올라갔다. 층계참까지 올라서야, 존스의 방이 어딘지 모른다는 사실을 깨달았다. 나는 하인들에게 목소리가 들리지 않도록 살며시 불렀다. "존스, 존스."

"여깁니다."

나는 문을 열고 방으로 들어갔다. 그는 옷을 완전히 갖춰 입은 채 침대에 앉아 있었다. 고무장화까지 신고 있었다. "밑에서 당신 목소리가 들리더군요. 오늘 밤이 그날 밤이군요, 친구?"

"그래요. 이거 마셔요."

"술의 힘을 빌리는 게 좋겠죠." 그는 뚱하니 얼굴을 찡그렸다.

"차에 한 병 있어요."

"짐은 다 쌌습니다. 루이스가 배낭을 빌려줬거든요." 그는 손가락을 꼽아가며, 챙긴 물건들을 하나하나 확인했다. "갈아 신을 신발, 갈아입을 바지. 양말 두 켤레. 갈아입을 셔츠. 아, 그리고 칵테일 셰이커. 행운의 부적이거든요. 어떻게 된 사연이냐 하면……." 그는 말을 뚝 끊었다. 사연의 진실을 내게 털어놓았던 일이 기억난 것이다.

"금방 돌아올 거라고 생각하나 보군요." 나는 그를 위해 화제를 바꾸었다.

"부하들보다 짐이 더 많으면 안 되죠. 조금만 기다려봐요, 보급품이 탁탁 들어올 테니까." 처음으로 전문가다운 말을 들으니, 내가 근거 없이 그를 비난했던 건 아닌가 하는 생각이 들었다.

"우선은 다음 몇 시간을 생각합시다. 오늘부터 무사히 넘겨야죠."

"당신한테는 신세를 많이 졌습니다." 그의 말에 나는 또한 번 깜짝 놀랐다. "나한테는 정말 큰 기회 아닙니까? 물론 죽도록 겁이 나긴 하죠. 그건 부인할 수 없어요."

우리는 나란히 앉아 말없이 위스키를 마시며, 지붕을 흔들어대는 천둥소리에 귀를 기울였다. 때가 되면 존스가 안 가겠다고 버틸 거라 확신했던 나는 앞일이 조금 막막해졌고, 주도권을 잡은 건 존스였다. "폭풍우가 그치기 전에 빠져나가야 한다면, 서두르는 게 좋겠습니다. 괜찮으시면, 내 사랑스러운 여주인께 작별 인사 좀 하고 오겠습니다."

돌아온 그의 입가에 립스틱 자국이 묻어 있었다. 입에다 키스를 하려던 건지 뺨에다 키스를 하려던 건지, 어정쩡한 위치였다. 존스가 말했다. "경찰은 부엌에서 럼주를 마시고 있어요. 지금 출발하는 게 좋겠습니다."

마르타가 현관문을 열어주었다. "당신 먼저 가요." 나는 주도권을 되찾으려 애쓰며 존스에게 말했다. "되도록이면 차창 밑으로 몸을 수그리고 있어요."

우리 둘은 밖으로 나가자마자 홀딱 젖었다. 나는 마르타에게 작별 인사를 하려 고개를 돌렸지만, 그때조차 참지 못하고 물었다. "아직도 울고 있어?"

"아니. 빗물이야." 그녀의 말은 사실이었다. 그녀 뒤의 벽에도, 그녀의 얼굴에도 빗물이 줄줄 흘러내렸다. "안 가고 뭐 해?"

"나는 존스만큼 키스를 받을 자격이 없나?" 내가 이렇게 말하자 마르타는 내 뺨에 입술을 댔다. 냉랭한 무심함이 느껴졌다. 나는 그녀를 비난하듯 말했다. "나도 위험을 무릅쓰고 가는 거야."

"하지만 그리 훌륭한 이유 때문은 아니지."

내가 미워하는 누군가가 말릴 새도 없이 내 입으로 말을 뱉어버리는 것만 같았다. "존스와 잤나?" 질문이 끝나기도 전에 나는 후회하기 시작했다. 그 뒤에 이어진 거센 천둥소리가 내 말을 삼켜버렸다면 좋았을 것이다. 다시는 그 질문을 입 밖에 내지 않았을 것이다. 총살 집행대 앞에 있는 것처럼 문에 딱 붙어 서 있는 그녀를 보니, 웬일인지 처형 직전의 그녀의 아버지가 떠올랐다. 그는 교수대에서 재판관들에게 반항의 말을 던졌을까? 분노와 경멸의 표정을 지었을까?

"몇 주 전부터 계속 물었지." 마르타가 말했다. "만날 때마다. 좋아, 대답할게. 그래, 그랬어. 이 말을 듣고 싶은 거지? 그래. 존스와 잤어."

최악은 내가 그녀의 말을 반만 믿었다는 것이다.

3

메르 카트린의 매음굴로 돌아가는 분기점을 지나 남부 고속도로를 타면서 보니 그곳에 불이 꺼져 있었다. 아니면, 빗줄기 때문에 안 보이는 것일지도 몰랐다. 나는 시속 30킬로미터 정도로 차를 몰았다. 마치 눈가리개를 쓰고 운전하는 듯한 느낌이었다. 여기는 도로의 매끄러운 구간이었다. 대대적으로 홍보된 5개년 계획으로 미국 엔지니어들이 공사를 도왔지만, 미국인들은 고국으로 돌아갔고 쇄석이 깔린 도로는 포르토프랭스에서 10킬로미터 넘게 뻗어가지 못했다. 이곳에 검문소가 있으리라 예상은 했지만, 민병대원의 막사 밖에 서 있는 텅 빈 지프차가 전조등에 비치자 나는 깜짝 놀랐다. 그렇다면 그곳에 통통 마쿠트도 있다는 뜻이었다. 여유가 없어 액셀러레이터도 밟지 못했지만, 막사에서 아무도 나오지 않았다. 통통 마쿠트 대원들이 안에 있다면, 몸을 말리고 있는 모양이었다. 추격해 오는 차가 있나 귀를 기울여 봤지만, 북을 치듯 둥둥거리는 빗소리밖에 들리지 않았다.

고속도로는 시골길로 전락했다. 돌덩이들에 계속 치이고 물웅덩이를 철벅거리며 지나가다 보니 속도가 시속 12킬로미터로 떨어졌다. 겁을 집어먹은 우리는 감히 입을 열지 못하고 침묵 속에 한 시간 이상 달렸다.

차 밑이 돌에 쾅 부딪히자 순간 나는 차축이 부서진 줄 알았다. 존스가 말했다. "위스키 좀 마실까요?" 그는 위스키를 찾아 벌컥벌컥 마시더니 내게 병을 건넸다. 내가 잠깐 한눈을 파는 사이 차가 옆으로 쭉 미끄러지면서 뒷바퀴가 홍토에 처박히고 말았다. 20분 동안의 고생 끝에 겨우 다시 움직일 수 있었다.

"약속 장소에 제시간에 도착할 수 있겠어요?" 존스가 물었다.

"어려울 것 같군요. 내일 밤까지 숨어 있어야 할지도 몰라요. 만일에 대비해서 샌드위치를 조금 가져왔어요."

그가 키득거렸다. "사는 게 다 그렇죠. 나는 이런 인생을 자주 꿈꿨답니다."

"항상 이런 인생을 살아오신 줄 알았습니다만."

경솔한 말을 했다 싶었는지 존스는 또 입을 다물었다.

웬일인지 갑자기 도로 상태가 좋아졌다. 비도 빠르게 잦아들고 있었다. 다음 경찰 초소를 지나기 전까지는 완전히 그치지 않기를 속으로 빌었다. 그 후로 아캉의 묘지에 도착할 때까지 아무런 문제도 일어나지 않았다. 내가 말했다. "마르타는요? 마르타와는 어떻게 지냈습니까?"

"마르타는 정말 굉장한 여성이에요." 그는 조심스럽게 말했다.

"마르타가 당신을 좋아하는 것 같던데요."

이따금 야자수들 사이로 성냥불처럼 번뜩이는 바닷물을 보니, 날씨가 갤 듯한 나쁜 징조였다. 존스가 말했다.

"우린 급속히 친해졌죠."

"가끔은 당신이 부러웠지만, 아마 마르타는 당신 타입이 아닐 겁니다." 상처에서 반창고를 떼어내는 짓이나 마찬가지였다. 천천히 떼어낼수록 아픔은 더 길어지지만, 반창고를 확 떼어버릴 용기가 없었던 데다 험한 도로까지 신경 써야 했다.

"친구." 존스가 말했다. "내 타입이 아닌 여자는 이 세상에 없답니다. 하지만 마르타는 특별했어요."

"마르타가 독일인인 건 알고 있죠?"

"독일 여자들이 세상 물정에 밝죠."

"탱탱도 그렇습니까?" 나는 무심한 척 아무렇지도 않게 물어보려 애썼다.

"탱탱은 격이 다르잖습니까, 친구." 우리는 초보적인 경험을 두고 허풍을 떨어대는 두 의학도 같았다. 나는 또 한참이나 침묵을 지켰다.

프티 고아브가 가까워지고 있었다 - 더 좋았던 시절에 가봤던 곳이었다. 내 기억에 경찰서는 고속도로에서 조금 떨어진 곳에 있었고, 그곳까지 차를 몰고 가서 보고해야 할 터였다. 그때까지 비가 억수같이 쏟아져 경찰이 밖으로 나오지 않기를 빌었다. 이곳에 민병대를 세워둘 것 같지는 않았다. 전조등 불빛 속에 도로변의 축축한 오두막이 흔들거렸다. 진흙과 짚이 비에 흠뻑 젖은 채 무너져 내려 있었다. 램프는 하나도 켜져 있지 않고, 사람이라곤 불구자조차 눈에 띄지 않았다. 작은 마당의 가족묘는 가족 오두막보다 더 튼튼해 보였다. 죽은 자들은 산 자들보다 더 나은 저택을 차지하고 있었다 - 위령의 날[1] 총안처

---

[1] 모든 죽은 자들을 위해 기도하는 날로, 11월 2일이다.

럼 생긴 창문에 음식과 촛불을 올려놓을 수 있는 2층짜리 집. 프티 고아브를 지나기 전까지는 한눈을 팔 수 없었다. 도로 옆의 기다란 뜰에는, 밑에 묻힌 여자들의 해골에서 떼어낸 금빛 머리털을 감아놓은 듯한 작은 십자가들이 줄줄이 서 있었다.

"맙소사." 존스가 말했다. "저게 다 뭡니까?"

"사이잘[2]을 말리는 겁니다."

"말려요? 이 빗속에요?"

"주인한테 무슨 일이 있었는지 알 게 뭡니까? 총에 맞았나 보죠. 감옥에 갇혔거나. 아니면 산으로 도망쳤거나."

"좀 오싹했어요, 친구. 에드거 앨런 포 소설처럼요. 묘지보다 더 죽음에 가까워 보이더군요."

프티 고아브의 중심가에는 아무도 없었다. 요요 클럽이라는 곳과 메르 메를랑 식당의 큼직한 간판과 브루투스라는 사람의 빵집과 카토라는 사람의 차고―더 좋았던 시절을 잊지 않을 수 있었던 건 이 흑인들에 대한 기억을 고집스레 붙들고 있었기 때문이었다―를 지나자, 다행히도 다시 시골길이 나와 돌덩이들에 이리저리 치였다. "성공했어요." 내가 말했다.

"거의 다 온 겁니까?"

"절반 정도 왔어요."

"위스키 한 잔 더 해야겠군요, 친구."

"마셔요. 하지만 금방 떨어지지 않게 아껴 마셔야 할 겁니다."

"동지들과 만나기 전에 다 마셔야겠어요. 그 친구들 몫은 안 남을 겁니다."

2 용설란과에 속하는 식물로, 그 잎에서 채취한 섬유로 밧줄이나 바닥 깔개 등을 만든다.

용기를 내기 위해 나도 한 모금 더 들이켰지만, 마지막 노골적인 질문은 뒤로 미루기로 했다.

"남편과는 사이가 어땠어요?" 나는 조심스럽게 물었다.

"좋았어요. 섹스할 기회를 훔치진 않았죠."

"그래요?"

"마르타는 이제 남편과 잠자리를 하지 않아요."

"어떻게 알죠?"

"아는 방법이 다 있답니다." 존스는 위스키를 병째로 시끄럽게 빨아댔다. 나는 다시 험해진 도로에 온 신경을 집중했다. 이제 우리 차는 거의 걷다시피 하고 있었다. 마술馬術 경연대회의 조랑말처럼 바위 사이를 이리저리 누벼야 했다.

"지프차를 끌고 왔어야 하는 건데." 존스가 말했다.

"포르토프랭스에서 지프차를 어떻게 찾습니까? 통통 마쿠트한테 빌려요?"

길이 갈라지자 우리는 바다를 뒤로하고 내륙으로 꺾어 들어가 언덕을 오르기 시작했다. 비탈길이 평탄한 홍토로 변하더니, 진창이 우리 앞길을 막았다. 또 한바탕 운동을 할 시간이었다. 우리는 세 시간을 달렸고, 곧 오전 1시였다.

"이제 민병대를 만날 위험은 거의 없어요." 내가 말했다.

"하지만 비가 그쳤잖습니까."

"놈들은 언덕을 두려워해요."

"나의 도움이 어디서 올까."[1] 존스가 빈정거리듯 말했다. 그는 술기운 때문에 풀어지고 있었다. 난 더 이상 기다릴

---

1 시편 121편 1절. "내가 산을 향하여 눈을 들리라. 나의 도움이 어디서 올까."

수 없어 결정적인 질문을 던졌다. "마르타는 섹스 상대로 좋았습니까?"

"기가 막혔죠." 존스가 답했다. 나는 그에게 손을 대지 않으려 운전대를 꽉 붙잡았다. 나는 한참 후에야 다시 입을 열었지만, 그는 아무것도 눈치채지 못했다. 마르타가 자주 기댔었던 문에 기대앉아 입을 벌린 채 잠들어 있었다. 아무것도 모르는 천진한 표정으로 아이처럼 태평스레 자고 있었다. 어쩌면 그는 스미스 씨만큼이나 순진한 사람이고, 그래서 그들이 서로를 좋아하는지도 몰랐다. 내 분노는 금세 사그라졌다. 아이가 접시를 깼다, 그뿐이었다. 그래, 존스라면 마르타를 요리로 표현했을 테지. 그가 한 번 잠에서 깨서는 운전하겠다고 했지만, 안 그래도 위험한 상황이 더 악화되기만 할 것 같았다.

그러다 차가 완전히 멈춰 섰다. 내 집중력이 흘어졌는지, 아니면 한 번 더 내부 엔진을 힘껏 흔들어 줘야 하는 건지 알 수 없었다. 돌에 부딪혀 튕겨 나간 후 다시 도로 안으로 돌아가려 애쓰자 내 손 안에서 바퀴가 빙빙 돌았다. 우리는 또 다른 바위를 세게 박은 후 끝장나 버렸다. 앞차축이 두 동강 나고, 전조등 하나가 부서졌다.

할 수 있는 일이 아무것도 없었다. 오카이까지 갈 수도, 포르토프랭스로 돌아갈 수도 없었다. 그날 밤은 어쨌든 존스에게 묶인 신세였다.

존스가 눈을 뜨더니 말했다. "꿈을 꿨어요……. 왜 가만히 서 있어요? 도착했어요?"

"앞차축이 망가졌어요."

"얼마나 남았을까요, 거기까지?"

나는 주행거리를 보고 답했다. "2~3킬로미터 정도 남았겠네요."

"걷는 수밖에요." 존스는 이렇게 말하고는 차에서 여행 가방을 끌어내기 시작했다. 나는 별생각 없이 차 열쇠를 주머니에 집어넣었다 – 아이티에 그 차를 수리할 수 있을 만한 정비소가 있을까 의심스러운 데다, 누가 고생스럽게 여기까지 와서 차를 가져가겠는가? 포르토프랭스 주변의 도로에는 버려진 차들과 뒤집힌 버스들이 여기저기 흩어져 있었다. 한번은 크레인을 도랑에 비스듬히 처박고 있는 고장 난 밴을 본 적이 있었다. 마치 제 본성과 반대로, 바위 위에 부서져 있는 인명 구조선 같았다.

우리는 걷기 시작했다. 손전등을 사 왔지만, 길이 아주 험했고 존스의 고무장화는 축축한 홍토 위에서 주르르 미끄러졌다. 2시가 지났고, 비는 멈추었다. "놈들이 우리를 쫓아오고 있다면," 존스가 말했다. "바로 잡히겠군요. 여기 우리가 있소, 하고 광고하고 있는 거나 마찬가지니까요."

"놈들이 왜 우리를 쫓아오겠습니까."

"아까 오면서 봤던 지프차가 생각나서 말입니다."

"아무도 안 타고 있었어요."

"막사 안에서 누가 우리를 지켜보고 있었을지도 모르잖아요."

"어쨌든, 다른 수가 없잖습니까. 불빛 없이는 2미터도 못 걸어가요. 이 도로에서는 3킬로미터 떨어진 곳에서 달려오는 차 소리도 들릴 겁니다."

손전등으로 도로 양편을 비추어보니, 바위와 흙과 축축이 젖은 나지막한 덤불뿐이었다. 내가 말했다. "묘지를 놓치고 바로 아캥으로 들어갔다간 큰일 납니다. 아캥에는 주둔 부대가 있어요." 존스가 숨을 헐떡이는 소리가 들리길래 가방을 잠깐 들어주겠다고 했더니, 그는 한사코 거부했다. "몸 상태가 좀 안 좋을 뿐입니다." 조금 더 가서는 이렇게 말했다. "차 안에서 내가 헛소리를 많이 했죠. 내가 항상 사실만 말하는 건 아니랍니다."

그 정도도 후한 평가인 것 같았지만, 왜 그가 이런 말을 하는지 궁금했다.

내가 찾고 있던 것이 드디어 손전등 불빛에 잡혔다. 언덕 위의 어둠 속으로 쭉 뻗은 오른편의 묘지. 마치 난쟁이들이 지어놓은 도시 같았다. 거리거리의 자그마한 집들 가운데 어떤 집들은 우리도 들어갈 수 있겠다 싶을 정도로 컸고, 어떤 집은 갓난아기도 못 들어갈 정도로 작았다. 하나같이 회색 화산암으로 만들어졌으며, 회반죽은 오래 전 벗겨져 나가고 없었다. 나는 폐가가 있을 거라던 반대쪽으로 손전등을 돌려봤지만, 이런 비밀 접선 계획에는 항상 실수가 뒤따르기 마련이다. 묘지의 첫 모퉁이 맞은편에 오두막 한 채가 서 있을 거라고 했었는데, 그 경사진 땅에는 아무것도 없었다.

"이 묘지가 아닌 걸까요?" 존스가 물었다.

"그럴 리가 없어요. 아캥에 거의 다 왔는데." 계속 걸어가자 더 먼 모퉁이의 맞은편에 오두막 한 채가 있었지만, 손전등으로 비춰봤을 땐 폐가처럼 보이지 않았다. 그래도 한번 시도해 보는 수밖에 다른 방법이 없었다.

"총이 있으면 좋을 텐데." 존스가 말했다.

"큰일 날 소리 말아요. 맨몸으로 못 싸웁니까?" 그러자 존스는 "녹슬어서"처럼 들리는 소리를 중얼거렸다.

하지만 내가 문을 밀어서 열어보니 안에는 아무도 없었다. 지붕에 뚫린 구멍 사이로, 점점 옅어지고 있는 밤하늘 조각이 보였다. "우린 두 시간 늦었어요." 내가 말했다. "필리포가 왔다가 갔을지도 몰라요."

존스는 여행 가방 위에 앉아 헐떡이며 말했다. "더 빨리 출발할걸 그랬어요."

"그건 불가능하죠. 폭풍우가 시작되는 시간에 맞췄는데."

"이젠 어쩝니까?"

"날이 밝으면 나는 차로 돌아갈 겁니다. 이 도로에서는 차가 망가져도 전혀 남부끄러운 일이 아니니까. 낮에 프티 고아브와 아캥을 오가는 지역 버스가 한 대 있다고 알고 있어요. 거기서 버스를 얻어타거나, 아니면 오카이까지 가는 버스가 있을지도 모르죠."

"간단해 보이는군요." 존스가 부러운 듯 말했다. "하지만 나는 어쩝니까?"

"내일 밤까지 버텨요." 그러고 나서 나는 심술궂게 덧붙였다. "이제 당신한테 익숙한 정글 속에 있잖습니까." 나는 문밖을 내다보았다. 보이는 것도 들리는 것도 없고, 심지어는 개 짖는 소리도 들리지 않았다. "계속 여기 있으면 위험해요. 우리가 잠들었을 때 누가 온다고 생각해 봐요. 가끔 여기를 순찰하는 군인들이 있을 겁니다. 아니면 일하러 나온 농부라든가. 우리를 보면 바로 신고하겠죠. 왜 안 그러겠습니까? 우린 백인인데."

존스가 말했다. "차례로 망을 보면 되죠."

"더 좋은 방법이 있어요. 묘지에서 잡시다. 바롱 사메디 말고는 아무도 거기 안 올 겁니다."

도로 같지도 않은 도로를 건넌 다음 낮은 돌벽을 넘어가자, 어깨높이까지만 오는 집들이 지어진 소형 마을의 거리가 나왔다. 존스의 여행 가방 때문에 우리는 느릿느릿 비탈길을 올랐다. 묘지 한복판에 있으니 더 안전하게 느껴졌고, 그곳에는 우리보다 더 높은 집이 한 채 있었다.

우리는 총안 모양의 창에 위스키 병을 얹어놓고, 벽에 등을 기댄 채 앉았다. "뭐." 존스의 입에서 또 그 말이 자동으로 튀어나왔다. "더 나쁜 곳에도 있어 봤으니까." 대체 얼마나 나쁜 곳이어야 그 지겨운 소리를 하지 않을까?

"무덤 사이로 실크해트가 보이면, 그건 바롱일 겁니다."

"좀비가 있다고 믿어요?" 존스가 물었다.

"글쎄요. 당신은 귀신이 있다고 믿어요?"

"귀신 얘기는 그만해요, 친구, 위스키나 더 마십시다."

뭔가 움직이는 소리가 들리는 것 같아서 나는 손전등을 켰다. 무덤들의 거리 속에서 어느 고양이의 두 눈이 단추 모양의 보석처럼 번득였다. 고양이는 지붕 위로 펄쩍 뛰어오르더니 사라졌다.

"그렇게 불을 켜도 괜찮겠어요, 친구?"

"누군가 보더라도 겁이 나서 못 올 겁니다. 당신은 내일 여기에 엉덩이 붙이고 있는 게 최선이라니까요." 묘지에서 기분 좋게 할 만한 말은 아니었다. "시체를 묻을 일이 아니면 누가 여기 오겠습니까."

존스가 위스키를 더 마시자, 나는 그에게 경고했다. "4분의 1밖에 안 남았군요. 내일 하루 종일 그걸로 버텨야 할 텐데."

"마르타가 셰이커를 채워줬어요. 그렇게 사려 깊은 여자는 내 인생에 처음입니다."

"섹스 상대로도 좋고 말이죠?"

잠깐 침묵이 흘렀다. 나는 그가 즐거웠던 순간을 추억하고 있을지도 모른다고 생각했다. 그때 존스가 말했다. "친구, 게임이 이제 심각해졌어요."

"무슨 게임 말입니까?"

"병정놀이 말입니다. 왜 사람들이 고해를 원하는지 알

겠어요. 죽음은 지독하게 심각한 일이에요. 사람들은 죽음에 별 가치가 없다고 느끼죠. 장식품처럼 말입니다."

"고해할 일이 그렇게 많습니까?"

"누군들 안 그렇겠어요. 신부나 신에게 하는 고해를 말하는 게 아닙니다."

"그럼 누구한테?"

"누구든 상관없어요. 오늘 밤 여기에 당신이 아니라 개가 있었다면, 개한테 고해할 겁니다."

나는 그의 고해를 듣고 싶지 않았다. 그가 마르타와 몇 번이나 잤는지 듣고 싶지 않았다. "각다귀한테 고해했어요?"

"그럴 일이 없었죠. 그땐 심각한 상황이 아니었으니까."

"적어도 개는 비밀을 지켜주잖습니까."

"누가 무슨 말을 하든 전혀 신경 안 써요. 하지만 내가 죽은 후에 거짓말이 많이 떠돌아다니지는 않았으면 좋겠군요. 지금까지 한 거짓말로도 충분하니까요."

고양이가 지붕 위로 돌아와 잽싸게 움직이는 소리가 들리자 나는 손전등을 다시 켜서 놈의 눈을 비추었다. 이번에 고양이는 돌 위에 납작 엎드려 발톱을 문지르기 시작했다. 존스가 가방에서 샌드위치를 꺼냈다. 그러고는 둘로 나누어 반쪽을 고양이에게 던져주었지만, 고양이는 빵이 돌멩이라도 되는 양 달아나버렸다.

"조심해요." 내가 말했다. "먹을 게 별로 없으니까."

"저 불쌍한 놈이 배고파 보이잖아요." 그는 샌드위치 반쪽을 도로 집어넣었고, 우리와 고양이는 한참이나 조용히 앉아 있었다. 아까의 대화를 고집스럽게 잊지 않고 침묵을 깬 건 존스였다. "난 끔찍한 거짓말쟁이랍니다, 친구."

"처음부터 그렇게 짐작하고 있었어요."

"마르타에 대해서 한 말, 그거 전부 다 거짓말입니다. 마르타뿐만 아니라 수많은 여자들한테 손도 못 댔죠, 용기가 없어서."

그가 진실을 말하고 있는 건지, 아니면 좀 더 명예로운 거짓말을 하고 있는 건지 알 수 없었다. 어쩌면 내 태도에서 모든 걸 감지했는지도 몰랐다. 어쩌면 나를 불쌍히 여겼는지도 몰랐다. 존스에게 동정받는 것보다 더 비참한 일이 있을까, 하고 나는 생각했다. 존스가 말했다. "난 항상 여자들에 대해 거짓말을 했어요." 그러고는 어색하게 웃었다. "탱탱을 가졌던 순간, 그 아가씨는 아이티 제일의 귀족 아가씨가 되어버렸죠. 사실대로 털어놓을 사람이 있었다면 좋았을 텐데. 친구, 난 평생 한 여자와도 사귀지 못했답니다. 여자를 만나려면 돈을 주거나, 적어도 돈을 주겠다고 약속해야 했죠. 형편이 안 좋아서 약속을 못 지킬 때도 있었거든요."

"마르타 말로는, 둘이 잤다고 하던데요."

"마르타가 그런 말을 했을 리 없어요. 설마요."

"아니요, 그랬어요. 마르타한테 들은 거의 마지막 말이었죠."

"몰랐습니다." 그가 침울하게 말했다.

"뭘요?"

"마르타가 당신 여자라는 거 말입니다. 내가 또 거짓말을 했다가 괜히 내 본색만 들켜버렸군요. 마르타 말은 믿지 마십시오. 당신이 나랑 같이 가는 게 화나서 그런 거니까."

"아니면 내가 당신을 데려가서 화가 났을 수도 있죠."

고양이가 샌드위치를 찾았는지, 어둠 속에서 뭔가를 쑤석거리는 소리가 들렸다. 내가 말했다. "여기 분위기가 정말 정글 같군요. 당신은 편하겠어요."

위스키를 벌컥벌컥 마시는 소리가 들리더니 그가 말했다. "친구, 난 평생 단 한 번도 정글에 가본 적이 없어요. 캘커타 동물원을 정글로 쳐준다면 모를까."

"버마에도 간 적 없어요?"

"아, 버마에는 있었어요. 아니, 그런 셈이죠. 어쨌든 국경에서 겨우 80킬로미터 떨어져 있었으니까. 임팔에서 위문 공연을 맡았습니다. 뭐, 정확히 말하자면 맡은 건 아니었지만. 한번은 노엘 카워드[1]가 온 적도 있답니다." 그는 뿌듯하게 말했고, 거기에는 거짓이 아닌 일로 자랑할 수 있다는 안도감도 섞여 있었다.

"친하게 지냈어요?"

"사실 대화도 못 해봤습니다."

"군대에 있었다면서요."

"아니요. 못 들어갔어요. 평발이라. 내가 실롱[2]에서 영화관을 경영했었다는 걸 알고 나한테 그 일을 준 겁니다. 군복 비슷한 건 입었지만, 계급장은 안 붙어 있었어요." 그는 묘하게 거만한 말투로 덧붙였다. "ENSA[3]와 연계해서 일했답니다."

나는 수많은 회색 무덤들을 손전등으로 비추며 말했다. "그럼 우리가 대체 왜 여기 있는 겁니까?"

"내가 조금 심하게 떠벌렸죠?"

"당신은 위험한 상황에 스스로 뛰어든 겁니다. 겁나지 않아요?"

---

1 두 세계대전 사이의 영국 연극계를 대표했던 배우이자 극작가, 연출가.
2 인도 북동부 아삼주의 주도.
3 Entertainments National Service Association. 제2차 세계대전 동안 영국군에게 위문 공연을 해주던 위안 봉사회(1939~1945).

"첫 화재 현장에 나가는 소방관 같은 기분입니다."

"평발로는 이 산길을 배겨내지 못해요."

"짚고 갈 게 있으면 어떻게든 될 겁니다. 그 사람들한테는 말 안 할 거죠, 친구? 난 고해한 거예요."

"내가 말 안 해도 곧 알아챌 겁니다. 그럼 브렌도 못 쏘겠네요?"

"그들한텐 브렌이 없잖아요."

"너무 늦었어요. 이제 와서 당신을 도로 데려갈 순 없단 말입니다."

"돌아가고 싶지 않아요. 친구, 내가 임팔에서 어땠는지 몰라서 그래요. 가끔은 친구가 생겼죠. 나한테 여자를 소개받을 수 있었거든요. 그러다가 떠나버리고 다시는 안 돌아오더군요. 아니면, 모험담을 만들려고 한두 번 돌아오기도 했어요. 차터스라는 남자는 물 냄새를 맡을 줄 알았는데……." 그는 내게 사실을 털어놨었다는 걸 기억하고는 말을 뚝 끊었다.

"그것도 거짓말이죠." 내가 말했다. 나 자신은 거짓말을 할 줄 모르는 사람인 양.

"완전히 거짓말은 아닙니다. 그러니까, 그 얘기를 들었을 때 누군가 내 진짜 이름을 불러주는 듯한 기분이 들었거든요."

"존스가 본명이 아니에요?"

"존스는 출생 증명서에 적힌 이름입니다. 내가 직접 보지는 못했어요." 그러고는 그 문제를 그냥 넘겨버렸다. "그 얘기를 들었을 때, 조금만 연습하면 나도 그렇게 할 수 있다는 걸 알았죠. 나한테 그런 능력이 있다는 걸 알았어요. 내 직원한테 사무실에 물컵을 숨겨놓게 한 다음, 갈증이 심해질 때까지 기다렸다가 냄새를 맡곤 했답니다. 잘 안 될 때도 많았지만, 수돗물은 조금 다르니까요."
그리고 이렇게 덧붙였다. "발을 좀 풀어줘야겠어요." 그의
움직임으로 보아하니 고무장화를 벗고 있는 듯했다.

"실롱에는 어쩌다가 가게 된 겁니까?" 내가 물었다.

"나는 아삼주에서 태어났습니다. 아버지가 차를 재배했
죠, 아니, 어머니 말로는 그랬어요."

"그 말을 믿었어요?"

"뭐, 아버지는 내가 태어나기 전에 자기 나라로 떠나버
렸습니다."

"어머니는 인도인이었습니까?"

"절반만 인도인이었답니다, 친구." 존스는 그 비율이 중
요한 듯 강조해서 말했다. 나는 모르고 있던 형제를 만난
기분이었다. 존스와 브라운. 서로 바꿔 써도 거의 상관없
는 이름들. 우리의 신분도 마찬가지였다. 아마도 우리 둘
다 사생아였으리라. 물론 어떤 의식이 있었을지도 모른
다—내 어머니는 항상 내게 그런 인상을 안겨주었다. 우
리 둘 다 물속으로 내던져졌고, 가라앉거나 헤엄칠 수 있
었는데 우리는 헤엄을 쳤다. 서로 까마득히 떨어진 곳에
서 헤엄쳐 와 아이티의 이 묘지에서 만난 것이다. "당신이
좋아요, 존스." 내가 말했다. "샌드위치 반쪽 안 먹을 거면,
내가 먹을게요."

"그러세요, 친구." 그는 가방 속을 뒤진 다음, 어둠 속에
서 내 손을 더듬어 찾았다.

"더 얘기해 봐요, 존스."

"전쟁이 끝난 후에 유럽으로 갔습니다. 곤란한 일을 많
이 겪었죠. 하고 싶은 일을 도무지 찾을 수가 없는 겁니
다. 임팔에서는 차라리 일본군한테 기지가 들켰으면 좋겠
다 싶은 때도 있었어요. 그러면 NAAFI[1] 직원들이나 요리

사들이나 나 같은 민간인들도 무장시켜 줄 테니까요. 어쨌든 군복은 얻었습니다. 전시에는 많은 비전문가들이 실력을 발휘하기도 하잖습니까? 나는 듣고, 보고, 지도를 공부하면서 많이 배웠어요. 소명을 실천하지는 못해도 느낄 수는 있잖아요? 나는 삼류 연예인들―카워드 씨는 예외였답니다―을 위해 이동 수단과 여행 할인권을 알아봐 주고, 아가씨들을 잘 지켜봐야 했죠. 나는 그들을 아가씨라고 불렀어요. 늙은 배우들이었지만. 내 사무실에서는 무대 분장실 같은 냄새가 났죠."

"분장용 화장품이 물 냄새를 삼켜버렸습니까?"

"맞아요. 공정한 시험이 아니었죠. 난 그저 기회를 얻고 싶었을 뿐인데." 그는 평생을 부정직하게 살았지만, 어쩌면 선량한 인생과 남몰래 절망적인 연애를 해왔던 건 아닐까. 멀리서 그것을 지켜보고, 눈에 띄기를 기대하면서. 착한 사람의 관심을 끌기 위해 나쁜 짓을 저지르는 아이처럼 말이다.

"이제 기회가 생겼군요."

"당신 덕분입니다, 친구."

"당신이 가장 원하는 건 골프 클럽일 줄 알았는데요……."

"맞아요. 내 두 번째 꿈이었죠. 꿈이 두 개는 있어야 하지 않습니까? 첫 번째 꿈이 틀어질 경우에 대비해서."

"그래요. 그렇겠군요." 돈을 버는 것은 나의 꿈이기도 했다. 다른 꿈이 있었던가? 아득히 먼 옛날을 되돌아보고 싶지는 않았다.

"눈 좀 붙여두는 게 좋을 겁니다." 내가 말했다. "낮에

---

1 Navy, Army and Air Force Institutes(영국 육해공군 군인회). 영국군 기지에서 매점을 운영하던 기관.

잠들면 위험할 테니까요."

그러자 그는 무덤 아래의 태아처럼 몸을 옹송그리고서 거의 바로 잠들어 버렸다. 나폴레옹도 그랬다는데, 존스와 나폴레옹 사이에 또 다른 공통점이 있을까 궁금해졌다. 한 번은 그가 눈을 뜨고 여기가 '좋은 곳'이라고 말하더니 다시 잠들었다. 내 눈에는 좋은 구석이 하나도 보이지 않았지만, 결국엔 나도 잠들었다.

두어 시간 후 무언가 때문에 나는 잠에서 깨어났다. 순간 차 소리인가 싶었지만, 그렇게 이른 시간에 도로를 달리는 차가 있을 리 없었다. 아마도 꿈의 여파로 그런 소리가 들리는 듯했다 ─ 꿈속에서 차로 강을 건너며 강바닥에 깔린 바위들 위를 달리고 있었다. 나는 가만히 누워 새벽의 잿빛 하늘을 올려다보며 귀를 기울였다. 주변에 서 있는 무덤들의 형태가 보였다. 이제 곧 해가 뜰 터였다. 차로 돌아갈 시간이었다. 아무 소리도 들리지 않는다는 걸 확인한 후 존스를 쿡 찔러 깨웠다.

"그만 자요." 내가 말했다.

"조금 배웅해 드리죠."

"오, 안 돼요. 제발 참아요. 어두워지기 전까지는 도로 근처에 얼씬도 하면 안 됩니다. 조금 있으면 농부들이 시장으로 갈 텐데, 백인이 보이면 신고할 거예요."

"당신도 신고당할 거 아닙니까."

"나는 변명거리가 있잖아요. 오카이로 가던 도중에 차가 부서졌으니까. 당신은 고양이랑 놀고 있다가 날이 어두워지면 오두막으로 가서 필리포를 기다려요."

존스는 악수를 하자고 고집을 부렸다. 아침 햇빛에 이성이 돌아오고 나니, 밤사이 그에게 느꼈던 애정이 급속도로 식어가기 시작했다. 나는 또 마르타가 떠올랐고, 내 생각을 조금 알아채기라도 한 듯 그가 말했다. "마르타를 보면 안부를 전해 주십시오. 물론 루이스와 앙헬에게도 요."

"각다귀는요?"

"그 집에서 좋은 시간을 보냈습니다." 그가 말했다. "마치 한 가족 같았죠."

나는 기다랗게 늘어선 무덤들을 지나 도로로 향했다. 지하 운동에는 전혀 소질이 없는지라, 방심한 채 이런 생각이나 하고 있었다. '마르타가 거짓말할 이유가 없지 않나? 아니, 그럴 만한 이유가 있었을까?' 묘지 벽 맞은편에 지프차가 한 대 서 있었지만, 그걸 보고도 내 생각의 흐름은 금방 바뀌지 않았다. 잠시 후 나는 걸음을 멈추고 서서 가만히 기다렸다. 아직은 너무 어두워 누가 운전석에 앉아 있는지 보이지 않았지만, 앞으로 어떤 일이 벌어질지는 불 보듯 뻔했다.

콩카쇠르의 목소리가 속삭였다. "거기 가만히 있어. 가만히. 움직이지 마." 그가 지프차에서 내렸고, 금니를 박은 뚱뚱한 운전기사가 그 뒤를 따랐다. 날이 어둑한데도 콩카쇠르는 그의 유일한 제복인 검은 안경을 끼고 있었다. 구식 기관단총이 내 가슴을 겨누고 있었다. "존스 소령은 어디 있지?" 콩카쇠르가 속삭였다.

"존스요?" 나는 최대한 호기를 부려 큰 소리로 말했다. "그걸 내가 어떻게 압니까? 내 차가 고장 났어요. 오카이행 통행증도 있고요. 대위님도 아시다시피."

"조용히 말해. 당신과 존스 소령을 포르토프랭스로 데려갈 거야. 웬만하면 산 채로. 대통령님이 그쪽을 더 좋아하실 테니까. 내가 대통령님의 오해를 풀어드려야 하거든."

"무슨 헛소립니까. 도롯가에 부서져 있는 내 차 봤을 텐데요. 오카이로 가던 도중에……."

"아, 그래, 봤지. 예상했던 대로라 놀랍지도 않더군." 그가 기관단총을 비틀더니 내 왼편의 어딘가로 총부리를 돌렸다. 내게 좋을 것도 없었다. 운전기사가 총으로 나를 겨누고 있었다. "앞으로 나와." 콩카쇠르의 말에 내가 한 발짝 앞으로 내딛자 그가 다시 말했다. "당신 말고. 존스 소령." 고개를 돌려보니, 존스가 내 뒤에 서 있었다. 남은 위스키를 손에 들고서.

내가 말했다. "이 멍청한 양반아. 거기 가만있으라고 했잖아요."

"미안해요. 당신한테 위스키가 필요할 것 같아서."

"차에 타." 콩카쇠르가 내게 말했다. 나는 명령에 순순히 따랐다. 콩카쇠르는 존스에게 다가가더니 그의 얼굴을 때렸다. "이 사기꾼."

"피차 마찬가지인 것 같은데." 존스가 이렇게 말하자 콩카쇠르는 또 그를 때렸다. 운전기사는 가만히 서서 지켜보고 있었다. 이제 꽤 날이 밝아져, 그가 씩 웃을 때 번득이는 금니가 보였다.

"네 친구 옆에 타." 콩카쇠르가 말했다. 운전기사가 계속 우리에게 총을 겨누고 있는 사이, 콩카쇠르는 몸을 돌려 지프차를 향해 걷기 시작했다.

꽤 가까운 곳에서 요란한 소리가 울렸지만 내 귀에는 잘 들리지 않았다. 폭발음이 들렸다기보다는 고막에 진동이 느껴졌다. 콩카쇠르가 눈에 보이지 않는 주먹에 맞기라도 한 것처럼 뒤로 쓰러지는 모습이 보였다. 운전기사는 앞으로 고꾸라졌다. 묘지 벽에서 떨어져 나온 고철 부스러기가 공중으로 휙 튀어 올랐다가 한참 후 펑하는 작은 소리와 함께 땅으로 떨어졌다. 오두막에서 필리포가 나오고, 그 뒤로 조제프가 다리를 절뚝이며 따라 나왔다. 그들은 똑같은 구식 기관단총을 들고 있었다. 콩카쇠르의 검은 안경이 길바닥에 놓여 있었다. 필리포가 신발 굽으로 안경을 빻아 산산조각 내버렸고, 시신은 아무런 분노도 표하지 않았다. 필리포가 말했다. "운전기사는 조제프한테 맡겼습니다."

조제프는 운전기사 위로 몸을 굽혀 금니를 뽑고 있었다. "빨리 움직여야 합니다." 필리포가 말했다. "아캥에서 총소리가 들렸을 거예요. 존스 소령님은요?"

조제프가 말했다. "묘지로 들어갔어요."

"가방을 가지러 갔을 거예요." 내가 말했다.

"서두르라고 하십시오."

나는 작은 회색 집들 사이를 지나, 밤을 보냈던 곳으로 갔다. 그곳에서 존스는 기도하는 자세로 무덤 옆에 꿇어앉아 있었지만, 나를 돌아본 그의 얼굴은 병자처럼 황록색으로 질려 있었다. 땅에 그의 토사물이 남아 있었다. 그가 말했다. "미안해요, 친구. 어쩔 수가 없었어요. 그자들한텐 말하지 마십시오. 실은, 사람 죽는 걸 난생처음 봤거든요."

4

1

나는 철망 울타리를 따라 몇 킬로미터나 달리며 대문을 찾았다. 페르난데스 씨가 산토도밍고에서 작은 스포츠카 ─ 내 볼일에 어울리지 않는 경망스러운 차 ─ 를 싼값에 구해 주었고, 스미스 씨는 소개장을 써주었다. 산토도밍고에서 오후에 출발했는데, 이제 해가 지고 있었다. 그 시절 도미니카공화국은 검문소가 하나도 없을 정도로 평화로웠다. 군사 정권도 없었으며, 미국 해병대는 아직 들이닥치지 않았다. 내가 달려온 길의 절반은 널찍한 고속도로였고, 차들이 시속 160킬로미터로 내 옆을 쌩쌩 지나갔다. 이렇듯 평화를 실감하고 있자니, 아이티에서 겪었던 무시무시한 사건은 아득히 먼 곳의 일처럼 느껴졌다. 내 서류를 검사하겠다고 막아서는 사람은 한 명도 없었다.

철망에 달린 문으로 갔더니 잠겨 있었다. 강철 헬멧을 쓰고 거친 무명천 바지를 입은 한 흑인이 철망 반대편에서 내게 무슨 일로 찾아왔느냐고 물었다. 나는 스카일러 윌슨 씨를 보러 왔다고 말했다.

"통행증 봅시다." 그가 이렇게 요구하자, 내가 왔던 곳으로 되돌아간 듯한 기분이었다.

"약속하고 온 겁니다."

흑인이 막사로 가서 전화를 했다(전화가 작동한다는 걸 거의 잊고 있었다). 그러고는 대문을 열더니, 채광지에 있는 동안 계속 달고 있으라며 배지를 하나 주었다. 다음 방책까지는 차를 몰고 갈 수 있었다. 잔잔하니 푸른 카리브 해를 옆에 끼고 수 킬로미터를 달렸다. 원뿔 모양의 풍향 측정용 자루가 아이티를 향해 나부끼고 있는 작은 착륙장을 지난 다음, 배가 한 척도 없는 항구를 지났다. 어디든 붉은 보크사이트[1] 가루가 묻어 있었다. 도로 끝의 방책에 도착하자 양철 헬멧을 쓴 흑인이 서 있었다. 그는 내 배지를 검사하고 이름과 용건을 다시 물어본 다음 전화했다. 그러더니 제자리에서 기다리라고 했다. 누군가 나올 거라면서. 나는 10분을 기다렸다. "여기가 펜타곤이라도 됩니까?" 내가 물었다. "아니면 CIA 본부라도 돼요?" 그는 입도 뻥끗하지 않았다. 말하지 말라는 명령을 받은 모양이었다. 그에게 총이 없는 것이 다행이었다. 그때 양철 헬멧을 쓴 백인이 오토바이를 몰고 왔다. 그는 영어를 거의 하지 못했고, 나는 스페인어를 전혀 몰랐다. 그가 자기 오토바이를 따라오라는 손짓을 했다. 붉은 땅과 푸른 바다가 펼쳐진 풍경 속에 몇 킬로미터 더 달리다 보니 처음으로 사무용 건물이 나타났다. 시멘트와 유리로 만들어진 직사각형 건물들에 사람은 한 명도 보이지 않았다. 조금 더 가니, 호화로운 트레일러 파크에서 우주복을 입은 아이들이 우주총[2]을 가지고 놀고 있었다. 여자들은 가

---

1 알루미늄의 원광.
2 우주 비행사가 우주 공간에서 유영할 때 사용하는 휴대용 분사 추진기.

스레인지 위로 창밖을 내다보고 있었고, 요리하는 냄새가 풍겼다. 우리는 거대한 유리 건물 앞에서 드디어 멈추었다. 계단은 국회에 어울릴 정도로 널찍하고, 테라스에는 안락의자들이 놓여 있었다. 특색 없는 얼굴을 대리석처럼 반들반들하게 면도한 거구의 뚱뚱한 남자가 계단 위에 서 있었다. 마치 시민에게 자유를 주려 기다리는 시장 같았다.

"브라운 씨?"

"스카일러 윌슨 씨?"

나를 쳐다보는 그의 눈빛이 그리 곱지 않았다. 내가 그의 이름을 잘못 발음한 모양이었다. 아니면 내 스포츠카가 그의 마음에 들지 않았거나. 그는 "콜라 마셔요"라고 떨떠름하게 말하며 한 안락의자를 가리켰다.

"혹시 위스키는 없습니까?"

"한번 보죠." 그는 시큰둥하게 답하고는, 거대한 유리 건물 안으로 들어갔다. 혼자 남은 나는 점수를 잃은 듯한 기분이 들었다. 회사 중역들이나 유명 정치가들만 위스키를 얻어 마실 수 있는지도 몰랐다. 나는 음식 납품 사업에 뛰어들어 일자리를 찾고 있는 구직자에 불과했다. 하지만 그는 위스키를 가져왔고, 다른 손에는 나를 질책하듯 콜라를 들고 있었다.

"스미스 씨가 소개장을 써주셨습니다." 나는 대통령 후보님이라는 말이 튀어나오려는 걸 간신히 참았다.

"네. 둘이 어디서 만났습니까?"

"스미스 씨가 포르토프랭스에서 내 호텔에 묵으셨죠."

"그래요." 그는 우리 중 한 명이라도 거짓말을 했는지 보려고 사실을 재확인하는 것 같았다. "당신은 채식주의자가 아닙니까?"

"아닙니다."

"여기 녀석들은 스테이크와 프렌치프라이를 좋아해서 말입니다." 나는 소다수를 너무 많이 탄 위스키를 조금 마셨다. 스카일러 윌슨 씨는 내가 마시는 한 방울 한 방울이 아까운 듯 나를 뚫어져라 쳐다보고 있었다. 이 일자리를 놓칠 것 같은 느낌이 점점 더 강해졌다.

"음식 납품업을 해본 적은 있습니까?"

"음, 한 달 전까지 아이티에서 호텔을 경영했습니다. 런던의 트로카데로에서 일한 적도 있고……." 그리고 나는 옛날부터 써먹던 거짓말을 덧붙였다. "파리의 푸케에도 있었죠."

"예전 고용주가 써준 추천서 같은 건 없어요?"

"내가 내 추천서를 쓸 순 없잖습니까. 수년 동안 내 사업을 했어요."

"스미스 씨라는 사람, 좀 괴짜 아닙니까?"

"나는 그분을 좋아합니다."

"스미스 부인한테 들었어요? 스미스 씨가 대선에 출마했었다고. 채식주의자 대표로." 스카일러 윌슨 씨는 웃었다. 눈에 보이지 않는 짐승의 위협 같은, 유쾌함이라고는 전혀 없는 분노의 웃음이었다.

"일종의 선전 활동이었을 겁니다."

"나는 선전을 좋아하지 않아요. 여기도 철망 밑으로 전단이 밀려들곤 했었죠. 우리 직원들을 선동하려는 속셈으로. 우리는 직원들을 섭섭지 않게 대우해 줍니다. 좋은 음식을 먹이고요. 아이티는 왜 떠났습니까?"

"당국과 문제가 좀 있었습니다. 영국인이 포르토프랭스에서 탈출할 수 있도록 도왔거든요. 통통 마쿠트에게 쫓기는 사람이었어요."

"통통 마쿠트가 뭡니까?"

우리는 포르토프랭스에서 300킬로미터도 채 떨어져 있지 않았다. 그의 질문이 좀 의아스러웠지만, 그가 읽는 신문에는 오랫동안 통통 마쿠트에 관한 기사가 실리지 않았을지도 몰랐다.

"비밀경찰이죠."

"어떻게 빠져나왔어요?"

"그 사람의 친구들한테 도움을 받아서 국경을 넘었습니다." 2주 동안의 피로와 좌절을 모두 담기에는 너무도 짧은 문장이었다.

"그 사람의 친구들이라니, 누구죠?"

"반군이요."

"공산주의자들 말입니까?" 그는 채광 회사의 음식 납품업자가 아니라 CIA 요원을 뽑는 것처럼 꼬치꼬치 캐묻고 있었다. 나는 조금 욱해서 답했다. "반군이라고 전부 공산주의자들은 아니죠. 그렇게 되도록 몰아붙이지 않는 이상."

발끈하는 내 모습에 스카일러 윌슨은 즐거워하며 처음으로 미소 지었다. 노련한 신문으로 내 비밀을 캐기라도 한 양, 자기만족에 빠진 미소였다.

"상당한 전문가시군요." 그가 말했다.

"전문가요?"

"호텔도 경영하시고, 파리의 그 식당에서도 일하셨으니. 여기서는 꽤 지루할 겁니다. 우리한테 필요한 건 그저 평범한 미국식 요리니까요." 그는 면접이 끝났음을 알리는 듯 일어났다. 나는 그가 조바심치며 지켜보는 동안 위스키를 끝까지 다 마셨다. 그는 악수도 제안하지 않고 말했다. "만나서 반가웠습니다. 두 번째 문에서 배지를 반납하고 가십시오."

나는 회사 전용 비행장과 회사 전용 항구를 지난 다음 배지를 넘겼다. 아이들와일드 공항[1]의 출입국 관리소에 입국 허가서를 제출하는 듯한 기분이었다.

2

나는 스미스 씨가 묵고 있는 산토도밍고 외곽의 앰배서더 호텔로 차를 몰았다. 그에게 어울리는 숙소는 아니었다, 아니 적어도 내 눈에는 그렇게 보였다. 빈곤한 배경 속에 있는 그 구부정한 몸, 온화하고 점잖은 얼굴, 부스스한 백발에 익숙해진 탓이었다. 화려한 조명이 반짝반짝 빛나는 이 넓은 홀에서는 남자들이 허리띠에 총집이 아닌 지갑을 찬 채 앉아 있었고, 검은 안경을 끼는 목적은 오로지 밝은 빛으로부터 눈을 보호하기 위해서였다. 슬롯머신들이 끊임없이 덜컹거리고, 카지노 딜러들의 큰 목소리도 들렸다. 여기서는 모두가, 심지어는 스미스 씨도 돈을 갖고 있었다. 이 도심에서 가난은 눈에 보이지 않았다. 비키니 위에 화사한 색의 목욕 가운을 걸친 한 여자가 수영장에서 나왔다. 그녀는 프런트데스크에 호크슈트루델 주니어가 도착했느냐고 물었다. "그러니까, 윌버 K. 호크슈트루델 씨요." 호텔 직원은 "아니요, 하지만 오실 겁니다"라고 답했다.

나는 밑에 와 있다는 메시지를 스미스 씨에게 보낸 다음 자리를 찾아 앉았다. 가장 가까운 테이블에서 럼 펀치를 마시고 있는 남자들을 보니 조제프의 럼 펀치가 생각났다. 그는 여기보다 더 맛 좋은 럼 펀치를 만들었다.

1 존 F. 케네디 국제공항의 옛 이름.

나는 그가 그리웠다.

필리포와는 겨우 스물네 시간 함께 있었다. 그는 차분하니 정중하게 나를 대했지만, 더 이상 내가 알던 사람이 아니었다. 예전에 나는 그의 보들레르풍 시를 잘 들어주는 관객이었지만, 전쟁에 뛰어들기에는 너무 나이가 많았다. 이제 그에게 필요한 사람은 존스였고, 그가 원하는 건 존스의 합류였다. 필리포는 아지트에 아홉 명의 부하를 데리고 있었는데, 그가 존스에게 하는 얘기를 들어보면 마치 부대장이라도 되는 것 같았다. 존스는 현명하게도 듣기만 하고 말을 아꼈지만, 밤중에 한 번 깬 나는 존스가 이렇게 말하는 소리를 들었다. "당신 능력을 입증해봐요. 국경 근처까지 가서 기자들을 불러요. 그 정도는 해야 인정받을 수 있죠." 바위틈에 숨어 있는 주제에(그들은 매일 다른 바위틈으로 옮겨 다녔다) 벌써부터 임시 정부 행세를 하겠다는 건가? 그들에게 있는 거라곤, 경찰서에서 훔친 낡은—알 카포네 시절에 쓰였을 법한—기관단총 세 자루, 1차 세계대전 시절의 라이플총 두 자루, 산탄총 한 자루, 리볼버 두 자루, 그리고 기껏해야 마체테나 휘두를 줄 아는 남자 한 명뿐이었다. 존스는 능수능란하게 말을 이었다. "이런 전쟁은 일종의 사기극이나 마찬가지예요. 우리가 일본군을 어떻게 속여 먹였느냐 하면……." 그는 골프 클럽을 짓지 못했지만, 그 순간 행복했으리라고 나는 진심으로 믿는다. 남자들이 존스의 주변으로 가까이 모여들었다. 그들은 존스의 말을 한마디도 알아듣지 못했지만, 그들에게 드디어 지도자가 생긴 것 같았다.

다음 날 나는 도미니카공화국 국경을 넘기 위해 조제프를 안내자 삼아 출발했다. 지금쯤이면 이미 내 차와 시체들이 발견됐을 테고, 내가 아이티에서 안전하게 지낼 수 있는 곳은 없었다. 그들은 고관절이 부러진 조제프를 쉽게 내주었고, 그는 동시에 또 다른 역할도 수행할 수 있었다. 필리포의 계획에 따르면, 나는 바니카[1]에서 북쪽으로 약 50킬로미터 떨어진 곳에서 두 공화국을 가르는 국제 도로를 건너야 했다. 몇 킬로미터마다 한 번씩 도로의 양편에 아이티와 도미니카의 경비 초소가 세워져 있었는데, 필리포는 밤에 아이티 쪽의 초소들이 게릴라 공격에 대한 걱정으로 비워진다는 얘기를 들었다. 농민들은 국경 지대에서 모두 쫓겨났지만, 아직 서른 명 정도가 산에서 활동 중이라는 소문이 돌았고, 필리포는 그들과의 접선을 원했다. 조제프가 정보를 얻어 돌아간다면 큰 도움이 될 터였고, 그를 잃는다 해도 그리 큰 손실은 아니었다. 또, 그의 느리고 절뚝절뚝한 걸음이라면 내 나이에도 무리 없이 따라가리라는 점을 고려했으리라. 존스가 내게 개인적으로 건넨 마지막 말은 "여기서 어떻게든 버틸 겁니다, 친구"였다.

"골프 클럽은요?"

"골프 클럽은 더 나이 들면 해야죠. 포르토프랭스를 접수한 후에."

우리의 여정은 느리고 험하고 피로했으며, 열하룻날이 걸렸다. 아흐레 동안은 숨어 있다가 갑자기 달리다가 두 배가 되는 거리를 걷기도 했고, 마지막 이틀은 배가 고파 정신이 나갈 지경이었다. 해 질 무렵, 아무것도 자라지 않는 황폐한 잿빛 산에서 벗어나 도미니카공화국의 짙푸른 산이 마침내 시야에 들어왔을 땐 무척이나 기뻤다. 우리의 민둥한 바위산과 저쪽의 초목이 대조를 이루고 있

---

1 도미니카공화국의 북서쪽에 있는 도시.

어, 그 사이의 구불구불한 국경선이 또렷이 보였다. 같은 산맥이었지만, 나무들은 아이티의 빈약하고 메마른 땅으로 절대 넘어오지 않았다. 비탈길을 절반쯤 내려간 곳에 아이티의 경비 초소 – 한 무리의 허름한 막사들 – 가 있고, 길 건너편으로 100미터 정도 더 가면 스페인령 사하라에서 튀어나온 듯한 성곽 모양의 요새가 있었다. 해가 저물기 조금 전, 아이티의 경비대원들이 초소를 쏙쏙 빠져나가더니 단 한 명도 남지 않았다. 그들이 어딘지 모를 은신처(그 험악한 바위산에서 벗어날 수 있는 도로나 마을은 없었다)로 사라지고 나자, 나는 조제프에게 작별 인사를 하면서 럼 펀치에 대해 실없는 농담을 던진 후, 실처럼 가느다란 물줄기를 따라 기어 내려가 국제 도로 – 오카이행 남부 대로보다 더 나을 것도 없는 길에 거창한 이름이 붙었다 – 로 들어갔다. 다음 날 아침, 매일 보급품을 싣고 요새로 오는 군 트럭을 얻어 타고, 너덜너덜하고 지저분한 옷차림으로 산토도밍고에 내렸다. 내 수중에는 환전 불가능한 100구르드와, 안전을 기하기 위해 바지 안감에 한 장 한 장 실로 꿰매어 놓은 미국 지폐 50달러가 있었다. 그 지폐 덕분에 욕실 딸린 방 하나를 얻어 몸을 씻고 열두 시간을 잔 다음, 돈을 구걸하기 위해 영국 영사관으로 향했다. 그리고 국외 이주도 신청할 생각이었다 – 하지만 어디로 가야 한단 말인가?

망신스러운 상황에서 나를 구제해 준 건 스미스 씨였다. 마침 페르난데스 씨의 차를 타고 지나가던 스미스 씨가 길거리에서 스페인어만 할 줄 아는 흑인에게 영사관으로 가는 길을 묻고 있는 나를 발견한 것이다. 나는 영사관에 내려달라고 했지만, 스미스 씨는 그런 일은 점심 식사 후로 미뤄도 된다며 고집을 피웠다. 식사가 끝나자 그는 자기에게 아메리칸 익스프레스 여행자 수표가 많다며, 인정머리 없는 영사에게 손을 빌리지 말라고 했다. "내가 당신에게 빚진 것이 많잖소"라고 그는 말했지만, 나는 그가 내게 무슨 빚을 졌는지 전혀 떠오르지 않았다. 그는 호텔 트리아농에서 모든 비용을 지불했다. 자신의 이스트럴을 호텔에 제공하기까지 했다. 스미스 씨가 페르난데스 씨의 동조를 구하자, 페르난데스 씨는 "네"라고 답했다. 스미스 부인은 자기 남편을 의리 없는 남자로 보지 말라고 발끈하며, 내슈빌에서의 일화를 들려주었다……. 호텔 로비에서 스미스 씨를 기다리고 있는 지금, 나는 그가 스카일러 윌슨 씨와는 달라도 너무 다르다는 생각을 했다.

스미스 씨는 앰배서더 호텔의 라운지로 혼자 왔다. 스미스 부인은 페르난데스 씨에게 세 번째 스페인어 수업을 듣느라 나오지 못했다며 사과했다. "두 사람이 어찌나 신나게 수다를 떨어대는지. 스미스 부인은 언어에 소질이 있다오."

나는 스카일러 윌슨에게 어떤 대접을 받았는지 전했다. "내가 공산주의자인 줄 알더군요."

"왜요?"

"통통 마쿠트한테 쫓겼으니까요. 파파 독이 공산주의 반대자 아닙니까. 거기다 반군이라는 금기어까지 썼답니다. 존슨 대통령이 프랑스 레지스탕스와 비슷한 활동에 어떻게 대처할지 궁금하군요. 레지스탕스에도 공산주의자들이 침투해(이것도 금기어죠) 있었으니까요. 내 어머니는 레지스탕스에 가담했어요. 스카일러 윌슨 씨한테 그 얘기를 안 한 게 다행이지 뭡니까."

"음식 납품업자가 공산주의자인 게 왜 문제가 되는지

모르겠소." 스미스 씨는 슬픈 표정으로 나를 쳐다보았다.
"동포 때문에 부끄러워지는 기분이 썩 좋지는 않군요."

"내슈빌에서 충분히 겪어보셨을 텐데요."

"거긴 달랐소. 사람들은 일종의 질병, 열병에 걸려 있었던 거요. 그래서 그들을 딱하게 여길 수 있었지. 우리 주에는 여전히 손님을 환대하는 전통이 있다오. 문을 두드리는 사람한테 정치관을 묻지는 않소."

"선생께 빌린 돈을 갚고 싶었는데 말입니다."

"난 가난하지 않소, 브라운 씨. 미국에 더 많은 돈이 있지. 지금 당신한테 천 달러 더 주고 싶소만."

"내가 그 돈을 어떻게 받습니까? 담보로 정할 게 하나도 없는데요."

"그게 걱정이라면, 공정하고 법적인 서류를 하나 작성합시다. 당신 호텔을 담보로 돈을 빌려주겠소. 어쨌든 괜찮은 부동산이니까."

"지금은 똥값이 돼버렸어요, 스미스 씨. 아마도 정부한테 넘어갈 겁니다."

"언젠가는 상황이 변할 거요."

"북쪽에 또 일자리가 있다고 들었습니다. 몬테크리스티 근처에요. 어느 과일 회사에서 구내식당 관리자를 구한다는군요."

"그렇게 낮은 데까지 떨어질 필요 없소, 브라운 씨."

"젊었을 땐 훨씬 더 낮은 데까지 떨어져서 사람 구실도 잘 못 했죠. 한 번만 더 이름을 빌려주실 수 있을지……. 거기도 미국 회사라서요."

"페르난데스 씨한테 앵글로색슨계 동업자가 필요하다고 들었소만. 그이가 여기서 작은 사업을 아주 성공적으로 운영하고 있다오."

"장의사가 될 생각은 한 번도 해본 적이 없는데요."

"가치 있는 사회복지 사업이잖소, 브라운 씨. 안정성도 보장되어 있고. 불황 없는 사업이니까."

"우선 구내식당부터 시도해 보고요. 그쪽에 경험이 더 많으니까요. 거기도 안 되면, 또 모르죠……."

"피네다 부인이 여기 와 있는데, 알았소?"

"피네다 부인이요?"

"호텔에 왔던 그 매력적인 부인 말이오. 당연히 기억하겠지요?"

그가 누구를 말하는 건지 이해하는 데 시간이 좀 걸렸다. "그 부인이 산토도밍고에는 무슨 일로?"

"남편 근무지가 리마로 바뀌었소. 부인은 어린 아들과 함께 여기 대사관에 며칠 머물고 있고. 아들 이름은 잊었소만."

"앙헬입니다."

"맞아요. 착한 녀석. 스미스 부인과 나는 아이들을 무척 좋아한다오. 아무래도 우리 자식이 없어서 그렇겠지. 피네다 부인은 당신이 멀쩡한 몸으로 아이티를 빠져 나왔다는 소식을 듣고 기뻐했지만, 당연히 존스 소령 걱정도 하더군요. 내일 밤에 다 같이 조촐한 식사나 하면서 당신이 부인한테 얘기를 들려줬으면 좋겠는데."

"나는 내일 일찍 북쪽으로 떠날 계획입니다. 어서 일자리를 구해야죠. 더 이상 여기서 시간을 허비할 수 없어요. 부인한테는 내가 편지로 존스 소식을 알려줄 거라고 전해 주십시오."

3

이번에는 도로를 버텨낼 만한 지프차가 있었다. 역시나

페르난데스 씨가 싼값에 구해준 차였다. 하지만 일단은 몬테크리스티와 바나나 농장에 무사히 도착해야, 구내식당 관리자에 적절한 사람인지 아닌지 평가를 받을 수 있을 터였다. 나는 아침 6시에 출발하여 아침 식사 시간 즈음 산 후안에 도착했다. 엘리아스 피냐까지는 도로가 괜찮았지만, 국경을 따라 난 국제 도로는 매일 운행되는 버스와 군용 트럭 몇 대만 다녀서 그런지 노새와 암소에게 더 어울리는 길이었다. 페드로 산타나의 군 초소에 도착하자 알 수 없는 이유로 저지당했다. 한 달 전 국경을 넘을 때 만나서 안면이 있는 중위는 도시에 어울리는 복장을 한 어떤 뚱뚱한 남자와 얘기를 나누느라 정신이 없었다. 목걸이, 팔찌, 시계, 반지 등등 화려하게 번쩍이는 싸구려 액세서리에 대해 설명을 듣는 중이었다. 국경은 밀수꾼들의 천국이었다. 돈거래가 끝나고 중위가 내 지프차로 왔다.

"무슨 문제라도 있습니까?" 내가 물었다.

"문제? 아무 문제도 없소." 그는 나만큼이나 프랑스어를 잘했다.

"그런데 중위님 부하들이 나를 안 보내주는군요."

"당신의 안전을 위해서요. 국제 도로 반대편에서 총질들을 하고 있거든. 아주 사납게. 전에 당신을 본 적이 있는 것 같은데?"

"한 달 전에 도로를 건넜습니다."

"맞아. 이제 기억나는군. 머지않아 당신 같은 사람들이 더 많이 생길 거요."

"여기로 피난 오는 사람들이 많습니까?"

"당신이 지나간 직후에 게릴라 대원들이 스무 명 정도 왔소. 지금은 산토도밍고의 수용소에 있지. 게릴라는 다

사라진 줄 알았더니."

필리포가 접선하기를 원했던 그 부대였을 것이다. 존스와 필리포가 밤에 부하들에게 방위 거점 구축, 임시 정부, 객원 기자에 대한 거창한 계획을 얘기하던 일이 기억났다.

"날이 어두워지기 전에 몬테크리스티에 도착하고 싶은데요."

"엘리아스 피냐로 돌아가는 게 좋을 거요."

"아니요, 기다려도 괜찮을까요?"

"얼마든지."

나는 그의 비위를 맞추려 차 안에 있는 위스키 한 병을 건넸다. 액세서리를 파는 남자는 사파이어와 다이아몬드라면서 귀걸이 몇 개를 내게 보여주며 관심을 끌려 애썼다. 곧 그는 엘리아스 피냐 쪽으로 차를 몰고 가버렸다. 그는 중위에게는 시계를, 병장에게는 목걸이 두 개를 팔았다.

"같은 여자한테 주려고 두 개를 샀어요?" 내가 병장에게 물었다.

"아내한테요." 그는 이렇게 말하며 한쪽 눈을 감았다.

정오가 되었다. 나는 위병소의 그늘진 계단에 앉아, 만약 과일 회사에서 퇴짜를 맞으면 어떡해야 할까 고민했다. 페르난데스 씨의 제안은 아직 유효했다. 그 일을 하면 검은 정장을 입어야 하나?

몬테카를로 같은 도시에서 태어나 부평초처럼 떠도는 인생에도 한 가지 장점은 있는 것 같다. 무슨 일이 벌어지든 좀 더 쉽게 받아들일 수 있다는 것이다. 떠돌이들도 남들처럼 종교 교리나 정치적 신념의 안정감을 공유하려는 유혹을 느끼지만, 어떤 까닭인지 그 유혹을 떨쳐버린다. 우리는 믿음이 없다. 우리는 닥터 마지오와 스미스 부부처럼 헌신적인 사람들의 용기와 고결함, 그리고 대의를 위한 충성을 존경하지만, 소심해서 혹은 열정이 부족해서 우리도 모르게 진실로 헌신하는 유일한 사람이 되어버린다. 선하고 악한 세상에, 현명하고 어리석은 자들에게, 무심하고 그릇된 자들에게 헌신하는 것이다. 우리는 그저 계속 살아가기를 선택하고, '지구가 매일 운행하는 궤도를 따라 돌았다, 바위와 돌과 나무와 함께.'[1]

이런 흥미로운 생각을 이어가다 보니, 아무것도 모르는 어린 시절 성모 방문 칼리지의 신부들에게 내 동의 없이 주입당했던 불온한 양심의 가책이 덜어지는 기분이었다. 그때 계단으로 햇볕이 들어, 위병소 안으로 쫓기듯 들어갔다. 들것처럼 생긴 침대들, 많은 집의 잔재들과 벽에 핀으로 꽂혀 있는 여자 사진들, 퀴퀴하고 탁한 냄새. 중위가 나를 찾으러 들어와 말했다. "이제 곧 갈 수 있을 거요. 총질하던 아이티인들이 오고 있으니까."

몇몇 도미니카공화국 군인들이 나무 그늘을 벗어나지 않으려 일렬종대를 지어 초소를 향해 터벅터벅 걸어오고 있었다. 그들은 라이플총을 어깨에 걸치고, 손에는 아이티 언덕에서 빠져나온 자들의 무기를 쥐고 있었다. 몇 걸음 뒤에서 따라오는 아이티인들은 피로에 전 몸을 흐느적거리며, 귀한 물건을 망가뜨린 아이들처럼 겸연쩍은 표정을 짓고 있었다. 그들 중 내가 아는 흑인의 얼굴은 하나도 없었지만, 작은 종대의 거의 끝머리에 필리포가 보였다. 웃통을 벗은 그는 셔츠를 사용하여 오른팔을 옆구리에 묶어두었다. 나를 보자 그는 "탄약이 다 떨어졌어"라

1 윌리엄 워즈워스의 시 〈잠이 내 영혼을 봉인하여 *A slumber did my spirit seal*〉 중에서

고 반항적으로 말했지만, 내가 누군지 알아본 것 같지는 않았다. 그저 그의 눈에는 자기를 비난하는 듯한 백인의 얼굴만 보였으리라. 작은 행렬의 맨 끝에서 두 남자가 들것을 나르고 있었다. 거기에 조제프가 누워 있었다. 눈을 뜨고 있었지만, 자기가 실려 들어가고 있는 외국의 경치를 볼 수는 없었다.

들것을 든 남자들 중 한 명이 내게 물었다. "아는 사람이에요?"

"네. 럼 펀치를 잘 만들었었죠."

두 남자는 못마땅한 표정으로 나를 쳐다보았다. 하기야, 죽은 사람을 두고 할 말은 아니었다. 페르난데스 씨라면 더 적절한 답을 했을 텐데. 나는 애도객처럼 말없이 들것을 따라갔다.

위병소 안에서 누군가가 필리포에게 의자와 담배 한 개비를 건넸다. 중위는 다음 날까지 이동 차량은 없을 테고, 초소에 의사는 한 명도 없다고 설명하는 중이었다.

"팔이 부러졌을 뿐입니다." 필리포가 말했다. "협곡으로 떨어졌어요. 아무것도 아닙니다. 기다릴 수 있어요."

중위는 친절하게 말했다. "산토도밍고 근처에 아이티 사람들을 위한 편안한 수용소를 만들어놨소. 오래된 정신병원인데……."

필리포는 웃기 시작했다. "정신병원이라! 딱이군요." 그러고는 울기 시작하면서 두 손으로 눈을 가렸다.

내가 말했다. "여기 내 차가 있어요. 중위님이 허락해주시면 내가 태워다 줄게요."

"에밀이 발을 다쳤어요."

"데려가면 되죠."

"지금은 동지들과 떨어지고 싶지 않습니다. 당신은 누

구시죠? 아, 물론 압니다. 정신이 좀 없어서."

"두 사람은 당장 치료를 받아야죠. 괜히 내일까지 기다리지 말아요. 건너올 다른 사람은 또 없어요?" 나는 존스를 생각하고 있었다.

"아니요, 다른 사람은 없습니다."

나는 이곳에 몇 명이 왔는지 기억하려 애썼다. "나머지는 다 죽었어요?" 내가 물었다.

"다 죽었습니다."

나는 두 명을 지프차에 최대한 편안하게 태웠고, 도망자들은 빵조각을 손에 든 채 서서 지켜보고 있었다. 그들은 여섯 명이었고, 조제프는 그늘 밑에서 들것에 시신으로 누워 있었다. 그들은 산불을 가까스로 피한 것처럼 멍한 얼굴들을 하고 있었다. 차가 출발하자 두 명은 손을 흔들었고, 나머지는 빵을 우적우적 씹어 먹었다.

나는 필리포에게 물었다. "그럼 존스도 죽었어요?"

"지금쯤이면 죽었을 겁니다."

"부상당했어요?"

"아니요, 발병이 났죠."

나는 필리포로부터 정보를 힘겹게 끌어내야 했다. 처음엔 그가 잊고 싶어 하는 줄 알았지만, 그는 그저 딴 데 정신이 팔려 있었다. 내가 말했다. "존스는 기대했던 대로던가요?"

"대단한 사람이었습니다. 우리한테 이것저것 가르쳐주려 했는데 시간이 모자랐죠. 동지들은 존스를 좋아했습니다. 덕분에 많이 웃었으니까요."

"존스는 크리올어를 전혀 못했는데요."

"굳이 말이 필요 없었죠. 이 정신병원에는 몇 명이나 있습니까?"

"스무 명 정도. 당신이 찾고 있던 사람들이에요."

"다시 무기가 생기면 돌아갈 겁니다."

나는 그를 위로했다. "그럼요."

"존스의 시신을 찾고 싶어요. 제대로 된 무덤을 만들어 줘야죠. 우리가 국경을 넘은 곳에 기념비를 세우고, 언젠가 파파 독이 죽으면 그놈이 죽은 곳에도 비슷한 돌을 세워둘 겁니다. 그곳은 순례지가 되겠죠. 영국 대사도 다시 부를 겁니다, 아마도 왕실 사람으로……."

"파파 독이 우리보다 더 오래 살지는 않아야 할 텐데요." 우리는 엘리아스 피냐를 벗어나, 산 후안으로 향하는 매끄러운 도로로 들어섰다. "결국 존스는 증명해 보였군요."

"뭘 말입니까?"

"게릴라군을 이끌 수 있다는 걸요."

"그건 일본군과 싸웠을 때 이미 증명했잖습니까."

"그렇죠. 깜박했네요."

"존스는 교활한 사람이었습니다. 파파 독까지 속여 먹은 거 알아요?"

"알아요."

"멀리 떨어진 물 냄새를 맡을 줄 아는 건요?"

"정말 그랬어요?"

"그럼요. 하지만 공교롭게도 우리에게 부족한 건 물이 아니었어요."

"사격은 잘했어요?"

"우리 무기가 워낙 낡은 구식이라 내가 가르쳐줘야 했죠. 총을 잘 못 쏴서 버마에서는 지팡이를 들고 다녔다더군요. 하지만 부대를 이끌 줄 아는 사람이었어요."

"평발로 말이죠. 그런데 어쩌다 그렇게 끝났어요?"

"다른 게릴라 부대를 찾으려고 국경으로 갔다가 매복 공격을 당했어요. 존스의 잘못이 아니었습니다. 두 명이 죽고, 조제프는 심하게 다쳤어요. 도망칠 수밖에 없었죠. 그런데 조제프 때문에 빨리 움직이지 못했어요. 조제프는 마지막 협곡을 내려가던 중에 죽었습니다."

"그럼 존스는요?"

"발 때문에 잘 못 움직였어요. 그러다가 그가 말하는 좋은 곳을 찾았죠. 우리가 도로에 닿을 때까지 군대를 막아주겠다고 했어요. 목숨 걸고 가까이 오는 군인은 없었거든요. 존스는 천천히 따라오겠다고 했지만, 난 그가 오지 않으리라는 걸 알았습니다."

"왜요?"

"아이티 밖에 자기 자리는 없다고, 한 번 얘기한 적이 있거든요."

"무슨 뜻이었을까요?"

"자기 마음은 아이티에 있다는 얘기였겠죠."

나는 메데이아호 선장이 필라델피아 사무실로부터 받았다는 전보와 영국 대리 대사가 받았다는 메시지가 떠올랐다. 애스프리에서 훔친 칵테일 셰이커 이상의 무언가가 존스의 과거에 있는 것이 분명했다.

필리포가 말했다. "그 사람이 정말 좋아졌어요. 잉글랜드 여왕에게 존스에 대해 알리고 싶어요……."

4

조제프와 나머지 죽은 이들(셋 모두 가톨릭교도였다)을 위한 장례 미사가 열렸고, 종교를 알 수 없는 존스는 예의상 제외되었다. 나는 스미스 부부와 함께 골목길의 작은 프란체스코 교회로 갔다. 조촐한 모임이었다. 아이티

밖 세상의 무심함에 에워싸인 느낌이었다. 필리포가 정신병원에서 몇 명을 데려왔고, 마지막 순간 마르타가 앙헬을 옆에 끼고 들어왔다. 아이티 난민인 신부가 미사를 진행했고, 물론 페르난데스 씨도 그곳에 있었다. 그는 이런 일에 익숙한 전문가처럼 보였다.

앙헬은 얌전했고, 내 기억보다 더 말라 보였다. 예전엔 왜 그리도 저 아이가 싫었을까? 그리고 나보다 두 걸음 앞에 서 있는 마르타를 보며 이런 의문이 들었다. 우리의 어중간한 애정이 왜 그리 중요했을까? 이젠 그 관계도 포르토프랭스, 어둠과 무시무시한 통금, 먹통 전화, 검은 안경을 쓴 통통 마쿠트, 폭력과 불의와 고문의 세계에만 속한 일처럼 느껴졌다. 몇몇 와인이 그렇듯, 우리의 사랑은 성숙하지도, 힘든 시간을 버텨내지도 못했다.

신부는 필리포 또래의 청년으로, 피부가 메티스처럼 밝았다. 그는 사도 성 토마의 말, "우리도 함께 가서 그와 생사를 같이합시다[1]"에 대해 아주 짧은 설교를 했다. "교회는 세상 속에 있으면서, 세상의 고난을 함께 겪고 있습니다. 그리스도께서는 대제사장의 종의 귀를 잘라버린 제자를 책망하셨지만, 타인의 고통으로 인해 폭력을 휘두를 수밖에 없었던 모든 이들을 우리는 동정합니다. 교회는 폭력을 규탄하지만, 무관심을 더욱 강하게 규탄합니다. 폭력은 사랑의 표현일 수 있지만, 무관심은 절대 그렇지 않습니다. 폭력은 불완전한 자비이고, 무관심은 완벽한 이기심이니까요. 두려움과 의심과 혼란의 시대에 한 사도의 단순함과 충성심이 정치적 해결책을 제시했습니다. 그는 분명 잘못을 저질렀습니다만, 나라면 냉담하고 비겁한

---

1 요한복음 11장에서 죽은 라자로를 살리러 가는 예수를 따라가자며 사도 토마가 다른 제자들에게 이르는 말.

이들과 옳은 일을 하기보다는 성 토마와 함께 잘못을 저지르는 쪽을 택하겠습니다. 우리도 함께 가서 그와 생사를 같이합시다."

스미스 씨는 슬픈 표정으로 고개를 절레절레 흔들었다. 설교가 그의 마음에 들지 않은 것이다. 인간 격정의 산성이 과도하게 끼어 있었다.

나는 필리포가 성찬을 받기 위해 작은 무리를 이끌고 제단 난간으로 가는 모습을 지켜보았다. 그들은 신부에게 폭력의 죄를 고백했을까? 신부가 그들에게 마음을 고쳐먹도록 조언했을지는 의심스러웠다. 미사가 끝난 후 정신을 차리고 보니 어느새 나는 마르타와 아이 옆에 서 있었다. 앙헬은 계속 울고 있었던 모양이었다. "존스를 많이 좋아했거든." 마르타가 이렇게 말하고는 내 손을 잡아끌어 부속 예배당으로 데려갔다. 우리는 성 클라라의 흉측한 조각상 옆에 단둘이 있었다. "나쁜 소식이 있어."

"알고 있어. 루이스가 리마로 옮겨갔다지."

"그게 그렇게 나쁜 소식이야? 우린 이미 끝났잖아, 당신이랑 나, 아니야?"

"그래? 존스는 죽었어."

"존스는 나보다 앙헬한테 더 중요한 사람이었어. 그 마지막 날 밤에 당신은 나를 화나게 했어. 존스가 아니었대도 당신은 다른 누군가를 걱정했겠지. 당신은 어떻게든 끝낼 방법을 찾고 있었던 거야. 난 한 번도 존스와 동침하지 않았어. 믿어줘. 그를 사랑했지만, 그런 사랑은 아니었어."

"그래. 이젠 믿을 수 있어."

"하지만 그땐 날 믿지 않았지."

결국 그녀가 내게 충실했었다는 사실이 아이로니컬했

지만, 이젠 아무래도 상관없었다. 존스가 '재미'를 봤다면 좋았을 거라는 생각마저 들었다. "그럼 나쁜 소식이라는 게 뭐야?"

"닥터 마지오가 죽었어."

나는 아버지가 언제 죽었는지(정말 죽었다면 말이지만) 몰랐다. 그래서 내가 마지막으로 의존할 수 있는 누군가와 갑자기 이별한 듯한 느낌을 난생처음 경험했다. "어쩌다가?"

"공식 발표로는, 체포에 불응하다 죽었대. 닥터 마지오가 공산주의자인 카스트로의 첩자였다나."

"확실히 공산주의자이긴 했지만, 누구의 첩자도 아니었어."

"실상은 이렇게 된 거야. 놈들이 한 농민을 선생 집에 보내서, 아이가 아프니 도와달라고 부탁하게 했어. 선생이 바깥 길로 나오자 통통 마쿠트가 차에서 총을 쏴 죽여버렸어. 농민도 죽었지만, 그건 아마 실수였을 거야."

"언젠가는 일어날 일이었어. 파파 독은 공산주의를 견제하니까."

"지금 어디서 지내고 있어?"

나는 도시의 작은 호텔 이름을 알려주었다. "보러 가도 돼?" 그녀가 물었다. "오늘 오후에 시간이 있어. 앙헬은 친구들이 생겼거든."

"당신이 정말 원하면."

"난 내일 리마로 떠나."

"내가 당신이라면, 나를 만나러 오지 않겠어."

"어떻게 지내는지 편지 써줄래?"

"물론이지."

나는 혹시나 마르타가 올까 싶어 오후 내내 호텔에 있

었지만, 그녀가 오지 않은 것이 차라리 다행이었다. 전에도 죽은 사람 — 처음엔 마르셀, 그다음엔 전직 장관 — 이 우리의 섹스를 방해한 적이 두 번 있었다. 이번에 그 근엄하고 엄격한 대열에 합류한 이는 닥터 마지오였다. 그는 우리의 경솔함을 질책했다.

저녁에는 스미스 부부와 페르난데스 씨를 만나 식사를 함께했다. 스페인어를 꽤 익힌 스미스 부인이 내 통역자 역할을 해주었지만, 페르난데스 씨도 제법 말이 많았다. 나는 페르난데스의 부하 직원이 되어 프랑스와 앵글로색슨계 유가족을 상대하는 일을 맡기로 했다. 그리고 스미스 씨는 채식주의 센터가 지어지면, 우리 둘에게 지분을 챙겨주겠노라 약속했다. 채식주의의 성공으로 우리 사업이 타격을 받을 테니, 그래야 공평하다는 것이었다. 몇 달 후 산토도밍고에서 유혈 사태가 벌어지지만 않았다면, 정말로 센터가 지어졌을지도 모른다. 그 사건으로 페르난데스 씨와 나는 꽤 큰 이득을 보았다. 그런 경우 늘 그렇듯 망자들은 주로 페르난데스 씨의 소관이었지만 말이다. 앵글로색슨족보다 흑인들이 더 쉽게 살해당하니까.

그날 밤 호텔 방으로 돌아갔더니 베개에 편지 한 통이 놓여 있었다. 고인으로부터의 편지였다. 누가 가져다 놨는지는 끝까지 알 수 없었다. 호텔 직원은 아무것도 몰랐다. 편지에 서명은 없었지만, 틀림없는 닥터 마지오의 글씨였다.

'친구에게.' 나는 편지를 읽었다. '당신의 어머니를 사랑했기에, 그리고 마지막 남은 시간 동안 그녀의 아들과 대화를 나누고 싶기에 이 편지를 씁니다. 내 시간은 얼마 남지 않았어요. 언제든 놈들이 내 문을 두드릴 겁니다. 초인종을 울리지는 못하겠죠. 늘 그렇듯 전기가 끊겨 있으니. 미국 대사가 곧 돌아올 테고, 바롱 사메디는 보답으로 조금의 공물을 바칠 겁니다. 전 세계에서 그런 일이 벌어지고 있어요. 유대인과 가톨릭교도처럼 공산주의자들 몇 명쯤이야 언제든 찾아낼 수 있죠. 포르모사[1]를 지켜낸 영웅 장제스는 우리 공산주의자들을 기관차 보일러로 던져 넣지 않았습니까. 파파 독은 나를 어떤 의학 연구에 써먹을까요. 내가 당신에게 하고 싶은 부탁은 그저 ce si gros neg(이 뚱뚱한 친구)를 잊지 말아달라는 겁니다. 스미스 부인이 마르크스주의자라며 나를 비난했던 저녁이 기억납니까? 비난이라는 표현은 지나치군요. 부인은 불의를 증오하는 친절한 여성입니다. 그래도 나는 '마르크스주의'라는 단어가 마음에 들지 않아요. 특정한 경제 계획을 설명하는 데만 주로 사용되니까요. 물론 그 경제 계획을 불신하는 건 아닙니다. 여기 아이티나 쿠바, 베트남, 인도에서는 특정한 시기, 특정한 경우에 통할 수도 있어요. 하지만 친구여, 공산주의는 마르크스주의만으로 규정지을 수 있는 게 아닙니다. 가톨릭교 – 나 역시 가톨릭교도로 태어났음을 잊지 마십시오 –를 교황청으로 한정 지을 수 없듯이 말입니다. 거기에는 정치뿐만 아니라 신비주의도 깃들어 있어요. 당신과 나, 우리는 인도주의자들이죠. 당신 자신은 인정하지 않을지 몰라도, 당신은 당신 어머니의 아들이고, 우리 모두 최후를 맞기 전 떠나야 하는 위험한 여정을 다녀오기도 했으니까요. 가톨릭교도와 공산주의자는 큰 범죄를 저질렀지만, 적어도 기성 사회처럼 한쪽으로 물러나 방관하지는 않았습니다. 나는 빌라도처럼 손에 물을 묻히느니 차라리 피를 묻히겠습니다.[2] 나는 당신을

1 타이완의 옛 이름.
2 마태복음 27장에서 총독 빌라도는 명절을 맞아 죄수 한 명을 석방하려 하

417

잘 알고, 좋아합니다. 당신에게 내 속내를 전할 수 있는 마지막 기회일지도 모르기에 조심스럽게 이 편지를 쓰고 있어요. 어쩌면 당신에게 닿지 못할지도 모르지만, 믿는 사람 편에 보내겠습니다 – 하긴, 지금 우리가 살고 있는 이 거친 세상(나의 가엾고 초라한 아이티를 말하는 건 아닙니다)에 100퍼센트 신뢰할 수 있는 사람이란 있을 수 없죠. 간청하건대 – 시간이 되어 놈들이 문을 두드리면 이 문장을 끝내지 못할 수도 있으니, 죽어가는 자의 마지막 부탁으로 생각해 주십시오 – 한 가지 믿음을 버렸다 해서 모든 믿음을 버리진 마십시오. 우리가 잃는 믿음에는 언제나 대안이 있기 마련이랍니다. 아니, 다른 가면을 쓴 같은 믿음이라고 해야 할까요?'

마르타가 내게 "당신은 어쩌면 반쪽짜리 신부일지도 몰라"라고 말했던 기억이 났다. 내가 남들 눈에 그렇게 비치다니, 참으로 이상한 일이었다. 나는 성모 방문 칼리지에 모든 의욕을 버려두고 왔다고 확신했다. 헌금 자루에 룰렛 칩을 떨어뜨리듯이, 그냥 떨구어버렸다고 말이다. 나라는 인간에게는 사랑할 능력이 없을 뿐만 아니라 – 이런 사람은 많다 – 죄의식조차 없는 것처럼 느껴졌었다. 나의 세상에는 높은 산도 깊은 구렁도 없었다. 난 거대한 평원에서 끝없는 평지를 걷고 또 걸었다. 한 번은 다른 방향으로 틀 수도 있었겠지만, 이젠 너무 늦었다. 성모 방문 칼리지의 신부들은 어린 내게 믿음을 시험할 수 있는 한 가지 방법을 알려주었다. 그 믿음을 위해 죽을 각오가 되어 있느냐 하는 것. 닥터 마지오도 그렇게 생각했지만, 존

는데, '바라바'라는 유명한 죄수를 풀어주고 예수를 죽이라는 군중의 요구에 굴복하여 손을 씻으며 이렇게 말한다. "나는 이 사람의 죽음에 대해서 죄가 없소. 이것은 여러분이 책임을 져야 할 일이오."

스는 무슨 믿음을 위해 죽었을까?

상황이 상황이니만큼 내 꿈에 존스가 등장한 것도 이상한 일은 아니었다. 평평한 들판에서 그는 메마른 바위들 사이로 내 옆에 누워 이렇게 말했다. "나더러 물을 찾으라고 하지 말아요. 못 하겠어요. 난 지쳤어요, 브라운, 지쳤어. 700회 공연을 하고 나면 가끔 대사를 까먹는답니다. 단 두 줄뿐인데."

내가 그에게 말했다. "왜 죽어가고 있어요, 존스?"

"내 역할이 그러니까요, 친구, 내 역할이. 하지만 웃긴 대사가 있어요. 그 대사만 나오면 관객들이 어찌나 웃어대는지. 특히 숙녀분들이 그렇죠."

"그 대사가 뭔데요?"

"그게 문제예요. 기억이 안 나거든요."

"존스, 기억해 내야 해요."

"이제 알겠어요. 이렇게 말해야겠네요 — 이 망할 바위들 좀 봐요 — '여긴 좋은 곳이야.' 그러면 모든 관객이 눈물 나도록 웃겠죠. 그럼 당신이 이렇게 말하는 겁니다. '그 개자식들을 털기에?' 그럼 나는 이렇게 답해요. '그런 뜻은 아니었어.'"

전화벨 소리에 나는 잠에서 깨어났다. 늦잠을 자고 말았다. 내게 첫 일을 맡기려는 페르난데스 씨의 전화이리라.

그레이엄 그린의 서한

A. S. 프레어에게

친애하는 프레어, 당신이 어느 훌륭한 출판사의 수장이었을 때 나는 가장 열심히 원고를 넘긴 작가들 중 한 명이었고, 당신이 출판사 일을 그만두었을 땐 다른 많은 작가들처럼 나도 둥지를 옮길 때가 왔다고 느꼈죠. 그 후의 첫 작품인 이 소설을, 30년 넘는 협업 – 당신이 내게 베풀어 준 그 모든 조언(내가 받아들일 거라는 기대는 없었겠죠), 그 모든 격려(내게 얼마나 필요했는지 당신은 몰랐을 겁니다), 그 모든 애정, 그리고 우리가 함께한 그 즐거운 시간을 어떻게 이 비정한 단어 하나에 담을 수 있겠습니까만 – 을 기념하는 의미로 당신에게 제의하고자 합니다.

『코미디언스』의 인물들에 관해 한마디 하겠습니다. 자기 자신을 나쁜 인간으로 묘사할 작가가 어디 있을까 싶지만, 확실히 해두고 싶군요. 이 이야기의 화자(이름이 브라운입니다만)는 그린이 아닙니다. 소설 속의 '나'를 항상 작가와 동일시하는 독자들도 많으니까요 – 직접 겪어봐서입니다. 그래서 예전에는 친구 살인범, 공무원의 아내와 바람을 피우는 질투심 많은 남자, 룰렛 중독자로 오해받기도 했었죠. 이 다채로운 이력에, 남아메리카 외교관의 아내와의 불륜, 사생아일지도 모르는 출신 배경, 예수회 교육까지 더하고 싶지는 않습니다. "아, 브라운이 가톨릭교도인데, 그런도 그러니까……"라고 말하는 사람이 있을 겁니다. 영국을 배경으로 한 소설이라도, 열 명 이상의 인물이 등장하는 경우 적어도 한 명이 가톨릭교도가 아니라면 현실감이 떨어진다는 사실을 사람들은 쉽게 잊어버리죠. 이런 사회통계학적 사실을 무시한 영국 소설은 투박하게 느껴집니다.

'나'는 어디까지나 가상의 인물입니다. 영국 대리 대사 같은 부차적 인물부터 주요 인물들까지 모두 존재한 적 없는 사람들입니다. 육체적 특징, 말버릇, 일화. 이런 것들은 무의식의 부엌에서 조리되어, 요리사조차 알아보지 못하는 형태로 탄생하는 경우가 태반입니다.

아이티의 빈곤한 상황과 닥터 뒤발리에의 통치 방식은 창작이 아니며, 후자의 경우에 극적 효과를 위한 과장은 전혀 더해지지 않았습니다. 이미 타락할 대로 타락했으니까요. 통통 마쿠트는 콩카쇠르보다 더 사악한 인간들로 가득 차 있고, 중단된 장례식은 실화를 바탕으로 했으며, 포르토프랭스의 거리에서는 조제프처럼 고문당한 후 다리를 절뚝거리는 사람들을 많이 볼 수 있습니다. 젊은 필리포를 만난 적은 없지만, 산토도밍고 근처의 정신병원이었던 건물에서 필리포처럼 용감하고 훈련을 제대로 받지 못한 게릴라 요원들을 만났어요. 이 작품을 집필하기 시작한 후로 산토도밍고의 상황은 변했습니다. 더 나빠졌죠.

애정을 담아,
그레이엄 그린

해설

그레이엄 그린은 아이티에서 벌어지는 학대 행위를 개탄하면서, 아이티에 관한 글을 신문에 기고할 뿐만 아니라 보도문까지 발표했다. 하지만 그가 '악몽 공화국'이라 부른 아이티는 그에게 안성맞춤인 곳이었다. 여행을 좋아했던 그린은 건전한 민주 국가보다 악몽 공화국들을 선호했다. 거주지로는 카프리섬이나 파리의 멋스러운 거리나 앙티브처럼 살기 좋은 곳을 택했지만 말이다. 그는 『코미디언스』가 출간된 1966년, 높은 세금을 피해 프랑스 남부로 망명했다.

그의 앙티브 아파트에는 필리프 오귀스트와 리고 브누아 같은 아이티 화가들의 귀한 작품들이 걸려 있었다. 우연히도, 『코미디언스』의 화자인 브라운 역시 이 화가들의 그림을 갖고 있다. 브라운은 오귀스트의 섬뜩한 작품을 세세히 묘사한 다음 이렇게 덧붙인다. "어디든 그 그림만 걸려 있으면 아이티를 가까이서 느낄 수 있을 것 같았다." 그린은 분명 앙티브의 몽상가들 사이에서 이런 향수를 느꼈을 것이다. 하지만 미술과 고급 식당 주변을 맴

돌며 공포물을 쓴 소설가는 그린뿐만이 아니었다. 수많은 작가들이 같은 방식을 쓰고 있었다. 깔끔한 코트다쥐르는 흙에 대한 향수(nostalgie de la boue)[1]를 불러일으킬 뿐이다. 이 경우에 흙이란(역시 그린의 묘사에 따르면), '무섭고 황폐한 땅'이다.

그린은 1954년에 처음으로 아이티를 여행했다. 그리고 10여 년 후 『코미디언스』가 아이티의 대통령 프랑수아 (파파 독) 뒤발리에의 분노를 사기 전까지 수없이 그곳으로 돌아갔다. 국내 소설가들이 억압적인 정권에게 활동을 금지당하는 거야 일상적인 일이지만, 외국 작가가 소설의 배경으로 삼은 국가의 원수로부터 개인적으로 비난받고 작품을 검열당한 사례가 있었던가? 그린은 분한 척했지만, 파파 독이 「그레이엄 그린: 드디어 가면이 벗겨지다」라는 팸플릿을 발표했을 때 내심 쾌재를 불렀을지도 모른다. 분명 그 공격을 명예훈장으로 여겼을 것이다.

아이티는 그레이엄 그린이 해외 여행지로서, 특히 소설의 배경으로서 원했던 모든 것이 집약된 곳이었다. 그 나라는 고통받고 있었다. 열대 기후, 금방이라도 붕괴할 듯한 위태위태함, 인구과잉, 빈곤, 내전 직전의 위기일발 상황. 아이티는 악귀의 통치를 받고 있었다. 사창가와 빈민가, 그리고 신앙-가톨릭교와 뒤죽박죽된 아프리카 제의-의 기괴한 표현 방식으로 악명을 떨쳤다. 아이티의 여인들, 특히 매춘부들은 아름답기로 유명했다. 아이티의 화려한 호텔들은 쇠락해 가고 있었지만, 손님을 고주망태로 만들 만큼의 술은 준비되어 있었다. 관광객들은 겁을 집어먹고 아이티를 찾지 않았다. 아이티에 거주하는 외국

---

1 프랑스의 극작가 에밀 오지에가 처음 쓴 말로, 하류층의 문화와 경험, 수모에의 이끌림을 의미한다.

인들이라곤 뒤가 구린 사업가들과 외국 대사들, 그리고 그들의 권태로운 아내들이 전부였다. 여기에 부두교와 독재, 럼 펀치, 햇빛이 더해지면 유쾌하고 다채로운 공포가 만들어진다.

아이티의 부패에는 미국의 간섭도 일조했다. 그린은 뒤발리에 정권이 미국 정부의 후원 덕분에 유지된다고 믿었고, 그 사실에 자극받았다. 그는 작가 생활을 하는 동안 숱한 반미적 발언으로 인터뷰 진행자들을 괴롭혔다. (1960년, 한 프랑스 저널리스트가 "오늘날의 문명에서 마음에 들지 않는 부분은 뭡니까?"라고 질문하자, 그린은 "미국입니다"라고 답했다.) 미국 정부는 이 모욕에 보복했다. 그린이 사망한 후, FBI가 40년 동안 그의 움직임과 도발적인 발언들을 비밀 보고를 통해 감시해 왔다는 사실이 폭로된 바 있다.

그린은 해외 특파원으로서 베트남, 말레이반도, 아프리카의 위기를 보도하기도 했지만, 저널리스트에 어울리는 사람은 아니었다. 많은 시간을 들이고 매일 기사를 보내야 하는 고되고 단조로운 일을 견뎌내지 못했으며, 저널리스트를 싫어한다는 말을 자주 했다. 그에게 어울리는 글은 사유가 담긴 에세이였다. 그가 찾아다닌 것은 특종이 아니라, 삶을 정의해 주는 생생한 경험이었다. 전반적으로 보자면 그의 보도 기사는 그리 뛰어난 편이 아니었다. 하지만 그는 아이티에 관해 쓸 때, 긴급 뉴스나 큰 사건을 보도하기보다는 그곳의 분위기를 압축적으로 전달하는 데 집중했다. 작고 불행한 나라의 초상인 기사 「악몽 공화국」은 1963년 런던의 『선데이 텔레그래프』에 실렸고, 그로부터 3년 후 이 소설이 발표되었다. (소설에서 그는 이런 유의 저널리즘을 콕 집어 조롱하고 심지어 기사 제목을 비하의 목적으로 인용한다.) 그 기사를 읽어보면, 그린이 소설에서 견지하는 중립적 태도가 아닌, 아이티에 대한 그의 개인적 견해를 알 수 있다.

부두교 사제인 웅간이 닭 머리를 물어뜯는 모습을 묘사한 처음 몇 문장부터 시작하여 빈곤과 몰락, 폭력과 공포가 그려져 있는데, 이런 세부 내용들은 사람들에게 충격을 불러일으키기 위한 목적으로 선택된 것이 분명하다. "히스파니올라섬[1]의 해방된 노예들에게 어떤 기묘한 저주가 내려졌다." 그린은 이렇게 쓴다. "그들은 히에로니무스 보스[2]의 세계에 살고 있다." 이런 문장들을 읽자마자 제일 처음 드는 생각은, 그린이 저널리즘에 대한 반감을 표했었다는 사실이 놀랍다는 것이다. 지독하리만치 선정적인 보도의 전형을 보여주는 문장들이기 때문이다.

하지만 「악몽 공화국」은 나름의 절묘함도 지니고 있다. 초반에 그린은 "공포 정치는 보통 희극적인 분위기를 풍긴다"라고 쓰는데, 그의 마음을 끄는 것이 익살극 ─ 악의 부조리 ─ 임을 단번에 추측할 수 있다. 그는 아이티의 대통령인 파파 독을 폭군, 고문하는 자, 횡령범, 부두교 주술사, 시간제 마귀로 묘사한다. "어떤 이들의 믿음에 따르면, 실크해트와 연미복 차림으로 시가를 피우고 검은 안경을 낀 채 묘지에 출몰하는 바롱 사메디는 대통령궁에서 생활하고 있으며 그의 다른 이름은 닥터 뒤발리에이다."

그린은 희극적인 일면들을 열거한다. 텅 빈 호텔들, 과장된 소문들, 검문소를 지키는 폭력배들. "어느 곳에서 어

---

1 아이티와 도미니카공화국 두 나라로 이루어져 있는 서인도 제도의 섬.
2 초현실주의적인 화풍으로 인간의 타락과 지옥의 장면을 섬뜩하게 표현하여 지옥의 화가, 악마의 화가라 불린 네덜란드의 화가.

느 시간에 무슨 일이 벌어질지 모른다." 포르토프랭스의 성당에서 미사가 열리지만, "가톨릭교에서 파문당한 대통령이 미사에 얼굴을 내밀면 통통 마쿠트 대원들이 기관단총을 들고 와서 제단 뒤쪽까지 뒤진다." 그리고 "종교 갈등에도 일종의 사악한 희극이 펼쳐진다." 한 유명한 주교는 부두교를 억압하기 위해 부두교 부적을 압수해야 한다고 주장했다가 "국가의 고고학적 보물을 강탈한 죄로 기소되었다."

무역도 망하고, 농업도 망하고, 반란마저 실패로 돌아갔다. "포르토프랭스에서는 모두가 일종의 죄수이다." 굶주림은 일상이다. "아이티의 빈곤을 과장하기란 불가능하다." 이 "고통받는 아름다운 나라"에 일말의 희망이라도 있을까 자문한 그린은 단 하나의 사례도 찾지 못해 갈팡질팡하지만, "아이티인들의 자부심은 더할 나위 없이 강하다"라고 말한다. 그 허망한 나라의 처참한 면면을 묘사한 뒤에 이런 말이라니, 우리는 궁금해질 수밖에 없다. 대체 무엇에 대한 자부심이란 말인가?

나무들을 함부로 베어버려 산들은 민둥민둥해지고, 빈민가가 넘쳐나고, 독재자가 군림하고, 국민들은 착취당하고, 모욕당하고, 분열되고, 내전을 겪으며 공포 속에 살아가는 아이티는 그린에게 선물이나 마찬가지였다. 아이티를 정기적으로 방문한 그는 여러 정권을 거치는 동안 일어난 변화를 목격했으며, 아이티를 실패의 극치로 묘사한 「악몽 공화국」을 쓰면서 그곳을 가장 잘 표현할 수 있는 수단이 소설이라는 확신을 갖게 되었을 것이다. 『코미디언스』에는 「악몽 공화국」의 논점들이 그대로 녹아 있으며, 공포와 희극이 암울하게 뒤섞인 분위기도 여전하다.

그린은 인생의 위태로운 시기에 『코미디언스』를 구상

하고 집필했다. 회계사의 부실한 관리 탓에 경제적으로 큰 어려움을 겪어야 했다. 프랑스로 건너가기로 결정하면서 건강상의 문제를 이유로 들었지만, 실은 세금을 피하기 위해서였다. 생활고 때문에 이전처럼 다시 돈벌이를 위한 글을 쓰기 시작했다. 영국과 인연을 끊고 런던의 자택을 팔았으며, 연애 생활도 고려했다. 그는 프랑스에 사는 유부녀와 사랑에 빠졌었다. 그녀는 이혼하지 않았지만 - 그린도 마찬가지였다(하지만 그의 결혼 생활은 사실상 25년 전에 끝난 상태였다) - 프랑스 남부에서 쉽게 만날 수 있을 터였다. 60대 초반의 그린은 예전과 달리 어디에나 잘 녹아들지 못하고, 뿌리를 잃은 채 방황하고 있었다.

이런 상황들이 작품 속에 스며들어, 『코미디언스』의 모든 것은 위기를 함축하고 있다. 소설의 배경은 부패한 아이티 공화국이며, 등장인물들은 제각기 해결 불가능한 문제를 껴안고 있다. 『코미디언스』는 불안정의 소설이다. 아이티에도, 아이티인들에게도 희망은 없다. 먹을 것도 없다. 정부는 기생충처럼 국민을 괴롭힌다. 제대로 돌아가는 것은 아무것도 없다. 이제 어찌해야 할까? 흠, 섹스(그건 가능하다). 신앙(부두교는 나름의 흥취를 갖고 있으며, 가톨릭교의 하느님은 천국에서 구원을 약속한다). 사랑(이곳에 사랑은 별로 없다). 코미디(이건 꽤 많다. 사실, 꼭 필요하다). 비극은 희극에 꽤 가깝다고, 그린은 쓴 바 있다. 다른 모든 것이 실패로 돌아갈 때 - 이 소설에서도 다른 모든 것이 실패로 돌아간다 - 웃음만은 항상 존재한다.

소설의 처음부터 본색을 드러내는 인물은 한 명도 없다. 화물선 메데이아호를 타고 아이티로 향하는 소수의 승객들은 정도의 차이는 있지만 다들 위선자들이다. 소설의 서두에 '양상은 우리 안에 있다'라는 구절이 인용되어 있다. 이야기가 진행되면서 인물들의 실체가 서서히 드러난다. 겉으로는 비극적이거나 힘들어 보일지 몰라도 거의 모든 인물이 코미디언이다.

소설의 첫 단락은 그린이 쓴 최고의 서두 중 하나이다. 짐짓 거창한 웅변조로 소설의 모호성을 암시하며, 존스에 집중한다. 누가 봐도 존스는 혼란을 야기하는 재주로 사람을 홀리는 거짓말쟁이, 기회주의자이다. 그린은 존스라는 인물을 구상할 때 그를 재정적 곤경에 빠뜨린 회계사를 어느 정도 참고했을 것이다. 그린이 쓴 서문에 따르면, 스미스 부부는 그가 어느 여행에서 만난 친절한 미국인 부부를 모델로 했다고 한다. 그들은 예술적인 사람들이었고, 아이티의 아이들에게 예술을 가르치고 싶어 했다. 이 사실은 조금 흥미로운데, 스미스 부부의 과도한 채식주의 보다는 예술 교육이 더 유용해 보이기 때문이다. 하지만 채식주의자가 등장하는 블랙 코미디라면, 이스트럴이나 바민(그린은 이 이름들이 아주 재미있었던 모양이다) 같은 채식 식품을 언급할 수 있게 된다.

프티 피에르라는 인물의 모델은 포르토프랭스의 장난기 많은 저널리스트이자 한량이었던 오블랭 졸리쾨르였다─졸리쾨르가 한 인터뷰에서 그렇게 밝힌 바 있으며, 실제로 유사한 면도 몇 가지 있는 듯하다. 브라운의 호텔 트리아농은 똑같이 텅 비고 허름하며 장식이 화려했던 올로프손 호텔이 그 모델이었다. 메르 카트린의 매음굴도 등장하는데, 캐서린은 그린이 프랑스로 떠나기 전 헤어진 애인의 이름이다. 그린은 자기만 아는 개인적인 농담을 작품에 끼워 넣는 버릇이 있었다. 하지만 실제 삶과의 이런 유사성이 중요할까? 나는 그렇게 생각하지 않는다.

메데이아호 에피소드에는 감질나는 암시와 인물들의

성격 묘사가 아주 훌륭하게 어우러져 있다-『무법의 길』에 멕시코행 항해가 등장하긴 하지만, 그린이 선상을 배경으로 삼는 경우는 거의 없었다. 좁은 방들에서 시끌벅적한 분위기가 감도는 메데이아호는 아이티에서 벌어질 어두운 사건들에 대한 다소 밝은 서막이라 할 수 있다. 항해의 고립감은 이런저런 사실의 폭로와 흥미 유발을 통해 의구심을 불러일으키고 그 후 일어나는 모든 사건의 분위기를 조성해 주는 최적의 장치이다. 주요 인물들이 소개된다. 그들의 이름은 평범하기 그지없는 스미스, 존스, 브라운이며, 그린은 이 이름들을 케케묵은 익살로 의도한 듯하다. "보라, 여기 세 사람이 있으니, 스미스, 존스, 브라운이라네……." 얼마나 따분한 농담처럼 들리는가.

이 소설은 그린의 최고작도, 그가 아꼈던 작품도 아니다(그가 아낀 작품들에는 『권력과 영광』, 『명예 영사』 등이 있다). 하지만 그의 강점과 약점을 두루 보여주는 가장 그린다운 작품이라 할 수 있겠다. 줄거리는 쉽게 설명할 수 있다. 브라운은 저속한 어머니로부터 물려받은 허름한 호텔로 돌아가는 중이다. 존스는 어떤 은밀한 모험에 말려든다. 채식주의를 전도 중인 스미스 부부는 1950년대 후반 활동한 이상주의적인 시민권 운동가들이자 자유의 기수이기도 했다. 스미스 씨는 채식주의자들을 대표하여 1952년 대통령 선거에 출마했다.

포르토프랭스에 도착한 후 이 인물들은 제 갈 길을 가는 것처럼 보이지만, 정치적 위기에 처한 이 좁고 배타적인 나라에서 그들의 길은 교차한다. 아이티인인 닥터 필리포의 시신이 브라운의 텅 빈 수영장에서 자살한 듯한 모습으로 발견된 후 다양한 아이티인들이 등장한다. 호사가 프티 피에르, 무게를 잡고 훈계하기를 좋아하는 닥터 마지오, 콩카쇠르('분쇄기') 대위, 그리고 폭력배 같은 통통 마쿠트 대원들. 파파 독은 직접 등장하지는 않지만 소설의 처음부터 끝까지 그 존재감이 느껴진다. 브라운은 내내 냉소적이고, 스미스 부부의 이상주의는 시험받으며, 존스는 극단적인 기회주의자임이 드러난다 - 그리고 이는 그의 약점이 된다. 주요한 만남의 장은 브라운의 호텔과 메르 카트린의 매음굴이다. 닥터 필리포가 통통 마쿠트를 피하기 위해 스스로 목을 그었다는 사실이 밝혀진다. 닥터 필리포의 조카와 브라운의 직원은 그린이 자신의 신문 기사에서 그대로 옮겨온 듯한 부두교 의식에 입문하고 반란군이 된다. 브라운은 가식적인 존스를 자신의 정부인 마르타로부터 떼어놓기 위해 게릴라전에 그를 끌어들인다. 반란은 실패로 돌아가지만, 그 과정에서 존스는 영웅이 된다. 브라운의 불륜은 불행한 최후를 맞는다. 스미스 부부는 마음의 상처를 입지만 값진 경험을 얻고 떠난다. 결국 브라운은 장의사가 된다. 아이티는 예전 그대로다.

메데이아호에서부터 쭉 브라운(우리는 그의 성이 아닌 이름은 끝까지 듣지 못한다)은 자신의 이야기를 들려주며 정처 없는 인생을 회상한다. 그는 항해 중인 인간이다. 역설적이게도, 그가 이 사실을 의식하면 할수록 자신이 존스와 닮았음을 확실히 깨닫게 된다. 브라운은 존스에 대해 이렇게 말한다. "나처럼 달리 갈 곳이 없어서 저러는 것 같은데요." 존스는 "나는 세상을 두 부분으로 나눕니다. 윗양반과 잡것"이라고 말하면서, 자신은 잡것이라고 덧붙인다. 처음엔 황당한 소리처럼 들리지만, 그에 설명에 의하면 잡것들은 힘들게 먹고살면서 항상 경계하고, 계속 움직이며, 잔꾀로 하루하루 버텨낸다. 이 묘사는 브라운에게 딱 들어맞는다. 존스의 별난 유머 감각 때문에 브라운은 그와 가까워지지 못하지만, 그들은 분명 닮은 구석이 있다. 존스는 브라운의 정부이자 남아메리카 대사의 독일인 아내인 마르타의 집에서 지내기까지 한다. 다정한 남편과의 결혼 생활은 유지하면서 은밀한 관계를 이어가는 유부녀 마르타는 그린의 소설에 자주 등장하는 전형적인 인물이다. 마르타가 존스를 좋은 친구로 여기자 브라운은 약이 오른다. 마르타에게 존스는 항상 비관적인 브라운보다 훨씬 더 재미있는 말벗이다.

　존스는 '이질적'이며, 영국인 전쟁 영웅 행세를 하다가 막판에 인도인의 피가 섞인 혼혈임을 스스로 밝힌다. 그는 어두운 과거를 가식과 허풍으로 숨기려 애쓴다. 역시나 부평초 같은 신세인 브라운은 존스의 혈통을 알게 되자 이렇게 말한다. "모르고 있던 형제를 만난 기분이었다." 존스는 아삼에서, 브라운은 모나코에서 태어났다. "무국적자나 마찬가지예요." 그는 이런 말도 한다. "지구상의 어떤 곳도 집을 대신해 주지 못했다."

　"이 나라에 오지 말았어야 했다, 난 이방인이었다." 그는 또 다른 시점에 이렇게 말한다. "어머니는 흑인 애인이 있었고 이런저런 일에 열심이었지만, 나는 몇 년 전 언젠가부터 무슨 일에든 몰두하는 법을 잊고 말았다. 무슨 까닭인지 언젠가부터 무엇에든 관심을 가질 수가 없었다."

　아이티의 텅 빈 호텔을 버리지 않는 까닭에 대해 브라운은 이렇게 말한다. "나를 위해 우연히 선택된, 무섭고 황폐한 이 땅에 더 큰 유대감이 느껴졌다." 하지만 브라운이 아이티에 느끼는 유대감은 전혀 드러나지 않는다. 사실 그는 호텔을 팔기 위해 뉴욕으로 떠났었지만, 사겠다는 사람은 당연히 한 명도 없었다.

떠돌이 신세인 브라운이 언급하지 않는 그의 한 가지 특징은 어마어마한 이기심이다. 자기방어적인 브라운은 끔찍이도 자기 생각을 한다. 이런 브라운이 왜 하필 지독한 독재 국가에 있을까? 이기심 때문에 아이티의 극적인 상황에 관여하지도 않으면서 말이다. 그는 그곳에 사는 한 가지 이유를 암시하면서, 떠돌이 신세의 장점에 대해 이렇게 말한다. "무슨 일이 벌어지든 좀 더 쉽게 받아들일 수 있다……. 우리는 그저 계속 살아가기를 선택하고, '지구가 매일 운행하는 궤도를 따라 돌았다, 바위와 돌과 나무와 함께.'" 하지만 이런 워즈워스적인 태도 때문에 그는 냉정한 관찰자로서 방관만 할 뿐이다. 그의 관심은 겉치레에 지나지 않는다. 사건들이 일어나지만, 그는 행동하지 않는다. 여기에 실존주의라는 이름을 붙일 수 있을까? 아니다, 그것은 이기주의이다.

브라운은 어디에도 헌신하지 않고, 존스는 숨기는 것이 많은 이기주의자다. 하지만 존스는 그의 허풍에 설득당한 사람들에게 떠밀려 어쩔 수 없이 행동하게 된다. 브라운이 그의 허세를 이용해 부추기자 존스는 사기꾼에서 게릴라 지도자로 변신함으로써 허세라는 위대한 농담의 결말을 짓는다. 소설 속의 코미디언들 가운데 존스가 가장 코믹하다. 여기서 여실히 드러나는 주제는, 공포가 희극의 영감이 된다는 것이다. 브라운은 메데이아호에서 신에 대한 믿음을 이야기하며 이렇게 반추한다. "인생은 내가 각오하고 있던 비극이 아니라 희극이었으며…… 우리 모두 어느 권위 있는 짓궂은 익살꾼에게 놀아나 희극의 극단으로 내몰리는 느낌이었다." 신을 믿으려면 유머 감각이 필요하다고 그는 말하지만, 유머는 아이티에서도 유용하다. 인물들이 진지하게 임하는 일은 유머러스하기만하다. 스미스 부부의 채식주의와 이상은 우스꽝스러우며, 존스는 곤경을 자초하는 웃긴 사람이다. 하지만 아이티인들은 어떤가? 그들 역시 유쾌하지만, 사실상 그리 중요치않다. 이 소설은 아이티의 곤경이 아니라, 희망 없는 독재국가에서 무너지는 유럽인들에 관한 이야기이기 때문이다. 아이티라는 무시무시한 배경 속에서 부정과 자기 의심과 가정, 비극과 외국인 기회주의자들의 가식이라는 드라마가 펼쳐진다.

각각의 인물은 어느 지점에서 코미디언으로 묘사된다. 빚을 지고 남을 속이고 애인들을 거느린 브라운의 화려한 어머니도 그중 한 명이다. 브라운은 이렇게 말한다. "나는 어머니에 대해 아는 바가 거의 없었지만, 그녀가 대단한 코미디언이라는 사실은 인정할 수밖에 없었다." 스미스 씨는 이렇게 말한다. "당신 눈에는 우리가 좀 우스꽝스러워 보일지도 모르겠소, 브라운 씨." 브라운은 아니라고 부정하며 그들이 영웅 같다고 말하지만, 속으로는 채식주의, 대선 출마, 자유의 기수 운동을 바보 같은 짓으로여긴다. 스미스 부부는 전형적인 미국인들 - 웃음거리가되는 인물들 - 이다.

"난 코미디언이 아니에요"라고 마르타는 말하지만, 그녀의 남편은 "어쩌면 파파 독마저 코미디언일지도 모르죠"라고 추측한다. 브라운이 메르 카트린의 매음굴에서 만난콩카쇠르 대위는 유머에 대한 자신의 생각을 이렇게 전한다. "유머 감각이 있으시군. 난 유머의 가치를 알아. 농담도 싫어하지 않고. 정치적 가치가 있거든. 농담은 비겁하고 무력한 자들의 탈출구니까."

존스의 코미디는 미덕이다. 그는 마르타를 웃게 만들고,

메르 카트린의 매춘부에게 즐거움을 주며(약 오르게도 그녀는 브라운이 즐겨 찾는 매춘부 중 한 명이다. "나이가 들면, 매음굴에서라도 옛 친구를 더 찾게 되는 법이다."), 반군 지도자로서 성공을 거둔다("동지들은 존스를 좋아했습니다. 덕분에 많이 웃었으니까요"). 작품 속에서 몇 안 되는 진실로 희극적인 에피소드 중 하나는 존스가 여장을 하고 배에서 탈출할 때 벌어진다. 그는 이전에도 똑같은 경험을 해본 적이 있음을 암시하며 아주 멋지게 그 일을 해낸다. 면도 파우더를 화장품으로 사용하고, 검은 치마와 스페인풍 블라우스를 입는다.

* * *

"트랩 밑으로 내려가려면," 존스가 사무장에게 말했다. "나한테 키스하십시오. 그럼 내 얼굴이 가려질 겁니다."

"브라운 씨한테 키스하지 그래요?" 사무장이 말했다.

"브라운 씨는 나를 집에 데려다주는 역할이니, 그러면 자연스럽지가 않잖아요. 우리 셋이서 함께 저녁을 보냈다고 가정해야죠."

"어떤 저녁을 보낸 겁니까?"

"시끌벅적하고 난잡한 저녁이죠." 존스가 말했다.

"치마를 감당할 수 있겠어요?" 내가 물었다.

"그럼요, 친구." 이어서 그는 수수께끼 같은 말을 덧붙였다. "이번이 처음도 아니랍니다. 물론 상황은 아주 달랐지만요."

* * *

후에, 존스의 약점이 평발이라는 사실을 여러 번 들으면서 우리는 자연스레 그의 평발을 광대의 퍼덕이는 발과 연결짓게 된다. 코미디는 무의미하지만 적어도 고통이나 슬픔을 덜어준다고 이 소설은 암시하고 있다. "우리는 비극이 아닌 희극의 세계에 속해 있었다." 브라운이 자신과 마르타에 대해 한 말이다. 그전에 마르타는 자신이 코미디언임을 부인했지만, 브라운은 어쩌면 그녀야말로 "우리 가운데 최고의 코미디언"일지도 모른다고 결론 내린다. 이렇듯 코미디에 대한 대화가 수없이 오가지만(이 소설에는 코미디의 구체적인 사례보다는 코미디에 대한 대화가 더 많이 등장한다), 브라운과 마르타의 불륜은 희극적이지도 비극적이지도 않다. 침울하고 냉랭하다가도 느닷없이 관능적인 분위기로 빠지며, 질투와 오해와 양가감정과 분노로 가득 차 있다. 그들의 불륜은 연애의 종결이자, 욕정의 소멸이다.

브라운은 마르타와의 불륜을 "어중간한 애정"이라고 정의하는데, 이 묘사는 소설 속 아이티 세상에 대한 단서가 된다. 브라운은 그들이 연인으로서 보낸 시간이 의미 있는 건 "포르토프랭스, 어둠과 무시무시한 통금, 먹통 전화, 검은 안경을 쓴 통통 마쿠트, 폭력과 불의와 고문의 세계에만 속한 일처럼" 느껴지기 때문이라고 말한다.

하지만 실패한 불륜이 아이티의 붕괴에 어울린다고 주장함으로써 브라운은 그들의 이기심을 근사하게 포장하는 동시에, 수백만 아이티인들의 곤경을 하찮은 것으로 만들어버린다. 그리고 그는 평범치 않은 단어를 사용하여 무질서를 극적으로 표현한다. 너저분한 불륜은 혼란스럽고 폭력이 난무하는 아이티의 상황과 어울린다. 하지만, 그래서 어떻단 말인가? 불륜은 훨씬 더 큰 혼돈의 언저리에서 벌어지고 있기에, 우리는 불륜에 대해서는 지나치게 많이, 혼돈에 대해서는 불완전하게 알게 된다. 소설의 문제점 중 하나는, 우리가 왜 이 옹졸하고 멋없고 이기적이고 부정하며 불만에 가득 찬 연인들을 신경 써야 하는지 그린―그리고 그의 대변자인 브라운―이 보여주지 못한다는 것이다. 우리 모두 코미디언들이라는 말로는 충분치 않다. 몇몇 인물들이 조금 투박하고 잔혹한 의미로 멍청이처럼 행동하긴 하지만, 그 주장은 증명되지 않는다.

소설의 맨 끝에서 브라운은 자신의 영혼이 비어 있음을 고백한다. 그린의 소설을 읽는 사람들은 이런 폭로에 익숙해져 있다. 브라운은 믿음을 가진 사람을 부러워한다―정치적 신념을 가진 닥터 마지오가 부러움의 대상이 된다. "나라는 인간에게는 사랑할 능력이 없을 뿐만 아니라…… 죄의식조차 없는 것처럼 느껴졌었다." 소설의 처음부터 끝까지 브라운은 생기가 없어 보이고, 섹스에서조차 재미를 느끼지 못한다. 마르타와 사랑을 나눌 때 그는 이렇게 생각한다. "나는 도로에 몸을 던져 자살하는 사람처럼 쾌락 속으로 내 몸을 내던졌다." 그리고 마르타와의 관계가 순탄치 않은 건 자신에게 유머 감각이 없어서라고 여겨, "(나는) 남을 웃기는 재주는 익히지 못했다"라고 말한다. 결국 그는 유머 감각을 가진 존스를, 마침내 행동하는 인간이 되어 최고의 코미디언이자 영웅으로 거듭나는 존스를 존경하게 된다. 소설은 존스에 대한 회상으로 시작하여, 브라운이 존스의 꿈을 꾸는 것으로 끝이 난다. 확실히 존스는 중추적인 인물이다. 문제는, 존스의 단순성을 묘사하는 데 있어서 브라운의 복잡성이 방해가 된다는 것이다.

그린은 자신이 아이티를 피상적으로만 경험했음을 솔

직히 인정한 바 있다. 1968년, 그에게 매료되어 있던 젊은 V. S. 나이폴[1]과의 신문 인터뷰에서 그린은 다음과 같이 말했다. "(『코미디언스』에 그려진) 정치적 상황은 정확합니다. 하지만 아이티인들의 생활과 태도에 대한 내 지식은 피상적인 것 같습니다." (그리고 그는 나이폴에게 날카롭게 묻기도 했다. "당신은 당신 글에 만족합니까?") 소설에 아이티인들의 삶이 생생하게 묘사되지 않은 건 사실이다. 그리고 반란에 대한 직접적인 설명이 빠진 탓에 미적지근한 구석도 있다. 이야기의 절정인 사건은 셰익스피어의 지문("자명종. 트럼펫의 팡파르. 충돌하는 군대들")처럼 간접적으로, 제3자를 통해 현실감 없이 애매하게 전해지고, 우리는 작은 전투조차 보지 못한다. 산토도밍고 경계선 너머의 어딘가에서 파파 독에 대한 무력 저항이 진행 중이구나, 하고 그냥 믿어주어야 하는 것이다.

그린은 (본인의 말에 따르면) 박진감 넘치는 모험담을 쓴 작가들―앤서니 호프, G. A. 헨티, 라이더 해거드, 키플링(『킴Kim』, 『왕이 되고 싶었던 사나이The Man Who Would be King』)―에게 영향을 받았으며, 마저리 보웬의 『밀라노의 독사The Viper of Milan』(1906)를 끊임없이 칭찬했다. 그런데 묘하게도 그 자신은 액션물을 요약하는 데 만족할 뿐 직접 쓰지는 않았다. 반란 시도를 그린 『코미디언스』에 총격전은 등장하지 않으며, 사실상 반란은 일어나지 않는다. 소설은 사건을 직접 보여주지 않고 인물들이 사건에 대해 이야기하며, 경구들과 경구 비슷한 것들이 이어진다. 설교하기를 좋아하는 닥터 마지오는 이렇게 말한다. "이자는 주변 환경 때문에 죽은 겁니다.", "여기서는 증인

---

1 영국령 트리니다드토바고 출신의 인도계 영국 소설가.

이 피의자만큼이나 고초를 겪으니까요." 브라운은 "무고한 희생자는 거의 항상 죄지은 표정을 하고 있다.", "용감한 사람조차 식전바람에는 힘을 못 쓰는 법이다"라고 말하고, 영국 대리 대사에 대해서는 "그는 패배자의 용기와 유머 감각을 지니고 있었다"라고 평한다. 또, 이런 말들도 한다. "폭력은 사랑의 표현일 수 있지만, 무관심은 절대 그렇지 않습니다.", "죽음은 진실함의 증거이다." 이런 소견을 통해 그린은 자신의 주장을 개진하려 하지만, 하나같이 논쟁의 여지가 있는 말들이다. 소설 속에서 반란과 격변의 공화국은 수다의 공화국으로 전락하고, 말뿐인 가식은 소설을 정적으로 만들어버린다.

그럼에도 이 작품에는 작가의 흔적이 인장처럼 또렷이 남아 있다. 그레이엄 그린의 소설일 수밖에 없는 것이다. 벽지에서의 절망적인 불륜, 신념 – 특히 원칙에 대한 신념 – 에 대한 이야기, 무너져 가는 호텔, 유쾌한 매음굴, 독한 술, 하나같이 그린답다. '정부情婦'를 언급하거나 신에 대한 믿음을 논의하는 부분은 구시대적인 인상을 풍긴다. 에이즈 없는 아이티 역시 옛날이야기에 불과하다. 여객선에서 시끌벅적하게 노는 것도 과거의 일이다. 겨우 40여 년 전에 집필된 소설이지만 벌써부터 구식으로 느껴진다.

그린은 동의하지 않겠지만, 이런 세부 내용의 예스러움이야말로 이 소설의 매력이다. 세상은 변했으며, 그린이 작품에 담아낸 세상은 사라지고 없다. 그래도 그린은 아이티를 좀 더 다가가기 쉽게 만들고, 그 풍경을 가시적으로 그려냈다. 그리고 파파 독을 악마로 묘사함으로써, 그 비루한 독재자를 중요하고 심지어는 섬뜩한("우리 모두의 묘지에 바롱 사메디가 걸어 다녔다.") 인물로 보이게 만들었다. 파파 독이 사망한 후 그의 아들 – 뚱뚱하고 미련해서 '바가지 대가리'라는 별명으로 불렸다 – 이 정권을 이어 받았다가 쿠데타로 물러났다. 그 후 쿠데타가 몇 차례 더 일어나고(아이티에서는 대략 서른 번의 쿠데타가 발생했다), 아이티 최초의 자유 선거를 통해 대통령이 선출되었다.

나는 아이티 독립 200주년인 2004년 3월에 이 글을 쓰고 있다. 1791년, 투생 루베르튀르와 그의 동료 부크만(부두교 사제)이 유명한 노예 혁명을 주도하면서 아이티는 내전을 겪었다. 그 결과 1804년에 아이티는 독립국이 되었다. 200년 후 아이티는 악몽 공화국으로 다시금 화제에 올랐다. 포르토프랭스 거리의 폭동, 지방 도시들의 대혼란, 수천 명의 죽음, (『코미디언스』에서처럼) 외국 대사관으로 피신하려 애쓰는 위기의 아이티인들. 선거로 선출된 대통령 장 베르트랑 아리스티드는 자신의 의지와 상관없이 미국 해병대에 납치되어 아프리카로 끌려갔다고 항변했다. 임시 대통령이 정해졌다. 지금은, 아이티 암살단(Haitian Death Squads)의 우두머리로 온갖 만행을 저질렀던 반군 지도자가 차기 국가 수장 자리를 노리며 계책을 부리고 있다.

"아이티는 멀쩡한 세상의 돌연변이 같은 나라가 아니었다. 무작위로 잘라낸 일상의 작은 조각에 불과했다." 40년 전에는 그렇게 보였을 것이다. 지구상에는 아이티를 닮은 나라들이 몇몇 있다 – 정치지리학자들은 그 수를 45개국 정도로 보고 있는데, 대부분은 아프리카 국가지만, 알바니아와 아프가니스탄도 거기에 속한다. 그들은 '실패한 국가'로 불린다. 식민지나 왕국, 혹은 더 큰 공화국의 지방으로 시작하여, 광물이나 농작물 덕분에 번영했다가, 그에 대한 수요가 사라지면서 쇠락을 길을 걷는다. 1780

년에 아이티는 세계 커피의 60퍼센트를 재배했다. 현재 아이티에는 커피든 아니든 나무 자체가 거의 없다. 나무들을 마구 베어 연료로 써버린 탓이다. 아이티는 서반구에서 가장 가난한 나라이다.

실패한 국가 아이티는 경제적 자립이나 정치적 안정을 찾을 희망이 거의 없으며, 영영 빈민국에서 벗어나지 못할 운명처럼 보인다. 그린은 아이티가 문제의 나라임을 이해했고 – 그는 그런 곳을 알아보는 재주가 있었다 – 베트남 전쟁이 기삿거리였던 1960년대 초반 아이티에 대해 쓰기로 마음먹었다. 『코미디언스』의 강점은 그 신학(일부 비평가들은 이 소설을 얀센주의[1] 작품으로 평했다)도, 철학도, 줄거리도 아니다. 이 소설은 기나긴 자기비판으로 읽히며, 아이티에 대해 잘 모른다고 주장한 사람이 쓴 이 작품에서 무엇보다 중요한 것이 바로 아이티라는 배경이다. 소설 속 사건들은 현실감이 떨어질지 몰라도, 섬뜩한 코미디가 펼쳐지는 그 장소에 대한 그린의 집착 어린 사랑은 진짜처럼 느껴진다. 그린이 『코미디언스』를 집필함으로써 비로소 아이티는 소설을, 얼굴을 갖게 되었다.

폴 서로, 2004년

---

1 네덜란드의 가톨릭 신학자 코르넬리스 얀세니우스가 주창한 교의로, 초대 그리스도교회의 엄격한 윤리로 되돌아갈 것을 촉구하면서, 인간의 자유의지를 부정하고 하느님의 은혜를 강조하는 듯한 학설을 부르짖었다.

코미디언스

초판 인쇄	2023. 1. 3.
초판 발행	2023. 1. 10.
저자	그레이엄 그린
역자	이영아
발행인	이재희
출판사	빛소굴
출판 등록	제251002021000011호(2021. 1. 19.)
팩스	0504-011-3094
ISBN	979-11-975375-9-2 (03840)
SNS	www.instagram.com/bitsogul/
이메일	bitsogul@gmail.com
홈페이지	www.bitsogul.com

알라딘 북펀드를 통해 후원해 주신 모든 분들에게 감사의 인사를 전합니다.

clotusy	백동현	정요한
강세경	변진영	정용환
건승 Beat동수	삶이숨쉬는공간	조슬기
그라디언트	서지민	조완
금미향	서한용	존 골트
금정연	손지상	지니의책장
김근회	신용영	진설
김나엘	심규철	창반
김다온	양현주	초록콩
김미정	양홍석	최갑수
김보경	여서하	최동현
김승룡	오대웅	최동호
김아미	오세미	푸른살림 박미정
김언영	오정민나무하쿠타타	한보경
김옥경	윤도경	한주희
김용욱	윤현주	허당
김일신	이근혜	허성기
김재영	이성해	현소연
김재용	이은경	호디에
김종선	이은혜	홍민수
라수	이정은(2)	황용규
민경철	이지영	황혜선
박만도	이진비	외 14명
박미설	이현일	
박세훈	이화진	
박용준	이효원	
박원택	임봉택	
박일환	임승훈	
박지애	정민선	
박혁진	정선미